배회하는 유령

徘徊的幽灵-弗洛伊德主义与中国二十世纪文学
尹鸿, 云南人民出版社, 1994
在韩国出版并世界范围內销售

크리티카 & 06

배회하는 유령

프로이트주의와 20세기 중국 문학

인홍 저 · 이용욱 역

산지니

일러두기

1. 이 책의 중국어판 원제는『徘徊的幽靈—弗洛伊德主義與中國二十世紀文學』이며 1994년에 중국 윈난인민출판사에서 출판되었다.

2. 한국어판의 표기 규범에 있어서 원저 속에 거론된 중국 문학 작품명과 저작 단행본명을『 』에 넣었고 학술 논문, 평론명은「 」에 넣었으며 간행물명은《 》에 넣었다.

3. 근대 이후 인명은 중국어 한글맞춤법 표기원칙에 따라 표기하였고, 그 이전의 인명은 한자의 한글 독음으로 표기하였다.

4. 이 한국어판에 대한 저자의 추천을 받아 역자가 저자의 글 한 편을 부록으로 붙였다.

5. 참고문헌은 본 과제와 직접 관계 있는 연구저작 혹은 논문집에 한정한다. 단편논문이 수록되지 않았고, 연구대상으로서의 갖가지 논저 역시 포함되지 않았다.

필자가 지도하는 한국에서 온 박사연구생 이용욱 선생이 온 힘을 기울여 나의 이 예전 저작을 번역하여 한국의 독자분들과 만날 수 있게 해주는 데 대하여 고마움을 전합니다. 그동안 그가 들인 공과 고생은 아마도 나의 상상을 뛰어넘을 것입니다.

19세기와 20세기가 교차하던 중국은 아시아의 많은 다른 국가와 마찬가지로, 봉건 제도에서 현대 제도로 형태가 전환되는 불안정한 시기를 겪고 있었습니다. 역사가 유구하고 쉼 없이 이어져오던 유가(儒家) 문화는 역사상 유례가 없는 도전에 직면하였습니다. 자유민주, 개성해방, 인도주의는 서방문화에 대한 '가져오기(拿來)'(루쉰의 말)와 전통문화에 대한 비판[이를테면 천두슈(陳獨秀)가 제기한 '공가점의 타도(打倒孔家店)']을 수반하였으며, 갖가지 서방의 사조가 연이어 밀려들면서 중국의 사상과 문화 현대화의 중요한 지식과 자원이 되었습니다. 마침 이러한 배경 아래서, 인간을 인식하고 인간의 비(非)이성성을 인식하며 인간의 내재적 욕망을 인식하고 인간과 사회 간의 장력 관계를 인식하는 것을 특징으로 하는 프로이트주의는 중국의 사회과학자, 심리학자, 교육학자의 주목을 받았을 뿐 아니라, 문학가와 예술가의 주목 또한 받았던 것입니다. 20세기의 중국 문학 속에서, 프로이트주의는 서로 다른 갖가지 방식으로 중국 문학가와 예술가의 인간에 대한, 인간의 본성에 대한, 인간과 사회의 관계에 대한 관찰과 서술에 모두 영향을 끼쳤다고 할 수 있습니다. 루쉰(魯迅), 위다푸(郁達夫), 궈모뤄(郭沫若)에서 스저춘(施蟄存), 장아이링(張愛玲), 선총원(沈從文)에 이르기까지, 장셴량(張賢亮), 셰진(謝晉)에서 모옌(莫言), 장이머우(張藝謀)에 이르기까지, 서로 다른 시기의 중국 문학가와 예술가들 모두 프로이트주의에서 인간 내심의 세계를 열어젖히는 열쇠를 찾아내었고, 동시에 인도주의적 가치관을 위한 문화적 지탱점을 찾아내었습니다.

처음에 프로이트는 한 명의 정신병학자이자 심리학자일 뿐이었지만, 정신분석학파를 창립하여 그 영향이 전공 학술 영역을 훨씬 뛰어넘었기 때문에, 20세기에 몇 안 되는 세계적 지명도를 지닌 인물의 하나가 되었습니다. 그는 세계 각지의 갖가지 영역에서 선의적이거나 악의적인 비평, 질책을 받았지만 시간의 추이에 따라 점점 더 많은 사람들의 이해, 찬미를 얻어냈으며 점점 더 높은 평가와 지위를 획득하였습니다. 그래서 누군가는 아인슈타인, 코페르니쿠스와 함께 프로이트를 인류 역사에서 가장 큰 영향을 끼친 인물로 꼽았고, 누군가는 프로이트의 출현을 지표로 인류의 인식의 역사를 전후 두 시기로 나누었으며, 누군가는 프로이트를 "인류의 위대한 인물이자, 개척자의 한 사람"[1)]으로 불렀던 것입니다. 확실히, 프로이트는 인류의 정신과 행위에 관해 온 세상을 깜짝 놀라게 한 발견을 함으로써 심리학, 철학, 역사학, 인류학, 사회학, 윤리학, 정치학, 미학 등 인문학과와 정신영역뿐 아니라, 당대 인간들의 자아와 세계에 대한 인식, 이해 및 일상적 생활방식과 가치관에 대해서도 시대적 획을 긋는 영향을 발생시켰습니다. 20세기 인류문화의 지형도 위에서, 프로이트는 의심의 여지없이 하나의 혁혁한 위치를 차지하고 있습니다. 또한 마침 이러하기 때문에, 프로이트의 갖가지 저작이 바로 20세기 세계에 있어서 오랫동안 기세가 꺾이지 않는 베스트셀러가 되었습니다.

---

1) 에리히 프롬(Erich Fromm), 『프로이트의 사명(Sigmund Freud's Mission)』, 중국 삼련서점, 1986년 12월판, 139면

정신분석 심리학의 체계는 모두 인간의 심리구조와 심리동력에 대한 프로이트적 해석을 기초로 하여 전개됩니다. 정신분석학은 무엇보다 일종의 심층심리학인데, 그것은 심리현상을 묘사하는 데서 그치지 않고 인간의 심리동기를 탐구하는 데 매진하며, 표층적인 심리규율을 들춰내는 데서 그치지 않고 인간의 심층적인 무의식 심리기제를 탐구하는 데 매진하고 있습니다. 또한, 공시(共時)적으로 인간의 심리활동을 해석하는 데서 그치지 않고 역시(歷時)적으로도 인간의 심리과정을 설명하므로 인간의 자아 의식을 인류 심리가 줄곧 발견하지 못하였던 신대륙과 신세계로 이끌면서, 인간의 무의식적이고 비이성적인 요인에 대한 고찰을 떠날 경우 인간의 본질을 진정으로 인식할 수 없고, 만약 인간의 유년기 경험, 성욕 상처에 대한 고찰을 떠날 경우 역시 인간의 인격 발전의 역사를 진정으로 설명할 수 없다는 점을 표명하고 있습니다. 동시에 정신분석학은 일종의 심층심리학적 분석방법이므로, 프로이트는 앞뒤로 자유연상, 꿈의 분석, 징후 분석, 일상생활의 심리 분석 등 방법, 수단, 기교를 가지고 관찰, 성찰, 측량을 통해서는 직접적으로 장악할 수 없는 인간의 무의식으로 하여금 사람들에게 이해되고 고찰될 수 있게 함으로써 사람들이 무의식의 심연에 접근할 수 있는 방법론적 계시를 제공하였습니다.

비록 프로이트의 이론은 방법론 혹은 기술에 있어서 의식적이거나 무의식적인 편향성을 지니고 있고 몇몇 관점은 과학적 근거가 부족하기도 하지만, 그의 사상은 상상력과 창조성으로 가득합니다. 따라서 그는 정신분석학을 심리학 영역에만 국한시키지 않고, 일종의 통용적 인문 사상, 인간, 역사, 사회에 관한 넓은 의미의 '철학적 관점'으로 확장하려는 시도를 하였습니다. 이것이 또한 프로이트로 하여금 심리학자에서 사상가로 변화하도록 하였으며, "인간에 관한 현대적 관념의 건립가"가 되도록 만들었습니다. 마침 이러하기 때문에, 프로이트의 이론은 심리학 이론일 뿐 아니라 넓은 의미의 문화 철학인 것이며, 독창적인 인생관, 역사관과 문화관을 담아내고 있습니다. 인간의 본성에 대한 이해에 있어서 프로이트는 인간에게서 결코 자아는 통일적인 것이 아니고 자아가 지각하고 자아가 통제하는 것도 아니라, 그것이 분열적이고 비자각적이며 비자주적인 존재라는 점을 인식하였습니다. 인간은 세계의 주인이 아닐 뿐 아니라, 자신의 주인도 아닌 것입니다. 이러한 사상은 서양의 문예부흥 이래의 이성주의 전통의 인간 본성에 대한 이해와 완전히 대립되는 것이며, 그것은 인간으로 하여금 생존하고 일하고 창조하도록 추동하는 동기가 결코 이성, 의식, 의지가 아니라 생명 밑층으로부터의 소리 없는 본능의 약동이고, 인간의 의지로는 전이되지 않는 영혼 깊은 곳으로부터의 무의식 침전이라는 점을 사람들에게 암시하였습니다. 역사에 대한 이해에 있어서, 프로이트는 개체의 본능과 문명 사이의 충돌을 가지고 역사 발전의 동력을 해석하였습니다. 그는 "문명은 단지 이드가 부정되는 기초 위에서 비로소 존재할 가능성이 있고, 인류의 본능 생활은 공격과 이기주의의 자기 만족이다. 문명의 모든 의의는 바로 인류에게 금기를 부여하고 본능 생활을 제한하도록 하는 데 있다"고 지적하였습니다. 그래서 프로이트에게 인류의 역사는 본능의 배설과 반(反)배설, 억압과 반(反)억압의 투쟁의 역사가 되고, 인류의 역사 역시 영원히 본능과 문명의 대립의 역사가 됩니다. 문화에 대한 이해에 있어서 프로이트는 범성론자였는데, 성욕을 가지고 인간의 모든 실천과 창조 행위를 해석하면서 문화는 실현될 수 없는 인간의 생명 본능의 '승화'라는 점을 제기하였고, 만약 꿈이 성 본능의 변형된 만족이라면 신화는 바로 인류 무의식의 집단적 몽상이고, 예술은 형식화한 백일몽이며, 사회 형식의 전체 역시 오이디푸스 콤플렉스의 사회적 조직화라고 하였습니다.

비록 프로이트주의 속에서 그는 무의식의 작용과 성 본능의 의의를 과도하게 과장하면서 의식, 이성과 사회성이 인간의 심리구조와 심리 동기에서 차지하는 지위를 홀시하였고, 일종의 선명한 '무의식 결정론'과 '성욕 결정론'의 경향을 표현하였으며, 개체 경험과 경력의 역시적 영향을 중시하고 사회 환경의 공시적 제한은 홀시함으로써 일종의 유심주의적 사유방식이 존재하고, 그의 많은 논거는 과학적 실증과 추론이 결여한 기초 위에서 건립되었으며, 게다가 왕왕 의도적이고 극단적인 수사방식으로 그것을 강조하여 일종의 형이상적 편향성을 면할 수 없지만, 프로이트의 역사적 지위는 여전히 낮게 평가될 수 없는데, 이는 인류의 심리와 행위에 대해 그가 계시성으로 가득한 해석을 통해 심리학과 인류의 자아 인식에 새로운 영역을 개척해주었을 뿐 아니라, 더욱 중요하게는 그가 새로운 방법론, 즉 심층심리학적 방법론을 제공해주었다는 데 그 의의가 있는 것입니다. 바로 이러한 의의로 인해 프로이트의 이론은 구체적 결론과 서술 방식과 기술적 수단 등 여러 방면에서 모두 어느 정도 빈틈이 존재할 수 있지만, 인류의 사상에 하나의 참신한 생각의 갈피를 제공해주었고, 오늘날에 이르기까지 인간에 관한 모든 이해는 무의식에 대한 고찰을 떠날 경우 설득력을 지닐 수 없게 되었습니다. 이것이 또한 프로이트가 개창한 정신분석학이 한 세기를 지나온 뒤로도 여전히 융성할 수 있는 근본적 원인이기도 합니다.

이 책은 주로 비교문학의 연구방법을 채택하여 20세기의 서로 다른 각 시기에 프로이트주의가 중국에 어떻게 전파되었고, 프로이트주의가 갖가지 서로 다른 예술가와 예술 텍스트에 어떠한 영향을 가져왔는가에 대해 분석과 연구를 진행한 것입니다. 한편으로 중국 근현대 문화 발전에 대한 관찰이고, 다른 한편으로는 중국 문화 자체의 변화과정에 대한 반성이기도 합니다. 많은 양의 자료는 망망대해처럼 끝이 없는 문헌들 속에서 직접 찾아낸 것일 뿐 아니라, 아주 많은 작자와 텍스트에 대한 해독에 있어서도 새로운 시각과 체험을 담아내었습니다. 이 책 속의 부분적인 장과 절은 과거에《중국사회과학(中國社會科學)》,《중국현대문학연구총간(中國現代文學研究叢刊)》 등 당시 중국에서 가장 권위가 있던 학술간행물에 발표되었으며, 대륙 외에도 중국어권의 각 대학의 비교문학 전공 연구생 과정에서 이 책을 중요한 필독 참고서로 분류하고 있어 이 책의 학술적 가치는 기본적으로 승인을 얻어냈다고 말할 수 있습니다. 한국의 독자들께서 이 책에 대하여 비평 의견을 제기해주신다면, 저자로서 대단히 영광스러울 것입니다.

인훙(尹鴻)
베이징 칭화(清華)대학교에서

탐색의 새로운 출발점

하나의 학설이 광범한 영역에서 영향을 일으키는 것은 매우 어려운 일이고 따라서 비교적 보기 드문데, 프로이트주의는 바로 그러한 학설이다. 그것은 20세기 최초의 20년 사이에 틀이 형성되었고, 인간의 무의식, 성 심리를 탐구하여 인간의 영혼 깊은 곳의 오묘함을 들춰냈기에 사람들의 주목을 받았으며, 금기에 대한 해금과 개방이라는 또렷한 특징이 있었다. 이 학설은 정신병리학, 심리학 방면에서 영역을 구축하였을 뿐 아니라 인문과학의 갖가지 영역으로 파급되었다. 문학 방면에 대한 영향만 하더라도 퍽이나 대단한 것인데, 20세기 서방 현대주의 문학사조에서는 이 학설이 스며들며 윤택해지지 않은 것이 없다. 따라서 서방에서는 프로이트학설을 연구하는 것이 일찌감치 하나의 유망한 학문이 되었다. 그러나 폐쇄성이 매우 강한 중국에서 그것이 맞닥뜨린 것은 도리어 그 밖의 시선이다. 프로이트학설이 소개되어 들어온 시간은 결코 늦은 셈이 아니다. 일부 전문가의 고증에 따르면 일찍이 1914년, 1916년에 「꿈의 연구(夢之研究)」, 「꿈 해석편(晰夢篇)」 등의 글이 발표되었으며, 신문화(新文化) 운동 시기에도 한때는 원기가 왕성하였다. 그러나 전체적으로 볼 때 사람들의 주목을 충분히 끌지는 못하였다. 다른 부문의 상황은 접어두고 문학 방면에 대한 영향만 보더라도, 실로 그것은 충분하기는커녕 있다가 사라지고 계속될 듯하다 끊기었으며 이 학설과 중국 문학의 관계에 대한 연구에 이르러는 더욱 드문 편이었다. 근 몇 년에 와서야 몇몇 사람이 이 과제를 연구하는 데 착수하였지만, 대부분 미시적인 범위에만 국한되었다. 인홍(尹鴻)의 박사논문은 처음으로 이 문제를 중국과 외국 문화와 문학의 큰 배경 안에 놓고 비교적 전면적이고 체계적이며 거시적인 고찰로 몇몇 새로운 내용을 제공하고 있으며, 선배들이 내리지 못한 결론을 내리고 있다. 그 중요한 부분으로 말하면, 우선 많은 양의 신선한 자료를 발굴하여 풍부한 역사적 사실을 가지고 프로이트주의와 중국 20세기 문학 간 관계의 변화 과정 및 그 곡절의 원인을 또렷이 정리하였다. 이 점은 전문 학자들이 심사의견 속에서 완전히 동의한 것이다. 어떤 전문가는 제기하기를, "인홍과 같이 이처럼 비교적 큰 규모로 프로이트주의와 중국 20세기 문학에 대해 전면적이고 체계적으로 전문적인 테마 연구를 진행한 것은 독창적인 의의와 학술 가치를 지닌 새로운 개척이라고 말하지 않을 수 없다"고 하였다. 어떤 전문가는 말하기를, "논문에 공백을 메우는 의의가 있는데, 저자가 섭렵한 영역 내에는 아직 이렇게 체계적이고 이렇게 착실한 연구가 없었다. 게다가 저자의 연구는 개척적인 이론 시야 속에서 전개되고 있는데, 그는 프로이트주의와 중국 20세기 문학이라는 이 논제를 상당히 광활한 폭과 깊숙한 층위로 밀고 나가고 있다"고 하였다. 이 논문을 읽고 심의한 전문 학자들은 대부분 유사한 평가를 내렸다.

그다음, 논문은 프로이트주의와 중국 20세기 문학 창작, 문예미학, 문학비평 간의 관계를 구체적으로 분석하면서 계발성이 풍부한 몇 가지 독창적 견해를 제기하였다. 예컨대 저자는 주장하기를, "프로이트주의는 서방에서 많은 현대주의 문학사조의 발생과 성장을 촉진하였고, 반(反)이성주의 문화사조의 범람을 추동하였지만, 중국에서는 중국문학 속에 개성의식, 생명의지를 강화하였고, 반봉건적인 낭만주의 문학의 성장을 지지함으로써 정욕(情欲)이 중국문학 속에서 처음으로 '악(惡)'이 아니고 또한 일종의 오락성 '조미료'도 아니며, '희(喜)'로서, 천부적 인성으로서, 인성 구조 속의 하나의 합리적 동력요인으로서 심미적 관조와 심미적 가치를 얻어내도록 하였다"고 하였다. 마침 몇몇 전문가가 다시 지적하였던 것처럼, 이 주장은 매우 신선하고 정교한 것이다. 1930년대 스저춘(施蟄存), 무스잉(穆時英), 류나어우(劉吶鷗)의 소설과 프로이트주의의 관계에 대한 저자의 분석, 문예미학에 대한 프로이트주의의 영향에 대한 논술 역시 모두 식견을 지니는 것이다.

셋째, 저자는 연구 방법에 있어서 유익한 시험을 하면서 매우 좋은 효과를 얻어냈다. 연구 과정 속에서 그가 힘써 해내고자 한 것은 실증성에 무게를 두고 비교성을 견지하며 정합성을 강조하고 역사감을 추구하는 것이다. 저자는 기본적으로 자신의 의도를 실현하였다고 말할 수 있다. 그는 비교문학의 연구방법을 운용하여 20세기 세계 문화와 문학 배경 아래서 중국 문학이 어떻게 프로이트주의를 수용하고 선택하고 개조하고 변환시켰는가를 고찰하였고, 프로이트주의가 중국 문학에 어떠한 문화적 소질을 가져왔는가를 관찰하였으며, 프로이트주의가 중국 문학에 생겨나게 한 영향의 특수한 방식과 복잡한 과정을 파악함으로써, 견강부회, 주관억측, 단순비교 등의 폐단을 피하였다. 프로이트학설을 대하는 태도에 있어서의 그의 견해 역시 채택될 수 있는 것이다. 그는 주장하기를, "프로이트주의는 중국 문학가에게 틀에 박힌 공식이나 손오공 머리에 씌워진 금고아와 같은 것이 되어선 안 되고 그것은 단지 일종의 방법론적 계시, 하나의 새로운 천지(天地)로 통행하는 열쇠, 하나의 탐색의 새로운 출발점이어야 한다", "중국 문학은 프로이트주의의 뒤편에서 그것의 뒤만을 쫓는 그것의 부속물이 되어선 안 된다. 어떠한 문학의 영향 과정 속에서도 영향의 수용자는 모두 하나의 창조적인 주체로서, 외래한 영향에 대해 창조적인 개조, 선택, 지양과 융합을 하여야 한다"고 하였다. 그의 이 논저는 이 원칙을 관철하는 데 매우 주의를 기울였다.

왕스징(王士菁), 옌자옌(嚴家炎), 왕더허우(王德厚), 톈번샹(田本相), 황후이린(黃會林) 등의 교수로 조직된 심사위원회는 인훙의 논문에 대하여 엄격한 심의를 진행하였고 결의하며 제기하기를, "이 논문은 20세기 세계 문학의 넓은 배경으로부터 착안하여 중국에서 프로이트학설의 전파 및 그것이 중국 문학 창작, 문학이론, 문학비평에 일으킨 영향에 대해 처음으로 체계적인 고찰을 하였고, 그 공적과 한계에 대해 비교적 전면적이고 객관적인 논술을 하였으며, 독창성이 풍부한 몇몇 견해를 제기하였다. 논문은 시야가 광활하고 심원하며, 저자의 고귀한 이론적 용기와 탐색의 정신을 표현하고 있는데, 총체적으로 볼 때, 이는 비교적 높은 학술 가치를 지니는 한 편의 우수한 박사논문이다"라고 하였다. 이 평가는 비교적 높은 것이고, 역시 비교적 수긍할 만한데, 그것에는 장려와 격려의 뜻이 함유되었을 뿐 아니라, 더욱 중요하게는 전문가들의 진지한 과학적 태도가 체현된 것이기 때문이다. 물론 이 논문이 이미 아주 완벽하다고 말하는 것은 아니다. 비록 전문가들의 의견에 근거하여 저자가 다시 몇 차례 수정을 하였지만, 부족한 구석은 분명 아직 있을 것이며 독자분들이 이를 정확히 대할 것이라고 믿는다.

인훙은 중국에서 자체적으로 배양한 가장 젊은 문학박사 가운데 한 명이자 역시 리허린(李何林) 선생이 우리를 위해 남겨준 여덟 명의 문학박사 가운데 가장 젊은 박사이다. 그는 시야가 광활하고 글 쓰는 사유가 민첩하며 근실히 공부하는 것을 좋아해 박사논문을 완성하는 동시에, 적지 않은 논문을 썼고, 특히 비극예술에 대하여도 정력을 쏟아 10여 만 자의 논문을 발표하며 적지 않은 신선한 견해를 제기하였는데, 이 전문 저작은 이미 출판이 되었다. 머지않은 장래에 그의 새로운 논저가 출현할 수 있기를 희망한다.

양잔성(楊占昇)

| 목차 |

第4장 프로이트주의와 1980년대 중국 문학사조

第5장 프로이트주의와 20세기 중국 문예미학

第6장 중국에서 정신분석적 비평의 영향

제1장

이끄는 말: 프로이트주의와 20세기 세계 문학

프로이트주의는 인류의 정신과 인류의 행위에 대한 놀라운 발견을 함으로써 심리학뿐 아니라 당대 철학, 역사학, 인류학, 사회학, 윤리학, 정치학, 경제학, 법률학, 종교학, 문예학 등 인문학과 당대의 갖가지 양식, 유형의 문학예술 창작에 모두 획기적인 영향을 일으켰다. 일찍이 한때 자랑스러운 명예랄 것이 없었던 프로이트는 이미 인류 역사에 가장 중요한 사상가들의 행렬 속에서 그들과 어깨를 나란히 하고 있다. 비록 오늘날에 이르기까지 여전히 적지 않은 사람들이 그의 사상의 신뢰성과 과학성에 깊은 의심을 지니고 있지만, 그것의 중요성은 도리어 모든 사람으로 하여금 20세기 인류 문화를 고찰할 때 프로이트주의가 가져다준 영향을 홀시하기 어렵게 만든다. 게다가, 비록 20세기 중국과 서방 세계의 대립과 이화(異化)는 상당히 극심하였지만 결국 세계 문화 대교류, 대충돌, 대융합의 시대였으므로, 프로이트주의 역시 광활한 해양을 건너와 중국 현대문화에 몇몇 한계를 지니면서도 선명한 영향을 발생시켰던 것이다.

이러한 문화적 배경 아래서, 프로이트주의와 문학의 연계 역시 20세기에 와서 일종의 세계적인 문학 현상이 되었다. 이러한 종류의 연계에 대한 고찰은 또한 문학사 연구, 특히 비교문학 연구 속의 매혹적 과제가 되었는데, 그것은 일종의 심리학과 문화철학으로서의 프로이트주의가 어떻게 문학적 과정에 진입하였는가를 추적하도록 연구자들을 흡인하였을 뿐 아니라, 광활한 문화적 시야 속으로부터 20세기 문학의 특징을 이해하고 파악하는 창구를 제공해주었다. 이 밖에, 프로이트주의와 각 민족 문학 간의 독특한 연계 방식과 결과에 대한 고찰 역시 연구자들이 세계 문학의 총체적 구도 속에서 본토 문학을 인식하고 본토 문학과 세계 문학의 연계를 찾아나서는 데 참조적 배경을 제공해주었다.

1. 프로이트주의: 심리학 이론과 문화철학 사조

당대 프로이트주의는 그 사상 체계, 영향 범위가 모두 그것이 일종의 심리학일 뿐 아니라, 인간에 대해, 인간의 본성에 대해, 인류 문화와 역사에 대해 일반적 인식과 판단을 표명하였던 문화철학이라는 점을 입증하기에 충분하다. 하지만 이러한 종류의 문화철학은 도리어 정신분석 심리학이 기초가 된 것이며, 심리학이 프로이트주의의 기본적인 내재적 핵심이다.

정신분석 심리학이 정식으로 무대에 오른 것은 19세기 말 프로이트(S. Freud)와 브로이어(J. Breuer)가 『히스테리에 대한 연구』를 함께 발표한 것을 지표로 삼으며, 그때 이후로 차츰 20세기에서 가장 중요한 심리학 사조의 하나가 되었다. 어떤 의미로 이야기하면, 정신분석 심리학은 새롭게 출현한 것이고 독립적으로 창조된 것이라고 할 수 있다. 그러나 이는 결코 그것이 선조도 없고 참조한 바도 없다는 점을 의미하지는 않는다. 바로 기타 모든 학설과 마찬가지로, 그것은 지식, 문화와 과학 방면에서 역시 선구자가 있다. 어느 전문가는 지적하기를, "두 종류의 주요한 내원의 영향이 정신분석의 정식 건립을 가져왔다. 한 종류는 무의식 심리현상 자체의 이른 시기의 철학적 추론인데, 이는 프로이트의 사상에 있어서 주요한 작용을 일으킨 개념이다. 다른 한 종류는 정신병리학의 이른 시기의 작업이다"1)라고 하였다. 이 밖에 쾌락주의 동기설, 기계주의 결정론 사상, 다윈(C. Darwin)의 생물진화론 역시 모두 정신분석학설의 문화적 기원의 구성 부분이다. 그러나 이 모든 것은 단지 일종의 배경에 다름 아니었고, 그것들은 정신분석학설의 탄생을 도왔지만, 결코 그것들이 정신분석학설의 창시적 성질을 감춰버릴 수는 없다. 프로이트는 정신분석학을 일종의 정신병학적 방법으로부터 일반심리학 이론으로 발전시키는 과정 속에서 인간의 심리적 구조, 심리적 동력에 대하여 상상력 가득한 탐색과 논술을 하였고, 이로부터 그의 심리학 체계의 빌딩을 축조하였다.

(1) 심리구조론—무의식(unconscious)[2]

프로이트는 인류을 위해 한 폭의 입체적인 심리의 구조도를 그려주었다. 전통심리학에서 믿었던 '심리'가 단지 이 구조 표면의 한 층, 즉 의식층에 다름 아니고, 심리구조 속에는 의식층보다 더욱 넓고 복잡하며 은밀하고 활력 가득한 무의식층이 존재하고 있는데, 그것은 억압을 받아 정상적인 교류 시스템, 언어 규범과 상호 연계를 잃은 갖가지 정서, 욕구, 동기로 구성되는 것이다. 그리고 의식과 무의식 사이에 하나의 중개층이 더 존재하는데, 그것은 전의식(preconscious)이며 그 특징은 형식에 있어서는 무의식이지만 도리어 수시로 의식으로 전화될 수 있고 무의식 상태로부터 의식 상태로 들어설 수 있는 것이다.

---

1) 슐츠(D. Schultz), 『현대심리학의 역사(*A History of Modern Psychology*)』, 중국 인민교육출판사, 1981년판, 322면

2) 통일성과 정확성을 기하기 위해 'unconscious'를 이 책 속에서 모두 무의식(無意識)으로 번역하였고, 'subconscious'는 잠의식(潛意識)으로 번역하였다. 중국 소설 작품 속에서 사용된 '잠의식'이 프로이트의 용어인 'unconscious'의 중국어 번역어로 쓰인 경우도 많다.

이 입체적인 구조를 빌려 프로이트는 지적하기를, 옛 심리학에서 사람들이 묘사했던 이성과 의식을 중심으로 하는 정신 생활의 구조도는 자기 기만적인 것이고 심리의 기본적인 부분과 기본적인 역량은 모두 인간이 쉽게 알 수 없는 무의식 영역에서 비롯되는데, "심리과정이 주로 무의식적이고, 의식적 심리과정이 단지 전체 영혼의 분리된 부분과 흐름에 불과하다"[3]는 것이다. 무의식은 프로이트에게 있어서 일종의 심리 과정을 가리킬 뿐 아니라 스스로의 바람과 충동, 표현 방식과 흐름의 기제를 지닌 정신 영역이기도 한데, 그것은 마치 '보이지 않는 두 손'처럼 인간의 사상과 행위를 조종하고 지배하고 있으며 모든 의식이 작용을 일으키는 구석 역시 모두 암암리에 무의식에 얽히어 있고 심지어 "사유활동 자체가 무의식적 과정인데, 이 과정은 단지 완전하지 못하고 비이성적인 감각을 통하여 자아로 전수되어 그 제어를 받게 하며, 이는 '자아가 자기 집안의 주인이 아니다'라는 판정과도 같다"[4]는 것이다. 이러한 발견은 정신분석으로 하여금 심리학 연구 범위를 무의식 영역으로 확장하도록 하였을 뿐 아니라, 전통심리학의 인간의 심리구조에 대한 기본 관념을 바꾸어 놓았으므로, 프로이트가 비로소 "정신분석의 목적 및 성취는 영혼 안의 무의식의 발견에 있다"고 믿는 동시에 "무의식 심리과정에 대한 승인은 바로 인류와 과학에 대한 새로운 국면을 여는 새로운 관점의 결정적 출발점"[5]이라고 공언하였던 것이다.

3) 프로이트, 『정신분석개론(*Introductory Lectures on Psycho-Analysis*)』, 중국 상무인서관, 1984년판, 9면

4) 프로이트, 『프로이트가 창조력과 무의식을 논함(*On Creativity and the Unconscious*)』, 중국전망출판사, 1986년판, 8면

5) 프로이트, 『정신분석개론』, 311면, 9면

(2) 심리동력론—본능(instinct)

프로이트는 본능을 인류의 기본적인 심리적 동력으로 보았다. 본능은 신체 내부의 자극에서 비롯되고 활동의 목적은 자극으로 말미암아 수반되는 긴장, 고통을 어떠한 종류의 만족을 통해 토로하고 제거하는 것이다. 수십 년의 학술생애 속에서 프로이트는 본능에 대한 그의 가설을 여러 차례 제기하고 수정하였는데, 가령 전반기에서의 자아보존 본능과 종족번식 본능이고 후반기에서의 삶의 본능과 죽음의 본능이다. 하지만 그가 반복해서 강조하고 깊이 있게 연구한 것은 성 본능이다. 그는 성 본능이 여러 본능 가운데 가장 중요하면서도 가장 활발한 요인이라고 믿었다. "성의 충동은 넓은 의미에서든 좁은 의미에서든 모두 신경병과 정신병의 중요한 기원인데, 이는 앞선 사람들이 의식하지 못하였던 것이다. 심지어 우리는 이러한 성의 충동이 인류 영혼의 최고로 문화적이고 예술적이며 사회적인 성취에 있어서 최대의 공헌을 하였다고 믿는다."[6]

이 심리동력론에 근거하여 프로이트는 인격 발전의 과정을 체계적으로 들춰내면서 갖가지 정신병의 기원을 해석하였고 인류의 창조적 행위의 심리적 동기를 찾아냈으며 성 본능이 정신분석 심리학에서 인류 활동을 이해하는 하나의 열쇠가 되었던 것인데, 비록 이 학설은 처음부터 각 방면으로부터 힐난을 받았지만, 프로이트는 그 때문에 얼굴색을 바꾸기보다 시종 변함 없이 자신의 이론적 주장을 견지하였던 것이다. 성 본능을 핵심으로 하는 심리동력론은 프로이트의 가장 주된 이론적 입장의 하나가 되었다.

심리구조 속의 무의식, 심리동력 속의 성 본능 발견과 논술에 대하여 그것은 하나의 거대한 관문을 지탱하였고, 정신분석 심리학의 사상적 조류가 거의 모두 이로부터 흘러나왔으며, 그것들의 이론적

---

6) 프로이트, 『정신분석개론』, 9면

개성을 다음과 같이 나타냈다.

꿈의 심리학

프로이트는 무의식을 가지고 꿈을 해석하면서 지적하기를, "무의식 충동이 바로 꿈의 진정한 창조자이고 꿈의 형성에 필요한 심리능력이 모두 이에 의지해 공급"되며 "꿈은 모두 본능 욕망의 만족"[7]인데, 꿈의 상태에서 무의식에 대한 의식의 검사와 억압은 다소 느슨해지므로, 깊이 잠들어있던 갖가지 본능 욕망이 기회를 빌려 활동하기 시작한다고 하였다. 그러나 그것들은 여전히 자신의 진면모를 적나라하게 표출하지 않음으로써 의식의 경각을 모면해야 하므로 부득이 신분을 바꿔 무대에 오르지 않을 수 없는데 이것이 바로 꿈의 작업기제이며, 그것은 응축(condensation), 전치(displacement), 이차적 가공(secondary elaboration), 표현의 도구(means of representation) 등 수단을 통해 무의식 동기로 하여금 꿈속에서 상징적으로 만족을 얻어내도록 한다. 따라서 꿈에는 드러난 꿈과 감춰진 꿈의 두 의미가 있으며, 꿈의 분석은 바로 꿈의 작업을 분해하여 밖에 드러난 꿈에서 안에 감춰진 꿈으로 진입해서 꿈의 상징적 의미의 암호를 해독함으로써 그것의 무의식 동기를 찾아내는 것이다. 실제로 꿈의 해석 역시 바로 깊이 감춰진 무의식 내용을 발견하는 것이다.[8] 그런 의미에서 프로이트는 꿈의 학설이 "정신분석의 역사 내에서 하나의 특수한 지위를 점하는 것은 하나의 전환점을 명시하고 있다. 꿈의 학설이 생긴 뒤에야 정신분석은 비로소 심리치료법에서 인간 본성 깊은 곳에 관한 심리학으로 진전되었다. 꿈의 학설은

---

7) 프로이트, 『정신분석개론신편(*New Introduction to Psychoanalysis*)』, 중국 상무인서관, 1987년판, 12면

8) 프로이트의 『꿈의 해석(*Interpretation of Dreams*)』 참조

처음부터 끝까지 정신분석에서 가장 특별하면서도 기타 과학에서는 절대로 있을 수 없는 것이며, 민속과 신화 영역 내에서 찾아온 새로운 분야이다"[9]라고 하였다.

과실(errors)심리학

결정론 사상에 근거하여, 프로이트는 필연성이 체현되지 않는 우연한 현상이란 없으며 사람들의 갖가지 우연적인 과실, 가령 말을 잘못 하고 글을 잘못 쓰거나 물건을 잘못 놓고 또는 잘못 집거나 글을 잘못 읽고 말을 잘못 알아듣는 것이 모두 일종의 무의식 동기를 나타내는 것이라고 깊게 믿었다. 또한 말하기를, 무의식이 하고 싶어 하는 일은 의식이 다시 그것을 금지하기 때문에, 부득이 조심스럽지 않게 일종의 우연을 방불케 하는 방식으로 표현되어 나오는데, 이것이 바로 과실[10]이라고 하였다. "과실은 원인이 없이 야기된 사건이 아니라 중요한 심리활동이며, 그것은 두 종류의 이미지가 동시에 일으켜진 —혹은 상호 간섭한—결과이다. 그것들에는 의미가 있다."[11] 그리하여 과실 역시 정신분석학이 심리 속의 무의식 동기를 파악하고 탐색하는 하나의 중요한 창구이다.

변태심리학

전통적 변태심리학은 정신병자에게 외재한 요인을 중시하고 그 내재적 원인을 홀시하였으나, 프로이트는 환자의 내심의 충동과 동기로 시선을 돌려 정태(靜態)적인 심리 묘사를 동태(動態)적인 심리 분석으로 전환시키면서 변태심리의 본질에 대하여 새로운 해석을

9) 프로이트, 『정신분석개론신편』, 3면
10) 프로이트의 『일상생활의 정신병리학(*Psychopathology of Everyday Life*)』 참조
11) 프로이트, 『정신분석개론』, 26면

하였다. 그는 변태심리가 성 본능이 외부와 내부로부터 좌절과 박탈을 당한 것으로 인해 야기되는 일종의 비상궤적인 만족이며, 징후는 무의식 욕망의 비정상적 표현인데, "리비도의 변태적 용법이고 바로 리비도 만족의 대체물"[12)]이며 이러한 변태는 정체 혹은 퇴보로 인한 "이른 시기 영아의 만족방식"과도 같고 이를테면 학대와 피학대, 자기애, 동성애, 물신숭배, 관음벽 등등이라고 하였다. 성 동기, 성 동기의 만족 방식과 상황이 변태심리의 생성을 야기하는 기본 요인이다.

인격심리학

프로이트는 인격을 세 부분으로 나누었는데, 이드(id), 자아(ego)와 초자아(super-ego)이며 이드는 '리비도(libido)'라 불리는 원시적 생명본능으로 구성되고 그 주요한 부분은 즉 성 본능이다. 그것은 무조건적으로 '쾌락원칙(pleasure principle)'에 따라서 행동하고 도덕적 옳고 그름의 감각은 없으며 시간과 공간적 감각도 없고 본능적 수요의 최대한도의 만족과 심리적 자극의 철저한 제거를 추구한다. 자아는 즉 현실화한 본능인데, 그것은 이미 비이성적 이드 속으로부터 분화해 나온 것이며 시세를 분석하고 타인을 살피며 인격 속의 이지적이고 의식적인 부분을 대표한다. 그것의 행동준칙은 '현실원칙(reality principle)'이며 허가된 현실적 조건과 환경적 수요에 근거하여 이드와 외부세계의 관계를 조정할 수 있고 더욱 큰 고통을 빚지 않는 전제 아래서 이드의 수요를 만족시킨다. 인격의 구성 속에서 초자아는 즉 도덕화한 자아이고 어린 시절 동일시했던 부모 혹은 사회의 도덕적 요구와 행위적 표준을 대표하며 자아이상을 가지고 행위의 목표를 확립하고 양심을 가지고 행위적 과정을 감독하는데, 그것은 자아로 하여금 이드의 속박으로부터 벗어나 사회적 규범과

---

12) 프로이트, 『정신분석개론』, 310면

요구에 따라 행동하게 한다. 이 세 부분은 인격의 구성 속에서 각기 일종의 심리적 수요를 대표하고 작동원칙을 준수하기 때문에 서로 충돌하고 모순되며 대항한다. 그래서 이를 중개하기 위해 자아는 부득이 "동시에 세 잔혹한 주인을 상대해야 하고 최대한 이 세 사람의 주장과 요구를 조화시켜야 하는데", 그것은 이드의 간섭, 초자아의 질책, 현실 세계의 제한이며, 그것은 자아로 하여금 비극적 진퇴양난 속에 처하게 하고 또한 전체적인 인격으로 하여금 일종의 변동적인 모순상태 속에 놓이게 한다.[13]

아동심리학

프로이트는 성욕 리비도를 태어나서부터 갖는 것이며 그것의 발전이 인간의 육체적 생명과 인격적 성장의 전체 과정에 관통된다고 하였다. 서로 다른 특점에 근거하여, 프로이트는 아동 시기의 성욕 발전을 네 단계로 나누었는데, 구강단계(oral stage), 항문단계(anal stage), 생식기단계(phallic stage), 생식단계(genital stage)이다. 그는 아동 성욕의 총체적 특징을 다음과 같이 지적하였다. 1. 넓은 범위의 성감대이다. 아동은 생식기로부터뿐만 아니라 구강, 항문, 손과 발 등 기타 신체부위로부터도 성적 쾌감을 얻는다. 2. 갖가지 욕망의 교직(交織)이다. 아동의 성욕은 왕왕 그의 생명의 기타 수요, 이를테면 음식 넣기, 배설의 수요 등과 한데 엮인다. 3. 자기애이다. 아동은 대상으로부터가 아니라 자신으로부터 성적 만족을 얻어낸다. 4. 성욕 대상의 불특정화이다. 5. 다체(多體)적인 변태이다. 아동의 성욕은 학대, 피학대와 동성애적 표현의 경향이 있다. 6. 오이디푸스 콤플렉스(oedipus complex)이다. 아동은 첫 번째의 성욕 대상이 종종 어머니 혹은 어머니의 기타 대체자이다. 그리고 아버지는 이러한

13) 프로이트, 『정신분석개론신편』, 60-61면

성애 관계의 장애가 되어 아동에 의해 첫 번째의 정적으로 간주된다. 이후에는 거세콤플렉스(castration complex)의 위협으로 인해, 아버지를 모함해 어머니를 구하는 소망이 억눌려 무의식으로 들어서고 이로부터 인간의 심리와 인격에 영향을 끼친다. 그것은 무의식의 핵심이고 초자아가 형성되는 내재적 기제이기도 하다. 오이디푸스 콤플렉스는 인간의 일생의 행위와 사상을 제약하고 있다.

정신분석 심리학의 이들 방면은 모두 프로이트의 심리구조, 심리동력에 대한 해석을 둘러싸며 전개되기 때문에, 그것은 하나의 정합체로서 이 새로운 심리학설의 기본 특징을 다음과 같이 나타낸다. 우선, 정신분석학은 일종의 심층심리학(depth psychology) 체계이다. 그것은 심리현상을 묘사하는 데서 그치지 않고 심리원인을 탐구하는 데로 매진하며, 표층적인 심리규율을 들춰내는 데서 그치지 않고 심층적인 무의식 심리기제를 찾아나서는 데로 매진한다. 또한 심리활동을 공시(共時)적으로 해석하는 데서 그치지 않고 심리과정을 역시(歷時)적으로 설명하는 데도 매진하여 그 근원을 찾아내 한 층 한 층 밀고 나가기 때문에, 심리학 연구의 공간을 확대하였을 뿐 아니라 그것의 연구 촉각을 심화시킴으로써, 인류의 자아 인식을 인류의 심리로 인해 어둡게 감춰졌던 신대륙과 신세계로 인도하였다. 이로부터 표명되는 것은 만약 인간의 무의식적이고 비이성적인 요인에 대한 고찰을 떠날 경우 인간을 진정으로 이해할 수 없으며 인간의 어릴 적 경험과 인간의 선천적인 기억에 대한 고찰을 떠날 경우 역시 인격의 역사를 진정으로 설명할 수 없다는 점이다.

그다음, 정신분석 심리학은 일종의 심층심리학적 분석 방법이다. 무의식은 심리학의 새로운 영역이고 그것은 의식역 아래에 깊이 잠복하는데, 프로이트는 어떻게 그것을 발견하고 해독할 것인가에 대해 매우 독특한 해석을 하였다. 그는 앞뒤로 자유 연상, 징후 분석, 꿈의 해석, 일상생활의 심리분석 등의 기본 방법 및 수단과 기교를 제기함으로써 관찰, 성찰, 측량을 통해서는 직접적으로 파악이 불가능한 무의식으로 하여금 사람들에 의해 이해되고 고찰될 수 있게 하였다. 비록 이 방법들이 과학적 검증, 논리적 추론과 실천적 운용 방면에 결점이나 빈틈이 있기는 하지만, 결국은 사람들이 무의식의 깊은 연원에 접근하도록 방향과 길을 탐색해주었다. 이 역시 이 방법들이 늘 문화사, 종교사, 인류학, 정신병리학 내지 문예학 등 영역 속에서 차용되는 중요한 원인이기도 하다.

프로이트의 심리학은 상상력과 창조성으로 가득한 것이고, 또한 이 때문에 과학적 의탁과 실증적 지지를 잃기도 했지만, 프로이트는 자신의 갖가지 가설과 추측을 포기하지 않았고 도리어 그것들을 심리학에서 철학으로 통행하는 하나의 교량으로 삼았으며 정신분석학설을 일종의 세계관 이론으로 전환시켰다. 그리하여 다재다능하고 자신감 넘치는 프로이트는 "인간에 관한 현대적 관념의 건립가"[14]가 되었고 심리학자에서 사상가로 올라섰으며, 프로이트주의 역시 일종의 심리학에서 문화철학으로 확장되었고 인류의 생활, 노동, 문화, 예술창조를 모두 정신분석학 시야로 끌어들임으로써, 일종의 "넓은 의미의 철학적 관점"[15]에 기반하여 인류 생존 방식과 행위 방식에 대해, 인류 역사와 인류 문명에 대해, 프로이트식의 주장을 펼쳐나갈 수 있게 되었다.

이러하기 때문에, 일반적인 전공적 심리학 체계와는 달리 프로이트주의는 놀라우리만큼 방대한 독자들과 많고 많은 추종자 및 반대자를 영유하였다. 그것의 20세기 문화지식계에서의 광범하고도 장기적인

---

14) 『프로이트와 20세기(*Freud and the 20th century*)』, 런던, 1985년판, 279면 참조
15) 파인(R.Fine) 저, 푸컹(傅鏗) 편역, 『정신분석의 과거와 현재(*A History of Psychoanalysis&The Psychoanalytic Vision*)』, 중국 학림출판사, 1988년판, 1면

영향은 동시대의 기타 사조와 유파로 하여금 따라잡지 못하는 위치에 놓이도록 하였고 설령 일찍이 한때를 풍미하였던 사상가, 가령 베르그송(H. Bergson)과 니체(F. Nietzsche)라고 할지라도, 그들 명성이 최고조에 다다랐을 때 역시 프로이트가 일으킨 열렬한 반향과는 어깨를 나란히 하기 어려웠다.

일종의 문화철학으로서 프로이트주의는 심리학 이론을 기초로 하여 그것의 독특한 인성관, 역사관과 문화관을 상세히 표명하였다. 인성관에 있어서, 프로이트주의는 인간이 결코 자아와 동일하거나 자아의 의식으로 자아가 제어를 하는 것이 아니고, 분열된 것이고 비자각적이며 비자주적인 존재물인데, 그는 전통적 의미에 있어서의 절반의 천사이자 절반의 짐승이 아니라 짐승의 얼굴을 한 인간이며, 양자는 대립 속에서 전화하고 의존 속에서 분열하지만 영원히 일체화할 수 없다고 믿었다. 게다가, 인간은 결코 그 자신의 주인이 아닌데, 이는 그가 외부의 환경과 조건의 제약을 받음을 의미할 뿐 아니라 더욱 중요한 것은 그가 또한 내부의 본능과 격정의 조종을 받는다는 점이다. 인간은 세계의 주인이 아닐 뿐 아니라 심지어 자신의 노예이기도 하다. 프로이트의 이 사상은 문예부흥 이래의 이성 만능적 역사와 신화를 분쇄시켰고 정합적이고 통일적인 유심주의적 자유의지 및 자기만을 옳다고 믿던 인류 형상 역시 붕괴시켰으며 이로써 인생의 비극적 곤경을 무정하게 들추어냈다. 그것은 사람들의 생존, 노동, 창조를 구동하는 동기가 이성, 의지, 의식이 아니라, 생명의 밑층으로부터 나오는 소리 없는 본능의 약동이고, 인간의 의지에 의해 전이되지 않는 영혼 깊은 곳으로부터의 무의식 침전이라는 점을 사람들에게 암시하였다. 이 역량들은 처음부터 끝까지 갖가지 방식으로 인간의 행위를 조종하지만, 자아는 그것에 대해 왕왕 무력하고 무능하며, 인간은 결코 그의 상상 속의 자신이 아니고, 그의 선과 악이 모두 그 자신의 의식과 노력의 범위를 넘어선다는 것이다.

역사관에 있어서, 프로이트는 즉 개체의 본능과 사회적 문명 사이의 충돌을 역사 발전의 동력으로 해석하였다. 그가 보기에, 본능과 문명의 대립은 피할 수 없는 것이고, "우리들의 문화가 구성되는 것은 성 충동의 희생을 대가로 하는데, 이 충동은 사회에 의해 제한을 받으므로, 절반이 억눌리며 절반은 새로운 목적의 완성에 쓰인다"[16] 고 하였다. 인류 역사 역시 본능의 배설과 반(反)배설, 억압과 반(反)억압의 격렬한 투쟁사가 되었다. 마침 프로이트가 『문명과 그 불만(*Civilization and Its Discontents*)』 속에서 서술하였던 중심적 사상과 마찬가지로, "문명은 단지 이드가 부정되는 기초 위에서 비로소 존재할 가능성이 있고, 인류의 본능 생활은 공격과 이기주의의 자기 만족이다. 문명의 모든 의의는 바로 인류에 금기를 부여하고 본능 생활을 제한하도록 하는 데 있다."[17] 프로이트는 각 개체의 생명 감성의 수요가 박탈되고 억압되는 것을 역사 발전의 필요한 대가로 보았기 때문에 그의 역사관은 일종의 비극의식을 관철하였고, 그가 보기에 역사는 영원히 본능과 문명의 대립적 역사이며 "성 본능의 욕망으로 하여금 모두 문명적 요구에 적응하도록 하는 것은 완전히 불가능한 일이다. 문화의 발전에 수반하는 억압과 고통 및 가장 먼 미래가 소멸할 수도 있는 위험은 모두 인류에게 모면될 수 없는 것이다."[18]

문화관에 있어서, 프로이트주의는 일종의 범성론(pansexualism)

---

16) 프로이트, 『정신분석개론신편』, 87면

17) 프로이트, 『문명과 그 불만』의 뉴욕, 런던에서 출판된 W. W. 노튼앤콤퍼니, 1961년 표준판 뒤표지 설명 참조

18) 프로이트,「사랑 영역에서 발생하는 가치 하락의 보편적 경향에 관해(On the Universal Tendency to Debasement in the Sphere of Love)」,『프로이트가 창조력과 무의식을 논함』 참조

이고, 그것은 성욕을 인류의 실천 활동과 창조 행위의 원동력으로 본다. 인류의 종교, 도덕, 법률, 문학예술, 사회형식이 모두 인간의 원시적 본능에 기원한다. 문화는 생명 본능의 '승화(sublimation)'이다. 그래서 프로이트는 "……인류는 생존경쟁의 압력 아래서 일찍이 힘을 다해 원시적 충동의 만족을 포기해서 문화를 창조해왔고, 문화가 끊임없이 창조될 수 있는 것 역시 역대로 사회로 들어선 각 개인이 계속해서 공공이익을 위해 그 본능의 쾌락을 희생하였기 때문이다. 그에 이용된 본능적 충동은 즉 성 본능이 가장 중요한 것이다. 따라서 성적 정력이 승화되었다는 것은 다시 말해 그것이 성적 목표를 버리고 다른 종류의 비교적 고상한 사회적 목표로 전향되었다는 것을 말한다"[19]고 지적하였다. 이러한 관점으로부터 출발하여 프로이트는 꿈을 성 본능의 화장된 만족으로 간주하였고, 신화를 집단적 꿈으로 간주하였으며, 예술을 형식화한 백일몽으로 간주하였고, 사회 형식의 전체 역시 오이디푸스 콤플렉스의 사회적 조직화로 간주하였다. 성이 문화의 본체가 되고 문화는 바로 성의 상징이다.

본능과 무의식의 의의와 작용에 대한 무한한 과장은 확실히 프로이트주의를 당대 사회의 반이성주의 사조로 끼어들게 만들었다. 프로이트 역시 스스로 그의 사상이 코페르니쿠스(N. Copernicus)의 지동설, 다윈의 진화론 이후로 인류의 이성적 자기애에 대한 한 차례의 가장 침중한 타격이라고 말하였다. 그러나 실제로 프로이트주의는 그 이론적 관점과 사상적 특징으로 볼 때, 결코 반이성주의인 것은 아니다. 누군가는 그가 "가장 깊은 곳을 탐구하는 방법에 기대어 산 정상에 오른 것"[20]이라고 하였는데, 확실히 프로이트는 비이성적

---

19) 프로이트, 『정신분석개론』, 9면

20) 넬슨(B. Nelson)이 쓴 『프로이트가 창조력과 무의식을 논함』의 1988년 미국판 「서문」 참조

본능 역량의 인간에 대한 지배와 제어를 가장 직설적으로 지적하였고 이성의 진퇴양난과 좌우양난의 난처한 처지를 가장 심각하게 들춰내기는 하였지만, 그가 발견한 '불'은 마침 '화재'를 막기 위해서였는데, 프로이트의 말로 하면, 그의 목표는 "이성으로 비이성적이고 무의식적인 욕망을 제어하는 데 있었고, 인간으로 하여금 그들의 무의식 역량 속에서 해탈하도록 하는 데 있었던 것이다."[21] 프로이트는 격정과 욕념의 조종에 근거하여 이성의 무기를 버리라고 인간을 가르쳐 인도한 적이 없는데, 그의 "이드가 있는 곳에는 자아 역시 있다"는 경구(警句)가 "정신분석은 점진적으로 이드를 정복하는 도구이다"[22]라는 점을 가장 충분하게 입증하였다. 프로이트는 인간의 자아 인식에 깊이를 더하는 것을 통하여 본능과 초자아, 개인과 사회, 무의식과 의식으로 하여금 최대한도의 조화가 이루어지도록 하는 시도를 하였고, 이러한 조화를 그는 오로지 이성의 자각적 노력에 기대어 비로소 실현할 수 있다고 믿었으며, 마침 이 때문에 누군가는 그를 "이성주의의 최후의 위대한 대표자"[23]라고 불렀다. 물론, 일종의 사상으로서, 그것은 갖가지 반응 방식에 의해 받아들여질 수가 있고 이성 세계에 대한 프로이트주의의 의심은 마침 당대의 반이성주의 사조의 수요를 만족시켜주었기 때문에, 자연스레 그것을 변별의 허가도 없이 반이성적인 전차(電車) 속으로 끌어들이게 하였다. 그러나 이것이 결코 프로이트의 본뜻이 아니라는 점은 반드시 밝혀야 한다.

---

21) 프롬(E. Fromm), 『선종(禪宗)과 정신분석(*Zen Buddhism and Psychoanalysis*)』, 중국민간문예출판사, 1986년판, 133면

22) 프로이트, 「자아와 이드(The Ego and the Id)」, 『프로이트심리학저작표준판전집(*The Standard edition of the Complete Psychological Works of Sigmund Freud*)』 제19권, 뉴욕 W. W. 노튼앤콤퍼니판 참조

23) 프롬, 『프로이트의 사명(*Sigmund Freud's Mission*)』, 중국 삼련서점, 1986년판, 133면

우리가 보기에, 요컨대, 프로이트주의는 일반적인 심리학이 아닐 뿐 아니라 일반적인 문화철학도 아니며 정신분석을 특징으로 하는 심리학과 문화철학의 통일이다. 심리학은 그것에 인류 행위와 정신에 대한 창조적 발견을 제공하였고, 문화철학은 또한 이러한 종류의 발견을 인성, 인류 역사와 문화에 대한 전체적인 인식 속으로 밀고 나갔으며, 심리학은 프로이트에게 기초와 실력을 제공하였고, 문화철학은 그것을 위한 시야와 공간을 확장하였다. 이 두 방면의 상부상조가 인류 문화 사상사에 있어서 프로이트주의의 특수한 지위를 확립시켰다.

오늘날 프로이트주의는 세계를 풍미하고 있지만 처음에는 도리어 냉소와 조소를 받았다. 1900년『꿈의 해석』출판 후 8년의 시간이 지난 뒤에야 제1판의 600권이 다 팔려나갔고, 프로이트가 비엔나대학에서 꿈에 관한 첫 번째 공개강좌를 열었을 때는 청중이 세 명뿐이었으며, 그것도 그중 한 사람은 그의 친구의 아들이었다. 그러나 프로이트는 자신감으로 충만하였고, 근면하고 착실한 노력하에 그의 정신분석학설은 마침내 학술계와 사회의 주목을 이끌어냈으며, 20세기의 20년대 전후로 그의 이름은 그의 학설과 함께 구미 내지 중국의 지식문화계를 충격적으로 진동시킴으로써 세계 범위 내에서의 프로이트 열기를 형성하였던 것이다.

비록 1939년에 프로이트는 병으로 세상을 떠났지만 그의 사상과 학설의 영향은 오늘에 이르기까지 멎은 적이 없는데, 이는 한편으로 프로이트의 저작 자체가 개창성과 계발성으로 가득하기 때문이며 다른 한편으로는 또한 그에게 많고 많은 후계자와 조응자들이 있었기 때문이다. 그들은 프로이트 사상을 끊임없이 수정하고 완벽화하는 동시에 그것을 정신분석 운동으로 발전시켜나갔다. 이러한 일련의 과정 속에서 특히 주목을 받은 것은 카를 융(Carl G. Jung)의 집단무의식(collective unconscious) 이론과 신화원형(myth-archetype) 이론, 알프레드 아들러(Alfred Adler)의 개체심리학(individual psychology)과 보상(compensation) 이론, 오토 랭크(Otto Rank)의 출생 상처(trauma of birth) 이론과 의지 치료(will therapy) 이론, 안나 프로이트(Anna Freud) 등의 자아심리학(ego psychology), 카렌 호나이(Karen D. Horney)의 근본적 불안(basic anxiety) 이론, 에리히 프롬(Erich Fromm)의 사회심리학(social psychology) 이론, 허버트 마르쿠제(Herbert Marcuse)의 '마르크스주의'적 에로스 해방(eros liberation) 이론 및 자크 라캉(Jacques Lacan)과 자크 데리다(Jacques Derrida)의 구조주의 정신분석학과 후기 구조주의 정신분석학 이론 등인데, 그것들은 대부분 프로이트의 무의식 이론 혹은 본능 이론을 기본 출발점 혹은 주체적 틀로 삼아, 갖가지 방면으로부터 프로이트의 사상을 개조하고 수정하고 발전시켰다. 누군가는 프로이트 체계 속의 일부 불충분한 면을 깊이 있게 탐구해서 그것을 확장시켰고, 누군가는 일부 이론적 명제와 개념을 더욱 명확히 하였으며, 누군가는 비교적 큰 변동을 가하였고, 누군가는 정신분석학의 해석과 응용 범위를 확장시켰으며, 누군가는 당대 심리과학과 인문과학의 최신 성과를 그에 흡수하여 프로이트의 관념과 방법을 확충한 것이다. 특히 주의할 만한 이는 당대 서방에서 마르크스적 사고의 영향을 받은 일부 사람들인데, 그들은 프로이트가 단지 개체적이고 생물적인 의의로부터 인간의 심리적 본질 혹은 무의식적 본질을 해석한 데 반대하면서, 깊이감을 지닌 광활한 역사, 문화와 사회적 시각으로 인간의 심리, 무의식, 심지어 본능을 고찰하여 미시심리학과 거시역사학, 프로이트와 마르크스 사이의 연계를 찾아 나서고자 하였던 것이다. 어떤 의미에서는 이러한 노력이 프로이트주의의 발전을 새로운 단계로 진입시켰다고 할 수 있다.

한편으로 프로이트주의 자체는 지난한 곡절 속에서 발전하였고 다른 한편으로 그것은 20세기 1920년대 전후로부터 당대 인류의 사상과 문화로 삼투하여 그것에 영향을 끼치기 시작하였다. 프로이트주의는 대체로 20세기와 함께 탄생하였고 그것의 20세기에 대한 영향 역시 동시에 생겨나 오늘에 이르기까지 여전히 작용을 발휘하고 있다. 따라서 20세기의 과학문화 및 문학예술을 파악하기 위해서는 프로이트주의의 깊은 영향을 배제할 수 없다.

2. 당대 서방문학의 전형적 특징

프로이트주의가 광범위하게 퍼짐에 따라 당대 서방문학에 대한 프로이트주의의 영향은 날로 사람들의 주목을 받았으며, 문학 이론과 비평에서 문학 창작에 이르기까지, 현실주의에서 현대주의에 이르기까지, 유럽에서 북미에 이르기까지, 소설에서 희극 내지 시가에 이르기까지 곳곳에 프로이트적 정신의 요소가 스며들어 있다. 이러한 영향의 갖가지 방면을 완벽하게 서술하는 것은 이미 불가능하다. 마침 어느 서방학자가 지적하였던 것처럼, 프로이트주의가 없었다면 20세기 서방문학은 거의 상상하기가 어렵다.

프로이트의 무의식에 관한 이론, 꿈에 관한 이론, 성 본능 및 그것의 심리계통 내의 동력작용에 관한 논술, 상징과 무의식, 환상과 자유연상에 관한 사상, 언어와 영혼 구조의 평행적 관계에 관한 관점, 놀이와 예술에 대한 미학적이고 심리학적인 논술, 구체적 예술품과 작가의 평론 및 이데올로기 경향에 관해, 서방 각 나라에서는 문학 이론가, 평론가와 작가들이 그에 열렬한 흥취를 일으켰다. 비록 일부에서는 이러한 학설들에 의혹을 품고 심지어 힐난하는 경우도 있었다. 무조건적으로 정신분석의 사상을 받아들인 사람은 많지 않았으며 어떠한 저명한 문학가도 이 이론을 완전히 답습하거나 도용하지는 않았지만, 확실히 상당 수의 작가와 비평가들은 정신분석이 그들에게 신비한 대문을 열어 젖혔고 그들로 하여금 다채롭고 화려하면서도 음산하고 냉막한 예술세계를 발견하도록 해주었다고 믿었다. 그들은 기쁨과 놀라움으로 "프로이트의 저작은 바로 일종의 새로운 인류학적 시금석이다"[24]라고 하였다. 설사 프로이트의 저작을 읽어보지 못한 사람이거나 정신분석 사상에 반대했던 사람이라고 해도 자기도 모르게 프로이트주의의 영향을 받곤 하였는데, "왜냐하면 오래 전부터 정신분석의 관념이 일찌감치 주위 사방에 가득한 분위기였기 때문이다."[25]

서방 문예사상에 대한 프로이트주의의 영향은 한편으로 그의 일반심리학과 문화철학 이론으로부터 비롯된 것이고, 다른 한편으로 그가 이 이론들을 운용하여 문예 문제에 대해 내놓은 미학적 논술로부터 비롯된 것이다. 『꿈의 해석』, 『정신분석개론』, 『문명과 그 불만』 등 중요한 저작 속에서, 예술가, 예술품에 관한 일련의 평론 속에서 프로이트는 문학의 동력, 본질, 본체, 기능, 창작과정에 대한 인식을 논술하면서, 문예가 작가의 무의식적 성욕 본능의 승화이고 예술가의 형식화한 백일몽이라고 믿었다. 만약 예술품이 사회화하여 드러난 의미와 사유화하여 감춰진 의미의 입체적 조합이라고 한다면, 예술적 아름다움은 바로 '초자아'의 도덕과 '이드'의 사욕이 환상 속에서 정합화하는 것이다. 그리하여 작가는 창작 속에서, 독자는 감상 속에서 교체적으로 리비도의 수요를 만족시키는데, "그는 일종의 교체적인 방식으로 현실과의 연계를 얻어내는 것으로써 신경병의 액운을

---

24) 토마스 만(Tomas Mann), 「프로이트의 주요 개념」, 『국외문학신관념』, 중국인민대학출판사, 1988년판

25) 슈와르츠(M. M. Schwartz), 「프로이트」, 『20세기 세계문학 백과전서(*Encyclopedia of World Literature in the 20th century*)』, 뉴욕, 1981년판

도피한다."[26)]

프로이트의 문예 사상은 수십 년의 시간 속에서 적지 않은 추종자를 얻어냈다. 1912년, 라이프치히, 비엔나와 취리히에서 출간된 《이마고(*Imago*)》와 더불어 뒷날의 《문학과 심리학》, 《정신분석평론》 등 잡지에서는 매우 많은 정신분석 문예이론의 논문이 집중적으로 발표된 바 있다. 그리고 정신분석의 관점에서 문예미학의 문제를 해석한 갖가지 저작, 이를테면 오토 랭크의 『영웅 탄생의 신화(*The Myth of the Birth of the hero*)』(1909)와 『예술과 예술가(*Art and Artist*)』(1932), 트릴링(L. Trilling)의 『프로이트와 문화 위기(*Freud and the Crisis of Our Culture*)』(1955), 필립스(W. Phillips)의 『예술과 정신분석(*Art and Psychoanalysis*)』(1959), 크루스(F. Crews)의 『정신분석과 문학과정(*Psychoanalysis and Literary Process*)』(1970) 등이 더욱이 끊이지 않고 이어졌다.

정신분석 문예사상의 발전 속에서는 특히 카를 융, 홀랜드(N. N. Holland)와 자크 라캉의 이름 및 공헌을 반드시 언급해야 하는데, 그들은 각자 독립적인 이론 탐색을 거쳐 고전적인 프로이트 이론에 대하여 창조적인 해석을 해놓았다. 융의 특출한 공헌은 바로 무의식을 개체무의식과 집단무의식으로 나누면서, 예술창작에 대하여 후자의 결정적인 영향을 강조한 점이다. 그것은 일종의 선천적으로 존재하는 초개인적 심리구조인데, 그것이 왕왕 일종의 원형으로서 '집단적'인 꿈, 환각과 상상으로 표현되고, 시공을 초월한 원시적 이미지로 반복해서 나타나며, 그것이 인류에게 보편적으로 존재하는 심층적인 무의식 심리구조라고 믿었다. 작가가 이 원형들을 창조한 것이 아니라, 바로 원형이 작가를 창조한 것이다. "괴테(Goethe)가 『파우스트

---

26) 프로이트, 「정신분석의 기원과 발전(The Origin and Development of Psychoanalysis)」, 『프로이트저작선집』, 중국 쓰촨인민출판사, 1986년판

(*Faust*)』를 창조한 것이 아니라, 『파우스트』가 괴테를 창조한 것이다"라는 융의 격언이 바로 이러한 사상의 정갈한 개괄이다.[27)]

미국의 문예이론가 홀랜드는 『문학의 동력학(*The Dynamics of Literary*)』(1968), 『다섯 독자들의 열독(*5 Readers Reading*)』(1965) 등의 저작을 앞뒤로 발표하였는데, 그는 정신분석학을 독자의 수용심리, 반응동력에 대한 연구에 대담하게 운용하면서, 문학 텍스트가 "우리를 꿈꾸게 하고", "그것은 하나의 핵심적인 환상을 체현하고 있을 뿐 아니라, 우리들 속에서 그것을 환기시킨 뒤로 모종의 수단을 가지고 그 환상을 지배하고 제어"하는데, 이러한 수단이 바로 문학의 '형식'이고, 형식은 환상의 사욕적 성질을 부드럽게 해서 환상으로 하여금 심미적이고 도덕적이며 혹은 이지적인 면을 지닌 경험으로 개조되게 하므로, 그리하여 일종의 곡절된 방식으로 작품을 배설과 반(反)배설, 방어기제와 쾌락원칙의 조화에 도달하게 함으로써 독자로 하여금 미적 유쾌감을 느끼게 한다고 지적하였다.

라캉은 프랑스의 정신분석 이론가인데, 그는 언어적 시각으로부터 오이디푸스 콤플렉스 및 무의식의 형성과정을 재해석하였고 구조주의적 방법을 무의식에 대한 연구로 운용하면서, 무의식 구조와 언어 구조가 서로 유사하고 모두 기표(signifiant)와 기의(signifié) 사이의 분열이라고 믿었으므로, 문학 연구의 중심을 텍스트라는 결과로부터 텍스트 생성의 과정으로 인도함으로써 무의식의 잠재 텍스트(sub-text)를 찾아 나섰던 것이다.[28)]

프로이트가 개척한 정신분석의 방향에 따라, 이러한 연구들은 모두 무의식, 생명 본능 방면으로부터 정욕과 예술적 환상의 관계, 의식과

---

27) 융(C. C. Jung), 『심리학과 문학(*Psychology and Literature*)』, 중국 삼련서점, 1987년판 참조

28) 라캉, 『선집(*Ecrits*)』, 1977년 런던판 참조

무의식의 관계, 이성과 비이성성의 관계를 탐구하는 데 힘을 기울여 내적인 영혼, 심층적 심리, 생물적 수요 등의 방면으로부터 미(美), 미감(美感), 심미(審美) 창조를 재해석함으로써 체계적인 문예미학 체계를 건립하고자 하였다. 프로이트의 영향 아래에서 구미 각 나라에는 서로 유사하면서 다르고, 다르면서 또한 유사한 정신분석 문예미학 사조들이 출현하였고, 뿐만 아니라 많은 다른 문예학 사조, 이를테면 구조주의, 기호학, 수용미학, 여성주의 등이 사실상 또한 모두 많든 적든 프로이트주의로부터 영향을 받았다.

문학비평 실천에 대한 프로이트주의의 영향 역시 유래가 오래되었는데, 프로이트 본인이 먼저 정신분석의 시각에서 소포클레스(Sophocles), 레오나르도 다빈치(Leonardo da Vinci), 미켈란젤로(Michelangelo), 셰익스피어(Shakespeare), 도스토예프스키(Dostoevskii) 등 예술가 및 그 예술창작을 분석하고 해석하면서 예술가의 유년기 경험, 오이디푸스 콤플렉스, 갖가지 무의식 동기로부터 창작의 과정을 이해하며 상징의 본체를 찾아 나서고자 하였다. 그의 직접적인 계시를 받아, 존스(E. Jones)의 『햄릿과 오이디푸스(*Hamlet and Oedipus*)』(1949), 모델(A. Mordell)의 『문학 속의 성애 동기(*The Erotic Motive in Literature*)』(1919), 보나파르트(M. Bonaparte)의 『애드가 앨런 포의 삶과 작품(*The Life and Works of Edgar Allan Poe*)』(1938) 등이 모두 문학작품 속의 갖가지 근친상간 욕망, 오이디푸스 콤플렉스, 성욕 상징 및 생활 속의 아동적 환상과 텍스트의 관계를 광범하게 들추어내는 데 힘을 기울였다. 비록 이 뒤로는 전통적인 정신분석적 비평 모델이 여러 차례 타격을 받기는 하였지만 각 방면의 도전에 끊임없이 응답하면서 여전히 완강한 생명력을 지켜갔는데, 그것의 많은 방법, 기술과 관념이 점차 기타 모델 속에 스며들며 융화되었을 뿐 아니라 일종의 독특한 비평모델로서 여전히 문학평론과 문학연구 속에서 광범하게 응용되었다. 예컨대 1980년대 초만 하더라도, 정신분석적 방법만으로 셰익스피어를 연구한 중요한 저작에는 슈와르츠(M. M. Schwartz)가 엮은 『셰익스피어의 작품에 관한 정신분석적 해석(*A Psychoanalytic Interpretation of Shakespeare's Cymbeline and The Winter's Tale*)』(1980), 윌러(R. P. Wheeler)의 『셰익스피어의 발전과 문제 희극(*Shakespeare's Development and the Problem Comedies*)』(1981), 칸(C. Kahn)의 『인류의 유산: 셰익스피어 작품 속의 남성성(*Man's Estate: Masculine Identity in Shakespeare*)』(1980) 등이 있다.

이 비평 작품들은 심리학 용어를 문학 용어로 전환시키고 심리학적 방법을 문학비평의 방법으로 전환시켰지만 이 시도가 완전히 성공하진 못하였는데, 마침 누군가 비평하였던 것처럼 "정신분석학설을 문학에 적용하고자 한 시도는 오늘날까지 아직은 상당히 생소하고, 간단하며, 왕왕 복잡한 것을 단순화하여 창작의 개성을 구속하였다는 데 의심의 여지가 없다. 사람들은 문학의 재료를 정신분석학에 사용한 것을 모방한 것이었지, 정신분석적 안목과 방법을 문학의 수요에 적용한 것이 아니었다."[29] 비록 이러하다고 해도, 프로이트와 그의 후계자들이 건립한 정신분석학 관념, 방법은 비평가들로 하여금 텍스트 구조의 다의성, 다층성을 드러낼 수 있게 해주었고, 텍스트와 작가의 심리, 역사적 경험과의 관계를 들추어낼 수 있게 해주었으며, 문학 창작과 열독 과정 속의 무의식 동기와 동력을 투시할 수 있게 해주었고, 작가, 텍스트, 독자 및 창작과정에 대한 인식을 심화시킴으로써 그들이 광활한 앞길을 열어나가도록 만들었다.

프로이트주의의 문학적 영향은 더욱 큰 면적에서 20세기 구미의

29) 리온 이들(Leon Edel), 「심리학과 문학」, 『20세기 세계문학 백과전서』, 뉴욕, 1971년판

각 나라와 갖가지 사조의 문학 창작 속에 표현되었는데, 누군가가 일찍이 내놓은 예측으로는, "만약 사료(史料) 배열의 방식으로 정신분석운동의 현대문학에 대한 영향을 전체적인 역사로 조명할 경우, 그것은 분명 극히 관련 영역이 넓은 하나의 작업이 될 것이다. 저명한 작가 중 직접적이거나 혹은 간접적으로라도 그 관점의 영향을 받지 않은 이는 거의 한 명도 없다. 몇몇 작가들은 직접 정신분석을 섭렵하였고, 이 밖에 대다수 작가들은 몇몇 중요한 이론가의 저작, 다량의 정신분석 평론과 저술을 열독하는 것을 통해 정신분석의 관념을 흡수하였다."[30] 1920년대부터 현재에 이르기까지 점점 더 많은 작가들이 정신분석의 관념을 자신의 관찰, 체험과 예술적 전달 속에 녹여내고 있으며, 서방문학 속에서는 곳곳에서 프로이트식의 주제, 이야기, 구상, 흥취와 사상의 갖가지 변형체와 표현을 만나볼 수 있다.

프로이트주의의 영향을 깊게 받은 현대의 주요한 작가 중에는 독일어 국가의 작가인 오스트리아의 카프카(F. Kafka), 독일의 토마스 만(Thomas Mann), 브레히트(B. Brecht)가 있고, 영국 작가로는 로렌스(D. H. Lawrence), 조이스(J. Joyce)와 버지니아 울프(Virginia Woolf)가 있으며, 프랑스 작가로는 프루스트(M. Proust), 기드(A. Gide), 초현실주의의 지도자 브르통(A. Breton) 및 '새로운 소설학파'의 대표 로브 그리예(A. Robbe Grillet)와 사로트(N. Sarraute) 등이 있다. 그 밖에 미국 작가 유진 오닐(Eugene G. O' Neill), 잭 런던(Jack London), 엘리엇(T. S. Eliot), 헤밍웨이(E. Hemingway), 포크너(W. Faulkner), 벨로(S. Bellow), 메일러(N. Mailer), 맬러머드(B. Malamud), 샐린저(J. D. Salinger), 피츠제럴드(F. S. Fitzgerald)…… 이러한 이름들을 우리는 더 많이 열거할 수 있는데, 비록 프로이트주의를 접촉한 방식, 경로와 정도가 서로

30) 리온 이들, 앞의 글

다르고 창작의 면모 역시 다채롭지만, 확실히 많은 서방학자들의 연구 성과가 표명하고 있는 것처럼, 프로이트주의와 모두 떼려야 뗄 수 없는 연계가 존재한다.31)

창작의 사조로 말하면, 제1차 세계대전 이후 흥기한 갖가지 문학 유파는 모두 프로이트주의와의 연계를 끊기 어렵다. 가령 의식류(stream of consciousness) 소설은 비록 처음에는 그 흥기와 발전이 정신분석과 전혀 인과관계가 없었지만 1920년대 이후 프로이트학설의 광범한 전파에 따라 문학의 선봉성과 심리학의 선봉성이 교차하기 시작하면서 점차 자각적으로 무의식이라는 이 신비하고 은폐된 심리 영역을 문학의 세계 속에 끼워 넣었다. 어느 미국의 평론가는 일찍이 양자의 연계를 이같이 논술한 바 있는데, 무의식이라는 이 "언어 영역으로부터 가장 먼 정신 영역은 대체로 사람들의 주목을 끌지 못하였다. 1907년 프로이트가 옌센(W. Jensen)의 『그라디바(*Gradiva*)』에 대해 심리학적 연구를 한 뒤에야 전의식과 무의식이 비로소 소설의 합법적 영역으로 변화하였다. 이전에도 물론 이러한 예가 간간이 있기는 하였다. 하지만 프로이트 이후에야 비로소 소설에서 모든 다른 추상적 개념이 포용되는 일종의 추상적 개념—인간의 의식—을 표현하기 시작하였다."32) 개괄적으로 말해서 프로이트의 영향은 의식류 소설에 네 가지 중요한 영향을 끼쳤는데, 1. 인간의 무의식 심리 동기와 과정을 발굴하는 데 노력하였고, 2. 비이성적 성욕 본능과 변태적 콤플렉스를 들춰내는 데 주의를 기울였으며,

---

31) 프레드릭 존 호프만(Frederick J. Hoffman), 『프로이트주의와 문학사상(*Freudianism and the Literary Mind*)』, 중국 삼련서점, 1987년판; 뉴욕에서 출판된 『20세기 세계문학 백과전서』의 1971년판 「심리학과 문학」 및 1981년판 「프로이트」 참조

32) 프리먼(M. W. Freeman), 「'의식의 흐름(Stream of Consciousness)'을 논하다」, 『문학이론번역총서』, 중국문학예술계연합회출판공사, 1983년판 제1권

3. 서사 수법에 있어서 프로이트가 일컬은 '자유연상'식에 가까운 일종의 내심의 독백이라는 방법을 차용하였고, 4. 심리적 환각, 이미지 및 꿈자리의 상징성과 암시성을 중시하였다. 프로이트주의는 의식류 소설에 텍스트의 층위적 복잡성과 인물 심리의 원시적 정합성을 증가시켰고, 일종의 새로운 투시적 기반 위에서 입체적 경험 구조와 서사 구조를 배가시켰으며, 작가에게 복잡한 상황 아래에서 현대적 감수성과 체험, 이미지를 파악하고 나타낼 수 있는 일종의 가능성을 제공함으로써 사람들로 하여금 서술자의 중개를 거치지 않고 인물의 마음 깊은 곳에서 흐르고 있는 비밀을 '직접' 체험할 수 있게 만들었다. 우리는 프로이트주의의 초현실주의 문학에 대한 영향도 언급할 수 있다. 이러한 종류의 영향은 창작의 결과 속에서 그들이 무의식의 심연을 탐색하도록 하는 것으로 표현되었을 뿐 아니라, 창작 과정 속에서 그들이 이른바 '무의식적 글쓰기', '자동적 글쓰기'를 제창하는 것으로 표현되기도 하였다. 이 유파의 핵심적 인물로서 앙드레 브르통(André Breton)은 일찍이 프로이트를 예방하고 그의 저작을 열독한 바 있는데, 바로 그 계시를 받아 그는 초현실주의가 "정신의 순수한 무의식 활동이다. 사람들은 그것에 기대어 구두, 서면 혹은 기타 방식으로 진실한 심정의 과정을 표현한다. 이성의 어떠한 제어도 받지 않고 또한 어떠한 미학 원칙 혹은 도덕적 선입견이 없을 때 생각이란 것이 자유롭게 활동한다"[33]고 선언하였다. 바로 이러한 방향을 따라, 초현실주의자들은 갖가지 몽환적 정경, 신경 착란 시의 망상을 추종하며, 깨어 있을 때와 꿈꿀 때의 차이를 제거하고, 마음이 내키는 대로 갖가지 생각의 실타래를 기록하며, 심지어는 문장 부호를 방기하기까지 하는데, 그 목적은 바로 영혼의 깊은 곳으로 빠져 들어가

33) 앙드레 브르통, 「초현실주의란 무엇인가」, 『현대서방문예이론선집』, 중국 상하이역문출판사, 1984년판

무의식적 심리의 본질을 들춰내기 위함이다.

어쩌면 몇몇 문학 사조는 그렇게 직접적이거나 혹은 철저하게 프로이트주의와 한데 연계되지는 않지만, 표현주의(Expressionism), 실존주의(Existentialism), 부조리파(Absurd), 블랙유머 등 사조의 창작 속에서 결코 어렵지 않게 프로이트주의의 낙인이 발견된다는 데 의심의 여지는 없다. 사실상 위에서 우리가 열거했던 작가 중에는 적잖은 사람들이 바로 이들 유파의 대표자들이다. 이는 우연적이고 개별적인 현상이 아니고 20세기 구미문학이 실로 많은 방면에서 프로이트주의와 융합되었기 때문인데, 프로이트의 성욕 이론과 현대 문학 속의 정신병, 기형 인격, 프로이트의 인격 이론과 현대문학 속의 인성 분열, 정신 비극, 프로이트의 자유연상 및 꿈의 학설과 현대문학의 심리화, 서사적 자유화, 상징성, 프로이트의 심리 구조 및 동력적 비이성 본질에 대한 투시와 현대문학의 인류 역사, 인류 사회와 인생 운명에 대한 정신분석적 해석…… 등등이 모두 프로이트주의의 20세기 문학에 대한 거대한 커버력과 삼투력을 나타냈던 것이다.

프로이트주의가 20세기 서방 문학사조, 문학비평과 문학 창작 등 각 방면에 이렇게 큰 영향을 일으킬 수 있었던 것은 그것이 일반 문화철학의 의의에서 문학을 해석하였기 때문만이 아니라, 프로이트와 그의 학설이 문학예술과 특수한 연계를 지니는 데도 그 까닭이 있다. 프로이트 본인은 "일종의 시인적이면서도, 더욱 정확히 말하면, 생활과 인격에 관한 일종의 예술가적 개념을 풍부히 지니고 있었다."[34] 문학예술에 대한 그의 관심은 그가 문예작품 속에서 빈번히 재료를 찾아 심리학 체계를 구축한 데로 표현되었을 뿐 아니라, 그가 심리학 방면으로부터 문학예술의 문제 및 역사적 문학예술가,

---

34) 머피(C. Murphy), 『근대심리학의 역사』, 중국 상무인서관, 1982년판 하권, 374면

예술품을 분석하고 토론하며 평가하는 것을 좋아한 것으로도 표현되었다. 프로이트는 생전에, 당시 몇몇 저명한 작가인 브르통, 토마스 만, 즈웨이그(S. Zweig), 롤랑(R. Rolland), 슈니츨러(A. Schnitzler) 등과 내왕하며 우의를 다졌다. 1930년 그는 괴테문학상의 영예를 안기도 하였다.

물론, 프로이트주의가 기타 이론과 학설보다 작가와 예술가들을 더 흡인할 수 있었던 것은 그것이 문학과 마찬가지로 인간의 행위와 정신세계,행위 동기와 정신구조의 복잡성에 주목하였을 뿐 아니라 "그것이 결국은 인류 행위에 대한 일종의 새롭고 대담한 해석이었다는 데도 그 우위성이 있다. 한편으로, 그것은 예술가 본인의 주관의 중요성을 과장하였는데, 그것이 독립적 행위의 심층적이고 중요한 내원을 암시해주었기 때문이다. 다른 한편으로, 그것은 예술가에게 그 본인 및 그가 소재한 세계를 연구하는 새로운 실마리를 제공해주었고 이 새로운 실마리는 더욱 흡인력을 지니는 것이었는데, 그것들이 표면적 성질에 있어서 습관과 행위에 대한 고유한 견해에 반대되는 것이었기 때문이다. 프로이트는 다른 이론보다 더욱 강렬하게 당대 작품에 영향을 끼칠 가능성이 큰데, 왜냐하면 그가 논술한 주제가 심미적 흥취와의 관계에 있어서 보다 밀접한 것이기 때문이다."[35] 확실히 프로이트는 인간의 본성, 인간의 영혼세계에 대한 그의 독특한 발견으로써, 인류의 정신영역의 신대륙을 관찰하고 탐색하는 그의 독특한 방식으로써 당대 문학을 고무하면서 그에 영감과 계시를 제공하였고, 사람들로 하여금 일종의 새롭고 의미심장한 심미적 시각을 획득할 가능성을 얻게 만들었다.

프로이트주의의 흥성은 20세기의 문학사조 변화와도 직접적인 관련이 있다. 20세기는 예술의 반역 시대이다. 스탕달(Stendhal),

35) 호프만, 『프로이트주의와 문학사상』, 122면

발자크(H. Balzac), 톨스토이(L. N. Tolstoy), 플로베르(G. Flaubert) 등 대스승에 의해 건립된 문학전통은 높은 봉우리처럼 넘기 어려운 것이지만 인류 자신에 대한 사람들의 인식이 이미 외재한 행위로부터 내재한 동기로 들어섰고, 이성 의식으로부터 비이성 무의식으로 들어섰기 때문에 이러한 변화가 당대 문학의 내면적 심리화 경향을 직접적으로 불러온 것이다. 이야기를 강술하고 성격을 빚어내는 전통성은 차츰 심리적 절차와 심리적 상태를 드러내고 나타내는 열정으로 대체되었고, 이는 바로 새로운 심미 세계와 서사 방식을 탐색하는 중에, 예술가들이 프로이트주의로부터 공감과 투합점을 찾아 나서게 만들었다. 그리하여 "20세기에서, 문학과 심리학은 이미 그것들이 공동의 기초 위에 놓였다는 점을 인식하게 되었고, 모두가 인류의 동기, 행위 및 인류가 신화를 창조하고 상징을 운용하는 능력에 대하여 관심을 두게 되었다. 이 과정 속에서, 그것들은 모두 인생관 방면에 대한 탐구에 관련되었다. 정신분석학—즉 상징을 통한 무의식에 대한 연구—과 심리학은 융합되었고, 프로이트가 세기 전환 시기에 인류의 영혼 방면을 탐색하면서 축적한 지식으로부터 문학 스스로가 차츰 끊임없이 도움을 구해나갔다."36)

이 밖에, 커뮤니케이션학의 시각에서 볼 때, 프로이트주의는 근 한 세기간의 광범한 전파 속에서 그것의 지명도와 문화적 분위기 속에서의 농도가 그 영향력의 강도를 객관적으로 배가시켰다. 왜냐하면 일반적으로, 일종의 학설의 전파 규모, 유행 정도, 수용 범위와 사회 평가 등이 그것의 문학에 대한 영향과 정비례하기 때문이다. 기왕 프로이트주의가 당시 이미 문화지식계의 초점이 된 바에야, 그 광범하고 심원한 문학적 영향은 이해하기 어려운 일이 아닐 것이다.

물론, 이러한 해석들 역시 충분한 것은 아니다. 우리는 당대 문학에

---

36) 리온 이들, 앞의 글

대한 프로이트주의의 영향이 비록 드레이저(T. H. A. Dreiser)와 같은 현실주의 작가와 로렌스와 같은 낭만주의 작가에게서 출현하기는 하였지만, 더욱 많고 더욱 광범한 정도, 또한 더욱 깊은 정도에서는 갖가지 현대주의 작가들에 대한 영향으로 체현되었다는 점을 알고 있다. 바꿔 말해서, 프로이트주의는 일정한 정도에 있어서 현대주의 문학의 반이성적 경향을 만족시키고 강화함으로써 그 영향 범위를 확대하였는데, 그것과 니체, 베르그송 등의 철학, 실존주의 사조, 상대주의 이론이 서로 연합하여 당대의 반이성주의적 문화 대합창을 함께 구성했던 것이다. 그것들은 이성의 한계를 선포하고 인류의 자기애적 환상을 깨뜨렸으며 세계의 허구적인 질서를 교란시키면서 이성적 문화와 문명의 비신뢰성을 입증하였다. 비록 프로이트 자신은 처음부터 끝까지 언급하지 않았지만, 이성에 대해 그것이 가한 궤멸적 타격은 확실히 프로이트주의로 하여금 반이성주의적 문화 배역을 맡도록 하였다. 이는 바로 그것이 기존의 문학형식, 언어규범을 파괴하는 데 노력하고 인류의 분열, 이화, 기형과 스스로 주인이 될 수 없는 비극적 상황을 무정히 전시한 현대주의 문학과 의기투합된 것이므로, 우리는 20세기 구미 문학에 대한 프로이트주의의 영향이 그 근원에 있어서 현대주의 문학사조와 한데 연계된다고 말할 수 있다.

3. 중국 문학 속의 프로이트주의

20세기 문학에 대한 프로이트주의의 영향은 결코 서방에만 한정되지 않는데, 이는 일종의 세계적인 문학 현상이기 때문이다. 과학, 기술, 문명의 발전에 따라, 자본주의의 대외적 확장 및 전통적인 동·서방 두 세계 사이의 보호벽이 충격을 받음에 따라 동·서 문화는 불가피하게 상호 교류하고 대화하기 시작하였는데, 이는 모든 문화 사상, 학설로 하여금 그것이 민족과 지역의 범위를 뛰어넘어 전 세계 공동의 정신적 재산이 될 수 있게 만들었다. 마침 이러한 세계적 배경 아래서, 비록 중국과 서방은 아직 서로 다른 생산관계와 사회상태 속에 놓여 서로 다른 문화적 축적과 전통을 지탱하며 서로 다른 역사적 사명과 현실적 선택에 직면하였지만, 1920년대 초반부터 시작해 프로이트주의는 바로 유럽과 미국을 풍미하는 그 현저한 역사과정을 시작할 때 또한 중국에도 전해져, 이후의 반세기 넘는 세월 속에서 끊기다 이어지고 감춰졌다 드러나면서 중국의 문예미학 사상, 문예비평 실천과 문학 창작에 대하여 몇몇 선명하면서도 서방과 비교하면 상당히 제한적이기도 한 영향을 발생시켰다.

신문화운동 초기, 프로이트주의는 서방에서 막 그 위치를 굳건히 해나가고 있었지만, 여전히 절반의 찬사와 절반의 비난을 받고 있었다. 그러나 서방을 향해 진리를 구하는 데 초조하고 배고프고 긴급했던 중국의 지식인들은 서방을 숭배하고 새로움을 좇는 일종의 심리적 수요로 인해 프로이트주의를 서방의 가장 선진적인 사상적 성과의 하나로 중국에 소개하였다. 프로이트 및 정신분석학적 관점이 당시의 각종 출판물 곳곳에서 출현하기 시작하였는데, 그중에는 심리학, 의학, 교육학 등 전문 간행물이 있었고, 또한 종합적이거나 문학적인 간행물도 있었으며, 대중성을 겸한 서적들이 계속해서 출판되었다. 중국의 문단에 처음으로 프로이트 열풍이 형성되었다.

1930년대 이후로는 중국 정치와 사회 형세의 급격한 변화에 따라 프로이트주의 열풍이 차츰 퇴조하였지만 프로이트 자신의 몇몇 원저와 정신분석학설을 소개하고 논평하는 논저는 여전히 중국에 번역되고 출판되었다. 주광첸(朱光潛), 가오줴푸(高覺敷) 등의 학자는 또한 독립적인 비평의 안목으로 프로이트주의를 분석하는 시도를 시작하였다. 그러나 중국문화 내부의 분화와 이슈의 전이로 인해 이데올로기 영역 내의 정치적 대립이 차츰 확대되고 첨예해짐에 따라, 또한 중·서 문화의 충돌이 새로운 형세 아래서 나날이 격렬해짐에 따라 당시 프로이트의 영향은 점차 전공적인 학술계 내로 제한되었으며 전 단계에서의 그 광범한 사회적 열풍과 수용력을 잃어버렸다. 그리고 당시의 좌익 문화계는 소련 이데올로기의 영향을 받아 일찍이 프로이트학설을 명확히 비판하면서 그것과의 철저한 결별을 표시하였다. 그때 이후로는 소수의 심리학 저술에 간혹 언급이 되었던 것 외에는 프로이트의 이름과 그의 사상이 차츰 중국의 문화무대 위에서 사라져갔다. 신중국 이후 1970년대까지, 정신분석학은 대체로 과장되고 날조된 문화적 금지구역이 되었다.

1980년대 초, 중국이 다시 대외적 개방의 대문을 열어 젖히고 세계문화의 대조류 속에 들어설 때가 되어서야 잊혔던 프로이트주의가 비로소 다시 권토중래하였고 마침 지난하게 신·구 교체를 진행하고 있던 중국문화에 충격을 일으켰다. 프로이트 열풍의 부흥은 정신분석학설의 전파가 그 폭과 심도에 있어서 모두 전에 없던 확장을 얻어낼 수 있게 만들었다. 프로이트의 거의 모든 주요 저작뿐 아니라, 프로이트를 잇는 많은 정신분석학자, 이를테면 융, 아들러, 호나이, 프롬, 마르쿠제, 라캉 등의 사상과 학설 역시 중국 지식계에 익숙해지기 시작하였고, 프로이트주의를 논한 구미와 소련의 저술이 중국에서 대량으로 발행되었다. 중국 국내학자 역시 프로이트주의에 관한 많은 논문과 저작을 편찬하였다. 중국 지식인들은 냉정하고 건실하며, 동시에 독립적이고 비판적인 태도로 프로이트주의라는 이 20세기의 문화적 성과를 대면하기 시작하였다.

20세기 문화에 있어서 중국의 개방, 폐쇄, 개방이라는 과정과 보조를 같이하여, 중국에서 프로이트주의 전파 역시 고조, 침체, 고조의 굴곡을 겪었다. 1920년대가 프로이트주의가 중국에 수입되고 만연한 시기였다고 한다면, 1930~1940년대는 바로 비판과 퇴조의 시기였으며 1950~1970년대는 적막과 단열의 시기였고 1980년대 이후는 부흥과 반성의 시기가 되었다. 비록 중국에서는 일찍이 독립적인 정신분석 이론가 혹은 학자가 없었고 더욱이 어떠한 규모 있는 정신분석운동도 나타나지 못하였지만, 부침이 거듭되는 과정 속에서 프로이트주의의 전파는 중국의 현대 사상문화에 일정한 영향을 끼쳤으며, 이러한 영향으로 가장 부각된 것이 바로 문학—문예미학 이론, 문학비평 실천 및 문학 창작—이었다. 그것은 20세기 중국의 문학에 모종의 정신분석의 문화적 요소를 심어주었다.

프로이트주의가 막 중국에 전파되면서, 1920년대 초기부터 중국 문학계는 프로이트주의와 문예미학 사상과의 관계 및 이러한 연계의 독특성을 인식하기 시작하였다. 그때 이후로 수십 년의 기간 동안 사람들은 갖가지 경로로 문예미학의 기본문제에 대한 정신분석학설의 입장과 관점을 접촉하고 이해하였다. 그 경로는 다음과 같다. 1. 프로이트 본인의 저작이다. 가장 먼저는 외국어 저작이며 1930년대 이후로 중국어 번역작이 생겨나기 시작하였다. 1980년대 이후로는 대체로 모든 주요한 저작이 중문판으로 출간되었고 심지어 예술문제에 관한 프로이트의 시각이 담긴 몇몇 논문집이 출판되었다. 2. 심리학 혹은 정신분석학설에 관한 기타 저작이다. 이를테면 엘리스(H. H. Ellis) 등의 성 심리학 저작이고 구미 각 나라의 정신분석에 관한 평술이다. 이 저작들 속에서 모두 모종의 문예미학 문제가 다뤄졌다. 3. 정신분석학설과 연계가 있는 기타 서방과 일본의 문예이론가의 저작이다. 이를테면 구리야가와 하쿠손(廚川白村)의 『고민의 상징(苦悶的象徵)』, 모델의 『문학 속의 성애 동기』이다. 4. 중국 지식계의 프로이트주의 및 그 문예미학 사상에 대한 소개이다. 이를테면 주광첸의 『변태심리학(變態心理學)』과 『문예심리학(文藝心理學)』이다.

중국 문예미학 사상에 대한 프로이트의 영향은 일찍이 1920년대에 상당히 광범위하였다. 루쉰(魯迅), 저우쭤런(周作人), 특히 궈모뤄(郭沫若)로 대표되는 낭만주의파 이론가들이 모두 서로 다른 정도에서 프로이트학설을 접촉하고 차용하여 문학을 설명하고 해석하였다. 1930~1940년대 이후는 프로이트주의의 영향의 기세가 차츰 감소하였지만, 주광첸, 리창즈(李長之), 특히 샹페이량(向培良) 등 이론가의 사상에 있어서는 여전히 프로이트주의와 밀접한 연계가 유지되었다. 그 뒤로 도래한 수십 년의 결별에 대한 반작용으로 1980년대 이후 프로이트의 사상은 더욱 많은 중국 이론가와 비평가들을 흡인하였는데, 리쩌허우(李澤厚), 류짜이푸(劉再復) 등 중요한 대표자들이 모두 서로 다른 정도에서 정신분석의 관념과 방법의 영향을 받았다. 그 영향은 주로 다음과 같은 세 방면에 집중되었다.

첫째, 문예의 본질에 관해서이다. 프로이트는 작가의 내부, 심리구조로부터 예술의 본질을 이해하는 것을 강조하였는데, 이는 개성을 고양하고 표현을 중시한 '신문학'의 낭만주의 문예사상에, 심지어는 예술을 '고민의 상징'으로 본 루쉰에게서 모두 정신적인 공명을 일으켰다. 1980년대에 그것은 이론가들이 기계적인 문학반영론(文學反映論)에 반대하고 문예심리학의 연구 영역을 개척하는 데 유력한 지원군이 되어주었다. 둘째, 문예의 동력에 관해서인데, 프로이트는 생명 본능, 특히 성욕 본능을 예술 창조의 원동력으로 보면서, 예술이 사람들의 성적 경험, 성적 경력과 연계가 있으며, 성욕 본능, 이드 욕망의 승화라고 믿었다. 비록 중국의 이론가와 비평가들은 이 학설의 편향성을 퍽이나 비난하였지만, 그들 역시 이따금은 그로부터 계시를 받아, 예술적 수요와 인간의 생명 수요를 서로 연계하고 작가의 창작과 그의 정신 생활, 예술 생활 간의 관계를 재해석하였다. '신문학' 시기에 궈모뤄와 저우쭤런, 뒷날의 가오줴푸, 샹페이량이 모두 이 방면에서 유익한 탐색을 시도하였다. 셋째, 무의식 심리기제에 관해서이다. 프로이트가 인간의 심미적 실천, 예술적 활동 속에서의 무의식 작용을 강조한 것은 비록 1920~1930년대에는 충분히 주목받지 못하였지만, 1980년대에는 도리어 중국 문예미학 사상에 광범한 영향을 일으켰다. 많은 사람들이 글로써 무의식과 문학 창작, 문학 감상 및 문학 본체 사이의 관계를 토론하면서, 문학 과정 속에서 무의식의 기능, 의의와 작동기제를 검토하였으며, 미, 심미, 예술 창조와 문학 작품의 복잡성, 입체성, 동태성에 대한 인식이 한층 더 깊어졌다.

반드시 지적해야 할 것은 비록 정치, 사회학적 문예미학 사상이 장기적으로 20세기의 중국을 지배하였고 프로이트에 대한 중국 이론가들의 이해수준이 결코 높지 못하였으며 그들이 충분한 이론적 소질, 사유적 훈련과 독립된 정신으로 프로이트주의를 비판적이고 참근적으로 진화시키고 융합시키지도 못하였지만, 프로이트주의의 영향이 도리어 많은 주요한 문예심리학 문제에 대한 사람들의 사고와 탐색을 계발하여 심층심리학적 문예학의 길을 열어주었다는 점이다.

프로이트주의는 또한 중국의 20세기 문학비평 실천과 문학사 연구에도 영향을 가져왔다. 20세기는 서방에서 비평의 시대로 일컬어지는데, 이와 비교하면 중국의 문예비평은 그 사조와 모델의 다양성에 있어서든 그 방법의 독립과 사유의 심도에 있어서든 모두 차이가 드러난다. 엄준한 사회현실과 강대한 문화전통의 두 중대한 제약 아래에서, 고도로 정치화한 사회학적 비평은 줄곧 중국의 20세기 문예비평의 주된 사조였다. 따라서 정신분석적 비평 모델의 중국에 대한 영향은 단지 진퇴양난 속에서 그것에 하나의 자리를 남겨주었을 뿐이다.

궈모뤄의 「『서상기(西廂記)』 예술에 대한 비평과 그 작자의 성격」

은 가장 먼저 정신분석의 방법으로 중국 고대문학 연구를 시도하였다. 뒤이어 판광단(潘光旦)의 명나라 여성 풍소청(馮小靑)에 대한 연구, 류다제(劉大傑)의 『홍루몽(紅樓夢)』 인물의 성욕 심리에 대한 연구, 사마천(司馬遷)의 '발분저서(發憤著書)' 사상에 대한 리창즈의 탐구가 모두 심리학, 더욱 정확히는 심층심리 동력학의 방면으로부터 고대 작가와 고대 문학을 설명하고 현대적 의식으로 역사를 재해석하려는 시도를 하였다. 하지만 연구자가 정신분석적 비평 모델을 아직 깊이 있게 이해하고 숙련되게 장악했던 것은 아니므로, 이 연구들은 대부분 새롭기는 하였지만 견실하진 못하였고 계발성이 풍부했음에도 돌파가 두드러지진 않았다.

성취가 더욱 두드러졌던 것은 중국 신문학에 대한 평론이다. 1920년대 초, 위다푸(郁達夫)의 『침륜(沈淪)』에 대한 저우쭤런의 비평이 가장 먼저 정신분석의 방법으로 동시대 작가의 작품을 분석한 것이다. 그의 뒤를 이어서 이 방면에서 계속해서 가장 힘을 쓴 이는 자오징선(趙景深)이다. 그는 정신분석의 술어, 원리와 틀을 차용하여 루쉰의 소설 『제형(弟兄)』 및 다른 많은 신문학 초기 작가의 작품을 묘사하고 해석함으로써, 이 방면의 탐색을 자각화하였다. 하지만 1980년대 이전에 이러한 정신분석적 비평의 시도들은 대부분 아직 심리학과 문학의 상호 대비와 상호 인증에 머물렀고, 문학의 심리학적 의의와 심리학적 동기를 설득력 있게 해석하여 작자와 작품의 복잡성과 정합성에 대해 심층적 파악을 하는 데는 이르지 못하였다. 그러나 1980년대에 들어선 이후 사람들의 시야가 트이고 인식 수준, 이해 능력이 제고됨에 따라 정신분석적 비평의 기본 모델, 개념과 방법이 더욱 준확하고도 빈번하게 당대 작가의 작품에 대한 갖가지 평론 속에 응용되었다. 이와 동시에, 란디즈(藍棣之), 쑹융이(宋永毅) 등 중년, 청년 문학사 연구자들은 더 착실한 준비와 더 진지한 사고를 가지고 정신분석적 비평 모델을 차용하여 중국 신문학 역사에 있어서의 작가 작품과 문학 현상을 연구하였다. 그들이 루쉰, 라오서(老舍), 바진(巴金) 등의 창작에 대해 진행한 분석은 모두 보다 깊은 층위에서 문학에 대한 새로운 해석에 도달하고자 한 것이었다. 그들은 방법의 운용에 있어서, 비록 어쩌면 고층빌딩과 같은 일종의 이론적 시점이 결여되었고 자각적이든 비자각적이든 '개량'한 성분을 혼입해 원래의 비평 모델이 지닌 정합성과 독립성을 다소 훼손하였으며 무의식, 문학 본체와 성질에 대한 이해에 있어서도 프로이트와 거리감이 뚜렷하였지만, 그들의 비평 성과는 여전히 많은 과거의 결론에 의혹을 제기하면서 장기적으로 해결되지 못하였던 많은 주요한 난제에 창조적인 해답을 내놓았거나, 혹은 이러한 해답에 실마리를 제공하였다고 할 수 있다. 더 중요한 의의는 그들이 문학 비평에 방법론적 계시를 제공함으로써, 사람들로 하여금 문학 활동이 사회 구조뿐 아니라 심리 구조로부터도, 의식 층위뿐 아니라 무의식 층위로부터도, 표층적 체계뿐 아니라 심층적 체계로부터도 설명과 해석을 할 필요가 있다는 점을 인식하도록 해주었다는 점이다.

물론, 정신분석적 비평은 다른 비평 모델과 마찬가지로, 중국에서는 서방과 같이 충분한 발전을 이뤄내지 못하였을 뿐 아니라, 철학과 미학의 시점에서 정신분석적 비평 모델의 우세와 한계, 편면성을 토론하고 사고할 수 있던 중국의 비평가 역시 적었으며, 프로이트 이후의 정신분석적 비평 모델이 라캉 등에게서 실현되고 발전하는 과정에 대하여는 더욱 숙련되지 못하였고 물론 정신분석적 모델을 당대의 갖가지 다른 비평 모델, 이를테면 구조주의, 후기 구조주의, 기호학, 현상학, 해석학, 수용미학 및 갖가지 서구마르크스주의와의 비교와 종합 속에서 수정하고 개조하고 전화시키는 작업 역시 진전이 부족하였다.

프로이트주의는 중국의 20세기의 서로 다른 시기의 문학 창작에도 복잡한 영향을 일으켰다. 반드시 인정해야 할 것은 사실주의를 기본적인 창작방법으로 삼고, 이상주의를 기본적인 창작격조로 하며, 사건화하고 이야기화하는 것을 기본적 서사모델로 삼고, 정치사회성을 기본적인 주제 지향으로 삼는 중국의 20세기 문학에서는 그 주체가 프로이트주의의 이론적 흥취와 문화정신과는 엄중한 엇갈림이 존재했다는 점이다. 따라서 중국 문학 창작에 대한 프로이트주의의 영향은 그 기세, 규모, 범위, 정도가 모두 상당히 제한적이었고 같은 시기에 서방 각 나라에서 발휘되었던 거대한 작용과는 한데 거론될 수 없는 것이었다. 중국 신문학의 굴곡진 진행과정 속에서, 사상과 개성이 공전으로 활발하게 해방됐던 시기에서, 중국의 작가가 당대 세계 문화와 세계 문학과의 대화, 교류를 자각적으로 탐색하던 시기에서, 프로이트주의는 비로소 일정한 정도에서 몇몇 작가들에게 영향을 끼칠 수 있었으며, 그들의 사상적 경향과 예술적 추구에 공명과 투합을 가져올 수 있었다.

프로이트주의의 영향을 받은 작가 중에는 프로이트주의가 확실히 그들에게 인생을 표현하고 비평하고 체험하는 새로운 계시를 제공하였다는 점을 명확히 인식한 이들이 많은데, "심리분석과 그 신비한 경향"이 현대문학의 "총체적인 주류 사조"이고 "만약 인생을 명확히 이해하고자 할 경우, 심리의 해부를 거치지 않고는 실로 다른 길이 없다"고 그들은 믿었던 것이다. 그래서 이들은 이따금 자각적으로 정신분석 이론을 자신의 창작 실천에 운용하였다. 이를테면 루쉰은 1922년 역사소설 『부주산(不周山)』을 창작하면서, "프로이트학설을 가지고 인류와 문학의 창조의 내원을 해석하였다"고 하였다. 구리야가와 하쿠손의 '고민의 상징' 이론에 대한 루쉰의 동일시를 연계해 보면, 인류의 창조의 원동력에 대한 프로이트주의적 논술이 루쉰의 사상과 상통한다는 점을 알 수 있다. 궈모뤄는 초기의 소설 창작 속에서 꿈, 아동의 성욕, 변태심리에 관한 정신분석적 논술을 더욱 명확히 차용하였는데, 『잔춘(殘春)』 등의 소설 속에서는 인물의 "일종의 잠의식의 흐름과 활동"을 표현하려고 노력하였다. 일찍이 1920년대 문단에서 활약하였던 작가 쉬제(許傑) 역시 "한동안 프로이트의 이른바 새로운 심리학에 주목하였고, 마침 그때 구리야가와 하쿠손의 『고민의 상징』 역시 중국에 소개되었다. 그리하여 문학이 고민의 상징이고 억눌린 변태의 승화이자 의식에 잠입한 무의식적 백일몽이라는 것이 나의 사상에 물들었으며, 그때의 정황이란 대체로 성적 행동을 모든 행동의 중심적 행동으로 삼아 일체의 인생 문제와 사회 문제를 해결하고 관찰하고 싶었던 것이다"라고 하였다. 그의 소설집 『화산구(火山口)』 속에는 곳곳에서 모종의 정신분석적 흔적이 드러난다. 1930년대의 저명한 심리소설가 스저춘(施蟄存) 역시 스스로 창작 속에서 "몇 가지 Freudism(프로이트주의)을 응용하였다"라고 말하였는데, 인격구조, 무의식, 성적 본능, 변태심리 등 방면에 관한 사상이 그의 예술 창작 속에 녹아들어 있다. 1980년대 이후에는 프로이트주의로부터 지식적 계시와 창작의 영감을 찾아낸 작가가 더욱 많다. 비록 스스로를 "현대적 현실주의" 작가로 부른 커윈루(柯雲路)이지만, 그의 『밤과 낮(夜與晝)』이라는 사실주의 경향의 장편 작품 속에서도 많은 정신분석식의 꿈자리, 환상, 상징, 은유를 설정해 인간의 무의식적 성 심리와 동기를 암시함으로써, 생명의 시각에서 인생, 사회와 역사를 이해하고자 하였다.

물론 더 많은 중국의 작가들로 말하면, 그들이 받은 프로이트주의적 영향은 도리어 이처럼 자각적이지는 않았다. 그들은 정신분석에 익숙하지 못하였고 심지어는 관련 저작을 읽어보지도 않았다. 그러나 프로이트주의는 여전히 그들에게 영향을 주었는데, 이는 프로이트주의가 일종의 문화관념으로서 오랜 기간 갖가지 문화학설과 출판물 속에, 심지어 사람들의 생각 속에, 특히 현대 서방 문학예술의 화면과 묘사 속에 이미 스며들어 있었기 때문이다. 이 모든 것이 어쩌면 중국 작가들에게 은연중에 영향을 끼쳤을 것이다. 당대 작가 왕안이(王安億)가 바로 이 방면의 아주 좋은 예인데, 그녀는 스스로 프로이트주의를 잘 모른다고 하였지만, 『소성지련(小城之戀)』, 『황산지련(荒山之戀)』, 『금수곡지련(錦繡谷之戀)』이라는 유명한 세 '연애' 시리즈 및 뒷날의 『축록중가(逐鹿中街)』 등의 작품에서 모종의 정신분석적 특징이 선명하게 표현되어 있다. 가령 꿈에 대해, 언어와 과실의 무의식적 함의와 상징에 대해, 갖가지 도착적 행위의 표현에 대해, 성욕 본능의 변화와 변태적 표현의 파악에 대해 모두 프로이트의 몇몇 논술과 예기치 않게도 투합하였던 것이다. 그리고 이러한 예기치 않은 투합은 어쩌면 왕안이가 다량으로 접촉한 갖가지 서방의 문화학설과 문학작품에서 비롯되었을 것이다.

20세기 중국 문학의 역사과정 속에서 프로이트주의의 첫 번째 집중적인 영향은 '신문학' 및 1920년대 창조사(創造社)를 핵심으로 하는 낭만주의 문학에 대한 영향이다. 이 시기에 서방에서는 프로이트주의가 의식류, 표현주의, 초현실주의 등 현대주의 문학사조의 발생, 발전을 촉진하며 반이성주의 문화사조의 범람을 가져왔다면, 중국에서는 봉건적 전통, 문명의 금기에 반대하고 인성의 자유, 개성의 해방을 주장하는 낭만주의 문학의 성장을 지지하고 고무하였다. 그것은 당시의 개성주의적 주제에 흥분제를 주입함으로써, 청춘의 세대들로 하여금 이를 빌려 생물적이고 동물적인 생명 본능과 감성 욕구의 인성 구조, 인성 발전 속에서의 중요성을 발견하도록 하였고, 인간이 우선은 일종의 생명 활력과 칠정육욕(七情六欲)을 지닌 감성적 생명 형태라는 점을 인식하게 하였다. 그리하여 프로이트식 배설과 억압의 심리 충돌이 그들의 작품 속에서 개성주의와 봉건주의, 자연적 인성과 전통적 도덕 사이의 문화적 충돌로 전환하였고, 갖가지 성 의식과 심리와 행위, 갖가지 성 고민과 변태가 모두 '신문학'의 낭만주의 문학 속의 흔한 내용이 된 것인데, 이 작품들은 문학 소재에 있어서의 금기를 돌파하였을 뿐 아니라, 더욱 중요하게는 그것들이 정욕(情欲)으로 하여금 중국 문학 속에서 처음으로 '악(惡)'이 아니고 또한 단지 일종의 오락성 '조미료'도 아니라 '희(喜)'로서, 천부적 인성으로서, 인성구조 속의 하나의 합리적 동력요인으로서 심미적 호응과 가치를 얻어내도록 하였던 것이다. 이는 본능을 '사회화'하고 인성을 '도덕화'하는 전통문화에 대한 일종의 대담하고도 직설적인 반역과 비판이었는데, 그것은 봉건적 금욕주의의 허위적 본질을 폭로하였을 뿐 아니라, 인간의 행복과 그의 생명 수요의 만족은 정비례하고, 도덕, 사회, 전체라는 것에 개인의 행복을 무조건적으로 희생해야 할 어떠한 이유가 있는 것은 아니란 점을 표명한 것이기도 하다. 개체의 정욕, 개체의 수요가 억눌리고 박탈되는 것은 설사 그것이 완전히 필요한 상황하에서라고 해도 역시 비극적이다. 이 점으로부터 말하면, 프로이트주의의 낭만주의 문학에 대한 영향은 문학 속의 개성 의식, 생명 의식을 강화하였고, 봉건적 문화 및 역사적 제한에 대한 부정과 비판 역시 강화하였으며, 나아가는 청년 세대에게 "이제껏 줄곧 금기되고 억압된 본능적 욕구 및 그 만족"이라는 일종의 초월적인 낭만적 이상을 제공하였다. 이 밖에, 프로이트학설은 일종의 현대심리학 이론으로서 낭만주의 문학이 인간의 심리세계를 발견하고 표현하는 데 새로운 현대적 시각을 제공하였다. 그것은 한편으로 사람들로 하여금 인간 심리의 복잡성, 입체성과 동태성을 인식하도록 만들었고, 다른 한편으로 또한 꿈에 대한 연구, 자유연상법에 대한 실험을 통해 작가들이 이러한 종류의 심리에 관한 서사 방법과 서사

수단, 기교를 찾아내 '신문학' 소설과 예술의 현대화를 촉진시키도록 만들었다.

10년은 빠르게 흘러갔고, 낭만주의 문학은 중국에서 위기에 직면하였다. 1930년대 이후 좌익문학이 날개를 단 듯 발전하면서 현실주의가 낭만주의를 압도하고 정치혁명 주제가 사상계몽 주제를 압도하는 것을 상징하였고, 낭만주의 문학의 쇠락에 따라 중국에서 프로이트주의의 영향 역시 약화하였지만 당시 중국 문단에는 정치적 주제를 떠나 세계 문학 발전의 새로운 사조를 추적하는 작가들이 존재하였는데, 이를테면 스저춘, 무스잉(穆時英), 류나어우(劉納鷗) 및 쉬샤춘(徐霞村), 리진밍(黎錦明) 등이며, 그들은 현대파 혹은 신감각파라고 부르기보다 실험작가들이라고 부르는 게 적합한 하나의 창작 집단을 구성하였다. 그들은 결코 완전히 일치하는 미학적 원칙과 이상을 지니지는 않았고, 진정으로 선명한 현대주의 문화 특징을 표현하지도 않았으며, 주로 창작방법의 갱신, 예술형식의 실험에 정력을 쏟았지만, 바로 이러한 노력 속에서 그들은 프로이트주의와의 연계를 지켜나가고 있었던 것이다. 프로이트와 기타 정신분석 저작, 일본의 신감각파 소설과 서방의 현대주의 문학, 특히 의식류 심리분석 소설이 중국의 실험작가들에게 정신분석학의 양분을 전수하면서, 그들로 하여금 이를 빌려 인간의 심리구조, 심리동력, 심리과정과 심리체계를 관찰하고 심리학적 방법과 기교를 예술적 수법과 수단으로 전환시키도록 함으로써 그들의 창작이 서사모델에 있어서 사건화, 성격화로부터 심리화의 방향으로 발전하도록 촉진해주었다. 이러한 실험들은 프로이트주의의 영향과 계발 아래서 인간의 정신 세계에 대하여 더욱 복잡한 반성, 체득과 체험이 생겨날 수 있게 하였고, 더욱 독특하고 신선하며 '현대'적 의미로 가득한 형식과 풍격을 지니도록 하였다. 또한 그것들은 '신문학'이 개시한 문학의 현대화 진행과정의 연속이자, 이 진행과정에 있어서의 독특한 희생과 공헌이었다.

한편으로 실험소설 자체는 독립성과 창조성이 부족하였고 시야가 협소하고 소질이 빈약하였기 때문에, 다른 한편으로는 그것들이 중국의 당시의 나라 사정, 사회적 기대 수준, 문학의 "주류"적 경향과의 사이에서 유리되고 탈궤하였기 때문에, 이러한 선봉적인 예술 실험은 필연코 중도에서 요절할 것임을 예정하고 있었다. 이 뒤로의 수십 년은 중국과 서방의 충돌이 첨예화함에 따라, 또한 문학사조가 날로 정치화하고 일원화함에 따라 프로이트주의와 중국 문학의 연계가 대체로 완전히 중단되었다. 비록 선총원(沈從文), 장아이링(張愛玲), 첸중수(錢鐘書), 루링(路翎), 리젠우(李健吾), 샤오첸(肖乾) 등의 창작 속에서 이따금 몇몇 정신분석적 영향의 흔적이 보이기는 했지만, 이러한 흔적은 장아이링의 창작이 비교적 주목을 끄는 것 외에는 대부분 무시될 수 있는 정도이며, 이따금은 결국 정신분석법을 사용해 해독을 하여야만 그것을 발견할 수 있다.

중국 문학과 프로이트주의의 단절은 1980년대 초반까지 줄곧 계속되었다. 사람들이 중국과 서방 문화·문학의 진행과정 사이에 가로놓인 거대한 격차를 다시금 발견하였을 때, 사람들의 정신과 감정의 세계, 영혼구조가 나날이 복잡해지고 심미적 감수성과 심미적 체험이 나날이 새로운 이해 방식과 전달 형식의 모색을 필요로 할 때가 되어서야 비로소 중국 작가들은 갖가지 인위적 금기를 깨뜨리면서 그들의 선배들이 방기하였던 프로이트주의를 다시 가져와 그 속에 함유된 현대적 의식과 현대적 시야를 진지하게 발굴하고 흡수하기 시작하였다. 그리하여 프로이트주의는 모옌(莫言), 마위안(馬原), 찬쉐(殘雪), 훙펑(洪峰), 류쒀라(劉索拉)와 같은 이러한 '선봉파' 작가들에게 영향을 끼쳤고 그들로 하여금 '의식의 흐름'을 무의식적인 혼돈의 세계로 끌어들여 그것을 찾아내게 하였으며, 장셴량(張賢亮), 커윈루, 왕안이, 자핑아오(賈平凹), 장쯔룽(蔣子龍)과 같은 사회, 역사, 인생을 향한 사실주의 작가들 역시 프로이트주의로부터 계시를 받아 그들이 반드시 심리 구조, 성욕 동기, 비이성적 정욕의 변화로부터 인간의 정신, 행위와 생활방식, 실천활동을 이해하고 파악해야 한다는 점을 알도록 만들었다. 주관과 객관, 표층과 심층, 대립과 전환, 정지와 운동이라는 이러한 일련의 조합은 그들로 하여금 펜 아래의 인물 형상이 보다 입체감과 동태감을 지니도록 함으로써 정합성 가득한 모종의 깊이감을 얻게 만들었는데, 근년에 들어 부흥하는 성애문학 열기와 프로이트주의의 연계에서도 이는 보다 선명하다. 프로이트는 작가들이 인간의 성 심리, 성 행위를 묘사할 때 심리학적으로 지탱되고 설명될 수 있는 지점들을 제공하였고, 성애와 문명의 상호 대립이라는 심리적 잠재력과 사회적 의의를 지닌 구조 방식과 주제 원형을 찾아내게 함과 동시에, 그들로 하여금 사람들을 요동치게 하는 많은 정욕적 세계와 심미적 상상의 소재 영역을 개발하도록 만들었다. 물론, 이러한 성애문학 작품들은 '신문학' 시기 낭만주의 문학과 비교하면 일부는 어쩌면 가식과 억지가 좀 늘기도 하였으며, 비극적 풍격 속에서는 더욱 많은 욕망의 배설을 의도하였다. 그중에서 일부 작품은 '성'을 유혹의 고리로 하여 독자들의 저급한 흥에 영합하고자 하였다.

시련과 고난 속에서 프로이트주의가 끊길 듯하다 이어지며 중국의 20세기 문학을 따라 수십 년을 지나왔다는 이러한 사실은 한편으로 중국 문학이 이미 확실히 세계 문화와 문학의 총체적 구도 속에 편입되어 당대 문화사조의 충격과 진동을 받지 않기란 불가능하고 그것과 서방 문화 및 문학의 공시적 연계를 끊는 것 역시 불가능하다는 점을 표명하지만, 다른 한편으로 중국 문학은 자신이 속한 생존 환경과 공간이 있고 이는 상당히 특수한 문화 전통과 현실 조건의 제약 속에 그것이 놓여 있다는 점 역시 표명하므로, 중국 문학과 서방 문화

사이의 틈과 소원감은 많은 방면에서 결코 진정으로 해결될 수 없었고, 이는 그것이 세계 문학의 발전 추세와는 여전히 같은 걸음을 지켜갈 수 없게 만들었다. 이러한 의미로 말해서, 프로이트주의와 20세기 중국 문학의 연계는 우리가 중국과 서방 문화의 배경 아래에서, 세계 문학의 총체적 구도 속에서 중국 문학을 파악하는 하나의 전경이 광활한 출발점이 되었다.

4. 실증성, 비교성, 정합감, 역사감

프로이트주의와 문학의 밀접한 관계는 확실히 20세기의 세계적인 문학현상이었다. 이러한 측면으로부터 세계 현대문학의 총체적 특징을 고찰하는 것은 본 논제의 임무가 아니다. 우리가 이루고자 노력하는 것은 20세기 세계 문화와 문학의 배경 아래서 중국 문학이 어떻게 프로이트주의를 수용하고 선택하였으며 개조하고 전환시켰는가를 고찰하고, 프로이트주의가 중국 문학의 어떠한 내재적 수요를 만족시켰고 중국 문학에 어떠한 문화적 소질을 가져왔는가를 관찰하는 것이며, 프로이트주의가 중국 문학에 일으킨 영향의 특수한 방식과 그 복잡한 과정을 파악하는 것이다. 이는 우리로 하여금 비교 속에서 중국과 서방 문학 사이의 차이와 거리를 발견하도록 할 수 있고, 그것의 동일성과 유사성을 발견하도록 할 수도 있다. 그리하여 한편으로 서방 문화와 문학의 참조점을 빌려 중국 민족문학 자신의 발전 역사와 특점을 준확하게 파악할 수 있고, 다른 한편으로는 중국 민족문학에 대한 인식을 빌려 더욱 깊이 있게 세계 현대문학의 총체적 특징을 이해할 수 있다. 더욱 중요한 것은 프로이트주의와 20세기 중국의 문학의 관계라는 이 논제가 중국의 신문학사 연구에 새로운 시야를 제공할 뿐 아니라, 그것이 최종적으로는 우리가 프로이트주의와 당대 문예미학 이론, 문예비평 실천과 문학 창작의 발전 사이의 관계를 탐구하는 데 많은 유익한 계시를 제공해주고 많은 종류의 가능성과 광활한 전경을 개척해줄 수 있다는 점이다.

근년에 들어 풍성하게 열매를 맺은 중국 현대문학의 연구 속에서, 중국문학에 대한 프로이트주의의 영향이 결코 하나의 최초의 과제가 아니라는 점은 설명해야 한다. 최근 적지 않은 연구자가 구체적인 작가와 이론비평가에 대해 프로이트주의가 끼친 영향의 역사적 사실을 탐구하고 있고, 정신분석과 중국의 어떠한 문학 작품의 공통성, 유사성을 모색함에 있어서도 모두 많은 노력을 쏟았다. 그러나 이러한 작업들은 공교롭게도 이 방면의 연구 작업이 이제 막 시작되었다는 점을 나타내주고 있다. 우리는 체계적이고 전면적으로 프로이트주의와 20세기 문학의 관계를 고찰해서 기존의 연구 공간과 시간 범위를 확대하는 것이 필요할 뿐 아니라, 더욱 충분한 실증적 자료를 점유해 더욱 논리적인 분석을 진행함으로써, 프로이트주의가 중국 문학에 일으킨 다방면의 영향을 입증하는 것이 필요하다. 그리고 과거의 연구는 방법과 기술에 있어서 대부분 비교적 조야한데, 이는 그들이 이따금 연구에 영향을 주는 필수적인 사실 관계에 대한 확실한 고찰을 홀시한 데로 나타날 뿐 아니라, 심지어는 연구자가 정신분석의 방법을 가지고 문학 속으로부터 독해해낸 요인을 자주 이러한 작품들이 실제적으로 프로이트의 영향을 받은 것으로(마치 『오이디푸스왕(*Oedipus Rex*)』, 『햄릿(*Hamlet*)』 속으로부터 프로이트의 영향을 독해해내는 것같이) 잘못 간주하는 데로도 나타난다. 특히 만족스럽지 못한 것은, 이러한 연구들이 대부분 아직 정신분석학설을 20세기 중국의 문학 속의 어떠한 유사 현상과 견주며 나열하고 묘사하는 데에 머물러, 심도 있는 분석과 전체적인 관조가 결여되고 진정한 역사감과 이론적 발견 역시 결여되어, 이로 인해 영향의 과정과 결과, 영향으로 생겨난 내재적 동기와 외재적 조건을 충분히 설명할 수 없고, 중국에서 여과, 동화, 재구조화, 변형화를 거친 뒤의 프로이트주의가 서방에서의 그것과 다르게 갖게 된 변이성을 명확히 할 수 없다는 점이다. 일부 연구는 이론에 있어서 여전히 일종의 선험적인 정치 이데올로기 표준을 견지하면서 선명한 기계론과 형이상적 경향을 표현하고 있다. 따라서 나는 나의 연구가 연구의 규모에 있어서 다소 돌파가 있기를 희망하며, 연구의 심도와 연구의 수준에 있어서도 발전이 있기를 바라 마지않는다. 사실상, 기존의 연구성과는 우리가 최전선을 향해 나아가도록 하는 통로를 이미 열어주었다.

이러한 목적에 다다르기 위해 필자는 다음과 같은 노력을 기울이고자 한다.

(1) 실증성을 중시한다.

문학사 연구에서든 비교문학에서의 영향 연구에서든 모두 상세하고 준확한 증거를 기초로 삼아야 한다. 비교 가능성의 우선적 전제가 여기서는 바로 실제적인 사실의 연계이다. 이러한 종류의 연계를 확증하기 위해서는 우선 간접적 재료(예컨대 회상록, 서문, 서신, 저작이나 역서 상황) 속에서부터 연관성을 찾아야 한다. 그다음은 텍스트 속에서 정신분석에 속하는 독특한 소리, 색채, 원소를 찾아내는 것이다. 여기서는 '독특'성을 반드시 강조해야 하는데, 왜냐하면 프로이트주의와 엇비슷한 모든 현상이 전부 프로이트의 학설의 영향을 받은 것이 결코 아니기 때문이다. 그래서 관건은 작가가 무엇을 썼는가에 있는 것이 아니라, 그가 정신분석의 방식을 사용해서 썼는가 여부에 있는 것이며, 엇비슷한 점을 발견하는 데 있는 것이 아니라, 이러한 엇비슷함이 정신분석학설과만의 독특한 연계가 있는가 여부에 있다.

(2) 비교성을 견지한다.

비교문학 연구는 단지 갑을 쌍방의 공통성을 모색하는 일종의 시도를 의미하는 것이 결코 아니다. “단지 두 개의 서로 다른 대상을 동시에 한 눈에 보며 비교를 하고, 단지 기억과 인상의 연접과 주관적 억측에 기댄 채 서로 떨어지지 않는 어떤 것들을 한데 엮어 유사점을 찾는 이러한 종류의 비교는 결코 인식의 명시성을 낳을 수 없다.”[37] 이는 프랑스의 어느 비교문학 전문가가 모종의 연구 상황에 대해 비평한 말인데, 그것은 마침 우리의 연구 작업 속의 일종의 바람직하지 않은 현상에 대한 수긍할 만한 비평이기도 하다. 비교 연구는 수용자에 영향을 미치는 선험적 시야, 기대 수준 및 환경과 전통적 요인이 일으키는 작용을 충분히 고려하고, 영향 과정 속에서 상호 대립, 동화, 융합으로 인해 생겨나는 갖가지 변화 또한 충분히 고려해야 하는데, 이러한 작용들과 변화들이 원형적 모형과 이식된 모형 사이에서 영향을 끼쳐 매우 커다란 차이를 발생시킬 수 있고, “사상이 하나의 머릿속에서 다른 머릿속으로 전해질 때, 그것은 구조, 방향과 수용방식에 있어서 일정한 변화가 수반될 수 있으며, 게다가 대체로는 항상 아주 격렬한 변화이기 때문이다.”[38] 따라서 우리의 연구 속에서 더욱 필요한 것은 프로이트주의의 영향이 중국 문학 속에서, 구체적인 작가에게서 “어떤 것들을 보존해두었는가? 또한 무엇을 배척하였는가? 원시적 재료는 왜 그리고 어떻게 비로소 흡수되고 동화되었는가?”[39]

---

37) 발당스페르제(F .Baldensperger), 『비교문학역문집』, 중국 베이징대학출판사, 1984년판, 4면

38) 스토크니치(N. P. Stalknecht), 「문학과 사상사」, 『비교문학역문집』

39) 예웨이렌(葉維廉), 「역사 정체성과 중국 현대문학 연구의 반성(歷史整體性與中國現代文學研究之省思)」, 《중국현대문학연구총간》, 1988년 제3기

를 추궁하는 것이다. 이러했을 때에만, 비로소 비교가 우리가 서방 문학의 참조적 배경 아래서 20세기 중국의 문학에 대한 인식을 심화시키는 데 도움을 줄 수 있다.

(3) 정합성을 강조한다.

웰렉(R. Welleck)은 일찍이 날카롭게 지적하기를, "예술품은 단지 내원과 영향의 총화에 그치는 것이 아니다. 그것들은 하나의 덩어리인데, 다른 곳에서 획득한 원재료가 덩어리 속에서는 더 이상 외재한 것이 아니라, 이미 하나의 새로운 구조 속에 동화한 것이 된다"[40]고 하였다. 이는 프로이트주의가 중국 문학에 끼친 영향을 연구할 때 본토의 문화 전통과 20세기의 역사 전체, 중국 신문학의 역사 진행과정을 연계해서, 역사와 현실, 중국과 서방의 경제, 정치, 사회, 문화의 거대한 관계망 속에서 이러한 종류의 영향이 결국 중국 문학의 어떠한 내재적 수요를 만족시키고, 그것에 어떠한 새로운 소질과 변천을 가져왔으며, 중국의 신문학 발전 속에서 그것이 어떠한 작용을 일으켰는가를 고찰해야 한다는 점을 우리에게 일깨워준다. 이렇게 되면, 우리는 비교를 위해 비교를 하는 것이 아니고, 영향을 고찰하기 위해 영향을 고찰하는 것이 아니라, 하나의 새로운 시각 혹은 새로운 층위로부터 구체적인 작가 혹은 문학 사조, 문학 유파의 전체적인 특징을 파악하는 것이 된다.

(4) 역사감을 추구한다.

프로이트주의 및 중국 문학에 대한 프로이트주의 영향의 연구 속에서 과거에는 사람들이 늘 몇몇 선험적인 결론 혹은 개념을 사용하여

---

40) 르네 웰릭(René Welleck), 「비교문학의 위기」, 『비평의 개념(Concepts of Criticism)』, 미국 예일대학출판사, 1963년판

평가를 내렸는데, 가장 흔한 것의 하나가 정치 이데올로기에서 출발하여 프로이트주의의 자산계급적 성질을 비판하는 것이었고, 그다음은 철학 이데올로기에서 출발하여 프로이트주의를 유심주의의 그릇되고 유해한 논설로 간주하는 것이었다. 이러한 종류의 "입증되지 않은" 판단은 아주 쉽게 분석도 거치지 않고 완전히 프로이트주의의 영향을 중국 문학의 소극적인 면으로 치부하게 만들었다. 그리하여 루쉰이 정신분석을 지양한 것은 "진보"가 되었고, 스저춘이 프로이트에 근접해 들어간 것은 "그릇된 길"로 잘못 들어선 것이 되었다. 이러한 종류의 연구방법은 역사성이 결여되었다고 말할 수 있다. 우리는 프로이트주의가 당대에 가장 영향력 있는 일종의 문화학설의 하나로서 비록 그것이 불가피하게 이데올로기적 편견을 표현하였고, 유심주의적 성분이 존재하며 과학적 국한성 역시 지닐 수 있지만, 결국 그것은 인류가 자아를 인식하는 일종의 새로운 노력이자 새로운 탐색이었고, 인류의 인식 수준과 인식 능력의 발전을 계발하고 심지어는 추동하였다고 믿는데, 이것이 또한 20세기에 그것이 장성불쇠(長盛不衰)할 수 있던 중요한 원인이기도 한 것이므로, 우리는 반드시 역사 발전의 시각으로부터 프로이트를 인식해야 하며, 마찬가지로 역시 이 시각으로부터 중국 문학에 대한 그것의 영향을 인식함으로써, 그것이 결국 중국문학에 어떠한 결과를 가져왔는가, 중국 문학이 세계로 나아가고 현대화의 진행과정으로 나아가는 것을 그것이 추동한 것은 아니었는가, 중국 문학의 당시의 발전 수요에 그것이 적응한 것은 아니었는가를 봐야 하는 것이다. 이는 다시 말하면, 이러한 종류의 영향의 의의를 일정한 역사 환경과 과정 속에 놓고 고찰해야 하고, 선험적 판단이 아니라 역사적 안목으로 고찰해야 한다는 점을 가리키는 것이다.

물론, 어떠한 역사적 관심도 모두 당대의 열정에 뿌리를 두고 있다.

프로이트주의와 20세기 중국 문학의 역사적 연계를 '복원'하고 되돌아보는 것은 더욱 중요하게는 아무래도 현대 서방 문화와의 대화를 모색하고, 광활한 세계 문화와 문학과의 연계 속에서 중국 민족문학의 앞날의 발전을 모색하며, 문학 현대화의 방향과 길을 모색하는 한편, 프로이트주의와 당대 문학 사상, 비평, 창작 사이의 관계를 이해하는 가능성을 모색한다는 데 그 의의가 있다.

물론 이것이 어쩌면 보이지만 다다를 수는 없는 목표가 된다고 해도…….

제2장

프로이트주의와
중국 낭만주의 문학

정신분석 심리학을 주체로 하는 프로이트주의가 일종의 현대 문화 철학 사조로서 각 나라의 문학에 일으킨 광범한 영향은 20세기의 가장 중요한 문학현상의 하나인데, 정신분석학설은 비록 19세기 말과 20세기 초에 창건된 것이지만, 그것과 문학의 광범한 결합은 제1차 세계대전 이후의 1920년대에 비로소 진정으로 시작되었다. 이러한 종류의 결합은 구미의 각 나라에 출현하였을 뿐 아니라, 동시에 또한 중국에서 막 첫걸음을 내딛은 신문학운동 속에서도 발생하면서, 신문학 10년의 문학 창작에 중요한 영향을 끼쳤다.

근년에 와서 중국 현대문학 연구의 공간이 개척됨에 따라 프로이트주의와 중국의 1920년대 문학 창작의 밀접한 연계가 이미 몇몇 연구자의 주목을 받기 시작했으며, 그들의 연구 성과는 이러한 연계의 객관적 존재를 입증하고 있다. 그러나 유감스러운 일은 갖가지 원인의 제한으로 인해 이 논저들이 대부분 아직 일반적인 현상 대비, 나열, 묘사에 정체해있고, 일부는 전파자와 수용자 사이에서 매개로 삼을 상세하고 명확한 재료를 찾아내지 못하였으며, 일부는 심지어 아직도 상당히 선명한 '좌익' 정치 이데올로기 관념의 흔적이 잔류해 있기 때문에, 충분히 전개하고 토론할 수 없는 많은 주요 문제를 우리에게 남겨놓는다는 점이다. 이러한 문제는, 프로이트주의가 중국의 1920년대의 문학 창작에 있어서, 문화 관념과 예술 관념에 있어서 대체 어떠한 영향을 일으켰는가? 이러한 영향의 폭과 깊이는 어떠하였고 어떠한 의의를 지니는가? 그것은 서방의 같은 시기의 영향과 비교해 어떠한 다른 점이 있고 왜 달랐는가? 이러한 영향들은 뒷날의 문학 발전 속에서 어떠한 변화와 전환과 축적을 가져왔는가? 우리는 응당 이러한 영향들을 어떻게 인식하고 평가해야 하는가? 등이 될 것이다. 따라서 필자는 기왕의 연구 성과를 기점으로 삼아, 더욱 광활한 이론적 시야와 문화적 배경 속에서 프로이트주의가 중국 '신문학' 시기의 문학 창작에 끼친 영향을 고찰하고, 그에 대한 묘사와 분석, 해석과 평가를 상호 통일하여, 최대한으로 자신의 연구가 모종의 새로운 발견과 새로운 돌파구를 얻어낼 수 있기를 희망한다.

1. 중국과 서방: 프로이트주의의 공시적 영향

제1차 세계대전 이후, 정신분석학설은 이론에 있어서 더욱 완전해지고 성숙해졌다. 프로이트 본인의 사회적 열정, 철학자적 기질 및 끊임없는 노력이 이 이론의 촉각을 철학, 윤리학, 사회학, 인류학, 종교학과 문학 등 여러 영역에 뻗히게 만든 것이었다. 명예와 불명예의 분쟁 속에서 프로이트학설은 심리학의 일각으로부터 뛰쳐나왔고, 무의식과 성 본능이라는 이 두 방면에 대한 놀랄 만한 발견으로써 무수한 지식인들의 영혼을 요동치게 만들었으며 이로부터 당시의 서방 문학에 깊은 영향을 끼치기 시작하였다.

일찍이 20세기 초《동방잡지(東方雜誌)》에 1914년「꿈의 연구(夢之硏究)」등의 문장이 실린 것에서 시작하여 프로이트학설이 극동의 중국에서 차츰 주목을 끌기 시작하였는데, 당시 많은 주요 신문화와 신문학 간행물, 예컨대《신조(新潮)》,《소년중국(少年中國)》,《민봉(民鋒)》,《동방잡지》,《문학순간(文學旬刊)》등에서 모두 앞다퉈 정신분석학설을 소개하였으며, 몇몇 평론 성격의 작은 책자 역시 계속하여 세상에 모습을 드러내었다. 이때는 비록 프로이트 원저의 중문판이 출판되지는 않았지만 갖가지 판본의 여러 글이 이미 적지 않은 지식인들에게 익숙하였다. 정신분석학설은 사람들에게 현대심리학의 중요한 성과로 간주되었고, 인류 자신에 대한 새로운 탐색과 새로운 발견으로 간주되어 총애를 받았다. 광범한 전파와 열정적 긍정은 프로이트가 당시의 문학 창작에 영향을 끼치는 데 적합한 계기를 창조해주고 마련해주었다.

충분한 자료로 증명되는 것은 1920년대의 많은 작가들이 모두 정신분석학설을 접촉하면서 그로부터 서로 각기 다른 영향을 받았다는 점인데, 1922년 루쉰의 『부주산』의 창작 취지가 바로 "프로이트학설을 가지고 인간과 문학의 창조의 기원을 해석하는 것이었"[1]고 "본뜻이 성의 발동과 창조, 내지 쇠망을 묘사하는 것이었다."[2] 양전성(楊振聲)은 그의 『옥군(玉君)』에서 "프로이트식의 자서(自序)"[3]를 쓰기도 하였다. 하지만 만약 프로이트학설이 이러한 사실주의 풍격의 작가들에게 끼친 영향이 아직 단편적이고 개별적이었다고 한다면(루쉰은 『부주산(不周山)』을 제외한 기타 작품에서는 그 영향을 받은 흔적이 적다[4]), 그것이 창조사 혹은 창조사와 풍격이 근접한 낭만주의 작가들에게 미친 영향은 더욱 광범하고 밀접하였다. 그들 중 일부는 의도적으로 정신분석학설을 사용해 창작을 진행하였다고 스스로 명확히 밝히었는데, 예컨대 궈모뤄는 자신의 작품 『잔춘(殘春)』이 프로이트의 꿈의 이론을 빌려 "무의식의 일종의 흐름과 활동"[5]을 표현한

1) 루쉰, 「서언(序言)」, 『고사신편(故事新編)』
2) 루쉰, 「나는 어떻게 소설을 짓게 되었나(我怎樣作起小說來)」, 『남강북조집(南腔北調集)』, 상하이동문서국, 1934년판
3) 양전성, 「자서(自序)」, 『옥군(玉君)』, 중국 현대사, 1925년판
4) 루쉰의 『내일(明天)』, 『비누(肥皂)』 등 소설은 은밀한 심리에 대한 몇 가지 묘사가 아직 정신분석의 특징을 표현해내진 못했으므로, 프로이트학설과 인과관계가 있다고 말하기 어렵다. 프로이트 이전에도 문학가는 모종의 무의식 심리현상을 다룰 수 있었다.

것이라고 하였고, 쉬제는 비록 문학연구회(文學硏究會)의 구성원이었지만 왕이런(王以仁), 청방우(成仿吾) 등 당시 낭만주의파 작가들의 영향을 깊이 받았는데 『표부(飄浮)』가 성 심리 묘사에 힘을 기울였고 『모춘(暮春)』은 그 자신의 하나의 '백일몽'의 기록이었으며, 특히 소설집 『화산구』를 언급하면서 "일찍이 한동안 프로이트의 이른바 새로운 심리학에 주목했"고 "그때의 정황이란 대체로 성적 행동을 모든 행동의 중심적 행동으로 삼아 일체의 인생 문제와 사회 문제를 해결하고 관찰하고 싶었던 것이다"[6]라고 명확히 말하였다. 일부 작가는 비록 이러한 종류의 영향을 명확히 자술하지 않았지만 그들의 작품 속에 나타나는 어휘, 묘사 등에서 그들이 정신분석학설을 이해하고 있었다는 점을 알 수 있다. 예컨대 왕런수(王任叔)는 원래 문학연구회의 작가이긴 하였지만 『감옥(監獄)』 속에 들어 있는 작품들은 오히려 낭만주의 서정파 소설에 더욱 근접하며, 그 가운데 『풍자(風子)』 속에는 주인공 심리에 대한 한 단락의 묘사가 있는데, "잠의식이 거품처럼 하나둘씩 일어나면서 의식역이 점차 희미해졌고, 상의식(上意識)은 냇물 속의 작은 돌처럼 가라앉아만 있었다"고 하였다. 이는 프로이트학설이 그에게 끼친 영향이 선명하게 입증된 것이다. 이 밖에 당시의 몇몇 작가들은 갖가지 '콤플렉스'를 표현하는 데 열중하면서 어떤 친척과 친구와의 감정을 일종의 성적 감정으로 이해하기도 하였는데, 이는 확실히 프로이트학설로부터 계시를 받은 것이었다. 당시 비교적 중요한 낭만주의파 작가 중 상당수가 정신분석학설의 영향을 서로 다른 정도에서 받고 있었다고 할 수 있다.

그 영향은 주로 세 방면에서 비롯되었다. 첫째는 정신분석에 관한

---

5) 궈모뤄, 「비평과 꿈(批評與夢)」, 『문예논집(文藝論集)』, 중국 상하이광화서국, 1925년판

6) 쉬제, 「신서(新序)」, 『화산구(火山口)』, 중국 상하이동화도서공사, 1930년판

구미와 일본의 원저 혹은 평론성 저작이고, 둘째는 중국의 소개이며, 셋째는 정신분석 요인이 들어가 있는 1920년대의 서방의 문학작품이었다. 비록 당시의 중국 작가는 프로이트의 이론을 체계적으로 공부하고 사고한 사람이 매우 적기는 하였지만, 그들은 도리어 당시의 문화적 분위기 속에서, 현대 서방문화로부터의 충격 속에서, 많은 양의 외국 출판물로부터, 현저하든 잠재적이든, 자각적이든 그렇지 않든 간에 정신분석학설의 영향을 느끼면서 그것을 받아들였다. 반드시 말해야 하는 것은 낭만주의 문학 속의 많은 양의 성, 성욕, 성 심리와 성 관계에 관한 묘사, 갖가지 비정상적인 변태행위, 성 심리와 난륜 관계에 대한 전시, 몽환적 재현, 의식과 무의식 흐름과 활동 등등이 확실히 모두 프로이트주의의 영향과 떼려야 뗄 수 없는 관계가 있다는 점이다.

하지만 그 영향을 인정하더라도 과도하게 확대할 수는 없는데, 성적인 내용이 낭만주의 문학 속에서 이처럼 중요한 비중을 차지하기는 하지만 결코 그 모두가 정신분석학에서 비롯된 것은 아니기 때문이다. 적지 않은 작품 속의 성적 묘사는 기실 프로이트와 아무런 관계가 없기도 하다. 성 심리, 성 변태, 심지어 무의식은 객관적으로 존재하는 것이기 때문에, 작가는 프로이트학설에 대해 조금도 알지 못하는 상황 아래에서도 생활에 대한 관찰, 체험, 상상에 기대어 그것들을 문학의 시야 속에 끼워 넣을 수 있는 것이다. 이러한 작품들이 프로이트의 영향을 받았는가의 여부를 고찰하기 위해서는 그것이 성 혹은 무의식을 묘사하였는가의 여부가 중요한 것이 아니라, 심리분석의 관점과 방법으로 그것들을 해석하였는가의 여부가 중요하다.

그러나 프로이트주의가 1920년대 중국 문학에 영향을 끼쳤다는 점은 현저하면서도 쉽게 찾아낼 수 있는 사실이다. 게다가 이러한 사실은 영향의 방식, 결과와 의의가 중국에서는 서방세계와 서로 극히 다르다는 점을 나타내준다. 서로 다른 전통, 문화 환경, 수용 무대와 기대 시야 등의 중개 요인에 따라 같은 원인은 서로 다른 결과를 발생시킨다. 낭만주의 문학과 1920년대의 서방 문학은 비록 동일한 시간 선상에 놓였지만, 공간적 거리는 오히려 그것들로 하여금 서로 다른 수용의 수요, 수용의 조건에 근거하여 프로이트주의에 서로 다른 이해, 선택과 개조가 나타나도록 하였다. 또한 이러한 종류의 다름으로 가장 중요한 점은 만약 이 시기의 프로이트주의가 구미의 각 나라에서는 직접적으로 현대주의 문학의 발전을 잉태하였다면, 중국에서는 직접적으로 낭만주의 문학의 개시를 촉진하였다는 데 있다.

이러한 결과가 물론 결코 프로이트주의 자체에서만 비롯된 것은 아니다. 프로이트는 풍부하고 복잡한 정신세계를 영유하고 있었고, 강한 현실감, 낭만적 감수성, 현실적 냉정함이 한데 모인 사람이었다. 하지만 그 정신적 주체로 말하면, 결코 사람들이 상상하는 것처럼 성 해방의 낭만을 고취한 사람은 아니고, 인류의 앞날에 허무해하고 절망하였던 반이성주의자 또한 아니었으며, 오히려 상당히 엄숙하면서도 성실한 이성주의자였다. 심지어 누군가는 그를 "이성주의의 최후의 위대한 대표자"[7]라고 불렀을 정도이다. 그의 필생의 노력은 모두 비이성성의 심연에 대한 발견을 통하여 이성의 권위를 확립하고, 인류의 이성을 빌려 의식과 무의식, 이드와 자아, 내지 초자아, 자연과 사회, 개체와 군체 사이에 가로 놓인 틈을 메우고자 한 데 있었으며, 그는 이성의 빛을 선사받은 사람들이 비극적 운명에서 벗어나 활로를 찾을 수 있기를 희망하였다. 프로이트는 일반적 의미에 있어서의 성 해방을 주장한 바가 없으며, 인류에 대한 희망을 포기한 바도 없지만, 불행히도 때를 잘못 타고서 태어났다. 정신이

7) 프롬, 『프로이트의 사명』, 중국 삼련서점, 1986년판, 132면

기왕 물질화한 생산품이 된 바에야, 그것은 더 이상 창조자 개인의 의지에 의해 전이될 수 없게 된다. 프로이트학설이 탄생할 무렵은 마침 "바로 서방세계가 마녀 재판 이래로 맞이한 가장 강대한 비이성적 역량이 이성주의에 승리할 때"8)이었으므로, 프로이트 본인이 원하든 원하지 않든 간에, 이 이성주의자는 니체, 쇼펜하우어(A. Schopenhauer), 베르그송의 진영으로 끌어들여졌고, 그의 학설은 당대의 반이성주의 문화라는 대조류로 말려들었다.

프로이트주의를 빌려, 이성에 대한 의심과 실망을 가득 품은 채, 많은 서방의 지식인들은 인류가 구축한 문화와 문명이 모두 일종의 진실하지 못한 환상이고 세계의 진실이 신비와 사욕, 알 수 없는 무의식 깊은 곳에 감춰져 있으며, 그곳에 집결된 맹목적인 본능 역량이 늘 부지불식간에 사람을 심연의 지옥 속으로 떠밀고 있고, 인간은 세계의 주인이 아닐 뿐 아니라 자아의 주인도 아니며, 세계를 정복하고 인식할 수 없을 뿐 아니라 자아를 정복하고 인식할 수도 없다는 점을 알게 되었다. 시끄럽고 소란스런 사회는 질서가 없고 이성도 없고 구원도 없는 황당한 세계였고, 그것은 인식될 수 없고 개조될 수도 없었으며, 인간은 영원히 내심의 분열과 외재적 압박 속에서 하루하루를 초조하게 살아가는 것이었다.

프로이트는 바로 이러한 종류의 정신적 기조로서 20세기의 서방 문학과 관계가 발생하였다. 이 시기의 유럽은 마침 현대주의 발전의 전성기였다. 세계대전의 상처는 이성주의와 인문주의 이상의 붕괴를 가속시켰고, 과학에 있어서의 상대주의, 철학에 있어서의 의심주의, 문화에 있어서의 반이성주의의 흥기에 따라, 허무주의, 신비주의, 형식주의를 특징으로 하는 갖가지 현대주의 문학사조, 예컨대 후기 상징주의, 표현주의, 미래주의, 초현실주의, 의식류 등이 잇달아 생겨

---

8) 프롬, 『프로이트의 사명』, 중국 삼련서점, 1986년판, 132면

나 크게 발전하였다. 이러한 사조 속에서는 표현주의, 초현실주의와 의식류 등이 심미적 경향과 예술적 원칙에 있어서 모두 프로이트주의와 직접적인 연계를 맺었다. 이 영역의 작가들은 인간의 본성 속의 동물적 본능에 대한 공포, 인간의 욕망에 휩쓸리는 세계에 대한 절망, 인생의 비극성에 대한 이해, 정신병 환자와 변태적 인격에 대한 이해, 꿈과 상징, 환각에 대한 총애, 혼란하고 무질서하며 파편화한 형식적 기호에 대한 애호에 있어서 모두 프로이트주의의 영향을 직접적으로 받았다.

프로이트주의는 1920년대의 구미 문학 속에서는 주로 현대주의 경향과 연계되었지만, 1920년대의 중국에서는 도리어 주로 문학에 있어서의 낭만주의 경향과 연계되었다. 루쉰 등의 개별적인 작가 외에, 당시 프로이트주의의 자극과 계발을 받은 대다수 작가들, 예컨대 궈모뤄, 위다푸, 리진밍, 샹페이량, 쉬제, 왕런수, 타오징쑨(陶晶孫), 예링펑(葉靈鳳), 바이차이(白采), 장쯔핑(張資平)…… 등은 비록 각기 창조사, 문학연구회, 광표사(狂飈社) 등 서로 다른 단체에 속해 있었지만, 모두 공동의 낭만적 열정과 기질을 표현하였다. 그들은 도덕을 조소하고 전통을 멸시하고 자연을 예찬하고 인간과 인성의 전면적인 자유, 철저한 해방을 갈구하였는데, 바로 이러한 방향을 따라 프로이트주의를 지지하며 그에 공감하였던 것이다.

물론, 신문학 속에 존재하는 모종의 현대주의적 요소는 낭만주의 문학으로 하여금 유럽의 낭만주의 문학과 달리 황당하고 허무하며 절망적인 현대적 우환의식을 섞어 넣게 만들기도 하였다. 이는 결코 이상하지 않은데, 왜냐하면 낭만주의와 현대주의 문학은 많은 방면에서 그 어떠한 혈연관계가 존재하고, 게다가 '신문학' 시기의 사람들의 전통에 대한 절망과 앞날에 대한 망연으로 생겨난 그러한 종류의 단절감, 상실감 역시 현대주의의 허무감과 극히 쉽게 결합되는 것이며, 이학(理學)과 예교(禮敎)에 의해 억눌린 수천 년의 개체의 정욕 발분과 현대주의의 반이성주의 정신 역시 상통하는 구석이 있는 동시에, 낭만주의 문학과 서방 현대주의가 동일한 시간 선상에 놓여 상호 융화하고 자극할 때 모종의 이식과 삼투 현상이 출현하는 것은 당연한 일이기 때문이다. 마침 이 모든 것이 낭만주의 문학과 서방 표현주의, 미래주의, 상징주의 내지 의식류 등 현대주의 문학과, 드러나거나 감추어진 연계를 맺도록 하였다.9)

그러나 이러한 연계들이 창작에 있어서 '신문학' 작가로 하여금 낭만주의적 기질을 바꾸게 하기에는 부족하였다. 결국 그들은 한 세기의 전환점에 서 있었고, 구세계의 그림자와 신세기의 빛줄기가 모두 동시에 그들의 영혼을 비추고 있었으며, 그들은 후기 공업사회의 발전이 수반하는 실망을 직접 느껴본 적이 없고, 이성의 역량에 의해 창조된 기적 및 이 기적의 마지막 붕괴를 목도할 기회 역시 갖지 못하였다. 그들은 절망하였지만 희망을 짓밟지는 않았고, 파괴하였지만 다시 건설에 집착하였으며, 곤혹스러웠지만 또한 지침이 없이 찾아 나섰다. 세계, 인생과 자아가 현대주의에서는 분열되고 파편적이며 황당한 것이지만, '신문학'의 낭만주의 작가에게서는 도리어 여전히 정합되고 동일하며 차례감을 지니는 것이었다. 그들은 결코 이 세계에서 도피하려고 한 것이 아니라, 그들 자신의 청사진을 따라 세계를 다시 안배하고 개성을 존중하고 해방시키며 실현하는 일종의 전면적인 새 도덕, 새 질서, 새 이성을 건립하고자 하였다. 따라서, 마침 정보치(鄭伯奇)가 당시 『중국신문학대계(中國新文學大係)』에 썼던 서문 속에서 지적하였던 것처럼, 비록 '신문학' 시기의 많은 작가들이 서방의 세기말 영향을 흡수하였지만, 그들의 기본적인 기질

9) 천항(陳航), 「신문화 시기 소설과 서방 현대주의(五四時期小說與西方現代主義)」, 《중국현대문학연구총간》, 1988년 제1기 참조

은 여전히 낭만주의적이었다.[10]

기실 프로이트주의 자체는 현대주의와 일맥상통할 뿐 아니라, 낭만주의와의 사이에도 모종의 혈연관계가 존재하고 있다. 이것이 그것과 '신문학' 시기 낭만주의 문학의 연계에 충분한 조건과 가능성을 제공하였다. 프로이트가 인간의 내재적 영혼, 정신세계를 탐색하는 데 힘 쏟은 것은 낭만주의의 주관화, 심리화와, 성, 본능을 발견하고 강조한 것은 낭만주의의 자연 숭상의 경향과, 본능의 배설과 본능의 억압의 충돌 속에서 암시한 성 문제, 성 도덕에 대한 더욱 솔직하고 개방적인 태도는 낭만주의의 개성자유와 개성해방과 모두 내재적 일치성을 지닌다. 몇몇 서방의 학자들, 예컨대 트릴링과 토마스 만은 심지어 프로이트주의가 19세기 낭만주의 문학과 철학의 연속이며, 그것의 거대한 업적이라고 믿기도 하였다.[11] 구미에서 프로이트주의는 확실히 빅토리아 시대의 금욕주의와 청교도 문화에 반대하는 방면에서 역할을 발휘하였고, 로렌스 등 낭만주의 작가와 뒷날의 마르쿠제의 프랑크푸르트학파의 낭만주의 철학과 미학에도 영향을 일으킨 바 있다.

확실히 프로이트학설 속에는 풍부한 낭만주의 요소가 감춰져 있고, 이러한 요소는 또한 '신문학' 작가들에게서 과장되고 확대되었으며, 바로 낭만주의의 기초 위에서 융합된 것이므로, 낭만주의 문학의 인성관, 인생관, 예술관 내지 그것의 퇴폐적 경향 등 곳곳에서 모두 프로이트주의의 영향의 흔적을 발견할 수 있다.

---

10) 정보치, 「『중국신문학대계(中國新文學大係)—소설삼집(小說三集)』 서문」

11) 트릴링(Lionel Trilling), 「프로이트와 문학(Freud and Literature)」, 『자유로운 상상력(*The Liberal Imagination*)』, 뉴욕 더블데이, 1953년판; 토마스 만, 「프로이트와 미래(Freud and the Future)」, 『프로이트, 괴테, 바그너(*Freud, Goethe, and Wagner*)』, 뉴욕, 1937년판 참조

2. 정욕: 개체 생명의 감성 동력

없는 곳이 없고 뿌리 역시 깊은 성 본능을 발견한 프로이트는 이 길쭉한 창을 정신과 육체의 합일, 이성 만능의 신화에 조준하였고, "만물의 영장(靈長), 우주의 정화(精華)"라는 머리 위의 빛의 고리를 인류로 하여금 벗어던지게 만들었다. 그는 인류에게 깜짝 놀랄 만한 새로운 초상을 그려주었는데, 생명 본능이 인류의 심리적 기초이고, 심리적 원동력이며, 이러한 활력 넘치는 생명 본능 속에서 특히 성 본능이 가장 쉼 없이 요동친다는 것이었다. 그것의 발전과 변화가 인간의 심리 구조와 인격 구조의 형성 과정과 기본 면모를 결정하고 있으며, 그것이 역사와 문명의 발전을 추동하는 창조적 지렛대였다. 그리하여 인간의 본성은 인간의 생물성에 뿌리를 두는 것이고 이성은 본능 위에서 착지되는 것이므로, 인간의 본성과 자연적 정욕이 하나로 융화함으로써 일종의 생명의 본질로서의 인간이 부각되었다.

프로이트의 이러한 본능 이론 및 그가 인성에 대해 내린 생명화한 인식은 중국의 낭만주의 작가들에게 있어서 거대한 흡인력을 지니는 것이었다. 외재한 예교적 권위와 내재한 이학적 권위가 붕괴한 뒤로 성본선(性本善)이라는 선험적 결론에 대해, 오랫동안 변치 않던 도덕적 이성에 대해, 이 지식청년들은 일찌감치 의혹을 갖게 되었다. 인간이 원래 충효절의(忠孝節義)만의 군자(君子)가 아니고 아무런 이유 없이 감각기관의 희열과 육체적 쾌락을 향유하려고 하는 것이 아니라는 점을 그들은 믿게 되었다. 전통적 금욕주의의 인간 형상이 격리되면서 생기발랄하고 감성의 활력으로 충만한 인간의 형상이 탄생되었다. 마침 이 점에서 프로이트는 현대심리학의 발견을 제공함으로써 그들로 하여금 인간이 우선 하나의 인간인 것이라면 그 인간은 피와 살, 칠정육욕을 지닌 인간인 것이며, 정욕은 죄악이 아니라 인간의 자연적 본능이고, 따라서 그것은 금지될 수 없고 금지되어서도 안 되며, 생명의 필연적 산물이라는 점을 인식하도록 만들었다. 그리하여 낭만주의 세대는 일종의 보편적인 깨달음을 갖게 되었는데 그것은 "욕망과 죽음이 인생의 두 가지 커다란 근본문제"[12]이고, "갖가지 정욕 사이에서 가장 강하면서도 힘차게 우리의 내부 생명을 직접적으로 요동치게 하는 가장 위험하면서도 동시에 가장 중요한 것이 바로 성 본능"[13]이라는 것이었다. 궈모뤄는 그의 작품 속에서 우주 전체를 "한 폭의 가장 거대한 춘화(春畫)"로 형용하였다. 이는 성욕 본능이 완전히 본체화한 것인데, 이러한 관념의 표현 배후에는 확실히 프로이트주의의 그림자가 선명하게 비치고 있다.

마침 이러한 작가들은 인간의 갖가지 심리적 동기 속의 정욕 본능에 관해 특별히 주목하였기 때문에 그들의 작품에는 인간의 욕구에 대한 전시와 묘사가 가득하고, 그들의 주인공은 정욕의 조종 아래서 만족과 향락을 추구하고 있다. 자위, 관음, 기생 놀음, 난륜, 사통, 갖가지 '대역무도'한 일들이 정정당당하게 묘사의 기회를 얻어냈다. 그 보통 남녀들이 이성에 대한 근심 어린 갈구, 사춘기의 초조, 혼외정사의 열정으로 가득할 뿐 아니라, 먼지 가득한 인간세의 세속을 멀리 떠난 비구니 역시 마찬가지로 마음이 이곳저곳에서 요동치고 갖가지 정욕을 끊을 수 없는 것이다. 예링펑의 『담화암의 춘풍(曇花庵的春風)』, 타오징쑨의 『니암(尼庵)』이 모두 이 같은 주제를 표현하였는데, 바로 엄준한 제도의 속박에도 꺼지지 않는 불같은 정욕이다. 이러한 갖가지는 선비이든 농부이든, 군자이든 속인이든지 간에, 그가 인간이라면 피부 속에서 늘 사랑의 욕망이

12) 위다푸, 「문예 감상에 있어서 편애의 가치(文藝賞監上的偏愛價値)」, 『위다푸문집(郁達夫文集)』 제6권, 중국 화성출판사, 1983년판

13) 위다푸, 「희극론(戲劇論)」, 앞의 책

용솟음치고 있다는 점을 확증하지 않은 것이 없었다.

정욕의 심리적 동기 속에서의 필연성을 강조한다고 해서 이러한 작품들이 완전히 프로이트의 영향을 받은 것이라고 하기에는 부족하지만, 그들이 정욕을 일종의 "불가피한 잠재력"으로 묘사한다면 바로 프로이트에게서 계시를 받은 것이다. 예링펑의 『여와씨의 유얼(女媧氏之遺孽)』은 한 중년 유부녀와 젊은 남성 메이전(莓箴)의 사랑을 묘사하였는데, 그들의 애정의 기원은 이 부녀자의 말로 하면, "내가 그러할 수 있게 한 것이 아니고, 그가 그러할 수 있게 한 것도 아니며, 우리 사이에는 실로 저항할 수 없는 잠재력이 우리를 조종하고 있고, 우리로 하여금 매우 긴박하게 손을 잡고 나아가게 하는데, 우리는 서로 아직 마음을 들키지 않았을 때도, 다른 곳으로 전이될 수 없는 뿌리가 이미 서로에게 내려져 있었다."라고 하였다. 장쯔핑의 『타이리(苔莉)』는 커어우(克歐)와 그의 외사촌형의 부인의 사통을 묘사하였는데, 비록 그는 일찍이 의도적으로 자신의 감정을 억누르기는 하였지만, 마지막에는 "제지할 수 없는 일종의 자연스러운 욕망"이 여전히 그를 정욕의 아궁이 속으로 밀어 넣었다. 궈모뤄의 『캐러멜 아가씨(喀爾美蘿姑娘)』의 주인공은 캐러멜을 파는 아가씨에 첫눈에 반하였는데, 비록 처자에 대한 부끄러움으로 양심의 가책을 느꼈지만 "일종의 짓누를 수 없는 음욕(淫欲)"이 그로 하여금 도덕의 역적이 되게 하였고, 정욕은 그로 하여금 "하늘과 땅에 존재하는 모든 것이 마치 술에 취한 듯하고, 온갖 것들이 애욕(愛欲)에 불타올라 (그로 하여금) 가쁘게 숨을 몰아쉬는" 것처럼 보이게 만들었다. 바이차이의 『작은 실수(微眚)』는 남편과 화목하게 지내던 어느 부인을 묘사하였는데, 일종의 "신비한 힘, 예전에 없었던 힘"으로 인해 왠지 모르게 어느 젊고 잘생긴 이웃 남성을 사랑하게 되었다……. 그것들은 모두 성의 본능이 일종의 신비하고 맹목적이며 비이성적인 심리적 역량이고,

늘 무의식적이면서 인간의 의지에 의해 전이되지 않는 채 인간의 심리와 행위를 강력하게 지배하고 있으며, 그것으로 하여금 현실적 가능성 및 사회적 도덕과 첨예한 충돌을 빚게 한다는 점을 암시하였다. 이 점에서 낭만주의 문학의 묘사는 프로이트의 독특한 발견과 놀랄 만한 유사점을 지니고 있으며, 양자의 연원관계를 부인하기는 어렵다.

프로이트는 일찍이 저명한 '오이디푸스 콤플렉스' 관념을 제기하며 가정의 관계를 해석하였고, 그의 제자인 모델(A. Mordell)은 이에 근거해 이른바 형제자매의 콤플렉스 등을 가지고 그를 보충하였다.14) 이러한 학설들은 '신문학' 시기에 이미 상당히 사람들에게 주목을 받았다. 따라서 난륜적 성애 관계와 성애 콤플렉스를 주제로 하는 당시의 많은 작품들이 정신분석학설의 영향을 적잖게 받았다고 우리가 믿는 데에는 까닭이 있다. 샹페이량의 『암논(暗嫩)』은 이스라엘 왕 다비드의 아들 암논(Amnon)이 자신의 여동생 압살롬(Absalom)을 미친 듯이 사랑하는 것을 묘사하였다. 예링펑의 『언니가 시집간 날 밤(姊嫁之夜)』은 언니가 시집가는 데 대해 스물한 살의 순화(舜華)가 느낀 연인 같은 질투와 불만을 묘사하였다. 장쯔핑의 『메이링의 봄(梅嶺之春)』은 질녀와 숙부 사이의 난륜 관계를 묘사하였다. 많은 작가들은 또한 약속이라도 한 듯 시동생과 형수 간의 미묘한 애련의 콤플렉스를 표현한 바 있다. 샹페이량의 『흐릿한 꿈(飄渺的夢)』 속의 중학생은 일종의 "기괴한 것의 유인"을 받아 형수에 대한 애정이 생겨났고, 마지막에는 흐릿한 꿈으로부터 그의 무의식적인 성애의 동기가 굴곡지게 폭로되었다. 궈모뤄의 『예뤄티의 묘(葉羅提之墓)』 속의 예뤄티 역시 어려서부터 형수를 사랑하였다. 이 작품들은 비록

---

14) 모델, 『문학 속의 성애 동기(*The Erotic motive in Literature*)』, 뉴욕, 1919년판; 중쯔옌(鍾子岩), 왕원촨(王文川) 역, 『근대문학과 성애(近代文學與性愛)』, 중국 상하이개명서점, 1931년판 참조

모두 엄격한 '오이디푸스 콤플렉스' 관념에 따라 구상되지는 않았지만, 아이들의 감정을 일종의 성적 감정으로 묘사하였다. 아이의 심리 속에 성적 갈망, 성적 충동, 성적 감정, 성적 만족의 성분이 가미되었을 뿐 아니라 아이의 성욕 대상이 여교사이거나 처형, 형수이며 모두 모종의 모친의 상징을 지니는데, 이것들은 확연히 프로이트의 오이디푸스 콤플렉스적 논술과 직접 혹은 간접적인 관련이 있다.

프로이트주의는 낭만주의 작가들이 인간을 새롭게 이해하고 인식하는 데 열쇠를 제공해주었고, 그들로 하여금 인간이 우선 일종의 자연적 생명 형태이며, 어려서부터 인간에게는 본능적 욕구, 성애의 욕구가 있고, 쾌락과 만족을 갈망한다는 점을 굳게 믿게 만들었다. 게다가 이러한 종류의 본능적 정욕은 종종 비이성, 비도덕적이고, 늘 통제되고 지배될 수 없을 뿐 아니라 심지어는 깨닫거나 의식되지도 않고, 일종의 강한 힘으로 행위와 선택을 조종하고 있으며, 이성, 도덕, 문명은 그것의 충격에서 버티어낼 수가 없다. 요컨대 인간은 일종의 감성적 생명 개체이고, 정욕은 이러한 생명 개체의 가장 강력한 감성 동력이다. 프로이트주의의 영향은 확실히 중국 작가들이 인간의 형상을 다시 빚어내는 것을 도왔다고 할 수 있으며, 이러한 하나의 형상은 중국의 수천 년의 전통 문화와 문학 속에서는 그 전까지 존재할 수 없던 것이었다.

중국의 문화전통은 그전까지 인간의 자연 본성, 자연 정욕을 감히 직시하거나 긍정하지 못하였고, 성선론(性善論)의 선험적 중심 위에서 금욕주의적 문화규범과 도덕신조가 건립되었으며, '삼종사덕(三從四德)', '충효절의'가 인간의 감성 생명과 감성 욕구의 숨통을 틀어막고 있었다. 그러나 낭만주의 문학이 새로 건립한 인간의 형상은 도리어 청심과욕(淸心寡欲), 극기복례(克己復禮)의 허위성을 들추어냈는데, 그것은 전통 속의 '악(惡)'이 인간 본성의 합리적 구성부분으로 간주된 것이었고, 홍수(洪水)와 맹수(猛獸)로 보았던 정욕이 인간의 천부적 본성이 된 것이었다. 낭만주의 작가들은 이 방면에서 전에 없이 솔직하고 진실하며 혈기로 가득하였고, 조금도 숨김없이 인류의 원시적 면모를 행간에 폭로하였는데, 인간은 결코 군자, 성현이 아니라 하나의 정욕적 육체이며, 이성에 대한 사랑, 감각기관의 만족을 추구하는 것이 결코 인간의 타락이자 수치인 것이 아니고 인간의 천성, 인간의 본래 면모라는 것이었다.

바로 이러한 감성적 생명 현상을 빌려 낭만주의 문학은 일종의 새로운 생활방식과 인생태도에 대한 낭만적 동경과 지향을 표현하였다.

3. 인성 해방과 성애 자유

낭만주의 작가들은 인간 본성에 대한 그들의 이해에 근거하여 도덕과 전통을 분석하고 인생방식과 생활방식을 선택하고 있다. 기왕 정욕이 인성의 자연인 바에야 이는 인성의 자유이기도 한 것이었고, 기왕 성애의 자유가 인성인 바에야 성애의 부자유 역시 필연코 인성에 반하는 것이었다. 그래서 낭만주의 문학은 완전히 도덕의 속박을 무시하였고 사회적 규범을 무시하였으며, 대체로 숨김없이 성애의 자유를 위한 공간과 권리를 쟁취하고 있다.

이러한 기본적인 태도는 낭만주의 문학으로 하여금 중국 명청(明淸) 시대의 많은 양의 이른바 언정(言情)문학, 성(性)문학과 완전히 다른 것이 되게 하였다. 『금병매(金甁梅)』를 예로 들면, 그것은 비록 인간의 정욕과 성생활을 많이 표현하지만 작자는 이데올로기 관념과 도덕관에 있어서, 성의 범람에 대하여 비판과 부정의 태도를 지키고[비록 작자가 무의식 깊은 곳에서는 어쩌면 단지 이러한 태도를 빌려 자아 방어(ego-defense)를 하여 성욕 방종에 대한 환상을 은폐하려고 한 것일 수 있지만], 결코 사람으로 하여금 서술자와 서문경(西門慶)에 감히 동일시하진 못하게 만든다. 그러나 낭만주의 문학 속에서 작품의 서술자와 작품 속의 인물은 왕왕 서로를 교체되게 가리키거나 혹은 동일한 개입의 시점에 놓여 있다고 할 수 있기 때문에, 작품 속 인물의 성 심리와 성 행위에 대해 작자는 이해하고 동정하며 심지어 동일시를 하는 것이다. 이러하기 때문에 중국 문학사에 있어서 그 어떠한 시대에도 없던 작품이라고 할 수 있으며, 조금도 개의치 않고 성애의 자유와 해방의 갈구를 표현하였던 점에서 그러하다고 말할 수 있다. 그들은 생명의 땀과 피, 청춘의 눈물로 성애에 대한 모든 속박과 억압을 고발하고 있다. 전에 없던 이러한 솔직함 속에는 도덕과 규범에 대한 대담한 반역 및 자연, 자유에 대한 무한한 바람이 포함되어 있다.

낭만주의 문학은 반도덕적 성 행위를 상당히 빈번하게 표현하였는데 예컨대 이성에 대한 관음, 동성애, 자위, 기생 놀음, 갖가지 혼외정사, 삼각관계, 난륜 등등이며, 이러한 반도덕적인 성 행위들은 일부 작품 속에서는 사회와 환경의 압박 및 운명의 불행으로 인해 조성되었다. 이를테면 위다푸 소설 속의 인물은 한 여인의 따사로운 보살핌을 얻어내지 못해 갖가지 도덕과 양심에 위배되는 성 행위를 해버리곤 한다. 장쯔핑의 『타이리』 속의 인물 커어우와 타이리의 사통 또한 타이리의 남편이 그녀에게 성적 만족을 주지 못하기 때문이다. 쉬제의 『은닉(隱匿)』 속의 차이(彩) 여인과 목수의 사통은 결혼 후 얼마 뒤 남편이 집을 떠나 오랫동안 소식이 끊겼기 때문이다. 그러나 그 밖에 일부 작품 속에서는 주인공의 반도덕적 행위가 심지어는 '합리'적인 이유를 필요로 하지 않기도 하였다. 궈모뤄의 『캐러멜 아가씨』와

『잔춘』의 주인공은 모두 정상적인 가정생활을 하지만 각기 우연히 만난 제3자를 사랑하였다. 바이차이의 『작은 실수』 속의 여주인공은 남편을 사랑하기는 하지만 동시에 다른 남성에게도 짙은 연정을 품는다……. 그것들은 설령 결혼에 한 차례 성공했다고 해서 결코 애정의 종점이 아니고 일종의 가장 복잡하고 비밀스러우면서도 또한 가장 강렬한 감정방식으로서의 애정이란 것은 변이적 본성을 지녔다는 점을 표현하는 것을 방불케 한다. 따라서 성적 감정은 결코 결혼의 대상에게서만 발생하는 것이 아니고 다른 이성에게도 생겨난다. 이 역시 결코 도덕적 타락이 아닐 뿐 아니라 인간의 본성적 자연이기도 하다. 여기서 성애는 완전히 이화(異化) 상태 속에서 해방되었고, 순수한 '사랑'의 기초 위에서 인위적인 윤리, 도덕을 벗어나 일종의 자유로운 감정과 자주적인 행위가 되었다. 이러한 작품들은 이따금 제1인칭 서사 시각을 통하여 이러한 혼외 감정의 정당성과 합리성을 충분히 표현하고자 하였다. 인간의 자연적 감정, 욕구와 사회적 규범, 질서의 대립 속에서 그것들은 가치의 저울추를 전자에게로 옮겨놓았다. 이는 일종의 시점의 전이를 상징하였는데, 그것은 도덕의 시각으로부터 성애가 정당한가의 여부를 본 것이 아니라 성애의 시각으로부터 도덕이 인성적인가의 여부를 보았던 것이다. 그래서 위다푸의 소설 한 편의 주인공이 비로소 이처럼 '대역무도'한 말을 한 것인데, "색담(色膽)이란 원래부터 있는 것이다. 교직을 그만둘 순 있지만, 나의 자유는 도덕에 구속받고 싶지 않다. 학생들이 여성을 사귈 수 있는데, 선생이라고 사귈 수 없다는 것일까?"라고 하였던 것이다.

낭만주의 문학에서 멸시된 것은 제도화한 예교, 도덕 이데올로기뿐이 아니었고, 보통 인류의 금기, 사회규범인 것이기도 하였다. 만약 혼외정사와 갖가지 비도덕적이고 반도덕적인 성 행위에 모두 윤리적 질책을 가하지 않는다고 할 경우, 낭만주의 문학은 일종의 성적 자유와 성적 해방의 의식을 전달하였을 뿐이라고 하기에 어쩌면 결코 과분한 것이 아니다. 역사에서 깊이 감춰졌던 성 문제에 대한 낭만주의 작가들의 개방적이고도 솔직한 태도는 그전에도 없었고 그 뒤로도 없는 것이다.

그렇다면 이러한 사조는 당시 프로이트주의의 영향과 어떠한 관계가 있는 것일까? 일찍이 많은 학자들은 프로이트를 변호하면서, 그가 처음부터 끝까지 성 해방을 고취한 사람이 아니라고 지적하였다. 슐츠(D. Schultz)는 "프로이트는 비록 이렇게 강렬하게 우리의 정서생활 속의 성의 작용을 강조하였지만, 그 자신은 성에 대해 도리어 극단적인 부정의 태도를 지켜갔다. 그는 처음부터 끝까지 성의 위험성을 지적하였고, 이는 신경증이 없는 사람에 대하여도 마찬가지였는데, 그는 사람들에게 일반적인 동물적 욕망을 극복해야 한다고 권고하였다"[15]고 하였다. 프로이트에 대한 이러한 이해는 의심할 여지없이 정확한 것이다. 그러나 사실에 있어서는 프로이트가 반이성주의자가 아니지만 그의 학설이 도리어 늘 반이성주의 사조의 격랑으로 떠밀렸듯이 그의 학설 또한 늘 성 해방과 성 자유의 문화사조적 이론의 구실이 되었다. 낭만주의 문학 속의 성애의 자유라는 주제는 바로 프로이트주의로부터 지지와 격려를 받았다.

이는 프로이트가 성욕을 인간의 자연적 본능으로 간주할 때 실제에 있어서는 성애의 자유에 인성적 기초를 제공한 것으로 표현되었을 뿐 아니라, 프로이트가 의식과 무의식, 현실원칙과 쾌락원칙, 욕망과 문명 사이의 대립과 충돌을 지적할 때 낭만주의 문학에 일종의 비극적 구상을 제공한 것으로도 표현되었는데, 그것은 성애 억압의 고통을

15) 슐츠(D. Schultz), 『현대심리학의 역사(*A History of Modern Psychology*)』, 뉴욕, 1975년판, 321면

통해 인간의 행복, 쾌락이 성의 완전한 해방, 성애의 철저한 자유 속에 존재한다는 점을 암시하였던 것이다. 설령 합리적이라고 할지라도 어떠한 제한과 속박도 모두 실질적으로는 인간의 행복과 쾌락에 대한 일종의 박탈이다.

『문명과 그 불만(*Civilization and Its Discontent*)』 속에서 프로이트는 일찍이 성애와 문명의 모순을 예리하게 들춰낸 바 있는데, 성애는 문명에 대한 파괴를 통해 만족을 얻어내려고 하고, 문명은 성애에 대한 억압을 통해 완벽을 유지하려고 하며, 인간의 우선적 목표는 갖가지 수요의 충분한 만족이지만 문명은 이 목표를 포기시키는 것을 자신의 임무로 삼기 때문에 "행복은 결코 문명의 가치표준이 아니고", 게다가 "우리의 고통은 이른바 문명이 책임을 져야 한다"는 것이었다. 프로이트의 이 중요한 저작은 1920년대 말기에 완성되었으므로 당시에는 아직 낭만주의 시기 중국 작가들에게 인식될 수 없었지만, 이 책의 주제인 문명과 성애의 충돌은 도리어 프로이트의 초기 저작 속에서도 여러 차례 논술되었다. '오이디푸스 콤플렉스', '거세콤플렉스(Castration complex)', 무의식과 의식의 관계, 배설과 억압 및 현실원칙과 쾌락원칙에 관한 논술이 포함하는 것이 모두 이러한 사상이다. 그리고 이러한 것들이 낭만주의 작가들에게 직접적이거나 간접적인 영향을 일으켰을 가능성은 극히 크다.

이와 관련하여, 낭만주의 문학이 흠모했던 비극적 구조와 비극적 기조는 성애와 문명 사이의 대립에서 기원하는 것이다. 이 작품들 속에서 일부는 외재적 도덕규범이 성애 자유의 권리를 박탈하였고, 일부는 내재적 도덕양심(외재적 도덕규범의 내재화)이 성애 자유의 용기를 박탈하였다. 비록 성애의 자유를 쟁취하는 주인공들은 수단과 목적에 있어서 모두 극히 강한 반인륜, 반사회적 경향을 지녔지만, 작자들은 여전히 그들에 대하여 무한한 동정, 사랑과 관심을 기탁하였다. 바이차이의 『작은 실수』는 제3자에 대한 어느 부인의 일방적 사랑을 일종의 신비스런 미(美)로 충만한 것으로 서술하였고, 장쯔핑의 『메이링의 봄』은 질녀와 숙부 사이의 관계 속에서 그들의 육체적 감성의 쾌락을 각별히 부풀렸으며, 타오징쑨의 『목서(木犀)』 역시 교사와 학생의 사랑 관계의 끈끈함을 미화하였다. 이와는 반대로, 다른 방면에서 그들은 비극의 근원에 대한 책임을 대부분 사회나 도덕에 떠밀었다. 『여와씨의 유얼』 속에서 어느 청년학생을 사랑하게 된 중년의 유부녀가 한탄한 것은 "수천 년의 전통 세력이 쌓아놓은 속박 아래서 진실된 정감이 가면으로 겹겹이 둘러싸인 예교에 의해 여지없이 끊겨버려, 사람 마음속의 진정한 영혼을 결국은 말하지 못한다"는 것이었다. 『타이리』 속의 커어우와 타이리의 사랑은 두 사람의 자살로 끝을 맺는데, 작자는 이것이 남성과 남성적 사회가 촉발한 불행이라고 질책하였다. 또한 이러한 비극들 속에서 작자가 부정한 것은 시종일관 성애 자체의 방종이 아니라 성애에 대한 속박과 제한이었으며, 심지어는 바로 성애의 억압이 성애의 방종을 조성한다고 말하였던 것이다. 그래서 그것들은 비극적 기조를 가지고 일종의 희망을 암시한 것이며, 성애의 자유를 허락할 수 있는 일종의 보다 개방적인 사회환경과 도덕규범이 반드시 필요하다는 것이었다.

이 밖에 프로이트학설의 또 다른 내용, 즉 변태심리학이 낭만주의 문학의 성애 자유에 대한 요구를 조장하기도 하였다. 프로이트의 변태심리학, 더욱 정확하게 말해 이상심리학(Abnormal psychology)에는 두 가지 주된 특점이 있는데 첫째, 그는 모든 변태적 경향이 아동기에서 기원하고 변태적 성 심리가 아동적 성 심리이며, 이러한 종류의 심리의 지배를 받는 성 활동이 종종 물종의 제한, 친족의 제한, 성별의 제한을 구분하지 않고, 혹은 신체 기타 기관, 기타 부분이 생식기와 동등한 것으로 간주되는데, 구체적으로는 이를테면 관음벽, 자기애, 동성애, 학대와 피학대, 물신숭배 등으로 표현된다고 하였다. 둘째, 프로이트는 변태심리가 종종 문명과 금기의 억압을 받는 인간의 성 본능과 상호 연관된다고 믿었다. 정상적인 성적 만족의 결여는 심리적 변태의 직접적 원인이고, "이러한 결여의 결과로 인해, 성의 수요는 부득이 성의 격동으로 하여금 변태적 배설을 좇게 만든다."16)

당시에 낭만주의 작가들의 소설 속에서는 프로이트가 분석한 갖가지 변태성 심리가 대체로 모두 표현되었다. 위다푸의 소설 속에서는 『침륜』이 관음벽을 서술했고, 『과거(過去)』는 피학증을 서술했으며, 『망망야(茫茫夜)』는 동성애와 물신숭배를 서술하였다……. 게다가 이러한 변태심리들의 생성은 대부분 그들의 정상적인 성애 욕구가 만족을 얻어내지 못한 데서 비롯되었고, 그들이 "반평생 유랑에도 한 명의 진심 어린 여인조차 만나보지 못한 비통한 역사를 입증하는 것이었다." 비록 우리는 이러한 변태심리의 묘사와 분석들이 전부 정신분석학설에서 직접적으로 잉태되었다고 말할 수는 없지만, 우리가 긍정할 수 있는 것은 그것들이 정신분석학설 혹은 정신분석학설의 영향을 받은 서방과 일본의 문학과 확실히 모종의 연계가 있다는 점이다. 왜냐하면 설령 변태심리가 프로이트의 발견이 아니라고 하더라도, 변태심리의 표현과 근원을 성욕 방면과 직접 연계하는 것은 프로이트의 독특한 공헌이기 때문이다.

이러한 변태심리에 대한 낭만주의 문학의 전시는 성애 자유를 속박하는 외부환경에 대한 비판이었을 뿐 아니라, 성애 자유를 쟁취하는 용기가 결여된 내부적 자아에 대한 비판이기도 하였다. 프로이트의 관점에 따르면 단지 외부적 박탈만으로는 결코 변태가 조성될 수 없으며 내부적 박탈이 동시에 수반되어야만 비로소 최종적으로 심리

16) 프로이트, 『정신분석개론』, 중국 상무인서관, 1984년, 244면

적 변태가 촉진되는데, 한편으로는 외부환경이 성애 자유의 실현을 제지하고, 다른 한편으로는 내부적 기제가 자아로 하여금 감히 외부환경과 대결하지 못하게 하므로 성욕이 일종의 변태적이고, 사회적 징벌과 자아의 책임을 도피하는 방식으로 만족을 구하는 것이다. 따라서 프로이트의 변태심리학의 영향을 받아 이 작품들은 두 방면의 의의를 표현하였는데, 첫째는 성욕으로 하여금 정상적으로 발전할 수 있도록 하는 일종의 객관적 조건을 갈구하였던 것이고, 둘째는 성욕을 정상적으로 만족시킬 수 있는 일종의 주관적 현실을 갈구하였던 것이다. 그것의 주제는 여전히 억제(suppression)를 반대하고 성욕과 성애의 진정한 자유와 해방을 긍정하는 것이었다.

확실히 낭만주의 문학 속의 성애 자유의 외침은 프로이트학설과 연계가 없지 않다. 프로이트 자신은 일찍이 "우리는 개량하는 사람이 아니라, 단지 관찰하는 사람일 뿐이다. 그러나 관찰을 하다 보면, 비판을 벗어날 수 없다. 따라서 우리는 전통적 성 도덕을 옹호할 수 없고, 성의 문제에 대한 사회적 처벌을 칭찬할 수 없다. 우리는 인간 세상의 이른바 도덕률이 요구하는 희생이 늘 그 자체의 가치를 넘어서고, 이른바 도덕적 행위가 좀 허위적이기도 할 뿐 아니라, 좀 바보 같기도 하다는 점을 입증하기 어렵지 않다"[17]고 말한 바 있다. 여기서 프로이트의 전통, 도덕에 대한 비판 및 성 문제에 요구한 개방적이고 솔직한 태도는 낭만주의 문학과 정신적으로 공감을 이루고 있다. 바로 이러한 공감이 그것들 사이의 연계에 실제적인 가능성을 제공하였다.

물론, 그 밖의 방면에서 우리는 어쩌면 낭만주의 문학이 도덕관에 있어서 프로이트와 갖는 차이성을 찾는 것이 동일성을 찾는 것과 마찬가지로 쉽다고 말할 수 있다. '세기말'의 이성주의 인문과학가로

17) 프로이트, 『정신분석개론』, 350면

서의 프로이트는 예악이 붕괴하고 인욕이 범람하는 현대 사회에서 성욕과 문명이 평화롭게 공존하도록 할 수 있는 '중립'적 지대를 찾아 나서고자 하였다. 그는 성의 과도한 억압에 반대하였던 것과 마찬가지로 성의 과도한 방종에 반대하였으며, 인류가 합리적인 경로를 찾아내 본능적 역량으로 하여금 정상적으로 배설되고 간접적으로 승화될 수 있게 함으로써 그것이 사회 문명과 사회 가치를 창조하는 창조적 동력이 될 수 있기를 희망하였다. 따라서 프로이트는 비록 낭만주의 문학에서 표현하였던 것처럼 비극과 변태의 근원을 본능 욕망이 억압된 데로 귀결하였지만, 결코 본능 욕망의 방종한 범람과 배설에 찬성하지는 않았으며, 성애와 문명의 사이에서 낭만주의 문학처럼 일변도로 기울기보다 양자 사이의 이성적 균형을 찾아내고자 노력하였다. 이 점만은 마침 개성 해방과 감성 해방을 열렬하게 주장하고 있던 낭만주의 작가들에게서 충분한 주목을 일으키기에는 불가능한 것이었다.

마찬가지로 프로이트학설의 영향을 받았지만 낭만주의 문학의 주제는 서방 현대주의 문학과는 상당히 선명한 구별이 존재한다. 서방 현대주의 문학 속에서 프로이트의 성욕과 문명에 관한 충돌은 그들로 하여금 인류의 일종의 비극적인 숙명을 마주하게 하는데, 개인의 욕구는 문명을 파괴하고 있고 문명 역시 개인의 욕구를 박탈하고 있는 것이다. 누구든 모두 자신의 존재를 확증할 이유가 있지만, 또한 상대의 존재를 부정할 이유가 없으며, 그것들 사이의 모순은 조합될 수 없는 것이다. 낭만주의 문학이 보기에 프로이트가 드러낸 이러한 모순은 심각하지만, 모순되는 쌍방 사이의 틈을 이성으로 메우고자 하는 것은 일종의 유토피아적 환상일 뿐이다. 물론 낭만화한 성애 해방, 성애 자유는 결국은 인류에게 더 큰 제한과 더 많은 속박을 가져온다. 자유의 공간은 유한한 것이고, 한 개인의 자유의 확장이 의미하는 것은 바로 타인의 자유에 대한 쟁탈이다. 따라서 만약 인생이 비극적인 것으로 예정되어 있다고 한다면, 비극은 애욕과 문명 사이에서 극복될 수 없는 영원한 대립에 근원이 있다. 이러한 종류의 주제에 있어서의 차이는 바로 낭만주의 문학과 서방 현대주의가 각기 처하였던 서로 다른 시간과 공간 환경의 결과이다.

자신의 수요에 근거한 이해의 기초 위에서, 프로이트학설은 확실히 낭만주의 작가들에게 성애 자유의 경향을 강화하였다. 성애 자유와 해방은 그들이 고양한 개성 자유와 해방의 중요한 부분 가운데 하나이다. 비록 자유의 권리에 대한 낭만주의 작가들의 강조는 그것에 대한 책임의 강조를 훨씬 넘어섰고 상당한 정도로 공상적이고 과장된 성격을 띠는 것이며, 공동체와 사회에 다해야 할 개체의 의무를 홀시하고 자유와 해방은 시종일관 현실적 역사 조건에 의해 제한된다는 점도 홀시하였지만, 자유 해방을 구속하는 봉건주의 내지 엄숙한 중국 문화 전통에 대한 항의, 질의와 충격을 표현하였고 도덕에 있어서는 허무주의 태도로 일종의 새로운 사회 도덕과 사회 질서를 추구하고 있는데, 그것은 개성이 충분히 실현되고 성애가 충분히 자유로운 미래이다. 이러한 미래는 환상이지만, 바로 이 환상이 그들이 현실을 거부하고 부정하며 초월하도록 고무하고 있다. 그들은 이상세계를 가지고 현실세계에 무덤을 파고 있고, 그들이 성애의 절대적 자유를 강조한 것은 바로 전통 속의 성애의 절대적 부자유에 대한 반동이었으며 교왕과정(矯枉過正)이기도 하였다. 그럼에도 그 의의는 바로 사람들에게 이 같은 점을 말해주었다는 데 있는데, 성애의 자유는 일종의 신성한 권리이고, 도덕의 명의라고 해도 그것이 박탈될 수는 없다는 것이었다. 따라서 이러한 목소리는 의심의 여지없이 당시 중국의 신문화적 반전통의 총체적 경향과 일치하는 것이며, 그것은 일종의 감성적 생명력으로 낭만주의 문학의 개성 해방의 물결 속으로 유입되었다.

4. 꿈, 심리 독백과 표현성

낭만주의 작가들은 현실주의의 재현, 모방, 묘사 등 서사수단에 만족하지 않았지만, 순형식에 대한 그들의 숭배 역시 시종일관 일종의 환상일 뿐이었다. 열정적이고 감상적이며 솔직한 태도는 그들로 하여금 본질에 있어서 유미주의, 예술지상주의보다는 루소(J. J. Rousseau)에 보다 근접하도록 하였기 때문에, 그들은 형식적 완벽에 열중하기보다는 창작 주체와 작품 본체 사이의 거리를 해소하는 데 노력하면서 자신의 전체적인 영혼, 정감을 문장 곳곳에 투사하였다. 그리하여 그들은 사실주의와는 다른 표현성의 서사를 찾아가고 있다. 바로 이러한 예술적 추구는 그들로 하여금 프로이트의 꿈에 관한 이론 속에서 계시를 찾아내도록 하였다.

꿈 이론은 프로이트학설의 중요한 구성 부분이다. 프로이트는 무의식 충동이 꿈의 진정한 창조자라고 믿었고, "꿈은 모두 본능 욕망의 만족이다. 심리적 생활은 밤이 되면 현실에서 벗어나 원시적 기제를 회복할 가능성이 있으므로, 꿈꾸는 이가 희망하는 본능 만족이 환각을 통하여 온갖 사실인 것처럼 보일 수 있"[18]으며, "비록 징벌적인 꿈이라고 해도 소망의 만족인데, 단지 그것들이 만족시키는 것이 본능 충동의 소망이 아니라 마음 속의 비평, 검사, 징벌의 욕망일 따름이다"[19]라고 하였다. 프로이트는 꿈의 본질에 대한 이러한 이해에 근거하여 꿈의 작업, 꿈의 의미, 꿈의 구조에 독창적인 해석을 하였다. 1900년에 발표된 『꿈의 해석』이 바로 프로이트 꿈 이론의 권위적 저작이다. 이 책의 기본 내용은 신문화운동 시기에 이미 중국에 전해졌는데 궈모뤄가 한 편의 문장 속에서 일찍이 그것을 사용해 문예현상을

18) 프로이트, 『정신분석개론신편』, 중국 상무인서관, 12면

19) 프로이트, 『정신분석개론신편』, 29면

분석한 바 있고,[20] 적지 않은 사람들 역시 문학 창작 속에서 그 영향의 흔적을 드러내었다.

영향은 주로 두 방면으로 표현되었다. 우선 그것은 낭만주의 작가들로 하여금 주관적인 정신 세계, 심리 세계를 표현하는 일종의 수단을 찾아내도록 하였다. 프로이트는 꿈의 내용은 주관적이지만 꿈의 형식은 도리어 구체화한 것이라고 믿었는데, 이 점이 작가들에게 계시를 주어 꿈을 빌려 주관적 정감, 소망으로 하여금 일종의 감성 형식을 얻어내게 한 것이며, 문학적 화면으로 그것을 전환시킴으로써 예술적 역량을 얻어내게 만들었다. 그다음, 그것은 또한 낭만주의 작가들로 하여금 심층적 심리 세계를 표현하는 일종의 경로를 찾아 나서도록 하였다. 프로이트는 무의식의 신대륙을 개척하는 동시에 또한 꿈을 빌려 이러한 신세계를 해면 위로 부상하도록 한 것인데 이는 자연스레 당시의 작가들을 계발하였고, 그들이 인간의 내심 깊은 곳 무의식 동기를 들춰내려고 시도할 때 가장 적당한 예술적 표현방식이 바로 꿈인 것이었다. 따라서 낭만주의 문학의 창작물 속에서는 정신분석적 의미를 띠는 꿈의 묘사가 상당 부분 출현하였다. 궈모뤄의 『잔춘』, 『캐러멜 아가씨』, 샹페이량의 『흐릿한 꿈』, 예링펑의 『대낮의 꿈(白日的夢)』, 쉬친원(許欽文)의 『작은 개의 액운(小狗的厄運)』, 위다푸의 『풍령(風鈴)』, 쉬제의 『모춘』 등의 작품 속 꿈자리 묘사가 모두 확연히도 프로이트 꿈 이론의 영향을 내포하고 있다.

이보다 더 이르게 중국의 전통 희곡과 소설 속에도 꿈의 묘사가 없지 않지만, 프로이트의 영향을 흡수한 신문학 소설 속의 꿈과 전통적인 소설 속의 꿈에는 두 가지 중요한 차이가 있다. 첫째, 전통 속의 꿈은 언제나 소망의 만족이고, 예컨대 황량몽(黃粱夢), 남가몽(南柯夢)이 그러하지만, 이러한 소망들은 명확하고 의식적인 것이며 꿈은

20) 궈모뤄, 「비평과 꿈」, 『문예논집』 참조

그들의 주관적 의도의 허위적인 실현이다. 하지만 궈모뤄 등 작가에게서 묘사된 꿈은 표현하는 것이 도리어 주인공의 일종의 불명확하고 혹은 대낮에 의식의 감독을 받을 때는 감히 인정할 수 없었던 소망을 말하는 것이며, 대부분 일종의 비상궤적인 성질을 지니는 것이고, 일종의 무의식적 소망이다. 예컨대 『잔춘』에서는 아이머우(愛牟)가 병을 앓는 친구를 간병하러 갔다가 우연히 S라는 간호사 아가씨를 만나게 된다. 당시 그는 S에게 첫눈에 반하였다는 점을 결코 의식하지 못하였지만 꿈은 도리어 그의 무의식적 비밀을 폭로하였다. 꿈속에서 아이머우와 S는 천천히 비리산(筆立山)에 오르는데, S의 폐병을 검사하기 위해 S의 대리석같이 적나라한 몸체를 탐시할 때는 그의 부인이 그들의 두 아들을 죽이고 그마저도 죽이는 불길한 예감이 전해져온다. 이 꿈은 S에 대한 아이머우의 무의식 속 정욕 및 이러한 종류의 비도덕적 행위가 가져올 수 있는 무의식 속 징벌의 공포를 대단히 전형적으로 표현하였다. 그것은 무의식적으로 나타나고 표현되었기 때문에 전통문학 속의 꿈과는 확연히 다른 것이다. 둘째, 전통문학 속의 꿈, 꿈자리와 소망의 관계는 직접적이면서도 명확하고, 어떤 소망이 있으면 바로 어떤 꿈이 있으며 기의(signifié)와 기표(signifiant)가 간단한 대응관계이지만, 프로이트는 꿈이 무의식과 의식, 현실원칙과 쾌락원칙의 모종의 조화이고, 무의식적 소망은 반드시 응축, 전치, 이차적 가공, 상징화 등 절차의 화장을 거쳐야만 비로소 꿈속으로 들어설 수 있다고 믿었다. 이 영향을 받아, 낭만주의 문학 창작 속의 꿈에 관한 묘사, 꿈자리와 소망의 관계는 종종 간접적이고 모호하며, 꿈의 드러난 의미와 감춰진 의미는 일종의 이원대립적인 입체적 구조이고, 그것의 기의와 기표는 일종의 상징성 관계 속에 놓인다. 예컨대 샹페이량의 『작은 실수』 속에서는 마지막에 남자아이의 꿈을 한 단락 삽입하였다. '나'가 형수 쥔(筠)에 대해 이상야릇한 '콤플렉스'가 생겨났을 때, '나'는 교육을 받은 학생으로서 이러한 종류의 난륜 감정에 대해 일종의 비자각적 억압이 생겨나고, 형수에 대한 '나'의 욕망으로 하여금 무의식으로 침적되게 하며, 꿈의 형식을 통해 상징적으로 표현되도록 하였다. 이 꿈은 상당히 함축적이고 교묘하게 '나'가 평상시 감히 직시할 수 없었던 무의식이 모습을 바꾸어 나타난 것인데, 형수 쥔의 남편으로서의 형은 '나'의 무의식 속의 정적(情敵)이었고, 그에게서 비롯된 제지력은 기필코 '나'와 사랑하는 사람을 떼어놓으려 하였다. 꿈속의 쥔 형수는 이미 신분이 바뀌어 '나'의 연인이 되었고, 그녀는 형의 부인으로서 생활 속의 쥔 형수가 아니었으며, 용모가 쥔 형수 같은 다른 한 여인이었다. 그래서 '나'와 그녀의 사랑은 이미 주지하듯이 정당한 사랑인데, 이는 '나'의 무의식 속에서 쥔 형수가 형의 부인이 아니기를 희망한 것이고, 그녀에 대한 '나'의 사랑은 윤리규범의 속박을 벗어나 소망의 만족을 실현하는 것이다. 형의 권고는 '나'의 내심 깊은 곳에서 나오는 도덕의 소리이자 초자아의 소리이고 '나'로 하여금 무의식 욕망을 포기해서 현실을 직시할 것을 독촉한다. 이 꿈은 꿈의 형성에 관한 프로이트의 절차에 따라, 선명하지 않게 여러 층위를 더해가며 펼쳐진다. 꿈자리의 상징성이 정신분석학의 영향을 매우 설득력 있게 입증하였다.

하지만 이 작품들 속의 꿈의 묘사는 여전히 낭만주의 범주에 속하고, 인물의 무의식 소망에 대해 작가 본인은 명확한 의식을 지니는 것이기 때문에, 그들의 펜 아래의 꿈의 상징은 투명한 것이고, 그것이 상징하는 것은 일종의 확정적인 무의식 동기이다. 그러나 같은 시기의 서방 현대주의 작품 속에서는 프로이트가 도리어 하나의 신비하고 공포스러운 몽환세계를 구조하도록 그들을 도왔으며, 꿈의 감춰진 의미가 혼돈스러울 뿐 아니라 꿈의 드러난 의미 역시도 파편적이고 비논리적이다. 카프카 등의 펜 아래에서는 비이성적 무의식 동기가 비이성적 꿈과 함께 질서와 규칙을 잃은 하나의 기호 세계를 묘사해낸다. 만약 낭만주의 문학 속의 꿈이 인간의 내적 세계에 대한 일종의 인식이라고 한다면, 서방 현대주의 문학은 이러한 종류의 인식은 근본적으로 불가능하고, 인류가 꿈의 비밀을 풀어내는 비밀번호를 찾아낼 수 없다고 믿은 것이다.

총체적으로 말해서, 비록 궈모뤄 등 작가가 정신분석학을 운용해 문학적 꿈을 구상한 것이 이따금 조금은 억지스러웠다고 해도, 프로이트의 꿈 이론은 확실히 그들에게 인간의 심리, 특히 심층적 심리로 통하는 하나의 열쇠를 제공하였고, 동시에 또한 그들에게 인간의 내적 세계를 표현하는 일종의 매개를 제공하였다. 꿈은 주관적 소망과 예술의 화면 사이에서 하나의 교량으로 가로놓였고, 인간의 내심 깊은 곳의 그 정확히 이름하기 어려운 정서, 요동, 의향이 일종의 문학적 의미로 가득한 형식, 질서와 형상을 이루어냈다. 마침 어느 연구자가 일찍이 지적했던 것처럼, 낭만주의 작가들은 꿈을 인류 혼을 발굴하는 수단으로 삼았고, 꿈에 감춰진 의미에 내함을 부여했으며, 꿈의 서술을 통해 인간의 진실한 마음의 활동, 심층적인 심리를 펼쳐 보임으로써 작가들의 표현수단을 풍부히 하였을 뿐 아니라 표현의 측면도 풍부하게 만들었다.

예술에 있어서 프로이트주의가 낭만주의 문학 작가들에게 끼친 영향은 '꿈'이라는 이러한 종류의 시각과 서사수단 뿐 아니라 몇몇 작가들에게 일종의 새로운 서사방법을 제공한 것으로도 표현되었는데, 바로 의식류(stream of consciousness)이다. 물론, 그들은 직접적으로 프로이트로부터 의식류의 계발을 받은 것은 아니고, 서방문학 속으로부터 의식류 수법에 대한 프로이트적 영향을 간접적으로 받은 것이다.

의식류 소설은 제1차 세계대전 전야에 구미의 문단에 출현하였다.

처음에는 프로이트와 결코 필연적 연계가 없었지만 1920년대 이후 프로이트학설의 영향이 끊임없이 확대되고 의식류 문학의 발전 또한 나날이 진행되면서, 프로이트의 무의식과 자유 연상에 관한 이론과 감각의 흐름을 가지고 심리과정을 나타내고 암시하고자 한 의식류의 노력이 조응하며 그것들 간의 접근과 융합을 촉진하였다. 프로이트는 미국의 심리학자 윌리엄 제임스(William James), 프랑스의 철학자 앙리 베르그송과 마찬가지로 의식류 문학의 이론적 지주가 되었다. 그리하여 많은 의식류 작가들이 인물의 마음속에 있는 무질서, 비논리적 '자유 연상' 같은 심리 독백을 펼쳐 보이는 데 열중하였고, 무의식 속의 다면적 성욕 본능, 난륜콤플렉스(incest complex)를 조장하여 갖가지 본능 충동과 서로 관련되는 과장되고 변형적이며 혼란스런 몽환과 환각을 빚어냈던 것이다. 의식류 문학의 주요 작가는 울프, 조이스, 포크너 등이며, 대체로 모두 서로 다른 정도에서 정신분석학의 영향을 받은 바 있다.

의식류 문학의 경전으로 꼽히는 저작으로 울프의 『벽 위의 자국(*The Mark on the Wall*)』이 1919년 발표되었고, 조이스의 『율리시스(*Ulysses*)』가 1922년 발표되었는데, 이는 중국 신문학 운동에 대해 시간에 있어서 공시적인 가능성을 제공한다. 왕이런(王以仁)이 이 시기에 창작한 단편소설 『신유병자(神游病者)』는 『벽 위의 자국』과 몹시 비슷한데, 그것들은 마찬가지로 심리의 흐름을 주요한 서사방법으로 삼았을 뿐 아니라 구상에 있어서 역시 놀라우리만큼 상통한다. 울프의 소설은 벽 위의 자국으로부터 인간 심리 흐름의 과정을 전개하는데, 갖가지 생각과 감각이 꼬리를 물고 이어지고 여기저기서 기복하며 갖가지 생각들이 그 사이에서 필연적인 연계가 없이 자연적으로 옮겨 다닌다. 또한 왕이런의 소설 역시 주인공이 천장과 벽 위의 두 먹물 자국을 바라보는 것을 기점으로 무궁무진한 연상과 상상을 전개한다. 한동안은 긴장된 미소를 짓다가 또 한동안 어느 미모의 여성이 환각될 때는 그가 요술처럼 흑기사로 변하여 적을 물리치며, 먹물 자국은 양복 입은 한 소년을 빚어내 모자를 벗고 그에게 경의를 표하게 하는데…… 무의식은 이렇게 거품처럼 피어오르고, 약동과 회전의 형식으로 무질서하게 용솟다 이동하는, 바로 한편의 어슴푸레한 몽환과 같은 심리상태이다. 이 두 소설은 구상과 서술 방법에 있어서 그것들 사이의 모종의 연원관계를 나타내었다.

린루지(林如稷)의 소설 『곧 건너간다(將過去)』는 낭만주의 문학 속에서 역시 비교적 독자적 격조를 갖춘 작품인데, 서방 의식류 작품과 직접적 연관이 있다. 이 소설은 의식류 방식으로 구성된 것이고, 갖가지 심리 조각 사이의 연계가 임의적이고 산만하며, 심리적 상징화 의미 역시 모호하다. 많은 환상은 대체로 모종의 상징적 의미를 지니는데, 이리저리 능글스럽게 땅을 기어가는 뱀은 일종의 무의식 욕망과의 관계를 암시하고 있다. 이 의식류 소설은 왕이런의 『신유병자』와는 같지 않은데, 이것은 형식에 있어서 몽롱할 뿐 아니라 내용에 있어서도 그러하며, 이미 무의식 심리의 층위 속으로 보다 깊이 들어서 있다. 만약 왕이런의 의식류가 묘사한 것이 주로 프로이트의 '자유 연상' 학설과 상호 연계된다면, 린루지의 의식류가 묘사한 것은 프로이트의 무의식 이론과 연계된다.

신문학 시기 서방 의식류 문학의 영향을 받은 다른 종류의 작품도 있는데, 예컨대 루인(盧隱)의 『심조(心潮)』이며, 비록 이 또한 심리의 흐름, 감각과 연상의 흐름을 기본적 서사구조로 삼기는 하였지만 흐름의 과정 속에서 갖가지 부분 사이의 연계는 선명하고 질서가 있으며, 하나의 심리적 조각에 모두 비교적 온전한 의미의 근원이 있기 때문에 이러한 작품들은 프로이트의 영향의 흔적을 찾아내기가 매우 어렵고, 그것들은 이미 의식류 속의 정신분석의 원소는 여과시킨 것이다.

낭만주의 문학 시기의 대다수 작가들에게 있어서 그들의 마음속 자아, 개인, 심리세계는 아무래도 통일적인 것이고 자아 반성과 체득을 할 수 있는 것이었기 때문에, 설령 그들 역시 심리적 과정으로 작품을 구성하거나 심리적 시각에서 인물을 표현하는 경우가 잦았다 하더라도 심리활동은 대부분 선이 선명하고 기의가 명확하였으며, 결코 서방의 의식류 문학처럼 심리활동에 분열, 신비, 혼란의 기조를 깔아두지는 않았다. 서방의 의식류 문학 속에서는 주관적인 '나'가 이해될 수 없고 표현될 수 없으며, 내재적인 통일성이 결핍될 뿐 아니라 외재적인 기호적 표현도 결핍되지만, 낭만주의 문학이 묘사하는 인간의 심리는 본질에 있어서 아무래도 자아를 체득하고 표현하고자 하는 것이다. 이는 바로 현대주의와 낭만주의의 예술적 분기점이기도 하다.

따라서 낭만주의 문학에 대한 프로이트주의의 예술적 영향은 가장 주요하게는 역시 그것에 자아, 주관, 개성을 인식하고 표현하는 일종의 서사수단과 서사방법을 제공한 데 있고, 프로이트주의는 중국 작가들의 낭만주의적 예술 추구를 변화시켰다기보다는 촉진시켰다고 할 수 있으며, 꿈의 전시이든 의식류의 묘사이든 모두 서방 현대주의의 그러한 신비주의와 상징주의 색채가 비교적 적기 때문에 결국 낭만주의 문학은 일종의 비논리화한 형식으로 인간의 주체에 대해 구조 해체를 진행하였다기보다 더욱 심층적인 심리적 본질을 기초로 삼아 인간의 형상을 재구성하고자 했던 것이라고 나는 믿는다. 이러한 의미에서 프로이트는 그들로 하여금 영혼 깊은 곳으로 통행하는 경로와 정신세계를 표현하는 방식을 찾아 나서게 만들었다.

5. 낭만주의 문학의 혁명성과 퇴폐성

프로이트의 성욕 본능에 관한 이론, 성애와 문명, 변태심리학에 관한 이론, 꿈과 자유연상에 관한 이론은 일종의 문화 관념으로서 봉건전통에 반대하고 개성주의를 주장하던 당시의 사회사조 속으로 들어섰으며, 그것들이 낭만주의 문학의 인성관, 인생관, 서사수단과 서사방법에 일으킨 직접적이거나 간접적인 영향에는 중요한 의의가 담겨 있다.

프로이트는 신문학 작가들에게 일종의 새로운 '현대'적 안목을 제공하면서 인류의 성 생활, 성 심리를 문학적 시야 속으로 녹여내도록 하였는데, 그들은 소재에 있어서의 금기를 돌파하였을 뿐 아니라 더욱 중요하게는 인간의 정욕으로 하여금 중국에서 그것이 처음으로 '악(惡)'이 아닐 뿐만 아니라 일종의 오락성 조미료도 아니고, 선(善)으로서, 인성구조 속의 하나의 합리적 동력요인으로서 심미적 관조와 심미적 가치를 얻어내도록 하였다는 데 그 의의가 있다. 이는 "천리(天理)를 간직하며 인욕(人欲)을 멸하는" '극기복례(克己復禮)', 본능을 사회화하고 인성을 도덕화하는 중국 문화의 전통에 있어서, 공곡족음(空谷足音)인 것이었으며, 자연의 생명을 인간에게 환원하였고 인간을 혈육의 몸체로 환원하였으며 이로써 금욕주의의 허위적이고 우매한 본질을 들춰내고자 하였다. 그것은 인간의 행복이 정욕의 만족과 정비례하고, 도덕과 사회는 무조건적으로 개인의 행복을 희생시킬 이유가 없다는 점을 표명하였다. 개체의 정욕, 개체의 욕망이 억압되고 박탈되는 것은 어떠한 때라고 해도 모두 비극적이다. 인생의 궁극적 목적은 자연 생명의 소멸이 아니라, 그것의 실현이다. 이 점은 자기를 드높이고 감성을 드높이고 행복을 드높이는 일종의 낭만적 기질로서 일반적 의의에 있어서의 반봉건적 의미가 담겼으며, '삼종사덕(三從

四德)'과 '충효절의(忠孝節義)'를 문학적 피고석에 앉게 하였을 뿐 아니라 모종의 비극적 방식을 통해 일종의 더욱 초월적인 이상을 암시하였는데, 새로운 도덕, 문명, 사회질서를 건립하고, 당대 사회사상가 마르쿠제가 구상하였던 것과 같은 일종의 "비억압적인 생존방식"을 세워내 "지금까지 줄곧 금기시되고 억압된 본능 및 그 만족을 해방시키"[21]는 것이었다. 그곳에서 개성은 충분히 자유롭고, 인성은 완전히 해방될 수 있으며, 사람은 행복하게 살면서 합리적인 사람이 될 수 있다. 이러한 바람이 현실에서 얼마나 요원하든지 간에 결국 그것은 일종의 희망을 표명하였을 뿐 아니라, 이러한 희망으로 대표된 것은 이화한 사회, 도덕이 아닌 자연화한 인성이고 개성이었다. 낭만주의 문학은 처음으로 중국의 수천 년의 예교, 이학의 속박을 깨뜨렸다. 솔직하고 직설적으로 인성의 고통, 신음과 희망을 표현한 것은 프로이트주의의 영향과 일정한 연계가 있다고 할 수 있다.

프로이트학설이 일종의 현대심리학 이론으로서 낭만주의 문학에 끼친 영향은 그것이 인간의 심리세계를 발견하고 표현하는 새로운 현대적 시각을 제공한 데도 있다. 신문학 작가들이 시야를 인간의 심리영역으로 던졌을 때, 프로이트는 심리가 일종의 입체적 구조이고 의식적인 심리활동의 배후에는 일종의 무의식적 심리 동기가 존재하며, 그것의 활동과정은 비록 잠재적인 것이고 소리가 없는 것이지만 그것의 기능 범위와 역량은 도리어 종종 인간의 이성의 지배와 통제를 넘어설 뿐 아니라, 설령 그것이 잠시 의식에 의해 억눌린다고 해도 예기치 못한 시간, 지점에서 예기치 못한 방식으로 폭발되어 나오고 심지어는 심리와 인격의 변태를 조성한다는 점을 그들에게 일깨워줬다. 정욕이 바로 이러한 일종의 무의식적 본능의 역량이다. 그래서

---

21) 마르쿠제(H. Marcuse), 『애욕과 문명(*Eros and Civilization*)』, 중국 상하이역문출판사, 1987년판 참조

낭만주의 문학은 정욕 역량을 맹목적으로 표현하였고, 정욕과 도덕, 무의식과 의식의 첨예한 충돌을 표현하였으며, 비이성적의 성욕 본능의 지배 아래 인간의 갖가지 변태적이고 난륜적이며 비도덕적인 성 심리와 성 행위를 표현하였다. 이 점으로 말해서, 인간의 본질, 인간의 심리활동의 본질에 대해 낭만주의 문학에는 일종의 새로운 이해가 생겨났으며, 우리에게 일종의 복잡한 인간의 핍진한 자화상을 그려주었다. "이 인간은 살과 피를 지니고, 현실세계에서 생존할 뿐 아니라, 희미하고 허무한 환상계로도 출몰한다. 한편으로 갖가지 사회적 충돌과 자신의 내심세계의 모순을 곤혹스럽게 마주하고, 다른 한편으로는 또한 이성적 사유와 지혜로운 행위능력을 갖췄는데, 그 자신이 알지 못하는 모종의 역량과 그가 다다를 수 없는 모종의 욕망의 구동 아래서, 때때로 대뇌의 혼란 속에 빠져들고, 때때로 정신이 특별히 또렷하며, 때때로 마음과 의지가 희미하고, 때때로 모든 것에 대해 만족하며, 때때로 희망으로 충만하고, 때때로 비관적이고 절망적이며, 때때로 사심으로 팽창하고, 때때로 정의롭게 사람을 돕는다……."[22)]

프레드릭 호프만(Frederic J. Hoffman)은 프로이트주의와 서방 문학의 연관성을 언급할 때 일찍이 지적하기를, 바로 꿈이라는 "시인과 소설가에게 깊은 인상을 남겨 그들로 하여금 이토록 흥미를 갖게 하는 이 표현 영역은 소설 속에서 무의식 상태를 표현하는 데 새로운 앞날을 개척해주었다"[23)]고 하였다. 프로이트가 보기에 꿈은 무의식의 창구이므로, 적지 않은 낭만주의 문학 작품이 꿈을 가지고 인물의 무의식 심리 동기를 표현할 때 꿈은 일종의 서술수단이었고, 더욱 진실한 표현력을 담아내는 것이었으며 현대심리학적 기초를 지니는

---

22) 캘빈 홀(Calvin. S. Hall), 『프로이트심리학 지침(*A Primer of Freudian Psychology*)』, 중국 후난문예출판사, 1986년판

23) 호프만, 『프로이트주의와 문학사상』, 중국 삼련서점, 1987년판, 33면

것이었다. 이는 낭만주의 문학에 있어서 서술수단의 현대화의 지표이기도 하다. 게다가 낭만주의 문학이 내심의 심리 독백으로 전환한 데에는 외재적 심리분석이 사용되었을 뿐 아니라 내재적 자유 연상을 가지고 심리의 흐름 과정을 나타내고 암시함으로써 더욱 심리화한 서술방식으로 심리의 입체성, 동태성과 복잡성을 표현하였는데, 서방 문학의 영향 아래서 이뤄낸 낭만주의 소설의 새로운 탐색이자 새로운 발전이었다. 이는 프로이트의 자유 연상 학설과도 모종의 연계가 존재한다.

특히 언급할 만한 것은, 프로이트주의의 영향은 문학에 대한 심리학의 삼투이지만, 중국 낭만주의 작가들이 결코 심리 과학으로 심미 체험을 대체하지는 않았고, 예술 화면으로 심리학 이론을 설명하지는 않았다는 점이다. 이러한 상황은 같은 시기의 서방 작가들에게는 보기 드문 일인데, 그들은 문학을 가지고 심리학을 연역하였고, 심리학을 문학으로 전화시킨 것이 아니라 문학을 심리학으로 전화시켰으며, 문학이 프로이트학설의 설명서, 병례, 주석이 되면서, 문학 자체의 정합성과 문학 속 생활화면의 풍부함을 상실하였던 것이다. 하지만 중국 낭만주의 작가들 중 도리어 직접적으로 정신분석학의 원리, 개념에 따라 작품을 구성하고 생활을 담아낸 이는 매우 적었으며, 그들은 체험하고 느껴내며 원하였던 표현의 내용을 심리학을 빌려 이해하고 인식하고 표현하였다. 우선은 예술적 체험이고, 그다음이 심리학적 해석이다. 예컨대 궈모뤄의 『예뤄티의 묘』에서 작가는 결코 프로이트의 '오이디푸스 콤플렉스' 이론에 근거해 이야기를 만들어낸 것이 아니라, 자신의 소년기의 경험을 정신분석적 해석의 기저에 깔고 시동생과 형수의 사랑을 담은 소설을 완성하였다.[24] 심리학은

24) 자서전 『소년시대(少年時代)』에서, 궈모뤄는 일찍이 "유년 시절 대나무밭 아래서 셋째 형수의 손바닥을 매만져보고 싶었던 그 일" 등등의 세부적인 부분을 추억한

문학의 표현 속으로 녹아들었다. 이는 서로 다른 문화 유형 사이에서 수평적인 이식이 진행될 때 낭만주의 문학이 축적한 하나의 성공적 경험이라고 할 수 있다. 이는 마침 어느 서방의 저명한 작가가 사유했던 바와 상호 일치하는데, "……정신분석의 길 역시 사람들이 예술가가 되는 것을 극히 크게 촉진할 수 있다. 만약 예술가가 심리분석 기교를 그대로 예술적 기교 속으로 가져간다면 잘못된 것이지만, 예술가가 정신분석학을 진지하게 대하고 주시하는 것은 도리어 십분 유익한 일이다."25)

따라서 만약 우리가 낭만주의 문학에 대하여 프로이트가 일으킨 적극적 의의를 발견하지 못하거나 부인하는 것은 의심의 여지없이 잘못된 것이다. 우리는 프로이트주의가 현대 서방에서 생겨났기 때문에, 위기 속의 자본주의 시대에 생겨났기 때문에, 혹은 그것이 서방의 반이성주의적 문화사조와 문학사조를 조장하였기 때문에 이러한 영향을 수치스럽고 모욕적인 것으로 간주해서는 안 된다. 이는 영향을 받은 자가 창조적인 변환을 거쳐 영향의 결과와 그 원인 사이에 중대한 거리를 만들어낼 수 있기 때문일 뿐 아니라, 구미의 현대 문화와 문학 자체도 무수한 서방 지식인들이 심혈을 기울인 사고와 사색과 노력을 응집하고 있기 때문이다. 우리는 이 점을 부인할 까닭이 없으며, 만약 오늘날에 이르기까지도 우리가 현대 서방문화가 인류 역사에 이룩한 공헌을 무시한다면 이는 틀림없는 이데올로기적 편견이다.

물론, 나는 프로이트주의가 낭만주의 문학에 끼친 영향에는 오늘날 보기에 소극적이거나 건강하지 않다고 말할 수 있는 면이 존재하지 않는다고 말하는 것이 결코 아니다. 분명한 사실은 낭만주의 문학에는

바 있으며, 이는 참고할 가치가 있다.

25) 헤르만 헤세(Hermann Hesse), 「예술가와 정신분석」, 『프로이트심리학과 서방문학』, 중국 후난문예출판사, 1986년판, 173면

모종의 퇴폐성이 존재한다는 점이다. 위다푸뿐 아니라, 바로 일찍이 천지를 진동시킨 『여신(女神)』 같은 작품을 창작하였던 궈모뤄 역시 예외가 아니었다. 이러한 퇴폐성은 그들이 쾌락주의, 심지어 종욕주의를 조장하고 병태적 심리, 병태적 인격을 칭찬한 점으로 두드러지게 표현되었다. 우리는 이러한 종류의 퇴폐성이 중국 사회가 당시 마침 하나의 문화적 단절, 신앙 붕괴에 처하였던 시대였던 것과 관련되고, 서방 문화의 충격 뒤 수반된 이상과 현실 사이의 거대한 격차와도 관련되며, 명청 이래의 문인들의 퇴폐적 전통과 서방의 세기말적 문화사조와도 관련되고, 동시에 프로이트주의의 영향과도 관련된다고 믿는다.

프로이트는 인격구조 속에서 이드의 작용을 강조하였고, 심리의 동력 속에서 성욕 본능의 작용을 강조하였는데, 이는 객관적으로 낭만주의 문학 속의 '종욕주의'적 경향에 초록색 신호등을 켜주었다. 이 시기의 문학 속에서 성애를 소재로 한 많은 양의 작품들은 성에 대한 관심이 성에 대한 묘사를 넘어서고, 자연적이고 육체적이며 본능적인 것들의 남녀 관계 속에서의 지위가 과분하게 강조되었으며, 설령 서방에서 프로이트학설의 영향을 받은 낭만주의 작가 데이비드 로렌스(David. H. Lawrence)와 비교한다고 해도, 성에 대해 응당 있어야 할 감정의 승화가 결여되어 있다. 그 남녀들은 종종 감각기관의 자극, 정욕의 만족, 성적 의향에 과분하게 미혹되고 이성과 의식의 인도를 상실하여 방종적인 것으로 변화하였기 때문에, 만남의 기회가 생긴 이성, 심지어 친척, 친구의 배우자에게까지 수시로 마음을 던졌던 것이다. 그들은 성애의 의무와 책임에 매우 소홀하였고, 타인과의 관계에 사안이 미치는 행위를 완전히 자신과만 관계가 있는 행위로 간주하였다. 비록 그들은 이따금 "비열한 낙오자, 색마, 이중인격적 생활자"로 자신을 질책하기도 하였지만, 이는 그들의 작품 속에서 만족을 얻어내지 못하는 정욕에 의해 묻히고 옅어졌으며, 그들이 진정으로 질책한 것은 사회, 문명, 도덕이었고, 더욱 명확하게 말하면 모든 질서, 의무이었으며, 사랑은 일종의 사회관계가 아닌 자연관계로 간주되었고, 개성주의는 늘 개인주의로 변질되었다. 그리하여 낭만주의 작품은 비록 직설적이고 솔직하지만, 적잖은 작품이 오늘날에 읽기에 결국 격조와 경지가 높지 않다는 생각을 면키 어렵다. 장쯔핑, 예링펑 등의 작품이 이러할 뿐 아니라, 궈모뤄, 위다푸의 소설 역시 유사한 느낌을 일으킬 수 있다.

이 밖에, 프로이트의 변태심리학은 낭만주의 소설 속의 몇몇 예술적 형상에 모종의 병태적 기조를 가져왔다. 그들의 작품 속에서 적잖은 인물은 모두 본능과 정감이 자유롭게 발전할 수 없기 때문에 조성된 모종의 변태성을 지니지만, 이러한 종류의 변태성을 표현할 때 작가는 외부적 사회 충돌 속에서뿐 아니라 내부적 심리 충돌 속에서도 변태의 원인과 과정을 들춰내지 않는데, 그들이 조장하고 표현하고 기뻐하고자 한 것은 이러한 종류의 변태 자체이고 그들과 작품 속의 인물 사이에는 거리가 없으며, 그들은 인물들과 함께 병적인 상태에서 스스로를 조소하고 가련해하고 아끼지만, 이러한 종류의 병태에 대한 분석과 반성은 없다. 그리하여 문학적 조장을 통해 그들은 병태를 병태에 대한 칭찬으로 변환시키고, 고통을 고통에 대한 편애로 변환시키며, 바로 이러한 태도 속에서 지식인 자아의 유약, 공상, 퇴폐에 대한 비판을 방기할 뿐 아니라 현실 사회의 혼탁하고 부조리한 면에 대한 비판은 적기 때문에, 비극적 풍격은 오히려 감상적 풍격으로 약화하였다. 그래서 낭만주의 문학 속의 적잖은 작품들은 모두 진정한 형식에 있어서의 카타르시스와 정감의 도덕적 격상을 결여하였고, 비판과 반항의 역량 및 이성과 정감이 상호 융화하는 초월적 경지 역시 결여하였다.

물론, 우리는 이러한 종류의 퇴폐를 전부 프로이트에게 귀결시킬 수 없다. 왜냐하면 프로이트 본인은 욕망의 방종에 결연히 반대하였고, 평생을 변태심리에 대한 분석과 치료에 종사하였기 때문이다. 또한 중국 문학에 대해 프로이트주의가 일으킨 영향은 결코 성을 강제한 데 있었던 것이 아니며, 설사 수용자가 선택적 개조의 가능성 속에서 그 영향의 소극적인 면을 제거하지 못했다고 하더라도, 이 문제는 우선적으로 수용 주체 자신에게 달려 있는 것이기 때문이다. 따라서 낭만주의 문학의 퇴폐적 경향은 더욱 중요하게는 당시의 지식인 자신의 문화적 심리구조 및 태도와 상호 관련이 있다. 그들에게 일종의 이성적 비판 능력과 독립적 현실 비판 능력이 결여되었음을 설명한다. 그래서 그들은 일단 사회, 문명, 도덕에 실망한 뒤로는 완전히 개인, 정욕, 향락에 경도하였는데, 이러한 종류의 불균형은 문화적 승인과 사회적 승인을 얻어내지 못하기 때문에, 그들은 재차 이러한 종류의 '편향'을 매우 빨리 부정해서 사회, 규범, 도덕의 노예로 자신을 되돌릴 수 있는 가능성이 있었던 것이다. 그들은 주저 속에서 개체와 공동체, 쾌락과 도덕, 의무와 권리 사이의 대립과 통일의 중개적 수단을 찾아내지 못하였다.

이러한 종류의 퇴폐성은 따라서 낭만주의 문학의 개성주의에 일종의 심각한 위기를 잠복시켰고, 그들이 개성, 감성, 자연성을 정합성, 이성, 사회성과 연계가 완전히 단절된 것으로 강조할 때는 이러한 종류의 강조가 현실적 가능성을 상실하였을 뿐 아니라 현실적 합리성 역시 상실하였다. 예술은 현실에 대한 초월이지만 이러한 종류의 초월은 현실적 기초를 떠날 수 없고, 낭만주의 예술은 도덕에 대한 반역이지만 반역이 불러오는 것 역시 여전히 새 도덕이다. 예술은 순수하게 자기중심주의로 인도될 수 없고, 순수하게 개인주의로는 더욱이 인도될 수 없으며, 반드시 서로 지지하고 이해하는 가운데

위안을 받으며 끌어올려지도록 사람들을 인도하여야 한다. 낭만주의 문학에는 이러한 일종의 경지와 풍격이 결여되었으므로, 사회 역사의 발전 및 외부 조건의 매우 빠른 변화에 따라 그 자체 역시 차츰 풍채를 잃어버렸다. 게다가 유감스러운 것은 그에 포함된 많은 새로운 혁명적 요인 역시 부분적으로 모종의 편향성으로 인해 지양되고 매몰되었다는 점이다. 낭만주의 문학은 자신의 한계를 극복하지 못한 동시에 자신의 사명을 완수하지 못하고 너무 일찍 방기됨으로써 반세기 이후에 와서도 중국의 신시기 문학은 많은 방면에서 낭만주의 문학의 그러한 역정을 부득이 반복하지 않을 수가 없었는데, 이는 비록 문학이 대표하는 것이 반드시 이성, 공동체, 필연에 대한 감성, 개체, 자유의 초월, 충격, 개조와 재건이어야 한다고 해도 그것들 사이에는 또한 일종의 장력이 꼭 유지되어야 하고, 그렇지 못할 경우 충분한 생존 공간과 생존 조건을 쟁취하기 매우 어렵다는 점을 표명한다.

6. 낭만주의 시대의 종결

1920년대 말기에는 사회 현실이 날로 엄준해지고 정치 형세가 날로 긴장되었으며 나라를 걱정하는 문화전통이 날로 강화되고 낭만적 외침과 신음은 더욱 창백하고 연약하고 고립된 것으로 변화하였다. 중국 문학의 낭만주의 시대가 막바지에 다다르면서 그것은 더욱 거친 하나의 정치화한 현실주의 시대를 초래하였다. 낭만주의 문학의 인간, 인간의 본성적 고민, 방황, 억압에 대한 묘사, 그러한 종류의 감성적 분투와 개체 생명을 찾으려는 현실적 노력은 전투성으로 가득한 계급 주제, 혁명 주제로 대체되었다. 문학이 관심 두는 것은 더 이상 지식인으로서의 개체의 영혼, 행복이 아니라 전체 계급, 민족이라는 커다란 집체의 생존, 발전이었으며, 그것이 주목한 것은 인간의 심리학이 아니라 인간의 사회학이었다. 이러한 상황 아래서 중국의 작가들은 프로이트에 냉담해지기 시작하였고, 좌익 문학계는 심지어 프로이트주의를 명확하게 비판하고 부정하기 시작하였다. 심리학적 시각으로부터 개체를 배려하고 성 문제를 강조하던 프로이트주의는 중국 작가들 면전에서 이미 흡인력을 소실하였고 혁명성 역시 소실하였다.

그래서 궈모뤄는 프로이트학설의 영향을 받았던 『잔춘』, 『캐러멜 아가씨』, 『예뤄티의 묘』 등의 당시의 작품을 모두 "청춘 시기의 잔해"로 간주하였고, 『탑(塔)』으로부터는 무산계급을 위해 말을 하는 것으로 전향하였다. 마침 그가 한 편의 문장 속에서 나타냈던 생각과 마찬가지로, 그는 문학을 꿈으로부터 현실로 가져가려고 하였다.[26] 쉬제 역시 그가 프로이트학설의 영향 아래서 창작한 소설집 『화산구』를 "과거 사상의 묘지"로 보고, "현대의 혁명은 성의 문제를 초월한 것이며", "오로지 경제적 행위가 비로소 인류의 모든 행동 중의 중심적 행위이다"[27]라고 말하였다. 1940년대, 쉬제는 또한 낭만적 개성주의에 대한 중국 문학의 지양을 언급할 때 일찍이 지적하기를, "민족이 모든 것보다 중요하다. 민족 전체가 생사존망의 시험을 받고 있을 때, 개인의 모든 것은 자연히 대수롭지 않으며, 남녀 사이의 연애라는 것은 더욱 말할 나위가 없다. 그것이 비판을 받고 지양이 되는 것은 자연히 당연한 것이다"[28]라고 한 바 있다. 실제적으로 이는 바로 그들이 프로이트주의를 비판하고 지양한 기본적 이유이기도 하다. 한동안 프로이트학설에 대해 퍽 흥미를 가졌던 작가 왕런수(王任叔)

---

26) 궈모뤄, 「꿈과 현실(夢與現實)」, 《창조주보(創造週報)》 제33기

27) 쉬제, 「신서」, 『화산구』

28) 쉬제, 「문학 작품 속의 연애문제를 논함(論文學作品中的戀愛問題)」, 『문예, 비평과 인생(文藝, 批評與人生)』, 중국 전지도서출판사, 1945년판

는 1930년대에 지적하기를, 식(食)의 문제가 성의 문제보다 더욱 긴박하고 중요해서, "청년들은 반드시 연애의 꿈에서 깨어나야 하고", "현재의 문예에 있어서, 성의 문제는 반드시 한쪽에 치워두어야 하며, 우선 식의 문제를 묘사해야" 함과 동시에, "문학의 주체를 공농대중(工農大衆)으로 전향하여야 한다……"[29]고 하였다. 홍색의 1930년대부터 프로이트주의는 이렇게 낭만주의 문학의 쇠락을 따라 차츰 활동의 시장을 상실하였고, 동시기 서방의 문학 속에서는 계속 확장하였던 프로이트주의의 영향이 중국에서는 도리어 고난에 직면하게 되었으며, 오로지 1930년대 전반의 이른바 신감각파(新感覺派) 작가 서너 명의 창작에서만 중국 문학과 프로이트주의가 그 고독한 연계를 계속해서 지켜나갔다.

확실히, 중국 신문학의 주체로서 좌익 문학 및 기타 '혁명 민주주의' 문학의 창작에서는 자각적이든 비자각적이든 모두 프로이트주의와의 갖가지 연계를 끊어버렸다. 기실 프로이트학설은 인류에게 새로운 인식의 경로와 새로운 대륙을 개척해주었기 때문에 현실주의와 인연이 완전히 없는 것은 결코 아니며, 미국의 비평적 현실주의 작가 잭 런던과 드레이저가 모두 프로이트주의의 영향을 받은 바 있다. 하지만 중국의 현실주의 문학이 자신과 프로이트학설을 서로 단절시킨 것은 어쩌면 주되게는 중국의 문학이 문학의 사회성, 현실성, 정치성을 강조해갔기 때문에 정신분석학설의 그러한 심리학적이고, 인식론적이며, 분석적인 태도에 대해 공명을 일으킬 수 없었기 때문일 것이다. 당시 중국의 문학이 관심을 가졌던 것은 인간의 심리 구조와 심리 본질이 무엇이고 심리 활동, 심리 과정은 어떠한가가 아니라, 인간의 정치 면모, 인간이 처해 있는 사회 구조, 인간이 종사하는

29) 왕런수, 「중국 문예에 있어서 식과 성(中國文藝上的食與性)」, 《북신(北新)》 제2권 제8기(1928년)

정치 활동이었다. 이 방면에서 프로이트주의는 확실히 유용한 것이 아니었다. 게다가 날로 첨예해지는 당시 중국과 서방의 문화적 대립, 무산계급과 자산계급의 대립 역시 중국 문학과 프로이트주의 사이에 그러한 이데올로기적 틈을 헤아릴 수 없게 벌려놓았다. 프로이트주의의 영향이 옅어지고 소멸에 이르는 동시에 낭만주의 문학 속의 퇴폐적 경향은 이후의 '혁명문학' 속에서 "상당히 철저하게" 극복되었고, 사회주의, 영웅주의, 낙관주의 정신이 중국 문학의 기조로 구성되었으며, 개인의 운명은 이미 완전히 계급과 민족의 운명 위에 짜여졌고, 전체적인 문학의 풍격 역시 색이 짙고 무언가를 고양하며 격앙하는 방향으로 나아갔다. "사회 혁명", "정치 이상"의 서광에 몸을 씻고는 중국의 봉건문화가 자기도 모르게 배양할 속박력에는 깊은 생각도 없이, 개체의 영혼이 감당할 거대한 문화 및 사회적 억압과 이화(異化)를 예측하지 못한 채 그들은 전심전력으로 계급과 민족의 정치 혁명의 소용돌이 속에 몸을 던졌다. 낭만주의 문학 시기의 주제 및 프로이트주의의 영향은 모두 연기처럼 사라지고 도태되었다.

물론, 사실상 정치적 해결은 결코 인간 해방의 완성을 의미하지 않고, 반대로 만약 정치적 해방이 인간의 해방과 서로 연계되지 않는다면 그것은 인간에 대한 새로운 속박으로 변질될 가능성이 크다. 그래서 낭만주의 문학이 제기했던 명제로 표현된 고민과 갈구는 결코 그 의의를 잃은 것이 아니다. 마찬가지로, 프로이트의 낭만주의 문학에 대한 영향 역시 결코 적극적인 의의가 완전히 없지 않다. 프로이트주의의 영향에는 그것이 낭만주의 문학의 개성 해방을 추동한 것으로 말하든, 예술에 있어서의 현대화를 촉진한 것으로 말하든, 모두 부정할 수 없는 적극적 의의가 담겨 있다. 인간, 인성, 인간 심리구조 및 인격 발전에 대해 문화적 이해와 인식을 심화시킨 점, 심리학적 시각에서 인간과 사회, 인간과 역사의 관계에 대해 들춰낸 점 등은 모두 프로이트주의의 중요한 가치를 담아낸 것이었다. 비록 우리는 촉박한 여정으로 무거운 임무를 짊어졌던 1930년 이후의 중국 문학을 설령 누군가 과도하게 질책할 필요가 없다고 주장한다고 해도, 그것이 프로이트주의로부터 흡수 가능한 영향을 완전히 거부한 것은 적어도 수십 년 후 우리가 중국과 서방 문학 사이에 출현한 거대한 격차를 홀연 발견할 때 느끼는 수많은 유감 중의 하나라는 점에 의심의 여지는 없다.

또한 반드시 지적해야 할 것은 무산계급 '혁명문학' 초기에, 혁명에 연애를 더하는 이른바 로맨틱 소설 속에서 낭만주의 문학의 모종의 요소가 여전히 잔류해 있고, 프로이트주의의 영향 역시 여전히 약간은 나타나고 있는 점이다. 비록 이 작품들은 주제와 구조, 인물의 형상화에 있어서의 선험성과 고정성이 독서의 인내력을 아주 방해하곤 하지만, '신문학'의 기조가 잔류하는 부분은 작품 속에서 가장 감염성을 지니는 내용이 되는 것이다. 이는 대체로 중국 문학의 전환, 일종의 과도기적 증거를 제공하고 있으며, 낭만과 사실, 개성주의와 집체주의, 감성과 이성 사이에서의 작가의 방황, 곤혹스러움을 표명하고 있다. 그러나 유감스러운 것은 이러한 전환기적 고통과 이러한 고통에 대한 반성을 진지하게 게시한 작품은 대체로 하나도 없고, 모두 약속이라도 한 듯 이것만 맞고 저것은 틀리다는 주입식 선택을 하게 함으로써 이러한 진퇴양난의 비극성을 드러내주지 못하였다는 점이다. 영혼이 파동하는 이러한 거대한 시기는 본래 무수한 걸작이 생겨나야 했지만, 형세는 문학으로 하여금 이러한 파동을 동란 속에서 이뤄지도록 하였다. 중국 문학은 비옥한 토양을 상실하였다.

이 뒤로부터 1980년대에 이르기까지, 프로이트주의는 중국 문학의 "주류" 사조와 상호 연계의 기초를 잃고 목표를 달리하였다. 하지만 비주류 중국 문학에 대한 프로이트주의의 영향이 결코 완전히 중단된 것은 아니었다. 1930년대의 중국 문단은 스저춘, 무스잉, 류나어우를 대표로 하는, 눈에 쉽게 띄면서도 결코 현저하지는 않은 하나의 창작집단을 통하여 한동안 주동적으로 정신분석학설을 수용하였던 것이다.

제3장

프로이트주의와 1930년대 중국 실험소설

1920년대 말 이후 중국의 사회적이고 정치적인 형세가 변화하고, 국민당과 공산당이라는 양대 정치집단 사이의 쟁투가 날로 백열화하며, 중국과 서방 및 일본의 민족모순이 나날이 첨예해지고 격렬해짐에 따라 중국의 문화사조와 이데올로기의 중심에는 모두 전이와 변화가 발생하였다. 일찍이 한동안 뜨겁게 달아올랐던 프로이트 열기는 중국에서 서서히 퇴조하기 시작하였다. 비록 프로이트의 몇몇 저작과 정신분석학에 관한 다른 역저가 여전히 번역되어 출판되었고, 프로이트학설을 논평하고 연구한 문장 역시 끊임없이 간행되었지만, 그것들이 일으키는 영향은 도리어 점차 전공—이를테면 심리학과 의학 등—영역에 제한되었고 '신문화' 시기에 일찍이 일으켰던 사회적 반향과 광범한 사회적 수용은 상실하였으며, 문학계에서는 당시에 주류적 좌익 문학이 이미 프로이트주의에 대해 선명한 냉소 심지어 반감을 표출하였다. 누군가는 그것이 일종의 "가짜 과학"이고, "구시대적이며, 사이비이고, 신비에 가까운 것이어서, 연구할 필요가 없다"[1]고 하였다. 이러한 분위기 속에서, 앞서 일찍이 프로이트학설을 많든 적든 다루었던 작가, 이를테면 궈모뤄는 이미 이 방면의 열정과 흥미를 상실하였다. 게다가 새로 등장한 몇몇 작가들은 처음부터 프로이트에 깊은 거리감을 갖고 있었다. 프로이트주의와 당시 중국 문학의 "주류"

1) 저우양(周揚) 역, 「프로이트주의와 예술(弗洛伊德主義與藝術)」, 《문학월보(文學月報)》 제1권 제1기; 치커친(契可親), 「오이디푸스 콤플렉스와 문예(耶的卜司綜錯與文藝)」, 《북신》 제2권 제14기 참조

사조 사이에는 단절이 나타나기 시작하였는데, 이러한 단절은 당시 문학의 정치 이데올로기 성질과 밀접히 관련되는 것이다. 1930년대는 중국 문학이 정치화로 나아가는 가장 중요한 시기였다. 그러나 당시 중국 문단에는 정치적 격랑 속에서 예술적 순결함과 고상함을 지켜갔던 한 무리의 작가들이 존재하고 있었고, 비록 그들은 이따금 정치적으로 "세 번째 종류의 인간"으로 불리었지만, 결코 정치적 경향이 없었던 것은 아니고 단지 정치적 경향이 문학에 과도하게 스며드는 것을 원하지 않았으며, 최대한 문학의 순수성과 정교함을 찾아 나서고자 하였다. 그래서 그들은 정치적 격랑에서 도피하기를 간절하게 원하였고, 시국에 관심을 두지 않고 예술적 탐색에 힘을 쏟았다. 바로 그들 중의 몇몇 작가가 이를테면 스저춘, 무스잉, 류나어우 및 쉬샤춘(徐霞村), 리진밍(黎錦明) 등이며, 그들은 여전히 프로이트주의와 모종의 연계를 지켜가고 있었다. 이러한 무리의 작가의 창작은 현재 중국의 1930년대 현대파 문학, 신감각파 혹은 심리분석학 소설로 불리며, 이는 바로 필자가 본 장에서 지시하는 실험소설이기도 하다.

이러한 작가들과 프로이트주의의 연계는 근년에 와서 신속하게 추진된 중국 현대문학 연구 속에서, 비록 아직 전면적이고 체계적인 토론은 없었지만 결코 개척적인 논제인 것만은 아니다. 그러나 기왕의 연구 성과는 당시의 문화적이고 정치적인 환경의 제약과 자신의 이데올로기, 문화심리 구조의 제한을 받았기 때문에 현상 분석, 의의 해석, 가치 평가 등 많은 방면에서 썩 만족스럽지 않다. 만약 이 방면의 연구를 더욱 심도 있게 밀고 나가고자 한다면 반드시 이러한 몇 가지 중요한 문제를 고려해야 하는데, 바로 1930년대의 이 작가들을 중국의 이른바 현대파 혹은 신감각파(비록 상당히 제한적인 범위이긴 하지만)로 부를 수 있는가? 프로이트주의는 일종의 반이성주의 사조로서 중국 문학의 현대주의를 잉태한 것인가? 프로이트주의가 이 작가들에게 끼친 영향은 어떻게 발생하였고 왜 발생한 것인가? 그 결과와 의의는 어떠한 것인가? 이러한 영향은 왜 몇 년 내에 종적을 감추었는가? 이 작가들의 탐색은 중국 현대문학사 특히 현대소설사에 있어서 어떠한 공헌이 있고 어떠한 계시점을 제공하였는가? 등이 되겠다.

1. 신감각 심리분석 실험소설

스저춘(施蟄存), 무스잉(穆時英), 류나어우(劉吶鷗) 등의 작가는 문학의 민족화, 군중화를 숭배했던 당시 좌익 작가들과 비교하면 구미의 현대문학과 훨씬 더 관계가 밀접하며, 서방과 일본의 현대주의 문학에 접근하려는 자각성 역시 더 강렬하였다. 일정한 정도에 있어서, 만약 서방과 일본의 현대주의 문학이 없었다면 이러한 소설 집단 역시 있을 수 없었다고 할 수 있다. 공시적으로 이식되어온 현대주의적 수법, 기교, 형식은 도시 사회 속에서 생활했던 그들이 마주하였던 현대 문명의 타락과 함께 그들의 창작 속의 제한된 현대주의적 기분과 요인을 구성하였다.

이는 우선 예술전통에 대한 반항으로 표현되었고, 예술형식에 있어서의 이른바 '선봉'성으로 표현되었다. 현대주의 문학의 하나의 주요한 특징은 바로 그것이 "기존의 규칙, 전통과 관례를 타파하고, 일종의 새로운 방식으로 세계에 있어서의 인간의 지위와 역할을 탐색해서, 그 형식과 풍격적 체험을 표현"[2)]한 데 있다. 그리고 이러한 반전통성은 가장 선명한 특징의 하나가 바로 서사 시각에 있어서 주관적인

2) 『문학술어사전(*A Glossary of Literature Terms*)』, 뉴욕, 1976년판, 399면

제한적 서사를 택하고, 서사 시간에 있어서는 심리적 시간으로 물리적 시간을 대체하며, 서사 방식에 있어서 심리적 흐름, 감각의 기록으로 사건의 전개와 성격의 묘사를 대체하는, 즉 심리화한 서사 모식으로 사건화한 서사 모식을 대체하는 것이다. 이러한 것들이 바로 무스잉, 스저춘 등의 일종의 예술적 추구였다. 그래서 그들의 창작은 심리의 분석, 의식의 흐름, 감각의 기록에 보다 관심을 기울였으며, 주관적 체험을 물질의 묘사 속에 삽입하여 객관 사물을 감각화하였고 관찰과 상상적 개조를 통해서도 묘사의 대상으로 하여금 생명화, 개성화, 주관화, 감각화하게 만들었다. 구조에 있어서도 과정의 도약성, 이동성과 축약성을 추구하였고, "끊길 듯하다 이어지는 상상은 서사학적 수사에 구속되지 않았다. 이는 기존의 문법으로부터 벗어난 것이었다. 꿰어진 구슬처럼 이어지는 명사, 형용사, 동사들은 착종적이고, 기습적이며, 생경하지만, 생동적이고, 기민하며, 힘이 넘쳤는데, 이러한 것들이 새로운 풍격, 새로운 격조를 이루어내고 있다."[3] 이러한 형식에 있어서의 특징은 19세기 이전의 유럽 소설 전통에 대하여뿐 아니라, 중국 '신문학' 시기의 전통과 1930년대 소설의 주된 흐름에 대하여 역시 일종의 선봉적인 반항이었다. 이러한 반항은 서방 현대주의 문학의 영향을 직접적으로 받은 것이다.

예술적 형식에 있어서뿐 아니라, 문화적 품격에 있어서도 이 작가들의 창작은 모종의 현대주의적 특징을 표현하였다. "현대주의는 초조함에 관한 예술이고, 갖가지 극렬한 감정, 단절, 고독과 말로 할 수 없는 절망을 포함"[4]하는 것이며, 이러한 초조함은 실제적으로는 바로 고독, 황당, 소외에 대한 느낌으로 응집된 형이상적 비극의식이다.

3) 천다츠(陳大慈), 「신감각주의의 표현법 예거(新感覺主義的表現法擧例)」, 《황종(黃鐘)》 제1권 제29기(1933년)

4) 제임슨(F. Jameson), 『후기 현대주의와 문화이론』, 중국 산시사범대학출판사, 1986년판, 167면

비록 스저춘, 무스잉 등의 작가는 이러한 본체적 의의의 초조함을 아직 진정으로 체험할 수는 없었지만, "상당히 세밀하고 복잡한 그들의 교양은 그들로 하여금 상당히 심밀하고 복잡한 감각을 생겨나게 하였다."[5] 도시 문명에 대한 염증, 인성 타락에 대한 공포, 인생 무상에 대한 슬픔, 의지할 수 없는 고독에 대한 감회가 모두 그들의 작품으로 하여금 일종의 음울한 고독과 불안으로 가득하게 하였으며, 우리는 그들의 작품 속에서 "우리 인간은 모두 마음 깊은 곳에 일종의 적막감, 배설되지 못하는 일종의 적막감을 감춰두고 있다. 우리 인간은 그 부분 혹은 전부가 우리 자신에게 이해될 수 없으며, 우리 자신에게서 격리되는 것과 같다"[6]는 점을 느끼게 되는데, 그것들은 매우 쉽게 현대주의 문학 정신과 한데 연계되는 것이다.

그러나 우리는 이러한 연계성 혹은 유사성 때문에 스저춘, 무스잉 등의 작가들의 창작과 서방 현대주의 사이의 본질적인 차이를 발견하지 못할 수는 없다. 서방의 개념을 검증 없이 이러한 중국 작가들의 연구 속에 이식할 경우 야기되는 것은 어쩌면 진실하지 못한 판단이다. 사실상 나는 이러한 작가들이 본질에 있어서는 결코 진정한 의의의 현대파가 아니라고 믿는다.

결국 중국은 여전히 절반은 봉건, 절반은 식민인 역사적 조건 속에 놓여 있었고, 현대주의 문화가 생존하고 번식하는 데 의존할 토양을 결여하였으며, 후기 공업사회 속에서 생겨난 현대주의 문화는 중국에서 이식을 통해 뿌리를 내릴 수 있는 것이 아니었다. 이는 결코 일종의 추상적인 이론적 추론만이 아니며, 사실이 증명하는 것이기도 하다. 스저춘 등의 작가에게서 현대주의적 체험은 제한적이었을 뿐 아니라

---

5) 스이(適夷), 「스저춘의 신감각주의(施蟄存的新感覺主義)」, 《문예신문(文藝新聞)》 제33기(1931년)

6) 무스잉, 「자서(自序)」, 『공묘』, 중국 상하이현대서국, 1933년판

절실하지 않았고 파편적이기도 하였으며 심지어 상당히 선명한 모방 흔적을 지녔던 것이어서 결코 통일적인 인생 관념, 문화 철학, 심리 정신과 체험의 방식으로 구성되지 못하였다. 따라서 심리화한 소설의 창작은 그들의 창작 생애 속에서 짧은 기간에 불과하였고, 설령 이러한 시간 속에서라고 해도 그들은 모종의 현대파적 의미를 담은 작품을 창작하였을 뿐 아니라 적지 않은 선명한 현실주의와 낭만주의적 작품 또한 창작하였다.

현대파 색채가 가장 짙은 무스잉을 예로 들면, 그의 두 소설집 『남북극(南北極)』, 『공묘(公墓)』 속의 작품들은 부분적으로 시간에 있어서 교차된다. 그러나 풍격은 도리어 다른데, 전자는 보다 사실적이고, 후자는 감각에 더 치우쳤다. "완전히 서로 다른 두 종류의 소설이 도리어 같은 시기에 쓰였고"[7] 이는 그 자체로 작가가 결코 일치된 현대주의적 추구를 지녔던 것이 아니었음을 표명한다. 비록 『공묘』라는 소설집 속에서라고 해도, 『소일품으로 간주된 남자(被當作消遣品的男子)』라는 작품과 『공묘』라는 작품은 비록 마찬가지로 모종의 신감각파적 수법을 흡수한 것이지만, 개념과 격조는 모두 낭만주의적이며, "이른 봄날의 달콤함을 지닌 로망스이다." 대체로 같은 시기에 창작된 『지역 신문편집실에서 폐기된 원고 이야기(本埠新聞欄編輯室里一札廢稿上的故事)』라는 작품과 『부친(父親)』이라는 작품은 거의 완전한 사실주의 창작이다. 그러나 이러한 작가군을 대표하는 스저춘은 『장군의 머리(將軍底頭)』, 『장맛비가 내리던 저녁(梅雨之夕)』, 『선한 여인의 행품(善女人行品)』이라는 이른바 세 심리소설 작품 속에서 그 수법이나 기교적으로 현대파 문학의 특징을 얼마만큼

7) 무스잉, 「자서(自序)」, 『공묘』를 참조하시오. 옌자옌 선생은 두 소설집이 교차되지 않는다고 지적하였는데, 오류가 있다. 『남북극』 속의 일부 소설은 1931, 1932년에 쓰였고, 『공묘』 속의 일부 작품과 창작 시기가 같다.

흡수한 것을 빼면, 전체적인 문화적 기질, 심미적 체험이 모두 현대주의와는 거리가 멀다. 만약 『장군의 머리』가 낭만주의적인 것이라고 한다면 『사희자의 사업(四喜者底生意)』 등의 작품은 사실주의적이고, 『석수(石秀)』, 『춘양(春陽)』, 『마도(魔道)』 등의 작품은 가장 좋게 보아도 일종의 심리사실주의 소설일 뿐이라고 할 수 있다. 이 작품들 속에서는 반이성주의, 허무주의, 신비주의 같은 이러한 현대파 문학의 특징과 상응하는 체현을 찾아내기가 매우 어렵다. 이러한 기본적인 사실들을 무시하고 스저춘, 무스잉 등의 작가를 중국의 현대파 혹은 신감각파로 부르는 것은 모두 사실에 부합하지 않거나 정확하지 않은 것이다.

심지어 이른바 "현대파"라고 불리는 작품들을 분석해보면, 이를테면 무스잉의 『상하이의 폭스트로트(上海的狐步舞)』, 『밤(夜)』, 『나이트클럽 속의 5인(夜總會里的五個人)』 등이 되는데, 기실 현대파 창작이라고 할 수 없는 것들이다. 문체에 있어서 그것들은 서사의 단서와 통로를 모호하게 하고, 서사의 방식과 시각을 바꾸었으며, 언어의 암시성과 도약성을 증가시키고 강화하였지만, 그것의 내재적 구조는 여전히 논리적이고 예술 세계는 여전히 이성의 질서를 따르고 있으며, 기호의 기표와 기의가 기본적으로 투명하다. 전체적인 서사적 틀, 창작 원칙이 모두 여전히 전통적이고, 이해 가능하며, 심층구조에 있어서도 현대주의적 텍스트가 아니다. 전통적 사유 방식, 심미 체험은 그들로 하여금 현대적 서사 방법과 기교를 채택하도록 할 때 너무 멀리까지는 나아가지 못하게 만들었다. 그래서 이 작품들은 뼈에 사무치는 허무와 절망의 현대적 비극감이 없고, 추측 불가한 암시성의 현대적 형식감 또한 없다. 소설 속의 화면과 생활 속의 진실은 여전히 모종의 동일성, 모종의 이성적이고 절차적인 연계를 지켜가고 있고, 바로 무스잉이 자술하였던 것처럼, "안에 있는 것들은 대체로 전부가 내가 직접 목도하였던 것이다."

따라서 필자는 현대파 혹은 신감각파 등 개념으로 스저춘, 무스잉, 류나어우 등 작가의 창작을 지칭하는 것에 대해 찬성하지 않으며, 그것을 실험소설이라고 부르고자 한다. 이는 그들에게 결코 일치된 현대주의 혹은 기타 어떤 주의적 심미 원칙이 없기 때문이고, 그들이 일종의 완전히 유사한 예술적 사조(스저춘과 무스잉, 무스잉과 류나어우는 많은 기본 방면에서 중대한 차이가 있다)를 빚어내지 않았기 때문이지만, 한 가지는 도리어 공통적인데, 그들이 문예의 과도한 정치화에 만족하지 않았고, 세계 문학의 새로운 사조의 발전을 추적하는 것을 갈구하였으며, 새로운 예술 형식, 예술 수법과 예술 기교를 탐구하는 데 노력을 기울였고, 그들 모두 문학 문체의 발전과 그 개조에 관심을 쏟았으며, 지침 없이 다방면의 예술적 실험에 종사하였다는 점이다. 스저춘은 "이 방면에서 하나의 새로운 창작의 경로를 개척하고자 노력하고 있다"[8]고 하였고 무스잉은 "자신이 쓴 것이 어떤 것인지 나는 결코 알지 못하고, 알려고 생각해본 적도 없으며, 나의 관심은 단지 '어떻게 써야 하는가'의 문제였고", "나의 기교를 시험하고 단련하려는 목적을 품고 쓴 것이었다"[9]고 하였다. 이로부터 알 수 있듯이 그들이 가장 관심을 가진 것은 처음부터 끝까지 예술적 탐색과 새로운 형식의 창조였다. 바로 이런 의미에서 그들의 창작을 현대파 문학 혹은 신감각파 소설이라고 부르기보다는 실험소설이라고 부르는 것이 더욱 정확한 것이다. 그들에겐 현대주의에 속하는 문화 분위기와 심미 체험이 아직 형성되지 않았고, 그들은 주로 소설의 문체, 소설의 서사 모식과 소설 인물, 인물 심리의 전달 등의 방면에

8) 스저춘, 「자서」, 『장군의 머리』, 신중국서점, 1931년판
9) 스저춘, 「『남북극』 개정본을 기념하다(『南北極』改訂本題記)」, 『남북극』, 중국 상하이 현대서국, 1933년판

대한 실험을 하는 데 주의를 기울였다. 마침 이러한 실험성은 또한 이러한 창작들이 갖는 중국 현대 문학사, 특히 소설사에 있어서의 독특한 지위를 상징하고 있다. 이러한 개념의 사용은 소극적 의의로 볼 때, 부적절하게 스저춘을 신감각파로 묶거나 무스잉을 심리분석파로 귀결하는 것을 모면하게 할 수 있다. 이 두 종류의 유파는 예술에 있어서 중요한 차이가 있는데, 스저춘은 심리분석에 보다 근접해 있고 무스잉은 신감각에 더욱 근접해 있다. 이 점을 명확히 하는 것은 프로이트주의와 1930년대 실험소설의 관계를 토론할 때 우리로 하여금 하나의 출발점을 찾아낼 수 있게 한다. 사실상, 스저춘 등의 작가는 바로 예술 실험의 탐색 속에서 자각적으로 프로이트주의로부터 도움과 계시를 모색하였다.

2. 서방 문학 및 심리학의 영향과 배경

1930년대 프로이트는 이미 그의 중요한 저작들을 완성하였고 그의 학설은 광범위하게 전파되었기 때문에 그의 명성은 드높았으며, 심리학, 인문과학, 특히 문학예술에 대하여 이정표적 영향을 일으켰다. 마침 당시의 어느 서방학자가 묘사했던 것처럼, "사회적 현상을 반영하고, 사회적 변태를 해부하며, 성욕을 모든 생활 여정의 중심적 요인으로 숭상하는 프로이트의 사상은 오늘날 이미 지식인 사회의 유행이 되었다. 그의 명성은 셰익스피어에 견주어지고, 그의 작품 역시 유달리 성행하는데, 솔직히 말해서, 프로이트는 이미 신화가 되었다."[10] 이것이 프로이트주의가 중국에 전해져 영향을 일으킨

10) 캘버턴(V. F. Calverton), 「현대문학 속의 성의 해방」, 《소설월보》제2권 제3기(1930년)

국제적 환경을 조성하였다.

1930년대에 들어선 이후 프로이트주의에 대한 중국의 사상, 문화계의 열정은 비록 급감하였지만, 관련된 저작, 문장은 여전히 당시의 상당히 번영한 갖가지 출판물 속에서 대량으로 존재하였다. 『정신분석개론(精神分析引論/*Introductory Lectures on PsychoAnalysis*)』, 『정신분석개론신편(精神分析引論新編/*New Introduction to Psychoanalysis*)』 및 프로이트가 직접 추천의 서문을 쓴 『소녀일기(少女日記/*A Young Girl's Diary*)』 등의 저작이 처음으로 중국어판을 출판하게 되었다. 주광첸(朱光潛), 가오줴푸(高覺敷) 등의 학자들은 논문과 저서로 정신분석학설을 평술, 토론, 비평하였고, 객관적으로 볼 때 프로이트주의의 영향력을 확대시켰다. 이러한 것들이 당시 프로이트주의가 중국 작가들에 영향을 끼치는 직접적인 원인이 되었다.

프로이트주의는 1920년대부터 서방의 문학예술에 스며들기 시작하였다. 1930년대 이후 중국의 좌익 문학계는 비록 소련의 문학에 더 관심을 기울이고 구미의 문학에 대하여는 상당히 냉담하였지만, 당시 전체적인 중국 문학의 번역계, 출판계와 이론비평계가 여전히 비교적 개방적이고 활발하였기 때문에 구미 문학과 일본 문학의 최신 성과가 즉각적으로 중국 문학계에 전해져 이해될 수 있었다. 특히 서방 심리소설과 일본 신감각파 소설이 소개된 것은 당시 문학계의 핫이슈였다. 서로 다른 정도에서 프로이트주의의 영향을 받은 이러한 문학 작품은 실제적으로 프로이트주의가 중국 문학에 영향을 끼치는 간접적인 원인이 되었다.

프루스트(M. Proust), 로렌스(D. H. Lawrence), 울프(V. Woolf), 포크너(W. Faulkner)의 이름이 1930년대의 중국에서 결코 생소하지 않았고, 특히 조이스(J. Joyce)와 그의 『율리시스』는 상당히 주목을 받았다. 현대서국(現代書局)에서 일찍이 조이스를 소개한 소책자를 출판한 바 있다.[11] 오스트리아의 심리소설가 슈니츨러(A. Schnitzler) 역시 퍽 관심을 받았다. 그의 많은 주요 저작이 모두 중국어로 출판되었다. 이 밖에 프랑스의 작가 모랑(P. Morand)은 그의 감각에 대한 강조가 당시에 역시 특수한 관심을 받았으며, 일부 간행물은 일찍이 그의 창작에 있어서의 인상주의와 감각주의적 특징을 전적으로 소개하였다.[12] 사람들은 이 작가들의 창작이 "내심의 분쟁과 고민을 묘사하는 데 집중하고 외부의 사건 변화의 기술에는 전력을 기울이지 않았다"[13]며, 일종의 "신심리주의적 문학"[14]이라고 지적하곤 하였다. 전통문학 속에서 "심리적 묘사는 어느 구석에서든지 행동을 주제로 하고 행동을 설명하기 위한 심리의 묘사이다. 그러나 신심리주의 문학은 도리어 의식을 주제로 하고 행동은 그 설명의 대상의 위치에 놓이기 때문에 주관과 객관이 완전히 전도된 것이며, 의식이라는 것을 흡수하는 데 있어서 그것은 새로운 면이 있었다."[15]

당시 사람들의 이른바 신심리주의 문학은 요코미쓰 리이치(橫光利一), 가타오카 뎃페이(片岡鐵兵), 가와바타 야스나리(川端康成) 등의 작가를 대표로 하는 일본의 1920년대 소설 사조—신감각파—를 포괄하고 있었다. 이 유파는 서방의 표현주의, 미래주의, 다다이즘 등 현대주의 사조와 떼려야 뗄 수 없는 연관이 있고, 그것은 순간적인

---

11) 도이코 우치(土居光知), 『제임스 조이스』, 중국 현대서국, 1934년판
12) 「폴 모랑을 논함」, 《무궤전차(無軌電車)》 제4기(1928년) 참조
13) 위다푸, 「현대소설이 경과한 노정(現代小雪所經過的路程)」, 《현대(現代)》 제1권 제2기(1932년)
14) 기데라 레이니(木寺黎二), 「신심리주의문학비판(新心理主義文學批判)」, 《시사유편(時事類編)》 제3권 제6기(1935년)
15) 나카무라 코큐(中村古峽), 「정신분석학과 현대문학(精神分析學與現代文學)」, 《문예월보(文藝月報)》 제7권 제1-2기(1935년)

감각을 통한 상징과 암시의 수법으로 인간의 생존 가치와 의의를 표현하는 것을 강조하였다. 주관적 감각으로 외부세계를 파악하고, 상상을 통해 새로운 현실을 구성한 다음에는 신기한 문체와 수사를 더해 표현하였는데, 감성적 표현방식을 다량으로 사용하였고, 인물의 감정과 심리 활동을 세세하게 묘사하였다.[16] 중국 문학계는 당시 이러한 일본 문학 사조에 대해 아주 열렬히 주목하였는데, 적잖은 신감각파 작품이 번역되었을 뿐 아니라 신감각파를 비평하는 문장 역시 적잖게 번역되거나 저술되었다. 《현대문학(現代文學)》은 신감각파의 대표자 중 한 사람인 가타오카 뎃페이의 「신흥한 소설 창작이론(新興小說的創作理論)」[셰류이(謝六逸) 번역]을 연재한 바 있고, 이 밖에도 선치위(沈綺雨)가 지은 「이른바 신감각파란 것(所謂新感覺派者)」, 톈랑(天狼)이 지은 「신감각파를 논함(論新感覺派)」과 「신감각파를 다시 논함(再論新感覺派)」, 셰류이가 쓴 「신감각파(新感覺派」[17] 및 천다츠(陳大慈)의 「신감각주의 표현법 예시(新感覺主義表現法擧例)」, 가오린두(高璘度)가 번역한 「신심리주의문학비평(新心理主義文學批判)」 등이 있었다. 그것들은 신감각파의 특징, 수법과 의의를 상세하게 검토하였을 뿐 아니라, 그것이 중국 문학의 창작에 대하여 제공할 수 있는 본보기를 토론하기도 하였다. 일부 사람들은 "신감각파의 특징은 표현의 심각함과 감각의 예리함이며, 감상의 흥취를 자아내는 작용을 일으킨다. 만약 신사실주의가 평면적 묘사라면, 감각파의 묘사는 입체적인 것이다"[18]라고 지적하였다. 만약 "사

---

16) 『중국대백과전서·외국문학권(中國大百科全書·外國文學卷)』, 중국대백과전서출판사, 1986년판 참조

17) 《현대문학(現代文學)》 제1권 제2-5기(1936년); 《북두(北斗)》 제1권 제4기(1931년); 《신루(新壘)》 제2권 제1-2기(1933년); 《현대문학평론(現代文學評論)》 제1권 제1기(1931년)에 나뉘어 실렸다.

18) 톈랑, 「신감각파를 다시 논함」, 《현대문학》 제1권 제2-5기(1936년)

실주의가 상식적 문학"이라고 한다면, 신감각파는 감각의 장치와 표현에 관심을 기울였기 때문에, 사실주의 문학의 "일종의 병—진부한 병, 인습적 병"[19]을 치료할 수 있다는 것이다. 그러나 일부 사람들은 또한 신감각파가 일본에서 잠깐 유행한 것인데, "그 인식론과 인생관이 통할 수 없었고, 소박한 변증법적 인식론과 주객합일주의(主客合一主義) 사이에서 생겨나는 모순 등등" 때문이었다고 믿으며 "다른 사람이 통행하지 못한 길을 우리가 얼마나 더 가려고 하는가"[20]라고 의혹을 제기하기도 하였다.

서방과 일본의 심리주의 소설, 의식류 소설, 신감각파 소설에 대한 바로 이러한 번역, 평론, 수입 속에서 프로이트주의는 그중의 중요한 문화적 요인으로서 역시 전파가 이루어졌다. 당시 사람들은 이미 이러한 창작들이 프로이트주의와 밀접한 연계가 있다는 점을 인식하였다. 자오징선(趙景深)은 한 편의 글 속에서 영미권의 심리소설은 모두 직접적으로 정신분석학의 영향을 받은 것이라는 점을 명확히 지적하였다.[21] 바로 이러한 영향 아래서, 이러한 작품들은 "개인의 의식(Consciousness)의 흐름(Stream)을 빌려 하나의 현실의 영역을 파악하였는데, 특히 새롭게 발견된 인류 심리의 무의식 세계에 깊이 묻힌 그것을 빌려 소설을 빈곤 속에서 구제하고자 하였다"고 여긴 이도 있었다.[22] 프로이트주의와 서방 현대문학의 연계를 가장 완전하게 고찰한 문장은 바로 왕푸취안(汪馥泉)이 번역한 일본 나카무라 코큐(中村古峽)의 「정신분석학과 현대문학(精神分析學與現代文學)」이다. 그것은 정신분석 심리학, 무의식 이론, 유년기 기억과

---

19) 셰류이, 「신감각파—푸단대학 강연」

20) 선치위, 「이른바 신감각파란 것」

21) 자오징선, 「영미 소설의 현재 및 그 미래(英美小說之現在及其未來)」, 《현대문학평론》 제1권 제3기(1931년)

22) 기데라 레이니, 「신심리주의문학비판」

꿈의 학설, 오이디푸스 콤플렉스와 변태심리학 등이 당대의 몇몇 중요한 구미 작가, 예컨대 조이스, 로렌스, 울프, 맨스필드(K. Mansfield)에게 일으킨 중요한 영향을 구체적으로 해석하고 설명하였으며, 신심리주의 문학이 정신분석 원리의 자극 아래서 생겨난 새로운 문학 경향이라고 지적하였다.

비록 당시의 "주류" 문학은 프로이트주의에 대하여 냉담하였지만, 그것은 도리어 심리학 이론 성과와 정신분석 관념이 스며든 구미 및 일본의 문학 창작을 통하여 중국의 1930년대 실험소설에 영향을 미쳤다. 기실 이러한 실험소설의 작가들은 영향의 수용자이었을 뿐 아니라, 그들 자신이 전파자이기도 하였다. 그들은 이미 문학과 심리학의 일치성을 인식하였고 서방 현대문학에 대한 정신분석학설의 중요성을 파악하였으며, 이러한 학설이 그들의 예술적 탐색에 새로운 시각, 방법과 계시를 제공할 수 있을 것이라는 점 역시 인식하였다.

이 작가들 중에서 스저춘이 프로이트주의의 영향을 가장 두드러지게 받았는데 그 영향은 대체로 두 방면에서 비롯되었다. 그 하나는 프로이트의 심리학 이론이고, 다른 하나는 슈니츨러 등 서방 작가들의 심리 소설이다. 그는 일찍이 자신이 결코 신감각주의가 무엇인가를 잘 이해하진 못하며, 당시 자신의 창작이 "단지 몇 가지 Freudism(프로이트주의)을 응용하였을 뿐이다"[23]라고 명확히 말한 바 있다. 이 밖에, 스저춘은 일찍이 슈니츨러의 작품을 다량으로 번역한 바 있는데, 이를테면 뒷날 '부녀심리 삼부곡(婦心三部曲)'으로 한데 합쳐진 『다정한 과부(多情的寡婦)』, 『박명한 테리사(薄命的戴麗莎)』, 『엘자의 죽음(愛爾賽之死)』 등이며, 프로이트의 찬미를 깊이 받은 이 소설가는 "성 심리의 분석에 주의를 기울였"고, 이는 정신분석학설이

23) 스저춘, 「나의 창작 생활의 역정(我的創作生活之歷程)」, 『창작의 경험(創作的經驗)』, 중국 천마서점, 1933년판

문예에 있어서 실증적으로 표현된 것이었으며, “유럽의 현대 문예로 하여금 하나의 새로운 특별한 경로를 개척하게 함으로써, 뒷날 미국에서 로렌스와 조이스라는 심리분석 작가를 탄생시킨 것이었다”[24]고 믿었다. 《현대(現代)》의 주편(主編)으로 있을 때, 스저춘은 프랑스 작가 라디게(R. Radiguet)를 소개한 적도 있으며, 그의 『도르젤 백작의 무도회』를 “프랑스 현대 심리소설의 최고봉”[25]이라고 찬미하였다. 스저춘은 자각적으로 정신분석학설을 운용하였기 때문에, 프로이트의 색채는 그의 작품 속에서 가장 선명하고, 그가 서방 심리소설을 더 좋아하고 그에 익숙하였기 때문에, 그의 작품은 풍격과 문체에 있어서 모두 일본의 신감각파와는 결코 일치하지 않는다.

스저춘과 달리, 무스잉이 받은 프로이트주의의 영향은 대부분 일본의 신감각파 문학 및 당시의 몇몇 기타 문화 출판물에서 간접적으로 비롯되었다. 한 편의 소설 속에서 어느 허구적 인물을 빌려 무스잉은 사실주의 문학을 최면제로 폄훼하면서, “폴 모랑, 요코미쓰 리이치, 하리구치 다이가쿠(堀口大學), 루이스(H. C. Lewis)를 읽는 것을 좋아한다”[26]고 자칭하기도 하였다. 마침 이것이 그의 소설로 하여금 더욱 일본의 신감각파에 근접하도록 하였다. 무스잉이 체계적으로 정신분석학설을 접하였다는 점을 표명하는 자료는 없지만, 그의 문장 속에서 “무의식”[27]이 자주 사용된 점과, 그의 소설 『파일럿(Pirrot)』이 빚어낸 프로이트주의자 진중녠(金仲年)의 형상으로 볼 때, 적어도 그가 정신분석학설을 상당히 이해하고 있었다는 점은 긍정할 수 있다. 그리고 『백금의 여체조각상(白金的女體塑像)』 등의 작품 역시 확실히 모종의 프로이트주의적 흔적을 드러낸다. 그러나 스저춘과 비교하

24) 스저춘, 「서문」, 『박명한 테리사』, 중국 상하이광화서국, 1937년판
25) 《현대》 제3권 제1기(1933년) 참조
26) 무스잉, 「소일품으로 간주된 남자」, 『공묘』
27) 『공묘』의 「자서」 참조

면, 이러한 종류의 영향은 확연히 간접적이고 흐릿하다.

일찍이 몇몇 일본의 신감각파 소설을 번역한 바 있는 류나어우는 무스잉과 유사[28]하지만, 신감각파 문학의 영향을 더 많이 받았다. 이 밖에, 쉬샤춘의 작품 속에서는 정신분석의 요소가 두드러지지는 않지만 그는 일찍이 1920년대 말기에 프로이트주의가 심리 소설에 끼친 영향에 주의를 기울인 바 있다.[29] 또한 일찍이 여러 종류의 창작 방법을 실험하였던 리진밍은 "심리의 관찰을 가지고 사회의 현상을 서술하는 것은 실로 내게 취미화한 것이다"[30]라고 명확히 말한 바 있다. 그래서 그는 스저춘과 마찬가지로 창작 속에서 이따금 직접적으로 프로이트에게서 심리학적 설명을 구하였다.

비록 프로이트주의가 이 작가들에게 끼친 영향은 깊거나 얕은 면이 있고 드러나거나 감추어진 면이 있으며, 이러한 영향에 대한 작가 자신의 인식 역시 자각적이거나 비자각적이었지만, 그 영향의 존재는 부인할 수 없는 것이다. 물론, 이러한 종류의 영향이 같은 시기의 서방과는 다소 다르다는 점을 확인할 수는 있는데, 서방에서는 프로이트주의가 이미 반이성주의적 문화사조 속으로 끼어들며 현대주의 정신을 부여하면서 인류가 건립한 자랑스런 문화와 문명이 모두 일종의 진실하지 않은 환상임을 암시하였고, 세계의 본모습이 신비, 사욕, 알 수 없는 무의식 깊은 곳에 감추어져 있을 뿐 아니라 그곳에 집결된 맹목적인 본능 역량은 늘 부지불식간에 사람들을 심연과 지옥으로 떠밀어버렸던 것이다. 인간은 세계의 주인이 아닐 뿐 아니라 자아의 주인도 아니었고, 세계를 정복하고 인식할 수 없을 뿐 아니라 자아를 정복하고 인식할 수도 없었다. 시끄럽고 소란스러운 사회 전체는

28) 『색정문화(色情文化)』, 중국 상하이수말서점, 1929년판 참조
29) 쉬샤춘, 「최근의 프랑스 소설계(最近的法國小說界)」, 《신보부간(晨報副刊)》, 1928년 1월 30일
30) 리진밍, 「목전의 문학(目前的文學)」, 《북두》 제1권 제2기(1934년)

질서가 없고, 이성도 없으며, 구세주도 없는 황당한 세계였다. 따라서 프로이트주의는 서방에서는 반이성주의, 허무주의, 신비주의적 현대주의 문학의 정신적 지도자가 되었다. 그러나 1930년대의 중국에서는 결코 이러한 문화적 의의를 지니지 못하였는데, 그것은 주로 아직은 일종의 신흥한 심리학 성과로서 예술의 실험 속에 응용된 것이었고, 작가들에게 심리학적 시각, 방법과 수단을 제공하면서 인간에 대한 그들의 인식, 관찰을 심화시킨 것이었으며, 이를 통해 그들의 예술적 기교와 예술적 표현을 풍부히 해주는 것이었기 때문이다.

아울러 언급해야 할 것은 1930년 중국의 실험소설이 서방과 일본 문학작품의 영향을 직접적으로 받곤 했지만, 이 작품의 일부는 정신분석학과의 사이에서 결코 내재적 연계가 있던 것은 아니었기 때문에 상당 부분의 실험적 창작은 실제적으로는 프로이트주의와 결코 연계가 없었고, 따라서 우리가 견강부회하게 심리 현상 혹은 변태심리 현상에 관한 모든 묘사들을 프로이트에게로 귀결시킬 수는 없다는 점이다. 무스잉, 류나어우의 창작에 이러한 상황이 존재할 뿐 아니라, 스저춘이 변태심리를 묘사한 몇몇 소설, 이를테면 『여인숙(旅舍)』, 『밤길(宵行)』 등의 작품 역시 프로이트학설과는 선명한 연계가 없다.

3. 영혼 깊은 곳의 예술적 투시

영향을 끼치는 자와 영향을 수용하는 자는 모두 자신의 풍요로움에 만족하는 유기적인 정합체이다. 영향 과정의 양방향성, 영향의 중개적 변환성이 우리가 영향의 연구 속에서 대응하는 인과적 연계를 모색하는 데 어려움을 야기한다. 그러나 영향의 실제적 존재를 확증하기 위해 우리는 부득이 각기의 정합성의 풍부성과 체계성을 희생하는 것을 대가로 다소 전면적이지 않더라도 영향을 끼친 자와 영향을 받은 자 사이의 유사점과 공동성을 추출하여 분석을 가해야 하는데, 우선 프로이트주의가 결국 어느 구석에서 중국의 1930년대 실험소설에 구체적인 영향을 가져왔는가를 설명하기로 한다.

인간과 인간의 행위를 대상으로 하는 문학에 대하여 프로이트의 본능 이론은 그것이 인간의 심리체계를 이해하는 데 있어서 계시성 가득한 해석을 제공하였다. 프로이트는 생명체로서의 인간에게는 갖가지 생명 본능이 있는데, 즉 그것은 생명의 욕구와 충동이고, 생명 내부의 자극에서 비롯되며 인간의 심리체계의 기본적인 구동력이자 동기라고 믿었다. 프로이트는 전반기와 후반기에 본능에 대한 분류가 비록 다르긴 하지만, 성의 본능, 성욕이 여러 종류의 본능 중에서 가장 중요하고 가장 활발하며, 태어나서부터 존재하고, 다단하게 변화하며, 쾌락원칙에 따라 만족을 구하고, 도덕에 개의치 않으며, 시간과 공간의 제한에도 관여치 않는다고 하였다. 또한 성욕은 "바로 입에 음식을 넣고자 갈망하는 기아감과 마찬가지로" 일단 만족이 될 수 없으면 심리와 생리에 초조함과 고통스러움을 가져오고, 혹은 일종의 변태적이고 비정상적인 방식으로 변형된 만족을 쟁취한다는 점을 확실히 인정하였다. 많은 상황 아래서 이러한 종류의 힘은 기필코 이성의 제어와 운전을 받아야 한다. 그러나 이따금 그것은 또한 이러한 종류의 이성적 굴레를 벗어나서 이성을 지니지 않는 일종의 충동으로 표현될 수 있다.

1930년대 이 방면에 대한 중국 작가들의 수용은 꼭 모두가 정신분석의 이론적 서술로부터 비롯된 것은 아니며, 갖가지의 서방 문학에서 비롯된 것이기도 하다. 영향의 결과는 바로 스저춘 등의 적잖은 작품 속에서 모두 집중적이고 두드러지게 표현되었는데, 즉 일종의 생명 본능으로서의 성욕의 강렬하고 비이성적인 충동이고, 아울러 그것이 인간의 심리 동기와 행위 방식에 일으키는 결정적인 영향이다.

무스잉은 『백금의 여체조각상』에서 어느 의사를 서술하였는데, 그는 본래 감정을 절제하고 욕심이 적으며 여색을 가까이 하지 않는 사람이었으나, 한 차례의 진찰 중에 한 젊은 여환자의 백금같이 하얀 육체와 피부, 정조가 깃든 신비한 기질이 돌연 이 의사로 하여금 영혼을 감추지 못한 채 가슴을 고동치게 하였고, 이로부터 애심이 자라나 머지않아 결혼을 하도록 만들었다. 이 소설에 대한 프로이트주의의 영향은 주로 그것이 작가로 하여금 성욕 본능이 왕왕 억눌려 무의식 속으로 들어서고, 그것은 결코 꺼진 불이 되지 않고 욕동으로 잠재하며, 수시로 달아올라 인간의 심리와 행위에 영향을 미친다는 점을 인식하게 만드는 데로 표현되었다. 소설 속의 셰(謝) 의사는 아마도 직업적 도덕과 습관으로 인해 이성에 대한 그의 애욕을 억눌렀지만, 이러한 종류의 애욕이 도리어 "백금의 여체조각상"에 의해 일깨워지면서 그의 생활방식을 바꾸어놓았다. 게다가 소설 속의 셰 의사는 성욕 본능에 대한 억압과 해방이 모두 비자각적 무의식 상태 속에서 진행되고, 그 운행의 기제는 자아가 제어하고 조종할 수 없는데, 이 역시 프로이트가 성욕 동기를 맹목적이고 비이성적인 것으로 논술한 것과 서로 일치한다.

류나어우의 소설 『살인미수(殺人未遂)』에서는 뤄(羅) 군을 묘사하였는데, 그는 은행 여직원의 미소 때문에 잠시 이성과 의지의 제어를 벗어나 성적 본능이 솟아올랐으며, 한때의 충동이 자제를 잃게 만들어 여직원에 대한 성적 폭력을 야기하고, 범죄를 저지르는 데까지 이른다. 작가는 역시 성욕 본능의 충동성, 우발성을 강조하면서 정신분석학으로 인간의 행위를 깊게 이해하고자 하였는데, 여기서 범죄 행위의 동기가 포괄되었다. 그것은 일종의 특정한 환경 속에서, 인간은 어쩌면 본능, 격정의 노예가 될 수 있고, 이성, 의식이 순식간에 취약한 것으로 변화할 수 있다는 점을 표명하였다. 흥미로운 것은 『백금의 여체조각상』과 마찬가지로, 이 소설에서 성 본능의 충동을 이끌어낸 사람이 "얼음같이 차가운" 기질의 여성이었다는 점이다.

스저춘의 『춘양(春陽)』에 이르러서는 금전에 의해 이화된 어느 과부의 심리적 활동을 통하여 억압된 성적 본능이 그녀의 심리적 소란과 동요에 미친 영향을 전시하였다. 그리고 스저춘의 『사회자의 사업』은 어느 마부가 성적 유혹을 금하지 못하고 어느 외국 부녀자에게 투신하는 것을 묘사하였고, 역시 성욕의 비이성적 특징을 표현해냈다.

프로이트의 성 본능 이론은 특히 성 본능의 비이성성, 충동성의 서술에 관하여 이러한 실험소설에 끼친 영향이 두드러지는데, 일부는 그 영향이 상당히 간접적이기도 하다. 하지만 프로이트의 아동시기 성욕 발전에 관한 이론, 오이디푸스 콤플렉스에 관한 이론, 성욕의 전이와 승화 등의 방면에 관한 논술은 이 작가들에게 미친 영향이 도리어 매우 적다. 대체로 이는 성 본능의 비이성성이라는 이 점이 작가들의 문화적 습관과 관찰적 체험에 더욱 근접하였기 때문일 것이다.

현대의 예술은 인간의 이상 심리와 행위에 나날이 관심을 기울여갔기 때문에, 변태심리학은 늘 문학가들에게 영향을 미쳤다. 변태심리학은 프로이트의 전매특허가 아니지만, 마침 그 자신이 말하였던 것처럼 "성의 충동은 넓은 의미와 좁은 의미가 있지만, 모두 신경병과 정신병의 중요한 원인이라고 믿는데, 이는 앞선 이들이 인식하지 못하였던 것이다."[31] 프로이트는 외부 환경 혹은 자극으로부터가 아니라, 내부의 동기, 성욕 등으로부터 변태심리를 해석하면서, "성적

31) 프로이트, 『정신분석개론』, 중국 상무인서관, 1984년판, 9면

장애는 질병을 야기하는 요인 중 가장 중요한 의의를 지닌다"[32]고 지적하였으며, 이는 프로이트의 독특한 구석이다. 따라서 프로이트가 보기에 갖가지 심리적 변태는 모두 환자의 심리에 있어서의 한 차례의 전쟁을 표상하고 있는데, 한편으로는 무의식 속 본능이 만족을 얻기를 희망하는 것이고, 다른 한편으로는 모종의 압력 요인이 도리어 전자의 요구를 허락하지 않는 것이다. 그리하여 무의식 욕망과 수요가 변태적 방식으로 대체되어 자신을 표현하고 만족을 얻어낸다. 변태적 심리와 행위는 바로 성적 격동의 변태적 배설이다.

중국의 1930년대 실험소설 속에서 프로이트의 변태심리학의 영향을 받은 가장 중요한 예는 역사를 소재로 한 스저춘의 소설 『석수(石秀)』이다. 소설은 상당히 세밀하게 옛 인물 석수와 반교운(潘巧雲), 양웅(楊雄) 사이의 복잡한 감정적 연계를 묘사하였고, 성욕과 신의(信義) 사이의 충돌을 진실하게 조명하였다. 석수가 반교운에 대하여 갖는 애련함으로부터 자아의 도덕적 초조함에 이르기까지, 욕망에 대한 억압으로부터 최후의 변태적 학대 심리에 이르기까지의 과정을 소설은 서술하였다. 프로이트는 성 본능이 직접적으로 만족을 얻어낼 수 없는 경우가 많아 갖가지 변화가 생겨날 수 있는데, 그 변화의 하나가 바로 "반대편으로 나아가는" 것, 즉 사랑으로부터 증오가 야기되고, 원래의 애욕의 대상에 대한 학대 행위 속에서 성적 흥분을 느끼는 것이라고 하였다.[33] 석수가 마지막에 반교운의 간통 현장을 덮쳐 그녀를 궁지에 몰아넣고, 반교운이 땅에 강제로 눕혀져 복숭앗빛 몸체를 드러내는 것을 목도한 것을 심지어 "한 차례의 만족스런 유쾌함으로 생각"한 것은 바로 반교운에 대한 그의 사랑이 신의와 양심의

---

32) 『프로이트저작선집』, 중국 쓰촨인민출판사, 1986년판, 1면

33) 프로이트, 「본능과 그것들의 변화(Instincts and their Vicissitudes)」, 『프로이트전집』 제14권, 1957년, 런던판 참조

방해로 배설될 수 없어 반대편으로 나아갔던 것이며, 일종의 변태적인 원한으로 나아갔던 것이다. 이러한 종류의 원한을 통해 한편으로 자신과 반교운의 거리를 확대시킴으로써 도덕적 불안감을 제거하였고, 한편으로는 또한 그녀가 침범을 당하는 행위 속에서 성욕으로 하여금 대체적 만족을 얻도록 만들었다. 이 소설은 정신분석을 성공적으로 응용하여 인물 심리를 해부하였을 뿐 아니라 묘사가 세밀하고 한도가 적당하며, 심리학과 문학을 상호 융합한 한 편의 우수한 작품이라고 할 수 있다.

스저춘이 변태심리를 묘사한 작품은 매우 많은데, 이를테면 『마도(魔道)』, 『여인숙(旅舍)』, 『백광(白光)』, 『밤길(宵行)』 등이며, 기본적 내용은 일종의 공포증의 심리, 심지어 히스테리를 묘사하는 것이다. 주인공은 모종의 사물, 모종의 환경에 대해 정상적 판단능력을 잃은 당황과 공포를 표현해내고, 기괴한 환각이 자주 생겨나며, 모종의 변태성을 드러내 보인다. 이 몇 편의 소설은 구상이 치밀하고 서술이 세밀하며 언어가 정밀해서 심리 소설의 걸작으로 손색이 없다. 다만 그것들은 더욱 심층적으로 심리적 동력, 특히 성 에너지와 아동적 경험 속에서 변태심리의 원인을 발굴하지는 않았기 때문에, 프로이트학설의 영향과 직접적인 관계가 있다고 하기는 어렵다.

《현대》는 일찍이 리진밍의 『바이리판의 의심증(白里帆的疑症)』을 발표한 바 있는데, 작자는 『큰 길의 구석(大街的角落)』이라는 소설집에 쓴 서문 속에서 이 소설 작품과 『심리병을 앓는 사람(患心理病者)』이라는 작품이 모두 프로이트의 정신분석학설을 응용한 것이라고 밝혔다. 소설 주인공 바이리판은 어느 회사의 사장인데, 회사의 위기로 수반된 우환, 아내 둬리야(多麗亞)가 충실하지 못함으로 인해 조성된 고민 및 그에게 해고당한 나이든 직원 창스헝(萇士衡)의 자살로 야기된 양심의 가책이 그로 하여금 엄중한 현실적 초조감과 도덕적 초조감을 일으키게 만들었다. 그러나 그는 또한 이러한 종류의 초조감으로 인한 긴장을 해소할 수 없어 마지막에는 신경의 이상이 야기되어 자주 기괴한 악몽을 꾸었으며, 몽환 속에서 징벌을 받고, 차츰 현실에 대한 이성적 판단을 잃어버린다. 소설은 결말에서 어느 의사가 이러한 종류의 변태심리에 대해 내놓은 정신분석적 해석을 빌리는데, 그는 "심리분석이 연구하는 대상은 꿈과 히스테리에 제한되는 것이 아니다. 비록 주동적인 형성 원인은 성욕(Sexual desire)과 그 밖에 이른바 자아(ego) 같은 것인데, 범위는 이른바 '귀신'의 문제에까지 미칠 수 있다. 인간이 귀신을 보는 것은 경미하게는 꿈의 부분으로 귀납할 수 있지만, 위중하게 되면 발광심리가 된다"고 하였다. 하지만 소설은 단지 일종의 현상에 주목한 것일 뿐이므로, 결코 정신분석학을 사용해 보다 심층적으로 바이리판이라는 이 인물을 이해한 것은 아니었다. 따라서 이는 한편으로 작자가 아직 창조적으로 심리학의 성과를 이용하는 데는 능숙하지 못하였음을 설명하지만, 다른 한편으로는 작자가 허구적 예술 형상을 가지고 심리학 이론에 억지로 영합한 것이 아니었다는 점 역시 표명한다.

자오더(昭得)의 『이윤부인(伊尹夫人)』 역시 《현대》에 발표되었는데, 그것은 스저춘 등이 열중하였던 변태심리의 묘사로부터 확연히 계시를 받았고, 정신분석학설의 모종의 영향을 표현해냈다. 19세의 소녀 혜고(惠姑)는 상(商)나라의 대신(大臣) 이윤의 사당 안에서 동료들과 마작을 하다가 우연히 이윤의 조각상의 얼굴이 뇌리에 각인되어 자신이 이윤의 부인이 될 인연이 있다고 깊게 믿게 되었다. 이때부터 아침저녁으로 갖가지 환각, 꿈자리가 생겨났고, 이미 이윤과 부부가 된 듯 차츰 심리가 이상해졌으며, 환상 속에서 생활하면서 다시는 현실로 돌아오지 못하는 비극이 빚어졌다. 이러한 종류의 변태를 프로이트는 리비도가 현실을 너무 높게 봐서 상상 속에서 만족을 얻어내는 '내향성'이며, "신경병적 만족의 가공성 및 환각적 생각과 현실과의 구별에 대한 소홀함은 바로 리비도가 이러한 내향적 단계 위에서 지체된 것으로 인한 것이다"[34]라고 하였다. 이러한 종류의 '내향성'의 원인을 소설에서는 혜고가 환경의 제한을 받아 정상적인 리비도 능력이 밖으로 발산되지 못하기 때문에 우연한 자극을 받고 백일몽 속에서 대체 만족을 구하는 것으로 전향되었으며, 심리의 긴장과 의식의 힘을 제거하려는 조급한 변태심리가 혜고의 성욕 리비도 만족의 대체 형식이 된 것이라고 보았다. 이러한 종류의 설명은 확연히 정신분석적 변태심리학의 관념을 응용한 것이다.

총체적으로 말해서 실험소설은 비록 갖가지 변태심리를 엽기적으로 펼쳐 보이는 것을 좋아하였지만 대부분은 여전히 일종의 현상적 측면에 머물렀고, 설령 프로이트의 학설을 응용하였다고 하지만 비교적 표층적이고 심지어 억지스럽기까지 하며, 인간의 정신 깊은 곳의 복잡성 및 인간과 사회문명 사이의 대립적 비극성에 대하여 깊은 각성이 부족하다. 따라서 소수의 작품을 제외하면 대부분 심리학적 혹은 사회학적 깊이가 얕아 적지 않은 작품의 함의가 풍부해 보이지 않는다.

프로이트학설 속의 인격구조에 관한 이론 역시 작가들에게 있어서 극히 큰 흡인력을 지니고 있다. 프로이트는 전통적인 영혼과 육체, 신과 짐승의 이중적 조합을 이드, 자아, 초자아의 삼중 구조로 개조하면서, 욕망, 이성, 양심의 사이, 쾌락원칙, 현실원칙, 도덕신념 사이의 착종되고 복잡한 대립, 충돌과 의존, 전환을 전시하였다. 인간 심리의 동태에 대한 그의 묘사 속에선 하나의 경관이 펼쳐지는데, "우리들의 심경은 그야말로 하나의 전쟁터이다. 한편으로 습속, 교육, 종교,

34) 프로이트, 『정신분석개론』, 300면

법률을 범위로 하는 의식이 방어적 위치에 놓여 수시로 보루를 지키며 위험에 대비한다. 다른 한편으로는 무의식 속으로 압제된 유년기의 욕망이 또한 수시로 때를 기다려 기회를 찾아 움직인다."[35] 따라서 자아는 인격 분열의 틈바구니 속에서, "세 주인에게 기여해야 하므로, 삼중적 위험의 위협을 받는데, 하나는 현실세계에서 비롯되고, 하나는 이드의 리비도에서 비롯되며, 하나는 엄숙한 초자아에서 비롯된다."[36] 이것이 인간이 수시로 마주하는 삼중의 초조감이 되었다.

프로이트가 인격 내부의 관계의 복잡성, 동태성을 들추어낸 것은 스저춘에게 깊은 흥미를 일으켰으며, 그의 창작에 중요한 계기를 부여하였다. 소설집 『장군의 머리』 속에서 스저춘은 대체로 매 편의 소설 작품에서 모두 인격의 충돌과 분열을 두드러지게 표현하였다. 스저춘은 그중에서 "『쿠마라지바(鳩摩羅什)』는 도덕과 사랑의 충돌을 쓴 것이고, 『장군의 머리』는 종족과 사랑의 충돌을 쓴 것이다"[37]라고 스스로 말하였다. 그러나 당시 어느 평론가가 지적한 바는 이 두 편만이 아니라, 소설집 속의 작품 네 편의 공통적 특징이 모두 "이중인격의 묘사"이며, "매 편의 소재가 모두 생명 속에 배치되는 두 종류의 힘의 충돌로 구성되었고, 이 두 종류의 힘 가운데 하나는 또한 처음부터 끝까지 변함없이 색욕이다". 네 편의 소설의 기본적인 주제는 "종교와 색욕의 충돌(『쿠마라지바』), 신의와 색욕의 충돌(『장군의 머리』), 우정과 색욕의 충돌(『석수』), 종족과 색욕의 충돌(『아람공주(阿襤公主)』)"이며, "확연히도 이는 심리분석에 있어서 대단히 심각한 작품이고, 프로이트주의의 해석과 구석구석 들어맞는다."[38] 그리고 이러한 종류의 일치는 바로 스저춘이 그것을 의도한 결과이다.

35) 주광첸, 「프로이트의 무의식설과 심리분석」, 《동방잡지》 제18권 제14호(1921년)
36) 프로이트, 「자아와 이드」 참조
37) 스저춘, 「자서」, 『장군의 머리』, 신중국서국, 1931년판
38) 「『장군의 머리』서평」, 《현대》 제1권 제5기(1932년)

이 몇 편의 소설 속에서 인격의 충돌의 표현은 특히 『쿠마라지바』가 가장 굴곡지고 완곡한 동시에 또한 경지가 높고 울림이 크다. 쿠마라지바는 지위가 있는 승려의 신분이고, 본래는 응당 모든 세속의 욕념과 단절해야 했으나, 애욕의 힘을 억제하지 못하고 유년 시절 서로 좋아했던 사촌 여동생 귀자왕(龜茲王)의 딸과 결혼하였다. 결혼 후, 그는 자신의 행위로 인해 깊은 원망감과 초조감을 느꼈다. 삶의 거처가 옮겨지는 과정에서 처자는 병으로 세상을 떠나고, 진(秦)나라에 온 뒤로는 시종 죽은 부인을 그리워하는 애욕의 정과 불문(佛門)의 금욕 규칙의 충돌 속에 처하였으며, 결국에는 쾌락에 몸을 맡겼으나 한편으로는 정신이 온전할 수 없었다. 소설은 쿠마라지바가 지위 높은 승려이기도 하고 정욕을 지닌 인간이기도 해서, 그가 이드의 충동을 억누를 수 없었지만 또한 초자아의 징계를 도피하지 못하여 자아가 진퇴양난의 초조 속에 처하였고, "도덕과 마귀가 그의 미혹된 마음속에서 난동을 부리며 쟁투하여" 그로 하여금 안녕하지 못하게 하였으며, 마지막에는 그가 일종의 자기 기만적인 수단을 택해 이드와 초자아의 모순을 유화함으로써 자아로 하여금 일종의 허구적인 균형 속에 놓이게 할 수 밖에 없었다는 점을 대단히 깊이 있게 들추어냈다. 이 소설은 프로이트의 심리학 이론을 빌려 정교하면서도 풍부한 층위로 인물 인격의 충돌 속에서 그의 심리 활동과 변화의 과정을 전시하였고, 비록 심리 소설이었지만, 서술이 기묘하고 굴곡이 넘쳐 스저춘이 프로이트학설을 운용하여 진행한 소설 창작의 성공적 실험이었다고 말할 수 있다.

『쿠마라지바』 외에도 소설집 속에는 몇 편의 소설이 있는데, 『장군의 머리』는 낭만적 수법을 사용하여 화경정(花驚定) 장군의 심리 속의 원시적 욕망 충동과 군대의 규율 사이의 충돌을 두드러지게 표현하였다. 『석수』는 면밀한 묘사를 사용해 양웅과 반교운이라는 이중의 '위협' 아래 석수의 욕념과 신의의 초조를 강조하였으며, 『아람공주』는 민족 이익과 개인 애욕 사이에서의 단공(段功)의 지난한 선택을 서정적으로 펼쳐냈다. 그것들은 모두 프로이트의 인격 이론의 영향의 흔적을 드러낸 것이었다. 그리고 스저춘의 그 뒤의 소설, 이를테면 『장맛비가 내리던 저녁』, 『얼마 남지 않은 가을의 하현달(殘秋的下弦月)』, 『사회자의 사업』 등 의 작품 속에도 이러한 특징은 여전히 상당히 선명하다.

무의식 이론은 정신분석학설의 가장 중요한 구성 부분이다. 무의식이라는 개념은 비록 프로이트가 처음 창조한 것이 아니지만, 프로이트는 처음으로 이러한 심리학적 발견을 전체적인 문화 영역과 인류의 역사 창조 속에 일반화하였고 처음으로 무의식의 본질, 구조, 기능을 완전하게 설명하면서 인류 심리와 행위 속에서의 그것의 중대한 의의에 대해 충분히 논술하였으며, 독창적으로 꿈, 환각, 과실, 정신병, 갖가지 비정상적 표현을 정상적인 언어 및 교류 시스템과 이미 직접적 연계를 잃은 것에 근접한 무의식적 징후로 간주하였다. 이러한 창조적인 발견은 작가들이 인간의 심리를 관찰하고 묘사하는 데 있어서 심리학적 기초를 제공하였다.

일상생활에 관한 심리분석 속에서 프로이트는 결정론 사상에 근거하여 어떠한 행위라도 모두 임의적이거나 우연적인 것이 아니고, 그 배후에는 기필코 심리적 동기가 있다고 믿었다. 과실, 이를테면 글을 잘못 쓰거나 말을 잘못 하고 기억에 실수가 있는 것 등도 이러하며, "과실은 원인이 없이 야기되는 사건이 아니라 중요한 심리적 활동인데, 그것들은 두 종류의 이미지(혹은 의향)가 동시에 일으킨—혹은 상호 간섭한—결과이다. 그것들에는 의미가 있다"[39]고 하였다.

39) 프로이트, 『정신분석개론』, 26면

다시 말해, "그것들은 일종의 억압된 충동 혹은 목적을 표시하고, 가능할 경우에는 인간의 의식 배후에 감춰진다. 혹은 그것들은 완전히 일종의 억압된 욕망과 콤플렉스에서 비롯된다……."[40] 이러한 정신분석학 관념의 계시를 받아 스저춘은 늘 몇몇 실수 혹은 과실을 가지고 인물의 무의식적 심리를 표현하였다. 이를테면 『춘양』인데, 찬(嬋) 이모는 재산을 위해 남편의 위패를 지키며 나날을 보내는 과부이며, 그녀는 장시간의 성적 억압이 가져온 고민을 겪는다. 소설은 그녀가 한 번은 은행 문을 나서다가 "기억의 실수"가 생겨나서 자신이 은행 안의 금고를 잠그지 않은 것으로 오해한 점을 서술하였다. 그러나 스저춘은 이 기억의 실수를 빌려 심층 속에 감춰진 의미를 암시하였다. 실수의 생성은 한편으로 찬 이모가 은행의 어느 남자직원에 애욕의 감정이 생겨나 돌아가 이 직원을 다시 보고자 갈망하였기 때문이었지만, 다른 한편으로는 절개와 예절의 관념과 수치감의 억압이 그녀로 하여금 이러한 종류의 애욕을 의식으로 들어서지 못하게 하고 무의식 속에 잠복하도록 하였으며, 양자의 충돌은 이러한 기억의 실수를 야기하여 그녀로 하여금 은행에 돌아가 직원과 다시 만나도록 한 것이었으나, 또한 다시 만나는 진실한 동기를 감추고 드러내지 않음으로써 그것으로 하여금 은행에 돌아가는 데에 완전히 정당한 이유가 생겨나게 한 것이었다.

실수 배후의 무의식적 동기를 발굴하는 것은 『장맛비가 내리던 저녁』에서도 생동적으로 표현되었다. 남자 주인공은 우연히 마주친 아가씨를 첫사랑의 연인으로 간주하였는데, 이는 바로 그의 무의식적 심리 동기가 폭로된 것이다. 한편으로 그는 이 아가씨를 사랑하였고, 다른 한편으로는 이러한 종류의 도덕적 근거가 부족한 사랑을 감히 승인할 수 없었기 때문에 일종의 '과실'이 생겨났던 것인데, 이렇게

40) 『프로이트저작선집』, 중국 쓰촨인민출판사, 1986년판, 26면

하면 자신의 사랑에 기탁을 할 수 있을 뿐 아니라 이러한 사랑을 일정 정도에서 합리화할 수가 있다. 『장맛비가 내리던 저녁』은 실수뿐 아니라 착각, 환각을 가지고도 인물의 무의식 심리를 암시하였다. 남자 주인공이 아가씨를 데리고 빗길을 걸어갈 때 그에게 일종의 착각이 생겨나 대로변에 서 있던 어느 부녀자를 자신의 아내로 간주하였는데, 이러한 착각은 무의식 속에서 자신의 행위에 대한 도덕적 질책과 아내에 대한 공포로부터 비롯된 것이었다. 또한 집에 돌아간 뒤 아내, 술집 아가씨, 빗속 아가씨의 중첩적인 환각화는 더욱이 그의 내심 깊은 곳의 다중인격의 분쟁과 간섭을 표현하였다. 이 소설은 정신분석의 학설을 빌려 인물의 심리를 깊이 있게 들추어내고 입체감 가득하게 표현하였다. 단지 작자가 환각 등의 세부적인 방면의 운용에서 다소 과장을 하였고, 심리학적 추상성을 완전히 녹여버리지 못한 흔적이 있다.

의도적으로 인물의 무의식과 심층심리를 발굴하는 것은 1930년대의 다른 작가들에게는 대체로 주의를 일으키지 못하였지만, 확실히 스저춘에게는 명확한 예술적 추구였다. 1936년 출판된 『소진집(小珍集)』에 이르기까지도, 그는 여전히 이 방면의 실험적 열정을 지켜나갔다. 제목이 『갈매기(鷗)』인 소설 작품 속에서 스저춘은 자유연상법을 빌려 작품 속의 은행직원 샤오천(小陳)으로 하여금 수녀들의 하얀 모자로부터 "날개를 펼치며 날아오르는 갈매기"를 연상하고, 갈매기로부터 고향을 연상하며, 고향으로부터는 어릴 적의 이웃집 소녀를 연상하도록 하였다……. 구속을 받지 않는 듯한 이러한 임의적 과정은 실제적으로는 하나의 무의식 동기의 잠재적 지배를 받고 있으며, 그것은 바로 샤오루(小陸)가 "지금에 이르기까지도 자기도 모르게 마음속에 담아두고 있는 사람, 바로 그의 고향 이웃이었다." 이는 그의 일련의 의식의 흐름의 심층심리적 논리였으며, 마침 프로이트가 말했던 것처럼, "자유 연상은 예정되어 있는 것이고, 임의적인 것이 아니다." 이 소설은 묘사의 심도와 언어의 표현력 방면에서 비록 성공적이지는 못하였지만, 의식의 흐름, 자유 연상 등 예술적 수법과 기교에 대한 그 응용은 작자의 대단한 정성과 탐색의 자각을 나타내었다.

요컨대, 프로이트주의의 영향은 중국의 1930년대 실험소설가들로 하여금 탐색 속에서 인간의 심리적 동력의 본능성, 심리 시스템의 변태성, 심리 구조의 동태성과 심리 과정의 무의식성 등 특징에 주의하도록 하였으며, 과거와 당시의 다른 중국의 소설과 비교해, 인간의 정신 세계, 심리 세계에 대한 파악과 묘사에 모종의 현대성이 담겨 있다. 이는 바로 말하면, 그들이 의식적이면서도 무의식적으로 정신분석학설의 성과를 본받고 흡수하였던 것과 한데 연계되는 것이다.

4. 세계 문학의 새로운 경향 추적

중국의 주류적 비평가들의 정치 이데올로기적 거울 속에서 프로이트의 형상은 이제껏 모두 극히 영예롭지 못하였기 때문에, 오랜 시간 스저춘 등이 그 영향을 받았다는 사실은 줄곧 그들의 창작에 있어서의 "오점"이었다. 그러나 프로이트주의 자체가 결코 유심주의(唯心主義)라는 한마디로 철저하게 부정될 수 있는 것이 아닐 뿐 아니라, 작가는 프로이트주의의 영향을 받을 때, 분명 이미 그의 선택, 비평, 심지어 창조적 변환을 한 것이고, 이는 바로 루쉰이 니체의 영향을 받을 때도 마찬가지였다. 따라서 우리는 일종의 선험적 결론을 사용해서는 안 되고, 반드시 실제적인 효과로부터 이러한 영향의 의의를 판단하여야 한다.

낭만주의 문학 역시 프로이트주의의 영향을 받은 바 있지만 당시에 이러한 영향은 전체적인 개성 해방, 개성 자유의 낭만주의 사조와 봉건에 반대하는 문화적 주제와 한데 연계되었기 때문에, 이러한 영향은 문학의 주제, 문학의 이데올로기 성질, 문학의 가치 경향, 혹은 정감적 풍격 등의 방면에 보다 집중적으로 표현되었다. 그러나 1930년대의 실험소설은 '신문학' 이래의 문학이 탐색과 창신의 정신으로 예술적 본체와 예술적 관념에 있어서 세계 현대문학과 같은 보조를 취하도록 하기 위해 프로이트주의를 참조하였기 때문에, 이러한 영향은 더욱 많게는 예술적 실험성 방면, 예술적 형식, 예술적 관념 방면으로 표현되었다.

가장 선명한 것은 중국의 1930년대 실험소설의 심리화 방향으로의 발전을 바로 프로이트학설이 촉진했다는 점이다. 심리화는 20세기 소설 운동의 커다란 추세였다. 로망스류의 이야기, 발자크(H. Balzac)류의 이미지, 졸라(E. Zola)류의 객체화한 기록이 모두 당대에 와서는 조소와 버림을 받았는데, 왜냐하면 "그들이 관심을 갖는 것은 육체이지 의식이 아니"었기 때문이다. 예술가들은 "만약 작가가 자유인이고 노예가 아니라면, 만약 그가 내키는 대로 할 수 있고 옛 원칙에 얽매이지 않아도 된다면, 그가 인습적 전통이 아니라 개인적 느낌을 그의 작업의 근거로 삼는다면, 관습처럼 형성된 그러한 종류의 이야기, 희극, 비극, 애정의 환락 혹은 재난은 꼭 담아낼 필요가 없는 것이"라고 인식하였다. 따라서 소설가의 임무는 인물의 외부적 정황, 행위 방식을 묘사하거나, 이 인물들을 위해 정교한 환경과 굴곡진 이야기를 설정하는 데 있는 것이 아니라 바로 "이러한 종류의 변화 다단하고 언어로 형용하기 어려우며 경계를 긋기도 힘든 내재적 정신—그것이 얼마나 비정상적이고 복잡하든지 간에—을 문자로 표현해내는 데 있었고, 게다가 외부의 다른 것들은 가급적 적게 끼워 넣어야 하"[41]는 것이었다. 바로 이러한 예술적 원칙의 지배 아래서 당대의 선봉파 소설가들은 모두 예술적 필촉을 인간의 영혼 세계로 가져갔으며, 전체적인 소설의 서사 모식에는 사건화로부터 심리화로의 전환이 발생하였다.

당대 소설의 예술적 전환 속에서 프로이트학설은 중요한 작용을 일으켰다. 이러한 종류의 작용은 "그의 사상과 문학적 실험 사이의 융합에서 비롯되었고, 꿈과 의식에 대한 관련 서술과 자유 연상식 창작에 대한 열중에서 비롯되었"지만, 이러한 작용의 생성은 "그의 저작에 대한 사람들의 정교한 연구에서 비롯되었다기보다, 인간의 성격에 대한 모든 이들의 공동의 주목에서 비롯되었다고 할 수 있다."[42] 프로이트주의는 인간의 심리세계의 풍부성과 신비성을 펼쳐주었을 뿐 아니라, 이로부터 작가들의 깊은 흥미를 일으키게 한 동시에 심리화의 탐색에도 방법, 기술과 도구를 제공하였고, 보다 중요하게는 사람들에게 "만약 진정으로 한 사람을 이해하고자 한다면, 반드시 그 사람의 주관적이고 내재적인 생활, 즉 그 사람의 꿈, 환상, 기대, 선입견, 초조감과 그 사람이 외부세계를 관찰하는 특수한 방식을 알아야 한다. 상대적으로 볼 때 쉽게 확인할 수 있는 그 사람의 그러한 외재적 행위는 도리어 반대로 그렇게 중요하고 흥미로운 것이 아니"[43]라는 점을 암시하였다. 따라서 프로이트주의는 확실히 여러 방면에서 소설의 심리화를 위한 심리학적 계시와 근거를 제공하였다.

이 점은 또한 중국의 1930년대 실험소설의 실험적 영향 속에서도 표현되었다. 이 창작들은 하나의 공통된 특징이 있는데, 바로 소설의

---

41) 울프(V. Woolf), 「현대소설을 논함」, 『소설과 소설가를 논하다』, 중국 상하이역문출판사, 1986년판

42) 슈와르츠(M .M.. Schwartz), 「프로이트」, 『20세기 세계문학 백과전서』, 뉴욕, 1981년판

43) 로버트 홀트(Robert R. Holt), 「프로이트의 기계론과 인본주의적 인간 형상」, 『정신분석학과 현대 과학(*Psychoanalysis and Contemporary Science*)』, 뉴욕 맥밀란콤퍼니, 1972년판

사건성, 고사성과 행위성을 지양하고 인물의 감각, 심리, 정신을 표현하는 데 주의를 기울인 점이다. 비록 스저춘 등의 작가는 창작에 있어서 아직 모종의 사건화 모식의 특징을 지켜가고는 있지만, 그의 심리적 동기에 대한 발굴은 확연히 사건의 설정을 지배하고 있으며, 이는 이 작품들이 당시의 대다수 중국 현대소설과 중요한 차이를 빚게 만들었다. 게다가, 비록 무스잉 등의 창작은 이따금 신문학 소설의 풍격에 비교적 가깝지만, 그의 작품 속에서 주관성, 서정성은 이미 선명하게 옅어져 있고, 그것을 대신한 것은 보다 심리화한 서술과 보다 감격화한 표현이고, 심리상태와 심리활동 자체에 보다 접근하는 것이었다. 이러한 작품들의 심리화, 감각화 추세는 물론 주로 그들이 서방 심리 소설과 일본 신감각파 소설을 본받고 모방하고 인정한 결과이지만, 또한 프로이트학설의 주요한 영향과도 내재적인 연관이 있다.

우선, 이러한 종류의 영향은 이 작가들이 인물의 심층 심리를 묘사하는 것으로부터 심층적인 무의식 심리를 발굴하는 데로 나아가도록 만들었다. 프로이트가 보기에 인간의 행위는 늘 의식하지 못하고 제어할 수도 없는 심리적 구동력의 지배와 운전을 받는데, 어떤 면에서 봤을 때는 설령 자각의 결과라고 해도 결국은 무의식이라는 이 "보이지 않는 손"을 벗어날 수 없다. 인간의 행위는 많은 상황 아래 모두 일종의 비이성적 잠재 동기에서 비롯된다. 이러한 관념의 계발을 받아 중국의 실험작가들 역시 인물의 내면 깊은 곳의 그러한 우발적이고 맹목적이며 순간적인 심리적 충동을 파악하기 위해 노력했으며, 그들의 생물성 본능 속에서 행위에 대한 설명을 모색하고 갖가지 위장되고 변형되고 변모된 뒤의 사욕과 무의식을 발굴하였다. 스저춘은 바로 이러한 측면에서 석수의 변태적 행위, 쿠마라지바의 인격적 분열, 사희자의 충동, 찬(嬋) 이모의 고민을 해석하였다. 무스잉 역시 마찬가지로 이러한 방면에서 셰(謝) 의사의 성적 심리의 변화, 『모 부인(某夫人)』 속의 일본의 모 소령과 모 부인과의 감정의 갈등을 설명하였다. 『홍색의 여엽신(紅色的女獵神)』 속에서는 "한 줄기의 원시적 열에너지가 하체로부터 위로 솟구"친 것이 주인공의 심리이다. 이 밖에 류나어우, 리진밍 등 작가의 작품 속에서 역시 유사한 묘사가 있는데, 그러한 무의식, 특히 성적 본능 충동을 가지고 인간의 심리와 행위를 설명하였다. 비록 그들은 이 방면에서의 성취가 결코 일치하지 않지만 그들의 이러한 노력, 탐색, 심리학의 성과에 대한 흡수는 의심의 여지없이 이 소설들의 심리 묘사에 입체감을 더하였고, 인류 심리 세계에 대한 문학적 관찰과 이해 역시 심화시켰다.

그다음, 프로이트주의는 중국의 1930년대 실험소설의 심리화 탐색에도 예술적 시각과 수단을 제공하였다. 프로이트는 인간의 무의식적 심층 심리가 갖가지 '징후', 이를테면 꿈, 환각, 정신적 변태, 과실 등을 통해 드러난다는 점을 창조적으로 발견하였다. 이러한 사상의 영향을 받아 실험작가들은 작품 속에서 꿈자리, 환상, 착각, 심리적 변태를 묘사하는 데 열중하였고, 이러한 묘사를 통해 인간의 영혼 깊은 곳의 비밀스런 창문으로 향하는 길을 열어젖혔으며, 이로부터 보다 풍부하게 인간의 심리적 진실을 들추어냈다. 스저춘 등의 작가들은 또한 프로이트가 치료의 과정에서 제기하였던 '자유연상법'의 영향 역시 받아들여, 소설의 서사를 구성할 때 정신병자의 내심의 독백과 마찬가지로 "기필코 뇌 속에서 생각한 모든 것을 말해내도록 하였고, 비평성을 갖고 더하거나 빼는 것을 완전히 하지 못하게 하였으며, 비록 그가 중요하지 않고 상관이 없으며 조금도 의의가 없고 특히 사람을 유쾌하지 못하게 하는 관념으로 믿는 것들까지도 모두 말해내도록 하였다. 이러한 규정들이 있을 때, 우리는 비로소 자신에게 억압된 콤플렉스를 추적할 수 있다……."[44] 『사회자의 사업』, 『갈매기』 등의 작품 속에서 스저춘은 모두 이러한 자유 연상식 서사 구조와 서사 방법을 채택하였고, 내심의 독백의 산만성과 개방성을 지켜갔으며, 도약적이고 정서화하며 암시적이고 탄력 가득한 언어를 가지고 인물의 심리를 묘사하면서, 심리 활동의 복잡성과 심리적 동기의 은밀성을 폭로하였다. 물론 지적해야 할 것은 구미의 의식류, 표현주의, 초현실주의 등 현대파 문학사조와 비교하면, 프로이트가 중국의 실험작가들에게 미친 영향에는 서로 다른 특징이 있다는 것이다. 그것은 전체적인 기호 시스템이 더욱 명시적·이성적인 데로 표현되었고, 예술적 형상과 예술적 형식이 보다 완전한 데로 표현되었으며, 창작의 태도 역시 다른 것으로 표현되었다. 스저춘 등 작가들은 일종의 이성적 의식을 가지고 문학 속에서 인물의 무의식 동기와 무의식 과정을 발굴하고 표현한 것이다. 그러나 서방의 현대주의 문학은 창작할 때의 직각적 무의식 상태를 더욱 강조하였고, 그들이 보기에 문학은 "순수한 무의식적 정신의 활동이어야 한다. 사람들은 그것을 빌려 구두, 서면 혹은 기타 방식으로 사상의 진실된 과정을 표현한다. 이성의 어떠한 제어도 받지 않고 그 어떠한 미학적 혹은 도덕적 선입견도 없을 때 사상은 자유롭게 활동한다."[45] 그래서 적지 않은 현대주의 작품 속에서 그것들의 서사가 조성하는 효과는 종종 논리가 제거되고 시공이 혼란스러우며 지시물이 모호하고 언어가 난해하여, 파악하고 이해하기가 극히 어렵다. 그러나 중국의 이러한 실험소설들은 심리적 언어가 되었든 몽환 상태의 묘사가 되었든, 기본적으로 여전히 이성적인 것이고 질서감을 지니는 것이었다. 이는 한편으로 그들과 현대주의 문학과의 차이를 나타내고, 다른 한편으로는 그들이 전통과 현대 사이에서 필요한

44) 『프로이트저작선집』, 21면

45) 앙드레 브르통, 「초현실주의란 무엇인가」, 『현대서방문화이론선집』, 중국 상하이역문출판사, 1983년판, 169면

장력을 지켜가 문학 창작이 "언어가 혼란스러운" 자동적 글쓰기(automatic writing)로 나아가지 않고 여전히 일종의 의식적인 활동이 되게 하는 데 주의하였음을 설명해준다. 만약 문학이 심리의 심연으로 되돌려져 사람으로 하여금 이해할 수 없는 정도에까지 이른다면, 예술의 생명과 가치가 묻혀버릴 수 있다.

확실히, 중국의 1930년대 실험소설가들에게 있어서 "정신분석의 방법은 은밀한 세계로 통행하는 하나의 길을 개척해주었다."[46] 이 길을 따라서 전통예술을 초월하였고, 그들의 소설로 하여금 인간 심리의 깊고 넓은 곳으로 나아가게 하였으며, 20세기적 특징을 지닌 소설 예술의 새로운 세계를 개척해서 심리 과정과 심리 활동 자체에 보다 근접한 방법을 찾아내어 인간의 심리를 표현할 수 있도록 하였다. 이는 이 작품들과 서방 현대문학의 거리를 좁혀주었을 뿐 아니라, 그것들로 하여금 중국 현대예술의 발전 속에서 자신을 위한 일종의 독특한 가치를 쟁취할 수 있게 만들었다. 당시의 중국 소설예술이 전체적으로 아직 19세기에 속하였다고 한다면, 이 실험소설들은 바로 몇 사람의 예술 탐색자들이 20세기로 발을 내딛은 고귀한 행보였다. 비록 그들은 중국 소설 형식에 전체적인 변화를 가져오지 못하였지만, 적어도 이러한 변화의 태동 혹은 발단이 되었다. 유감스러운 것은 중국 소설예술의 대규모 변혁이 도리어 반세기가 지난 뒤에야 비로소 계속해서 이뤄질 수 있는 기회를 얻었다는 점이다.

아울러 지적해야 할 것은 바로 프로이트주의의 영향을 받아 이 실험소설들이 예술의 초점을 인간의 심리 깊은 곳에 조준해서 인간의 심리구조를 관찰할 때, 그들이 또한 중국의 문학에 일종의 새로운 인류 형상을 빚어냈다는 점이다. 누군가는 프로이트를 "인간에 관한 현대적 관념의 건립가"[47]라고 불렀는데, 그것은 그가 본능을 인간

---

46) 프롬, 『그 자신을 위한 인간(*Man for Himself*)』, 뉴욕 라인하트, 1947년판, 32면

의 기본적인 심리적 활력으로 보았고, 무의식을 인간의 기본적인 심리적 활동으로 보았으며, 이드, 자아, 초자아의 각축을 인간의 기본적인 심리적 구조로 보았고, 인간의 심리를 하나의 끊임없이 운동, 변화하고, 잔혹한 투쟁으로 충만한 입체적 시스템으로 묘사함으로써 전통 속의 단일한 성선론 혹은 성악론(性惡論)의 관념을 변화시킴과 동시에, 전통이 인간에게 요구하였던 이성주의적 이해 역시 변화시켰기 때문이다. 인간은 우주의 정화, 만물의 영장이 아닐 뿐 아니라, 심지어 자신의 의지와 행위의 주인도 아니다.

이러한 사상의 영향과 서로 연계되어 1930년대의 실험소설 속 인물 형상은 선과 악으로 귀결될 수 있는 것이 아니라, 동물성과 사회성, 야만성과 인간성, 영혼과 육체, 정감과 이성의 입체적인 결합으로 나타나곤 했다. 사욕과 문명의 충돌은 그들의 작품 속 인물들의 기본적인 심리상태였다. 스저춘 소설 속의 석수, 쿠마라지바, 무스잉 작품 속의 셰 의사, 류나어우의 펜 아래의 뤄 군은 영혼 깊은 곳이 모두 이러한 도덕과 마귀 사이의 대결과 투쟁으로 충만해 있다. 또한 이러한 종류의 내부적 충돌은 개인의 주관적 의지나 이성적 능력으로 조절하고 제어할 수 없는 것이었다. 바로 이러한 종류의 충돌의 필연성, 심리적 역량의 무의식성을 강조하였기 때문에, 작가들은 서술의 태도에 있어서 일반적으로 그것을 냉정하게 이해하는 관점에 서 있었으며, 도덕과 윤리적 판단을 쉽게 내리는 경우는 적었다. 따라서 신문화운동 시기와는 다른데, 그때의 작가들은 프로이트주의를 빌려 자연 본성이 인성 속에서 지니는 본체적 지위를 희구적으로 발견하고 확증하면서 그것을 가지고 도덕, 문명, 사회, 역사를 판단하는 척도로 삼았고 상처와 열정 속에서 자연 본성의 천부적 합리성의 광채를 긍정하였으나, 1930년대의 실험 작가들은 프로이트주의를 빌려 보다

47) 넬슨(B. Nelson), 『프로이트와 20세기』, 런던, 1958년판, 279면 참조

많게는 인성의 음울, 혼동과 인격의 분열, 대립, 인생의 불행을 목도하였기 때문에 인간에 대한 관점이 보다 진실하고 세밀하였으며, 바로 이러한 종류의 엄혹한 투시는 그들의 작품으로 하여금 더욱 무거운 비극적 분위기를 띠게 만들었다. 이 점은 프로이트주의적 사상의 영향과 관련이 있고, 물론 실험작가들이 자본주의 발전이 수반한 사회적 위기와 인성의 소외를 도시의 사회 속에서 직접 느끼고 전통의 해체, 도덕의 상실 이후의 인성의 타락을 얼마만큼 목도하였던 것과도 깊은 관계가 있다.

인간의 본성, 인간 심리의 복잡성, 동태성과 입체성의 파악으로 인해, 실험소설 속의 인물 형상은 더욱 풍만하고 더욱 핍진하며 더욱 정합성이 있어 보인다. 이 역시 이러한 창작들이 중국의 신문학에 이룩한 중요한 공헌이다. 낭만주의 문학은 인간의 육체적이고 본능적인 방면을 과분하게 강조하는 경향이 있었고, 뒷날의 중국 문학은 또한 늘 단순하게 인간의 영적이고 이성적이거나 이념화한 방면을 표현했으며 인간의 심리, 인간의 본질에 대해선 일종의 심도 있는 입체적 파악이 부족했기 때문에, 단일하고 평면적이며 심지어 허식적인 맛을 면키 어려웠다. 반드시 말해야 할 것은 인간에 대한 이해와 내재 심리의 표현에 있어서 1930년대의 실험소설에는 예술적 돌파가 있었다는 점이다. 물론, 이러한 돌파가 예술적인 성공을 완전히 보증하진 못하였다. 만약 인물 심리의 해부가 사회, 역사적인 풍부성과 상호 연계되지 못한다면, 만약 작가가 예술적 형상에 대해 충만한 열정과 타오르는 애증을 결여한다면, 만약 인류의 운명과 사회적 현실에 대해 모두 깊이 있는 심미적 파악과 사고를 할 수 없다면 설령 작품에 모종의 심리학적 깊이가 있다고 해도 그것은 역시 심미적 가치를 결여한다. 예술은 과학이 아니고, 결국 그것은 선과 미가 융합되어야 비로소 매력을 생성시킬 수 있다. 어쩌면 이것이 바로 1930년대 실험소설이 더욱 큰 성취를 얻어낼 수 없었던 한계일 것이다.

그러나 어떻게 보든 그 예술적 탐구 정신, 적극적으로 서방 현대소설을 향해 나아가고자 하였던 그 열정으로 말하면, 그것의 중국 현대소설사, 문학사에 있어서의 독특한 공헌으로 말하면, 그것이 체현한 모종의 '현대'적 특징으로 말하면, 1930년대의 실험소설이 자각적으로 프로이트 심리학의 성과를 흡수하는 동시에 이러한 성과들을 예술적 창조와 심미적 상상으로 변환하였다는 점은 결코 의의가 없는 것이 아니다. 그것들의 출현은 신문학운동으로 개척된 현대화 진행과정의 발전이며, 세계 문학의 새로운 사조를 추적해 중국 소설예술을 발전시키고자 한 이 작가들의 소망을 표현한 것이다. 하지만 비록 그것들은 일정한 성취를 얻어냈으나, 이러한 실험이 당시로서는 적합하지 못하였기 때문에, 결코 중국의 문학 발전의 새로운 국면을 이끌어 내지는 못하였다.

5. 프로이트주의와 중국 '주류' 문학의 분리

스저춘 등은 실험소설의 길 위에서 4, 5년을 고되게 걸어갔다. 그들이 초반에 문단에서 활동할 때는 결코 적막하지 않았다. 그들의 창작은 그 독특한 품격, 신선한 기풍 및 예술에 대한 집착스러운 추구로 창작에 있어서 적잖은 모방자, 추종자를 얻어냈으며, 문학을 좋아하는 상당 부분의 독자 또한 쟁취하였고 객관적으로 문학의 길을 가려는 일부 신인 창작자들에게도 영향을 끼쳤는데, 이를테면 《현대》에 작품을 발표한 몇몇 청년작가들이다. 설령 당시 좌익 문학계라고 할지라도, 그들이 중국 문단에 가져온 새로운 기상을 승인하지 않을 수 없었다. 이를테면 첸싱춘(錢杏邨)은 1931년 중국 문학의 상황을 회고하면서 스저춘의 창작이 당시의 중요한 문학 현상이었으며, 그가 일종의 새로운 경향을 대표하였다는 점을 인정하였다.[48] 또한 "중국의 신감각파의 고도의 숙련자"로 불리던 무스잉 등의 노력이 한동안 "신감각주의의 작풍이 최근 최고의 전성기에 달하는"[49] 국면을 형성하였다.

그러나 이러한 실험소설의 기세는 매우 빠르게 하강기로 접어들었다. 그들의 작품이 차츰 문단과 사회의 냉대를 받았을 뿐 아니라, 그들 자신 역시 창작의 고갈을 깊이 체감하였다. 마침 스저춘이 당시에 비탄해했던 것처럼, "매우 고통스럽게 소재, 형식, 묘사방법 등 갖가지 방면에서 발전의 여지가 없다고 느끼게 되었"고, "『마도』를 쓴 뒤 『흉가(凶宅)』에 이르기까지 실로 이미 악마의 길로 접어들었다."[50] 그래서 스저춘은 천천히 다시 전통적 소설모델로 되돌아갔고, 무스잉은 정치적 풍파와 정신적 퇴폐에 따라 문단에서 퇴출되었으며, 류나어우는 일찍이 1930년대 초에 일본에 건너간 뒤로 결국 펜을 다시 쥐지 않았다. 이러한 주력군들의 망연자실로 인해 막 걸음을 내딛은 중국의 실험소설은 요절하고 말았다.

우리가 오늘날 이미 당시의 외부적 문화 분위기와 내부적 작가 심리를 복원하기는 매우 어렵지만, 실험소설의 쇠락은 그것들과 당시 독자들의 수용 심리, 기대 시야 사이의 격차와 인과관계가 있다고 추측한다. 신문화운동 이전에 중국의 문학은 주로 문인들 스스로 감상하는 용도나 지식인 계층에서 전파되는 귀족적 소비품이었고, 신문화운동 이후에야 차츰 대중문화로서 사회 전체에 퍼져나갔다. 그러나 막 신문학 작품을 읽을 수 있게 된 절대 다수의 독자들에게 있어서 문화적 소질과 문학적 소양은 아직 상당히 제한적이었고,

---

48) 「1931년 중국문단의 회고(1931年中國文壇的回顧)」, 《북두》 제2권 제1기(1932년)
49) 천다츠, 「신감각주의의 표현법 예거」
50) 시칩존, 「에필로그(自跋)」, 『장맛비가 내리던 저녁』 신중화서국, 1933년판

세계문화, 서방문학의 발전에 대하여도 아는 바가 극히 적었기 때문에 실험소설의 예술 형식과 예술 관념적 탐색과 창도에 대해 충분한 이해와 지지가 있을 수 없었다. 게다가 중국의 수천 년 문이재도(文以載道)의 전통으로 형성된 심미적이고 심리적인 습관의 영향 및 당시 중국의 엄준한 정치 형세, 민족 위기와 사회 동란으로 조성된 공리화한 문학적 취미의 제약이라는 이 모든 상황은 객관적으로 중국 독자들로 하여금 사회적 정보, 정치적 경향, 이데올로기 주제와 공리적 가치에 더욱 관심을 갖게 만들었다. 그들은 예술적 실험과 형식의 탐색을 품평할 심정과 여지가 없었다. 그래서 일찍이 사람의 눈과 귀를 일신시켰던 이러한 실험소설들은 독자들의 기대와 요구를 만족시킬 수 없었기 때문에 매우 빨리 지양되었다. 비록 같은 시기의 문학작품 속에서 이러한 창작의 예술적 성과는 결코 낮지 않았지만, 그것들은 형식이 조야하더라도 정치성, 현실성은 보다 강한 작품만큼의 영향력을 지닐 수 없었다. 중국의 독자들에게 당시 우선적으로 필요했던 것은 문학의 예술성이 아니라 사회적 공리성과 현실적 전투성이었다. 실험소설은 고독과 냉대 속에서 생존이나 발전의 용기와 자신감을 상실하였다.

그 밖의 시각에서 보면, 실험소설의 쇠락은 또한 그것이 당시 중국의 "주류" 문학과의 사이에서 분리되었기 때문이다. 실험예술은 모종의 전위성, 초월성 혹은 선봉성을 표현해내지만, 그것은 또한 선이 끊긴 연(鳶)일 수는 없고, 그것의 실험 성과는 반드시 사회의 주류적 흐름에 의해 끊임없이 부분적으로 흡수되고 동화되며 융합되어야 비로소 이러한 종류의 피드백 속에서 고무와 격려를 얻어내 계속해서 선봉적 기세를 지켜갈 수 있다. 그러지 않으면 그것은 기댈 공간을 얻지 못하고 실험의 동력 또한 잃어버리게 된다. 불행한 것은 중국의 1930년대 실험소설의 운명이 바로 이러하듯이, 그것은 "주류"적 흐름과 호응을 이루지 못하였을 뿐 아니라 대체로 역류하여 나아갔다고 할 수 있다. 문학의 사회적 작용을 최대한도로 발휘하고, 문학으로 하여금 최대한도의 보통 민중과 결합하도록 하기 위한 당시의 중국 "주류" 문학의 추세는 민중화와 민족화였고 그것은 예술적 혁신으로 독자의 수준을 제고시키는 것을 원치 않았는데, 이러한 종류의 제고를 위해서는 상당 부분의 제고되지 않고 제고될 수 없는 독자들을 필연코 문밖으로 내보내야 하기 때문이다. 중국 문학이 필요로 한 것은 보급화와 군중화였고, 형식은 완전히 내용에 종속되고 복무하였다. 이러한 상황 아래서 실험소설의 예술적 탐색은 인정받기 어려웠을 뿐 아니라 오해를 빚기도 하였는데, "그들은 천천히 구사회의 붕괴를 느꼈지만, 결코 이 붕괴 때문에 절체절명의 공포를 느끼진 않았으며, 단지 한가히 눈을 뜨고 이 붕괴 속에서 신기한 미(美)를 발견하여 그러한 종류의 신비한 미를 가지고 자신의 공허함을 메웠다"[51]고 여겨지기도 하였던 것이다. 그리하여 실험소설가들은 유미주의, 퇴폐주의, 형식주의의 모자를 쓴 채 당시에 기세등등하였던 "주류" 문학에 의해 엄몰되고 도태되었다. 또한 실험예술가들 스스로도 자신과 열정을 잃어버렸다.

이러한 객관적 원인의 제약 외에, 실험소설의 쇠락은 또한 그것 자체에 창조성과 생명력이 부족한 데서도 촉발된 것이다. 이러한 창작들은 처음에는 확실히 새로운 영역과 새로운 형식을 개척하였지만, 작가 자신의 생활적 체험, 예술적 소양의 제한으로 인해 외국 문학을 향한 모방과 참조의 선명한 흔적에서 완전히 벗어날 수가 없었고, 더욱 중요하게는 그들 역시 자신의 창작 모형을 탈피할 수 없었으므로 결과적으로 다른 이의 것을 반복하였을 뿐 아니라 자신의 것 역시 반복하였던 것이다. 이를테면 스저춘은 『여인숙』, 『야차(夜叉)』, 『마도』, 『밤길』 등 몇 편의 소설작품이 소재, 형식, 수법, 풍격 등 각 방면에서 모두 상당히 비슷하고, 새로운 돌파를 하지 못하였다.

51) 스이(適夷) 「스저춘의 신감각주의」, 《문예신문》 제33기(1931년)

또한 무스잉의 『소일품으로 간주된 남자』, 『나이트클럽 속의 5인』, 『밤(夜)』, 『흑목단(黑牧丹)』 등은 그 취지, 수법, 기교에 있어서 모두 변화가 크지 않다. 그것들은 계속 갱신될 수 없었고, 다시 발전하기도 매우 어려웠다. 예술에 있어서 정체는 소멸을 의미한다.

게다가 실험소설가들은 예술적 탐색을 하는 동시에 인생과 사회역사에 대한 현대적 관조와 현대적 체험은 결코 얻어내지 못하였는데, 이는 형식에 대한 그들의 탐색에 의의가 부족한 원인이 되었을 뿐 아니라 그들의 작품에 역사감, 우환감과 광활감이 부족한 주요 원인이 되기도 하였다. 현대 예술은 현대적 체험과 현대적 형식이 자연스레 융화하는 것이며, 즉 일종의 현대적 체험의 형식이기도 하다. 따라서 현대적 체험, 현대적 형식에서 벗어난다면 생명이 마르고 창백해지는 것이며, 현대인의 영혼 세계와 정감 세계를 심각하게 요동치게 할 수 없다. 1930년대 중국의 실험소설에 영혼을 울리고 가슴을 진동시키는 역량이 부족하였던 것은 바로 그것의 새로운 형식, 새로운 수법, 새로운 기교 뒤편에 생명력 넘치고 정서적으로 풍만한 현대적 인생 체험이 부족하였기 때문이다.

이와 연계되는 것으로, 인물의 심리를 묘사할 때 이 작품들은 종종 심리화를 위한 심리화에 치우쳤다. 그것들은 변태심리, 성 심리를 묘사하고, 감각, 의식을 묘사하며, 몽환, 착각을 묘사하였지만, 도리어 이러한 묘사들을 전체적 인생의 사고와 심미적 관조로 끌어들이지 못하였고, 따라서 이따금은 몇몇 병적 사례 연구를 방불케 하였으며, 생명과 세계에 대한 작가의 피눈물 나는 감수성이 없고, 인류의 운명, 곤경에 대한 뜨거운 관심도 없으며, 신념, 격정과 소망도 보이지가 않는다. 이는 이 작품들의 격조와 경지가 모두 비교적 평범한 것이 되도록 만들었다. 이는 또한 그것들이 더욱 장기적인 예술적 매력을 결여하였던 중요한 원인이기도 하다.

확실히 그것이 채택한 소재와 추구된 형식으로 말하면, 실험소설은 모두 중국 도시 문학의 범람이었다. 그러나 결국 이 작가들은 예술 형식에 대한 열정이 현대 도시에 대한 감수성을 초과하였고, 이것이 창작에 있어서 불균형을 조성하였다. 일본의 저명한 작가 가타가미 노부루(片上伸)는 일찍이 지적하기를, "현대의 생활은 바로 죽음 속에서 작은 빛줄기를 구한 뒤 가쁜 숨을 몰아쉬는 것이다. 갖가지 압박 아래서 생명의 자유를 차츰 잃어간 인류는 여전히 자유로운 생명을 사랑하고, 이러한 희망의 고된 꿈속에 비로소 현대 생활의 매력이 존재한다. 이러한 고된 꿈을 상징해낼 수 있어야 비로소 진실된 현대문학의 생명과 매력이 될 수 있다. 적어도 이러한 종류의 고된 꿈속에서 이러한 종류의 죽음 속에서 삶을 도모하는 가쁜 호흡 속에서 현대 생활과 현대 문학은 새로운 생명을 배태한다"[52]고 하였다. 이는 도시 문학의 품격과 특징을 절묘하게 개괄한 것이다. 불행한 것은 외부와 내부, 주관과 객관의 착종적이고 복잡한 원인이 중국의 1930년대 실험소설의 노력을 제한하여 중국의 도시 문학으로서의 사명을 완성할 수 없었다는 점이다. 그런 의미에서, 실험소설가들 속에는 재능 있는 이가 없지는 않았지만 예술적 대가는 없었기에, 거대한 역사감, 초월적 심리 체험, 천재적 예술 상상을 예술적 탐구와 유기적으로 결합할 수 없었던 것이다.

1930년대 중반 이후 실험소설의 쇠락과, 문학이 심리화 탐색을 중지함에 따라 프로이트주의와 중국 문학의 연계는 기본적으로 중단되었다. 심리학은 심리문학의 소멸에 따라 지난날의 영향력을 잃어버렸다. 그때 이후 10년 동안 비록 선총원(沈從文), 장아이링(張愛玲), 첸중수(錢鍾書), 쉬제(徐訏), 루링(路翎), 리젠우(李健吾), 샤오첸

52) 가타가미 노부루, 「도시생활과 현대문학(都會生活與現代文學)」, 《북신》 제2권 제20기(1928년)

(肖乾) 등의 창작 속에서 우연히 프로이트주의의 흔적을 발견할 수 있지만, 이러한 흔적은 개별적인 예를 빼면 대부분 홀시해도 좋을 정도이며, 심지어는 비평가가 정신분석법을 가지고 독해를 해야지만 비로소 불명확하게나마 그것을 변별할 수 있을 정도이다. 그래서 우리는 이때부터 1970년대 말에 이르기까지 프로이트주의는 대체로 다시는 중국 문학 창작에 중요한 영향을 끼치지 않았다고 단정할 수 있다.

물론, 이는 프로이트주의가 단지 심리소설에만 의의를 지닌다는 점을 의미하지는 않는다. 사실상 서방문학에 대한 프로이트주의의 영향으로 보면, 그것은 현실주의 문학과도 결코 무관한 것이 아니었다. 1980년대 이후 적지 않은 현실주의 작가들이 정신분석학설의 영양을 흡수한 바 있다. 그렇다면 프로이트주의는 왜 중국의 1930~1970년대의 "주류" 문학에는 영향을 끼칠 수 없었던 것일까?

우선 중국 작가의 문화심리적 태도로 볼 때, 1930년대 이후 작가의 민족 감정과 민족 자존감의 강화로 인해 이데올로기 관념에 있어서 서방문화에 대한 반감이 그들의 서방문화, 특히 현대 서방문학에 일종의 거대한 배척력을 생성시켰기 때문이다. 따라서 프로이트주의 역시 엄숙한 비판을 받았다. 그다음, 중국의 "주류" 문학사조로 볼 때, 문학의 정치성, 계급성과 민족성이 강조되었기 때문이다. 예술에 있어서 서사의 사건화, 인물의 유형화, 형식의 통속화가 추구되었다. 현실 투쟁, 사회 면모, 역사 추세 등 외부 사건에 대한 그러한 주류 문학의 관심은 개체의 운명, 심리 구조와 정신 생활에 대한 관심을 벗어난 것이었다. 이러한 상황 아래서 프로이트주의는 일종의 심리학 사상으로서 그 내향적이고 반성적이며 심리화한 경향이 당시 문학 발전의 수요를 확연히 만족시키기 어려웠다. 셋째, 중국 문학의 가치표준 때문이다. 프로이트학설은 종종 성 해방 사상으로 오인되었다. 중국 문학은 일종의 "정치화"와 "도덕화"가 상호 결합된 표준을 견지하였기 때문에 몇몇 전통적인 전제사상이 초연히 부활하였고, 성, 성 심리와 성 행위는 이미 점차 문학의 시야 밖으로 배척되면서 프로이트주의 역시 일종의 금지구역이 되었던 것이며, 시간이 지나면 지날수록 누구도 감히 그것을 향해 걸음을 내딛지 못하였다. 성의 신비는 적지 않은 중국 작가들로 하여금 프로이트학설에 대하여 두려움으로 그것을 멀리하게 만들었다. 이 밖에도 프로이트주의와 중국 문학이 괴리하였던 원인의 하나는 정신분석학설에 대한 소련 문학계의 태도였다. 장기적으로 당대 소련 문학계는 역사유물론의 입장에서 프로이트적 관념을 비판적으로 분석하면서 "이러한 관념의 본질은 범성욕주의, 사회적 이익의 적대시, 창작 과정 속의 과도한 심리 묘사, 문예 작품 사상 내용의 저속화"[53]라고 강조하였다. 선명한 이데올로기적 오해와 편견을 지닌 이러한 결론은 저우양(周揚)이 1932년 소련의 문예이론가 프리치의 긴 글 「프로이트주의와 예술(弗洛伊德主義與藝術)」을 번역하면서부터 시작[54]되었고, 줄곧 프로이트주의에 대한 중국 "주류" 문예계의 기본적 견해였다. 또한 이 견해는 중국에서 소련의 "수정주의"를 비판한 뒤로도 여전히 변화가 없었다.

따라서 1920~1930년대에 일찍이 많든 적든 프로이트주의를 접하고 이해하였던 그 작가들은 자각적이든 비자각적이든 그것과 거리가 벌어졌고, 새로운 세대의 작가들은 대부분 근본적으로 프로이트에 익숙하지 못하였으며, 일부는 심지어 프로이트나 프로이트의 학설을 알지도 못하였다. 이러한 종류의 문화 결핍증의 영향은 1980년대에 많은 이론비평가들이 프로이트 및 그의 문학적 영향에 상당히 독단적인 부정을 하기까지 계속되었다.

53) 『간명한 문학 백과전서』, 소련 모스크바, 1967년판 참조
54) 《문학월보》 제1권 제1기(1932년) 참조

제4장

프로이트주의와
1980년대 중국 문학사조

20세기 이래 중국 문학의 거대한 변천은 모두 그것이 수용한 세계문화와, 보다 정확하게 말하면 서방문화의 중요한 영향과 서로 연계되는 것이며, 어떤 면에서는 심지어 이러한 영향의 직접적 결과이기도 하다. 신문학의 굴기가 이러하고, 1970년대 말 이후의 신시기 문학의 발전 역시 이러하다. 현대 서방의 철학, 미학, 심리학, 윤리학과 문학예술의 영향이 없었다면, 오늘날 이러한 종류의 규모, 성질, 면모의 당대 중국 문학은 상상할 수 없는 것이다. 개혁·개방 이후 신시기 문학과 현대 서방문화의 광범한 연계 속에서, 그것과, 일종의 심리학 이론이자 동시에 또한 일종의 문화철학 사상인 프로이트주의의 연계는 바로 그것과 실존주의, 갖가지 생명철학 관념과의 연계와 마찬가지로 상당히 사람들의 주목을 받았다. 이러한 종류의 연계는 중국 문학가들의 모종의 인생관, 예술사유, 창작방법, 심미방식에 모두 서로 다른 정도에서 적극적이거나 소극적인 영향을 가져왔고, 몇몇 독특한 요소와 색채를 부여했으며, 새로운 탐색의 과제와 가설 또한 다양하게 제기하였다. 중국의 당대 작가들에게 가장 익숙한 현대 서방 사상가 중에서 프로이트의 이름은 심지어 사르트르(J. P. Sartre)나 니체보다 중요하였고, 그가 일으킨 실제적인 영향 역시 더욱 광범하고 복잡하였다.

1. 개방 속에서 다시 일어서다

20세기 이래로, 프로이트주의는 유령과도 같이 중국에서 배회하였다. 중국에는 1920년대에 처음으로 프로이트 열풍이 출현하였다. 1930년, 1940년대 이후는 국제적이고 국내적인 정치경제 형세와 사회문화 배경의 변화, 갖가지 문화전통과 이데올로기의 제한 등 많은 원인으로 인해 프로이트주의가 차츰 냉대를 받았고, 심지어 비판받았으며, 마침내는 완전히 폐기되었다. 1970년대 말에 와서 문화적 몽매의 시기가 종료된 뒤에 프로이트주의는 다시금 중국 문화계에 충격과 진동을 가하였고, 신문화운동 이후 두 번째로 프로이트 열풍이 형성되었다. 짧고 짧은 몇 년 동안 프로이트의 갖가지 주요 저작과 선집이 모두 중국에서 출판되었고, 융, 라캉, 아들러, 호나이, 프롬, 마르쿠제 등 기타 정신분석학가 혹은 프로이트주의와 밀접한 관계가 있는 사상가의 저작 역시 중국에 밀려들었다. 서방의 학자, 소련의 학자 및 중국의 학자가 저술한 갖가지 프로이트주의에 관한 평론, 연구논저 및 대중서적 등을 곳곳에서 발견할 수 있었고, 프로이트주의는 차츰 이 시기 각 방면의 인문과학 연구영역 속에 스며들었으며, 심지어 사람들의 일상적 사상관념과 담론방식에도 영향을 끼쳤다. 지식계에 대해 말하면, 프로이트주의는 대체로 일종의 필수적인 지식과 문화 방면의 축적물이 되었다.

바로 이러한 배경 속에서 과거와 비교할 때 프로이트주의는 중국의 신시기 문학에 대해 더욱 심대한 영향을 미치게 되었다. 당대 인문과학의 새로운 성과에 주목하며 인간과 세계 및 그 관계에 대한 새로운 설명, 해석과 서술을 모색하는 데 힘 쏟던 민감한 일부 작가들은 자각적이든 비자각적이든 프로이트주의로부터 창작에 대한 영감, 예술적 상상과 심미적 창조의 계시를 찾아 나섰다. 비록 그들 중

몇몇은 프로이트 및 기타 정신분석 저작을 직접 읽어보지 못하였지만 사실상 프로이트주의는 일찌감치 당대의 갖가지 문화출판물 속으로 스며들었고, 우리가 생존하는 문화적 환경과 분위기 속으로 스며들었으며, 갖가지 문학예술 작품 속으로 스며들었기 때문에, 중국의 작가는 기왕 서방의 문화 혹은 문학예술과 접촉하는 바에야 프로이트주의적 사상과 관념, 내지 개념과 술어와 직접적이거나 간접적인 관계가 발생하지 않기가 매우 어려웠다.

몇몇 작가들로 말하면, 그들은 인류의 인식능력과 심미능력이 현대에서 발전하면서 취득한 성취를 인식하였기 때문에, 또한 현대 서방 문화학설이 영유한 개방적이고 열정적인 자태에 대하여 비교적 자각적으로 당대 문학과 당대 심리학 사이의 연계를 발견하였기 때문에, 창작 속에서 늘 자각적으로 정신분석학의 몇몇 원리, 관점과 방식을 차용하고 운용하면서 생활을 관찰하고 해석하였으며, 그것을 가지고 그 서술방식과 담론방식을 조정하였다. 이를테면 저명한 작가 커윈루(柯雲路)는 "현대 현실주의" 창작을 언급할 때, 문학 창작은 반드시 사회적 비평과 인간의 심층심리에 대한 투시를 결합하여 "인간의 무의식 층위에 도달하는 것으로 이러한 사회적 비평이 보다 심각하고 더욱 본질적이게 인간 본성을 들추어내도록 하여야 하고, 작품으로 하여금 사회적 비판을 완성하는 동시에, 보다 중요하게는 영원한 의의를 지니도록 하여야 한다"고 명확히 지적하였다. 따라서 현실주의 창작은 인물의 형상을 빚어낼 때 "인물의 심층심리를 투시하고자 노력하였는데, 무의식, 잠의식, 꿈자리, 병태, 변형, 황당, 환각 등등에 대한 묘사를 포괄하였다."[1] 이로부터 문학 창작의 사회학적 함량과 심리학적 함량의 결합을 추구하였다.

---

1) 커윈루, 「현대 현실주의를 논함(現代現實主義論)」, 《문예보(文藝報)》, 1988년 8월 20일

물론 보다 많은 중국의 작가들로 말하면, 프로이트주의는 어쩌면 주되게는 일종의 비자각적이고 잠재화한 방식으로 그들의 창작에 영향을 미친 것이고, 그들의 심미적 시야, 예술적 발견과 전달 속에서 정신분석의 독특한 색채를 굴곡지게 나타내고 있다. 이를테면 왕안이인데, 80년대 중반 이후 발표된 『소성지련(小城之戀)』, 『황산지련(荒山之戀)』, 『금수곡지련(錦繡谷之戀)』이라는 저명한 세 '연애' 시리즈와 『축록중가(逐鹿中街)』 등은 작품 속에서 꿈, 과실, 언어의 무의식적 상징 의미에 대한 암시, 성욕 본능의 특징과 변태 현상에 대한 파악, 갖가지 도착적 심리와 성 행위에 대한 표현, 분석이 모두 확연히도 프로이트학설의 영향을 받았지만, 작자 본인은 공언하기를 "솔직히 말해서, 나는 프로이트의 저작을 아직 읽은 적이 없고, 성 심리, 성 의식에 관한 프로이트의 학설을 알지 못한다"[2]고 하였다. 우리는 결코 이러한 표현의 진실성을 의심할 이유가 없지만 여전히 왕안이가 이미 프로이트주의의 영향을 받았다고 지적할 이유는 충분하며, 다만 이러한 영향의 내원과 방식이 그녀에게서 좀 더 간접적이고 좀 더 비자각적일 뿐이다. 20세기 인류 문화의 커다란 배경 아래서 왕안이가 프로이트의 관념에 의해 감염되지 않기란 불가능하다.

프로이트주의의 광범한 영향은 중국 당대 작가들에게 일종의 각성을 가져왔고, 그들로 하여금 인생을 관찰하고 작품을 창작할 때 일종의 새로운 사유적 관점을 얻어내도록 하였으며, 의식의 표층 아래에는 일종의 무의식적 심층구조와 심층관계가 존재하고, 사람들의 생존방식, 행위방식의 깊은 곳에는 보이지 않는 무의식의 손이 있다는 점을 수시로 의식하게 만들었다. 따라서 그들은 갖가지 사회역사의 외부현실 외에, 인간의 내부현실, 심리현실이 역시 강제적으로 인간의 의식과 활동을 지배하고 있는 것은 아닌가? 세계관, 인생관, 윤리관 등

2) 「왕안이가 3부작을 논함(王安憶談三變)」, 《작품과 쟁명(作品與爭鳴)》, 1988년 제2기

이성화하고 자각화한 사상의식 외에, 인간의 활동이 모종의 비이성적이고 무의식적인 심리적 동기와 인과적 연계가 있는 것은 아닌가? 사회화한 갖가지 복잡한 인간관계 속에는 일종의 잠재적이고 사람에게 잘 인지되지 않는 본능과의 연계가 감춰져 있는 것은 아닌가? 개인과 사회, 애욕과 문명의 충돌이 역시 인격 내부에 내화, 굴절됨으로써 인간의 성장과 인생의 운명에 영향을 끼치는 것은 아닌가? 꿈, 환상, 과실, 의식류 같은 영혼의 깊은 곳에는 캐낼 수 없는 비밀이 묻혀 있는 것은 아닌가? 예술의 심미적 촉각이란 것이 외부적인 사회 역사로 뻗는 것이 아니라, 인간의 내재적 영혼, 특히 그러한 순간적이고 황당하며 비논리적이고 비체계적인 심리적 흐름 과정을 묘사하는 데로 뻗는 것이라면, 우리의 창작방식과 서사방식을 상응하게 조정해야 하는 것은 아닌가? 등을 추궁하기 시작하였다. 바로 이러한 문제들에 대한 심미적 발견과 사고는 중국의 신시기 문학에 프로이트주의의 문화적 소질을 수반하였고, 일정 정도에서 중국 당대 작가들의 세계관, 인생관, 심미관에 영향을 끼치게 되면서 그들의 사유방식, 정감방식과 더불어 체험방식과 예술의 전달방식을 변화시키도록 하였다.

중국 신시기 작가들은 여러 종류의 문화 전통—이를테면 중국 고전 전통, 서방 고전 전통, 중국 신문화 전통, 서방 근·현대 문화 전통—과 여러 종류의 사회사조—이를테면 정치혁명, 사상계몽, 문화심근(文化尋根), 상품경제, 후기 현대주의—의 충돌과 융합 속에서 생존하였고, 작가 간에 서로 다른 문화적 선택, 심미적 경향이 생겨났으며, 서로 다른 예술적 목표와 예술적 풍격을 추구하곤 하였다. 따라서 그들은 역시 자신의 수용의 수요와 수용의 조건에 근거하여 프로이트주의를 인식하고 개조하고 융화하곤 하였다. 프로이트주의는 결코 일종의 단일한 창작사조나 문학사상과 상호 연계되는 것이 아니었을 뿐 아니라 반대로 중국의 현실주의 문학에도 영향을 끼쳤으며, 낭만주의 문학에도 영향을 끼쳤고, 동시에 중국의 현대주의 선봉파 문학에도 영향을 끼쳤다.

우선, 우리는 장셴량(張賢亮), 커윈루, 왕안이, 장쯔룽(將子龍) 등과 같이 사회를 향해, 복잡한 인간관계를 향해 나아간 사실주의 경향의 작가들에게서 프로이트의 계시를 발견할 수 있다. 그들은 이미 외부로부터 인물의 특징을 전시하고 인물의 운명을 설명하는 데서 만족하지 않고, 심리적 구조, 본능적 동기, 비이성적 성욕 및 그 복잡한 변화로부터 인간의 정신 본질, 행위 방식과 실천 활동을 파악하고 이해하려고 시도하였다. 또한 외부적 묘사와 내부적 묘사, 객관적 분석과 주관적 가설, 현재 시태와 과거 시태를 한데 엮어냄으로써 예술적 형상을 보다 풍만하고 입체적이게 하였을 뿐 아니라, 전체적인 작품으로 하여금도 심리학적 심도와 예술적 매력을 더할 수 있게 해주었다. 그다음, 근년에 와서 흥기한 성애문학 속에서도 프로이트주의가 적지 않은 작가들에게 인간의 성 심리, 성 행위를 묘사하고 표현하는 지지대와 설명서가 되어주었다. 성애와 문명의 상호 충돌이 갖는 일종의 사회, 역사적 의미와 심미적 잠재성을 지닌 구조 방식 및 주제 원형을 그들에게 제공하였으며, 이로써 인간을 요동치게 하는 성욕적 세계와 예술적 환상의 소재를 개발토록 해서, 중국 당대 문학이 개체, 감성, 감정, 자연, 생명을 본위로 하는 낭만주의 사조를 강화하게 하였다는 점을 우리는 발견할 수 있다. 이 밖에, 프로이트주의는 찬쉐(殘雪), 마위안(馬原), 류쒀라(劉索拉), 모옌(莫言), 훙펑(洪峰) 등 중국의 '선봉파' 작가들에게 역시 그들의 예술로 하여금 인류의 원시 생명의 무의식 심리상태로 뻗어나가게 만들었다. 일종의 무질서하고 혼돈스럽고 파편적이거나, 완전히 주관화하고 정서화한 예술적 화면을 가지고 명시적이고 투명하며 승화되는 전통적 예술세계를 대체토록 하면서, 임의적이지만 은유, 암시, 상징, 심지어 신비감으로 충만한 탄력 있는 문학 언어와 서사 방식을 모색하게 해주었다. 현대 심리학의 성과는 일상적이고 전통적인 기호의 시스템과 구조를 개조하면서 세계에 대한 일종의 예술적 체험을 표현할 수 있도록 그들을 도왔다.

프로이트주의는 갖가지 서로 다른 문학 경향과 문학 사조에 광범한 영향을 끼쳤을 뿐 아니라, 갖가지 서로 다른 문학 양식과 문학 장르에 역시 광범한 영향을 끼쳤다. 비록 이러한 영향은 소설 창작 속에서 특히 두드러지게 표현되었지만, 희곡 문학, 심지어 시가 창작 속에서 표현되기도 하였다. 이를테면 저명한 시인 양롄(楊煉)은 다방면에서 논쟁을 일으킨 시집 『낙일랑(諾日朗)』을 창작한 바 있는데, 그중에서 『황금나무(黃金樹)』라는 작품은 굳세고 곧으며 "수난 속에서도 역량을 응집하고 있는" 황금나무를 가지고 일종의 밝은 기운, 일종의 남성적 웅위함(sublime)을 나타내고, 이는 확연히도 프로이트의 상징 이론과 직접적 관련이 있다. 이밖에, 근년에 들어서 영화문학 역시 인간의 무의식 성 심리에 대한 탐색을 시작하였다. 1988년 영화 〈풍광의 대가(瘋狂的代價)〉는 어느 범죄이야기를 서술할 때, 인간이 내놓는 완전히 이성화하고 사회학한 이해를 돌파하고 범죄자와 피해자의 비이성적 무의식 심리의 층위를 캐내는 데 주의를 기울이면서, 진정으로 인간의 행위를 지배하는 것은 선과 악, 정의와 비정의의 동기뿐 아니라, 갖가지 유전된 본능, 유년기의 경험, 가정과 사회의 억압 등등 무질서하게 조합되어 이루어지는 맹목적 무의식 심리의 구동력일 수 있다는 점을 들추어냈다. 확실히 프로이트학설은 영화의 심리분석적 특징을 강화하였다.

프로이트주의가 신시기 문학에 끼친 영향을 살펴보도록 하자. 정신분석학 원리와 관념을 직접 차용해 예술 전체를 구상한 작품은 비록 많지 않지만, 적지 않게 존재하는 것도 사실이다. 이를테면 쓰자(斯

佳)의 『그곳에 '쾌활림'이 있다(那邊有個快活林)』이다. 소설은 어느 농촌의 소년 더얼(德兒)이 한 여대생에 대해 지닌 몽롱한 연정을 서술하였다. 프로이트의 이론에 근거하면, 아동은 비록 성 발육이 완성되지 않았을 때(즉 이른바 생식기 이전의 단계) 라도 이성에 대한 무의식적 성욕이 발생할 뿐 아니라, 종종 엿보기 등의 방식으로 성적 쾌감을 얻어낸다. 소설은 마침 이러한 관점의 직접적인 계시를 받았고, "그는 일종의 신기한 정감에 의해 흡인되었는데, 이러한 종류의 정감은 그로 하여금 전에 없던 유쾌함을 체험하도록 만들었다. 그는 그녀를 소중히 여겼고, 그녀와 함께 있고 싶어 했으며, 그녀가 자신에게 새로운 어떤 것을 가져다줄 수 있을 것이라고 몽롱하게 생각하였다"며 더얼을 묘사하였다. 비록 그는 진정한 성 관계의 의미가 무엇인지 알 수 없었지만, 마지막에는 충동적으로 여대생에게 "남편이 되어주겠다"고 말하였다. 성 의식을 아동의 성 심리 속으로 끌어들인 것이든, 아동의 성 심리의 비자각성을 강조한 것이든 모두 확연하게 정신분석학설의 영향을 표현해냈다. 특히 소설이 끝을 맺을 때의 꿈은 전형적인 정신분석이론의 산물이었다. 더얼은 자신이 물에 빠진 뒤로 샤오팡(小芳)에게서 구조되는 꿈을 꾸었지만, 샤오팡은 도리어 그가 과거에 물속에서 구해냈던 또 다른 소녀였다. 이 꿈은 더얼이 이드의 조종을 받아 도덕적 초조감 속에서 자발적일 수 없는 상태였음을 굴곡지게 암시한 것이었지만, 그가 샤오팡을 구하였던 과거의 행위는 도리어 그로 하여금 도덕심을 다시금 확립하는 것이었기 때문에, 그가 꿈에서 샤오팡이 그를 구한 것을 본 것은 실제적으로는 그의 도덕심이 마침 이드의 심연에 빠져든 그를 위기 속에서 구출할 것임을 의미하고 있다. 바로 이러한 꿈은 더얼로 하여금 뒷날 심리에 있어서의 거대한 파동을 벗어나게 함으로써 인격이 순조롭게 발전할 수 있도록 돕는다. 비록 이 소설은 정신분석이론을 차용할 때 다소 부자연스러운 부분이 있기는 하지만 아동심리에 대한 분석, 꿈에 대한 정교한 설정은 모두 매우 자세하고 진지하게 작자의 엄숙한 창작 태도와 양호한 지식 축적을 나타내었다. 그것은 신문학 운동 시기 타오징쑨의『목서』, 궈모뤄의『예뤄티의 묘』, 샹페이량의『희미한 꿈(飄渺的夢)』등 아동심리를 묘사한 작품이 신시기에서 부활하고 연속되며 발전한 것이다.

다른 몇몇 작품은 비록 프로이트주의의 영향을 직접 받기는 하였으나 구체적인 이론 해석에 구속되지 않고, 자신의 이해와 창작 수요에 근거하여 정신분석적 사상에 수정과 개조를 가하였다. 아이베이(艾蓓)의 작품『녹도모(綠度母)』는 확연히 오이디푸스 콤플렉스 이론의 계시를 받았지만 그것은 도리어 아버지, 어머니, 아들의 삼각 관계를 어머니, 아들, 며느리의 관계로 전화시켰고, 윤리적이거나 경제적인 충돌이 아니라 성적 충돌로부터 이러한 종류의 관계를 묘사하고 서술하였다. 소설은 며느리의 사사로운 분석을 빌려 시어머니가 종종 자애(慈愛)와 효도를 이유로 며느리와 아들의 사랑을 쟁탈하고 있으며, 쟁탈 속에서 성적 만족을 얻어낸다고 지적하였다. 또한 아들 역시 종종 자애와 효도의 속박 때문에 자신의 진정한 사랑을 포기하고 어머니의 희생물이 되기도 하였다. 이러한 어머니와 아들의 콤플렉스의 표현을 통해 소설은 하나의 엄혹한 주제를 표현하였는데, "중국의 남성은 대부분 어머니에 의해 남성이 제거"되고, 어머니와 아들 사이에서 도덕이라는 이름으로 형성되는 관계는 일종의 성적 제어 관계이며, 그것이 젊은 세대의 솔직하고 자연스런 사랑을 저해하고 파괴하고 있다는 것이다. 여기서 정신분석이론은 소설이 중국 전통적 가정 관계에 대해 새로운 심층심리학적 해석을 내놓는 것을 지지하였고, 이러한 해석이 이 소설에 관념적이고 예술적인 창조성을 제공하였음은 의심의 여지가 없다.

물론 보다 많은 창작으로 말하면, 비록 그것들은 인간의 행위 동기를 투시해서 인물의 성격을 빚어내면서 인생 내지 사회역사에 대한 이해를 표현할 때 모두 서로 다른 정도에서 프로이트주의로부터 영향을 흡수하였지만, 전체적으로는 결코 정신분석이론의 직접적인 차용 혹은 연역은 아니었고, 예술과 심리학 사이가 결코 완전한 일종의 이식 혹은 대응의 관계 역시 아니었으며, 정신분석의 방법은 단지 일종의 관찰적 시각으로서 그들이 종합한 예술적 체험과 예술적 사고 속에 녹아든 것이었다. 따라서 그들은 심리학을 가지고 문학을 지도한 것이 아니라, 심리학을 가지고 그들이 느끼고 체험하고 인식하였던 생활을 이해하고 설명한 것이었으며, 심리학은 처음부터 끝까지 문학의 독립성과 정합성에 종속되었다. 이 방면은 장셴량의『남자의 절반은 여자(男人的一半是女人)』, 왕안이의 세 연애 작품, 장쯔룽의『사신(蛇神)』, 커윈루의『밤과 낮』, 자핑아오의『헤이씨(黑氏)』, 찬쉐의『창로한 뜬구름(蒼老的浮雲)』, 훙펑의『생명의 흐름(生命之流)』등의 작품에서 모두 비교적 성공적으로 실험되었다. 그들이 주의를 기울인 것은 심리학의 그러한 심리적 본질, 심리적 동기의 원인에 대한 분석, 추리, 예측이 아니라, 인물의 운명, 풍부하고 복잡한 심리적 현상과 심리적 활동에 대한 표현과 관심이었다.

개방과 개혁의 배경 아래서 프로이트주의에 대한 중국 지식인, 작가들의 인식과 이해는 더 깊어졌고, 사회정치경제 환경이 중국인들의 생활 방식, 정감 방식, 심미 방식에 충격을 일으킨 점 또한 프로이트주의의 더욱 광범한 문학적 영향을 촉진하였다. 프로이트주의와 중국 신시기 문학의 복잡한 연계는 이미 현재의 중요한 하나의 문학 현상이 되었다.

2. 현실주의 소설의 현대적 탐색

비록 중국 문학은 신시기에 들어서 그 유파가 다채롭고 색채가 찬란해졌지만, 현실주의 문학은 도리어 처음부터 끝까지 거대한 생명력을 표현하였다. 그것은 중국 독자들이 장기적으로 형성한 심미적 심리와 결합하였고, 그것 자체가 포함한 풍부한 사회적 정보와 선명한 이데올로기 경향, 상상 세계를 현실적 그림으로 전화시키는 데 능숙한 독특한 예술적 기능이 모두 그 문학의 주체적 지위를 다져주었다고 할 수 있다. 그러나 당대 중국의 작가들이 현대 서방 문학이 제공한 계시를 마주하고 새로운 예술적 사유와 예술적 발견에 나설 때, 그들은 비록 발자크, 디킨스(C. J. H. Dickens), 톨스토이가 인류에게 드높은 예술적 봉우리를 세워주었다고는 하지만 그들이 대표하는 고전적 현실주의가 이미 세계에 대한 당대인들의 체험과 인식을 완전히 표현해주기란 불가능하다는 점을 인식하였다. 우리가 마주한 현실은 사회학적 해석이 필요할 뿐 아니라 심리학적 해석을 내놓는 것 역시 필요하다. 인간은 더 이상 이성적이거나 자아가 완전히 파악되고 관찰될 수 있는 형상이 아니었으며, 비이성적 무의식의 갖가지 맹목적 역량이 인성의 구조와 인물의 운명 속에서 일으키는 작용이 현실주의 속에서 역시 사람들에게 충분히 중시되기 시작하였다. 심지어는 당대 문학 속에서 만약 예술적 표현에 심리학적 깊이가 없다면, 그것은 진정한 의의에 있어서의 '사실'일 수도 없다고 할 수 있다. 마침 이러한 방향을 따라서 신시기의 현실주의 작가들은 프로이트주의의 심리학이론과 철학사상 속에서 계시와 공명을 찾아 나서고 있다.

사람들은 종종 생존 환경과 조건, 사회와 가정에서의 위치 및 그 관계, 주체의 사상 경향, 의식적 동기를 인간의 행위와 행위방식을 조종하고 지배하는 기본적 요인으로 간주한다. 그러나 이 점은 당대 작가들의 질문을 받았다. 왕안이는 지적하기를, "내가 귀로 듣고 눈으로 보고 직접 겪은 경험, 내가 모든 가정 관계, 부부 관계, 자녀 관계 등등의 인간 관계 속에서 발견한 일종의 어쩌면 모든 것을 초월해 주재적인 작용을 일으키는 요인, 저녁신문 주말판 혹은 가족 잡지에 발표되는 사회뉴스 등등은 내가 보기에 종종 불가사의한데, 나는 논리적이고 추리적인 문자로 표현되는 그러한 모든 것이 어쩌면 그다지 중요하지 않고, 가장 중요한 것은 추리할 수 없고, 서술할 수도 없는 모든 것이라고 믿는다"[3]고 하였다. 마침 이러한 사고가 왕안이로 하여금 인간의 무의식 심리, 인간의 본능, 인간의 비이성적 심리에 대한 탐험으로 나아가게 하였고, 그녀가 일종의 심층심리학의 관점으로부터 인간 및 인간의 운명과 인간과 인간 사이의 복잡한 관계를 다시금 관찰하고 주목하도록 만들었다. 그리하여 왕안이의 창작에는 하나의 중요한 전환이 나타나게 되었다.

이러한 전환은 가장 이르게는 대체로 그녀의 중편소설 『좋은 엄마, 셰 아저씨, 여동생, 이모와 니니(好姆媽 謝伯伯, 小妹阿姨和妮妮)』로 표현되었다. 니니는 좋은 엄마, 셰 아저씨가 주워 와 기른 고아이지만, 어떻게 노력해도 그녀는 양아버지, 양어머니와 감정이 다져질 수 없었고, 더욱 이상한 것은 억누를 수 없이 강한 그녀의 도벽이었다. 어릴 적부터 그녀는 훔치기 시작하였을 뿐 아니라, 이러한 행위는 결코 부족해서가 아니고, 명확한 목적도 없었다. 그녀는 훔치기 위해 훔치었고, 훔치지 않으면 자기일 수가 없었다. 따라서 그녀의 이러한 행위에 대해서는 사회학적인 해석을 내리기가 매우 어려웠고, 단지 훔치기가 그녀의 일종의 본능 혹은 모종의 본능 같은 비이성적인 변태적 표현이라고 말할 수밖에 없었다. 이러한 행위는 외부 환경과 직접적인 관계가 없었다. 완전히 신체 내부의 자극에 대한 반응이었

3) 왕안이, 「바삐 말해본다(悤悤道來)」, 《중편소설선간(中篇小說選刊)》, 1986년 제3기

고, 일종의 비이성적인 심리 동기가 외화한 것이었다. 이 소설은 왕안이 본인의 창작의 길에 있어서든, 신시기의 문학 발전 속에 있어서든 모두 중요한 의의를 갖고 있다. 우선, 그것은 더 이상 인간의 사회 환경과 사회적 위치로부터 인간의 성격을 이해한 것이 아니고, 결코 인간이 완전히 환경의 지배와 제약을 받는 것도 아니며, 인간 내부의 심리적 구조, 심리적 수요와 충동이 모종의 의의에서 인간에 대해 결정적 작용을 일으킨다는 점을 표명하였다. 바꿔 말하면, 인간은 단지 환경의 산물인 것이 아니고, 객관적 세계의 피동적인 반응 시스템도 아니며, 일종의 능동적이고 모종의 자율성을 지닌 주체적 구조였다. 인간은 심지어 환경을 초월할 수 있고, 외부 현실의 간여를 무시하고 내재한 심리 욕구의 만족을 찾아 나설 수 있는 것이었다. 이 점은 확연히도 인간과 세계의 관계에 대한 우리의 전통적 이해를 돌파하였고, 인간으로 하여금 우리 자신에게 일종의 새로운 관념을 제공하게 만들었다. 그다음, 인간의 주체적 능동성을 강조할 때, 왕안이는 또한 이러한 종류의 능동성과 인간의 비이성적이고 맹목적이며 무의식적인 심리적 욕구 혹은 심리적 본능을 상호 연계하였고, 주체 자신을 결코 정합적이거나 투명하지 않은 실체로 묘사하였는데, 설령 자아가 외부 세계를 상대할 때는 자족적인 주체라고 해도, 그것이 맹목적이고 본능적인 구동력에 이화할 때는 그것이 또한 객체이기도 한 것이었다. 무의식 역량이 주체의 심리구조 속에서 지니는 거대한 작용의 중시는 이 작품으로 하여금 인간에 대한 전통문학의 단일한 이성화한 파악을 돌파하도록 하였다.

이후 『소성지련』, 『황산지련』 등 작품 속에서 왕안이와 프로이트주의의 연계는 더욱 긴밀해졌다. 그녀는 성적 본능, 성적 무의식으로부터 인물 관계와 인간의 생활을 발견하고 표현하기 시작하였다. 『소성지련』은 어느 청년 남녀가 제어할 수 없는 성적 구동력에 의해 조종되는 성애의 경험을 가슴 저리게 펼쳐 보였다. 미친 듯이 서로를 사랑하는 동시에 또한 극히 서로를 원망하였고, 그들은 감각기관의 자극과 육체적 만족을 미친 듯이 추구하는 동시에 또한 미친 듯이 상대방을 괴롭히고 학대하였으며, 극도로 행복한 동시에 또한 극도로 고통스럽고, 처음부터 끝까지 감정의 소용돌이 속에서 반항하고 불더미 속에서 초조해하였다. 그들은 이러한 종류의 미친 듯한 격정을 벗어나고 제어하고 싶었지만, 도리어 어떻게 하여도 이러한 종류의 격정이 무엇인가를 깨달을 수 없었고, 이러한 종류의 발광적 욕념이 대체 어디에서 온 것인가 "그들은 정말로 고통스러웠다! 그들은 깨닫지 못하였다. 이렇게 광폭하게 그들을 떠밀고 그들을 지탱하는 것이 대체 어디에서 온 역량인가를. 그들은 알지 못하였다. 이렇게 잔혹하게 그들을 뜨겁게 데워버리는 것이 대체 어디서 일기 시작한 화염인가를." 이에 대해, 이야기 속의 두 주인공뿐 아니라, 심지어 작가 본인 역시 대단히 망연하였고, 이러한 망연 속에서는 또한 진지한 초조감과 동정감이 드러났다. 그래서 작가는 "그들은 본래 더할 수 없이 순결한 아이들이지만, 결국 어떤 것이 모호함 속에서 그들을 불결하고 어두운 심연으로 떠민 것이다. 함정, 음모, 술수에 빠져든 것처럼 그들은 자발적인 힘이 없었고 구제와 도움도 받지 못하였다"고 서술하였다. 그래서 이 소설과 프로이트주의의 연계는 본능적이고 무의식적 심리 역량의 인간에 대한 결정적 지배를 강조한 데로 표현되었을 뿐 아니라, 성 심리의 변태성과 복잡성을 충분하게 전시하고 그것을 성애 행위 속의 사랑과 증오, 학대와 피학대 등 현상으로 표현한 것 역시 프로이트의 변태심리학과 상호 일치하는 것이다. 또한 소설의 끝맺음에서 이야기 속의 여주인공은 아이를 갖게 된 것으로 인해, "정욕의 광폭한 세척을 경과한 뒤, 그녀는 예전의 어떤 때보다 더욱 깨끗하고 순결해졌다." 이는 확연히 프로이트의 리비도 전이에 관한 이론을 빌려 심리의 변화로부터 성격의 변화를 설명한 것이다. 이 소설은 펜의 힘을 인물 심리에 대한 분석과 해석에 과도하게 둔 것이 아니라 심리 현상의 표현 및 그것이 인물의 운명에 일으킨 심각한 영향에 주목하였기 때문에, 단순한 심리학적 인식과 과학적 고찰의 편향성을 모면하였다. 그러나 동시에 그것은 또한 정신분석학의 모종의 관념을 융화하여 성애 생활의 변태성, 본능성과 맹목성을 충분히 들추어냈으며 예술적 형상 자체의 정합감과 입체감을 심화하고 풍부히 하였을 뿐 아니라, 동시에 인류의 비극적 처지에 대한 또렷한 반성과 창조적 표현 역시 전달해냈다. 이는 성애를 주제로 하는 중국의 문학작품 속에서 매우 진귀하고 희소한 것이었다고 할 수 있다.

『황산지련』 속에서 왕안이는 어느 유약하고 겁 많은 유부남과 어느 아름답고 자유분방한 유부녀의 난해한 애정의 비극을 통해 성애 동기의 신비성과 비이성성을 들추어냈다. 일종의 불가사의한 흡인력은 성격, 기질, 처지가 완전히 다른 이 두 사람을 옭아매었고, 그들로 하여금 자신의 생활 방식과 혼인 관념을 위배해서 헤어지기가 어려운 결합에 도달하게 하였으며, 이러한 종류의 결합은 그들로 하여금 혼을 빼앗겨 죽을 때까지 마음을 바꾸지 못하게 하였을 뿐 아니라, 그들 자신마저도 이러한 종류의 애정의 힘이 어디서 온 것인가를 알 수 없었고, 자신이 왜 이러한 종류의 사랑을 위해 생명의 대가를 지불하는 것을 원하였는지 알지 못하였다. 소설이 표명하고자 한 것은 애정이 늘 사람들이 통상적으로 이해하는 그러한 종류의 조리 있고 근거 있는 이성 간의 친밀한 감정인 것만은 결코 아니고, 이따금 그것은 완전히 어떠한 명확한 이유가 없으며, 완전히 일종의 맹목적이고 비이성적인 신비한 역량의 지배를 받을 뿐 아니라, 왕왕 바로 이러한 종류의 해석할 수 없는 애정이 진정 제일의 광채로 빛나는 감정이라는 것이었다. 이 소설은 서사풍격에 있어서 『소성지련』과는 달리 그렇게 긴장되고 긴박한 것이 아니라, 보다 안정되고 침착한 일련의 우연한 사건 속에서 필연적인 심리 구동력의 강대함과 불가항성을 암시하였다. 이는 심층적 문화 관념에 있어서 프로이트주의와 밀접한 연계를 맺는데, 자아는 외부 세계의 주인이 아닐 뿐 아니라, 심지어 내부 세계의 주인도 아니며, 다시 말해 결코 자아가 자아를 제어하는 것이 아니라, 종종 비자아적 역량이 자아를 조종한다는 것이었다.

『소성지련』, 『황산지련』과 비교하면, 『금수곡지련』은 서정적인 함축과 함의가 보다 증가하였다. 소설은 어느 중년의 여 편집자가 루산(廬山)에 출장하던 기간의 한 차례의 아름다운 애정의 경험을 서술하였다. 이 소설은 왕안이가 프로이트의 학설을 접한 바 없다고 말한 점을 매우 믿기 어렵게 만드는데, 대단히 자각적으로 인간의 언어와 행위 속의 무의식적 함의를 발굴하였기 때문이다. 프로이트의 일상생활의 정신병리학 이론에 근거하면, 어떠한 우연한 표현, 심지어 실수도 모두 일종의 필연성을 포함하고 있으며, 이러한 필연성은 당사자가 결코 자각이 없고, 단지 심리 깊은 곳의 무의식적 소망과 상호 연계가 있는 것이다. 이 소설은 여 편집자가 남편과 고별하는 것을 묘사하였는데, 두 사람은 표면적으로 보면 정상적인 대화 중이지만 작가는 우리에게 이 대화가 이후의 인물 운명의 변화를 암시한다고 일러주기 때문에, 결과로부터 원인을 추측하면 이 대화 속에서는 사실상 일찌감치 두 사람의 무의식적 소망이 폭로되었음이 표명되었다. 소설은 또한 여 편집자가 전에 면식이 없던 어느 작가와 처음으로 만날 때, 돌연 부자연스럽게 긴장감을 나타내는 것을 묘사하였다. 표면적으로 보면 어떠한 의미가 없지만 작가는 도리어 우리에게 암시하는데, 바로 이러한 종류의 정신분석학의 이른바 '과실'에 상당하는 긴장감의 태도는 여 편집자의 무의식적 성 충동을 유출한 것이며,

뒷날 과연 그 두 사람 사이엔 애정이 생겨나고 말았다. 소설은 전체적으로 일종의 관념을 표현하였는데, 완전히 하나의 우연을 방불케 하는 이 이야기 속에서 사실상은 일종의 무의식적 필연성을 관철하고 있는 것이다. 이 작품은 구성이 정교하고 필촉이 세심하며, 인물에 대한 깊은 심리분석과 세부적 언어에 대한 적절한 묘사가 상호 융합되어 소설의 사실성을 증가시키지만, 또한 유창하고, 과장됨이 없이 자연스럽다.

반드시 말해야 할 것은 신시기의 작가 중에서 왕안이가 가장 먼저 튼실한 발걸음을 내딛었고, 그녀가 전통적 사실주의 문학이 인간에 대해 내놓았던 기계적인 외부결정론적 이해와 이성화, 논리화한 이해를 변화시켰다는 점인데, 그녀는 인간의 심리적 침적, 내재적 현실, 주체적 구조가 인간의 활동에 미치는 영향을 부각시켰을 뿐 아니라, 인간에 대한 몇몇 비이성적이고 무의식적인 본능적 동기 혹은 심리적 욕구의 지배 역시 부각시켰으며, 이는 불가사의하고 추론할 수 없고 심지어 표현할 수 없는 힘이었지만, 그것들은 모든 현실적 요인을 초월해 인간이 원하든 그렇지 않든 간에 어떻게 발버둥친다고 해도 그것의 조종을 벗어날 수 없도록 하였던 것이다. 그리고 이러한 종류의 힘은 종종 성적 욕망과 상호 관련되었으므로, 왕안이는 "나는 단지 성애라는 이 관점에서만 비로소 비교적 원만하게 나의 연애 작품 속에서 발생한 일들을 해석할 수 있다고 믿는다. 만약 역사적 원인, 사회적 원인으로 해석한다면, 그 답안을 우리 인간이 믿고 따를 수는 없다"[4]고 하였다. 바로 무의식의 지배작용과 성욕 본능의 비이성성을 강조한 방면에서 왕안이의 창작은 모종의 비자각적인 프로이트주의적 영향을 드러내었다.

왕안이가 보다 관심을 가진 것이 개체의 운명이었다면, 커윈루는

4)「왕안이가 "삼련(三戀)"을 논하다」

전체적인 사회 역사과정에 더욱 관심을 기울이면서 모종의 비판적 현실주의 문학의 특징을 드러냈다. 커원루는 현실주의 창작이 당대 심리학의 성과를 흡수하지 않을 경우 그것은 심리학적 깊이를 지닐 수 없고, 진정으로 걸출한 예술이 될 수 없다고 믿었다. 그래서 자신의 창작을 논할 때, "마찬가지로 사회 비판을 자신의 임무로 삼지만, 그것은 정치 비판, 경제 비판, 윤리도덕 비판 등 방면에서 현실주의의 가장 위대한 작품의 모범을 재현해야 할 뿐 아니라, 이러한 종류의 비판이 인간의 심층적 심리에 대한 투시와 결합해 인간의 무의식적 층위에 도달하기도 하여야 한다……"[5]고 말하였다. 이러한 창작 사상을 체현하기 위해 커원루는 『밤과 낮』 등 소설의 창작 속에서 갖가지 착종적이고 복잡한 외재적 인물 관계, 정치 투쟁과 문화 충돌을 광범하게 재현하는 데서 만족지 않고, 완전히 정치화, 사회화, 이성화한 사상관념을 가지고 인간의 심리적 동기를 해석하는 데도 만족지 않으면서, 프로이트학설의 많은 사상을 자각적으로 흡수하여 사람들의 은밀한 무의식 심리를 향해 필촉을 뻗어갔으며, 성 심리, 성 본능, 성 감각에 대한 분석 속에서 사람들 활동 속의 잠재적 동기, 인간관계의 잠재적 구조를 찾아 나섰다. 이를테면 소설은 리샹난(李向南), 가오샤오리(顧曉莉), 가오샤오잉(顧曉鷹), 린훙(林虹)이라는 네 인물의 관계를 전개하였는데, 이러한 관계 속에는 한편으로 정치, 의식, 관념에 있어서의 충돌과 대립이 존재하고, 다른 한편으로 성애에 있어서의 흡인과 배척이 존재하며, 게다가 이러한 과정은 무의식 속에서 완성되지만, 전자는 후자의 간여, 방해와 영향을 받았다. 이 밖에, 가오샤오잉과 그의 부친의 관계 속에서 소설은 '오이디푸스 콤플렉스'가 일으키는 작용을 암시하기도 하였다. 표층과 심층, 의식과 무의식을 상호 결합하여 『밤과 낮』은 인물의 심리적 구조와 심리적

---

5) 커원루, 「현대 현실주의를 논함」

동기에 대한 입체적 파악을 표현해냈고, 작가의 강렬한 현대적 의식을 확실히 표출하였다.

인물 심리의 전시 속에서 커원루는 프로이트의 인격 이론으로부터도 영향을 받아 갖가지 심리적 동기의 충돌을 동태적으로 전시하였을 뿐 아니라 갖가지 심리적 층위 사이의 모순을 입체적으로 투시함으로써 인물의 성격이 통일 속에서 선명한 전이성을 나타내도록 하였다. 이를테면 소설 속에서는 가오샤오리에 대한 리샹난의 감정을 묘사하면서 그의 영혼 깊은 곳의 개인적 욕망과 자아의 제어 사이, 쾌락원칙과 현실원칙 사이의 격렬한 충돌을 전시하는 데 주의를 기울이고, 이러한 일종의 심리적 곤경을 충분히 들추어냈는데, "만약 그가 맨몸의 남자라면 장차 그는 어떠한 고민을 할 필요도 없이 그가 좋아하고 얻을 수 있는 여성을 사랑할 수 있고 자신의 모든 감정과 욕망에 자신을 맡길 수 있으며 다른 어떠한 선택을 할 필요가 없다. 그러나 그는 맨몸의 인간이 아니고, 모든 인간이 전부 맨몸의 인간이 아니다. 그와 모든 인간이 모두 의복에 포위되어 있고 셀 수 없는 건축물에 포위되어 있으며, 각양각색의 인조물에 포위되어 있고, 갖가지—역시 인간이 만든—사회적 관계에도 포위되어 있다." 진실된 이드는 그로 하여금 샤오리를 뜨겁게 사랑하도록 하였지만, 그의 현실적 자아는 도리어 사랑을 제지하였고, 그와 같은 정치활동가에게 있어서 현실적이고 이성적이며 공리적인 힘은 이드의 충동을 압도하기에 충분하였다. 소설은 바로 이러한 종류의 모순과 선택에 대해 생동적이고 심각한 묘사로 리샹난의 형상에 깊이를 제공하였다. 이 밖에, 꿈에 관한 정신분석의 이론이 『밤과 낮』에 직접적인 영향을 끼치기도 하였다. 『밤과 낮』 속에는 많은 정신분석식 꿈이 설계되어 있으며, 인물의 무의식 소망과 환상을 굴곡지게 전달해냈다. 이를테면 소설 속에서 린훙은 두 팔로 전람관 앞에 세워진 첨탑에 오르지만 돌연 미끄러져 떨어진 뒤 다시 베이하이(北海)의 흰탑을 부둥켜안는데, 탑이 그녀 몸 위로 무너져 내리는 꿈을 꾸었다. 여기서 탑은 확연히 꿈의 상징성에 대한 정신분석적 해석을 차용하여 두 남자를 암시하고 있다. 꿈자리는 린훙이 자신의 애정에 대해 갖는 무의식적 공포와 이해를 표현하였다. 이 밖에, 리샹난과 가오샤오리의 꿈은 그들의 무의식적 성애의 환상을 상징하였다. 이러한 꿈들의 삽입은 비록 다소 부자연스럽기는 하지만, 소설의 총체적인 구상에 호응하여 하나의 측면으로부터 예술적 형상을 풍부히 하고 심화하였다.

반드시 말해야 할 것은 프로이트주의의 영향이 커원루의 『밤과 낮』으로 하여금 현실주의적 창작으로서의 광범한 현대적 특징을 구비하게 하였는데, 이러한 특징들이 마오둔(茅盾)의 『자야(子夜)』, 저우얼푸(周而復)의 『상하이의 새벽(上海的早晨)』과 같은 도시의 광활한 생활을 소재로 한 작품 속에서는 존재하지 않던 것이거나 적어도 비자각적이었다는 점이다. 이러한 특징들은 한편으로 작가가 예술적 필촉을 사람들의 무의식으로 뻗어 인간의 갖가지 은밀하고 성과 유관한 심리적 동기를 발굴해서 예술적 표현 영역을 확장한 데로 표현되었고, 다른 한편으로는 작가가 비이성적이고 무의식적인 본능 욕망, 심리 구조를 가지고 인간의 관념과 행위를 해석하고 설명해서 전통 예술 속의 인간의 관념을 바꾼 것으로도 표현되었다. 그 결과는 인간에 대해 새로운 묘사와 새로운 이해를 할 수 있게 한 것이고, 예술적 형상은 입체감과 동태감이 보다 풍부해졌다. 이 창작은 광활한 사회생활을 어떻게 반영하고 인물의 심층심리를 어떻게 들추어낼 것인가를 상호 결합하고 거시적 사회 역사학적 묘사와 미시적인 개체 심리학적 발굴을 상호 결합하는 방면에서 현실주의 기초 위에서 고귀한 탐색을 진행하였고, 중요한 돌파 역시 이루어냈다.

신시기의 창작 속에서는 장셴량의 『남자의 절반은 여자』가 대체로 비교적 일찍 프로이트학설과 직접적 연계가 발생하였다는 점을 반드시 제기해야 한다. 프로이트는 일찍이 인격을 세 부분으로 나누었는데, 이드는 본능적 역량을 대표하고 쾌락원칙을 준수하며, 자아는 이성적 능력을 대표하고 현실원칙을 준수하며, 초자아는 도덕 역량을 대표하고 사회적 이상을 준수한다. 인격의 세 부분은 각기 서로 다른 심리적 소망과 작동의 기제를 갖고 있기 때문에, 늘 상호 충돌하고 대립하며 인격 내부의 모순성과 변이성을 형성하고 인격 내부의 비극적 분열 역시 형성한다. 이러한 관념의 계시로 인해 장셴량은 소설 속에서 장융린(章永璘)의 인격 속의 복잡한 심리적 충돌을 심도 있게 전시하였고, 이드와 초자아의 대결 속에서의 자아의 고통스런 선택과 불안감 또한 드러냈다. 맨 처음 장융린이 갈대 숲 속에서 황샹주(黃香久)의 매혹적인 나체를 보았을 때, 깊게 잠들어 있던 성욕 본능은 폭발하고 타올랐지만, 그가 이미 수용하였던 문명적 소양과 도덕적 신념은 또한 잔혹하게 그 욕망을 금지하여 억제시켰고, 격렬한 대결 뒤 초자아는 마침내 이드에 승리하였으며 장융린의 자아는 도의에 있어서의 긍정을 얻어냈지만, 육체에 있어서의 긍정은 상실하였다. 한편으로 그는 자신의 도덕감과 의지에 긍지를 느꼈지만, 다른 한편으로는 의심을 시작하기도 하였는데, 이러한 종류의 도덕 의지가 존재의 충분한 합리성을 지닌 것인가? 인간은 왜 고난 속에서 한 조각의 환락도 훔칠 수 없는 것인가? 문명은 무조건 개인의 육체와 감각기관의 행복을 박탈할 권리가 있는 것인가? 등에 관해서였다.

이러한 자아 반성과 의혹은 이후 더욱 진일보한 발전이 이루어졌다. 프로이트의 심리적 에너지 불변의 법칙에 따르면, 초자아적 에너지가 크면 클수록 이드적 에너지는 작아지고, 초자아적 억압이 강하면 강할수록 이드적 충동은 약해진다. 이렇게 갈 경우 인간은 도덕과 사회의 노비가 되어 개인의 개성, 창조성과 격정을 상실하고 욕망이 끊겨져 나가 육체에 있어서뿐 아니라 정신에 있어서도 "성 불능"으로 변해버린다. 장융린이 마침 이러하였는데, 지속적인 문화의 억압으로 인해 외재적이고 내재적인 두 방면으로부터 그는 한 남자로서의 이드적 충동이 박탈되어 황상주와 결혼한 뒤로도 정상적인 성생활을 할 수 없었다. 초자아적 억압은 이미 일종의 무의식으로 전화되어 장융린의 심리적 활동을 바짝 제어하고 있었던 것이다. 이는 그의 성생활을 제한하고 있을 뿐 아니라 전체적인 사회 생활의 제한으로까지 확장되었으며, 그는 배설, 반항, 창조의 내재적 심리 동력을 상실하면서 "평생 어떠한 창조성도 없이, 평생 부림을 받으며, 평생 걸터앉는 사람"으로 변하였던 것이다. 그러나 장융린이라는 이러한 종류의 심리적 변태, 이러한 종류의 비정상적 억압성 인격은 바로 중국의 지식인을 보편적으로 대표한 것이었다. 그래서 소설 속에서는 다칭마(大靑馬)의 입을 빌려, "나는 당신들의 지식계 전체가 모두 거세되었고, 적어도 발달된 언어로 인해 파괴되었다고 의심한다. 만약 당신들 중에 10%라도 진정한 남자가 있었다면, 당신들의 나라 역시 이러한 꼴이 되지는 않았을 것이다"고 지적하였다. 여기서 소설의 심리적 비판은 일종의 사회적 비판과 문화적 비판으로 확장되고, 지식인에 대한 인격의 해부와 반성이 되었다. 동시에 그것은 일종의 사상을 함축하였는데, 초자아를 본위로 하는 인격구조는 활력과 창조력이 없는 정신적 구조이고, 억압적 사회문명은 생기가 없는 반(反)인본 정신의 문명이라는 것이었다. 인격의 진정한 생명력이든 문명의 진정한 생명력이든 모두 반드시 감성, 격정, 욕망의 해방에 기대어야 한다.

바로 이러한 의의로 말해서, 황상주는 장융린을 재차 일깨우고 있는 것인데, 남자의 절반은 여자이고, 여자가 장융린으로 하여금 억압의 기제로 쌓인 둑을 터뜨려 진정한 남자가 되게 한 것이며,

생명의 쾌락을 향유하면서 피어오르는 생기와 창조의 동력을 얻어내도록 한 것이기 때문이다. 따라서 장융린은 황샹주에 대해 진지한 감격과 그리움으로 가득하였다. 그러나 다른 한편으로 장융린과 황샹주는 결국 일종의 비정상적 상황 아래서 결합한 것이고, 진정한 애정의 기초는 부족하며, 단지 성적 수요로만 두 사람의 혼인관계를 유지하기란 매우 어렵기 때문에, 비록 장융린이 황샹주를 떠나기 위해 찾는 이유가 허위적이기는 하지만 떠남이라는 행위 자체는 자연스러운 것이었다. 바꿔 말해서, 어쩌면 황샹주가 장융린의 그러한 방황, 배설, 창조의 격정을 환기시켰기 때문에 장융린에게서 비로소 기존 현실을 향해 문제를 제기하고 새로운 생활을 열어가는 결연한 용기가 생겨났던 것이다.

이 같은 분석으로 볼 때, 매우 선명한 것은 『남자의 절반은 여자』가 장융린의 인물 성격을 빚어내고 그의 심리적 역정을 묘사하며 그와 황샹주의 애정의 경과 및 중국 지식인에 대한 그 반성의 주제를 표현할 때, 서로 다른 정도에서 모두 프로이트의 인격 구조, 인격 동력에 관한 사상과 문명과 성애의 대립에 관한 해석으로부터 직간접적 영향을 받은 바 있다는 점이다. 이 소설의 하나의 특수한 성취는 바로 심리 동기와 심리 구조가 인간의 개성, 인격 및 생활 방식, 실천 활동에 미치는 능동적 영향을 충분히 고려하고 강조하면서, 인간과 환경의 관계 속에서 일종의 중요한 중개로서의 심리 기제와 심리 구조의 거대한 작용을 창조적으로 표출하고 있는 점이다. 이로써 작품의 사회적 심도 속에는 심리적 심도가 포함되고, 사회적 비판 속에는 심리적 비판이 포함된다. 이는 자아를 반성하고 비판한 신시기 지식인의 작품 속에서 확실히 그 독특한 예술적 민감성을 나타낸 것이다.

이 밖에, 장쯔룽의 『사신(蛇神)』 역시 반드시 언급하여야 한다.

비록 장쯔룽은 파란만장한 사회생활을 과감하게 전시하고, 구성이 굴곡지고 불안정한 이야기를 서술하는 것이 장점이지만, 그 또한 당대 심리학 발전의 유혹을 느끼고, 차츰 심리적 기제 자체가 인간의 행위에 일으키는 지배적이고 제약적인 작용에 주의하였기 때문에, 장편소설 『사신』 속에서 변태적 심리의 갖가지 현상을 묘사하였을 뿐 아니라, 인물의 내밀한 심리적 특징을 가지고도 인물 성격의 변화를 해석하는 것을 시도하였다. 소설은 뱀에 물린 이를 전문적으로 치료하는 의사 사오난쑨(邵南孫)의 운명의 부침을 이야기의 틀로 삼는다. 사오난쑨은 일찍이 정직하고 성실하며 충절한 청년이었지만 10년의 대재난 기간에 심하게 고난을 겪었고, 그가 사랑하였던 연인 화루찬(花露嬋) 역시 박해를 받아 죽음에 이르렀는데, 이 모든 것이 그의 성격에 변화를 발생시키면서 그는 도덕을 멸시하고, 정욕의 충동에 몸을 내맡겼다. 앞뒤로 시장의 딸, 어느 여기자 및 어느 여배우와 성관계가 발생하였는데, "이 모든 것이 한 차례의 궤멸적인 풍파로 응축되면서 그의 이성을 붕괴시켰고, 그가 긍지로 삼던 품격과 화루찬에 대한 충절을 훼손시켰다. 짐승 같은 탐욕, 정신이 파열된 듯한 광기, 파멸적 쾌락은 그로 하여금 모든 것을 잊고 모든 것을 생각하고 싶지 않게 만들었다……." 사오난쑨의 이러한 성격 변화를 파악할 때, 작가는 어쩌면 정신분석학의 직접적이거나 간접적인 영향을 받은 바 있다. 프로이트는 정상적인 성애의 요구가 현실의 강제적 억압을 받고 박탈을 당한 뒤는 인간이 종종 일종의 변태적 방식으로 그것을 배설해내며, 이러한 종류의 변태는 아동 성생활의 특징과 같이 늘 일종의 학대 행위로 표현되고, 광적인 폭력과 타인의 고통 속에서 성적 만족을 얻어낸다고 하였다. 『사신』이 바로 이러한 측면에서 사오난쑨의 성격 변화를 묘사했던 것이다. 처음 그의 도덕적 품격은 현실의 긍정을 얻어내지 못하였고, 그의 성애 욕구 또한 정상적으로 실현되지 못하였기 때문에, 인격 구조 및 성 심리에 변이가 발생하였고, 그는 일종의 변태적 보복 같은 성 행위로서 자기를 긍정하고 실현하였다. 사오난쑨의 변화는 심리학적 설명과 상호 일치하는 것이다.

요컨대 프로이트의 무의식, 성 본능, 인격 구조, 꿈의 심리학과 변태심리학 등에 관한 논술 및 프로이트주의가 내면의 구조, 심층의 심리로부터 인간의 정신과 행위를 설명하는 것을 강조한 관념은 갖가지 서로 다른 방식을 통해 중국의 신시기 현실주의 문학에 광범한 영향을 가져왔고, 이 작품들에 일종의 심리적 잠재력으로 충만한 영혼의 투시법을 제공하였으며, 인성, 인생 내지 사회 역사에 대한 작가들의 심리학적 사고는 창작 속의 예술 형상과 생활 정경에 있어서 현대인의 이해 수준과 인식 능력에 보다 부합하는 복잡성, 입체성과 동태성을 수반하였다. 그것은 전통적 사실주의 문학의 창작 방식을 바꾸어 묘사 수단과 서사 방법에 있어서 일련의 변혁이 나타나도록 하였다. 이는 인간, 인성에 대하여 중국 작가에게서 새로운 인식이 생겨났고 인간의 생존 방식, 실천 활동에 대해, 인간이 사회 역사 속에서 일으키는 작용과 짊어지는 책임에 대해, 내지 전체적인 주관과 객관, 인간과 세계, 문화와 자연의 관계에 대해 모두 새로운 이해가 발생하였음을 표명한다. 모든 이데올로기화하고 이성화하며 초생물적이거나 단편적인 인간의 형상은 전부 진실성을 상실하게 되고, 모든 외부적 인과관계에 대한 묘사와 파악, 주체 내부의 갖가지 비이성적이고 침전적이며 유전된 본능 역량과 기타 무의식적 동기에 대한 홀시는 전부 인간의 행위와 창조를 충분히 해석할 수 없는 것이며, 심지어 인류가 빚어낸 사회 역사 역시 충분히 해석할 수 없는 것이었다. 이러한 의의로 말해서, 프로이트는 중국 당대 작가들이 심리학, 더욱 정확히 말해 심층심리학의 방면으로부터 인생과 세계를 관찰하고 체험하며 반영하고 표현하도록 그들을 계발하였다. 이는 발자크,

톨스토이의 시대에서는 사람들이 자각적으로 인식할 수 없던 것이다.

엄격히 말해서 프로이트주의는 결코 일종의 심리학 이론만이 아니며, 그것은 동시에 일종의 문화철학이기도 하다. 그것은 인간의 심리 상황, 심리 과정, 심리 본질에 대한 일반적 인식, 분석과 관찰, 추측을 내놓았을 뿐 아니라, 독창적인 인생관, 역사관과 문화관 역시 나타내었다. 그의 인성 내부의 분열된 상황에 대한 투시, 개체의 본능과 사회 문명의 충돌에 대한 해석, 문화 생성의 생물적 동기에 대한 탐색이 모두 철학과 시인의 기질로 가득한 강렬한 우환의식과 비극의식에 집중되었다. 그러나 이러한 것들은 중국 당대의 작가들에게는 진동과 사고를 아주 적게 수반하였다. 우리가 프로이트주의로부터 얻어낼 수 있는 계시 속에서 어쩌면 가장 중요한 것은 일반적인 심리학적 지식이 아니라 문화적이고 철학적인 안목이며, 형이상학적인 의식과 이해일지도 모른다. 이에는 드넓은 가슴, 경지와 기개가 필요하고, 엄숙한 태도와 지칠 줄 모르는 노력 역시 필요하다.

프로이트주의의 심각성과 국한성이 아직은 모두 보다 광범한 작가군과 독자군에 이해될 수 있는 것은 아니고, 어떻게 창조적으로 프로이트주의의 성과를 수용하고 개조하며 융화할 것인가의 방면에서 사람들이 아직 많은 경험을 축적하지는 못하였지만, 그것이 신시기 사실주의 문학에 일으킨 영향이 이미 실천으로 입증하고 있듯이, 프로이트주의는 원래 현실주의 문학과 결코 대립하는 것이 아니고 분리되는 것도 아니다. 반대로 그것들 사이에는 개발할 가치가 있는 아주 많은 공통점과 결합점이 존재한다. 정신분석 학설과 사상은 일정한 의의에 있어서 아마도 문학 창작에 일종의 현대적인 안목과 의식을 제공할 수 있다. 현실주의 문학이 오늘날에 이르기까지도 발전할 수 있는 것은 그것의 예술적 형상의 심도가 나날이 그 심리 발굴과 심리 분석의 심도에 의지하고 있기 때문이라고 말할 수 있다.

3. 성애문학의 낭만적 경향

진정한 의의에서의 개혁은 모두 일종의 해방을 의미한다. 또한 개성, 격정, 환상의 해방은 사회 혁명, 정치 혁명, 사상 혁명과 문화 혁명의 동력이 되기도 한다. 따라서 신시기는 하나의 현실주의적 비판의 시대일 뿐 아니라 낭만주의적 상상의 시대이기도 하다. 신시기에 들어서, 한편으로 많은 사실주의적 문학예술이 생겨났고, 다른 한편으로는 많은 낭만화한 심미적 작품 역시 출현하였다. 신시기의 낭만주의 문학사조 속에서 눈에 띄는 하나의 문학 현상은 바로 인류의 감성, 생명의 제어와 억압에 대한 봉건적이고 전제적인 도덕 금기를 고발하고 그에 항의하며, 성애 감정의 자유롭고 자연적인 발전을 추구하고 염원하는 것을 특징으로 하는 애정작품의 출현이다. 성애문학의 범람은 비록 상품경제의 발전, 쾌락관념의 유행, 사회도덕의 해체 등 원인과 밀접하게 관련되지만, 그 주체로 말하면, 당대 사회의 총체적 변화의 요구나 추세와 상호 일치되는 것이다. 그것은 예술적 비극감과 희극감을 통해 자유를 갈망하는 사람들의 생활 이상을 표현하였다. 그리고 이 모든 것은 또한 서방 문화, 특히 성애 문제에 대해 솔직하면서도 중요한 많은 비평을 제기하였던 프로이트주의와 밀접하게 상관된다.

애정을 탐구한 작품은 대체로 신시기 문학과 동시에 걸음을 내딛었다. 처음에는 류신우(劉心武)의 『애정의 위치(愛情的位置)』, 장제(張潔)의 『사랑은 잊을 수 없는 것(愛是不能忘記的)』 등이 한때를 풍미한 작품이었는데, 그것들은 무엇이 비로소 애정이고, 애정은 결혼생활 속에서 반드시 어떠한 지위를 점하여야 하는가를 확증하는 데 노력하였다. 그러나 애정 관계 속의 생리적이고 본능적이며 생명적인, 즉 성의 요인에 대하여는 아직은 다루지 않았었다. 비교적 일찍이 성애의 생리적 요인에 주목한 작품은 아마도 장쉬안(張弦)의 『사랑에 의해 망각된 구석(被愛情遺忘的角落)』인데, 그것은 남녀 관계 속에서 남자와 여자 사이의 정서적 흡인과 욕구를 강조한 것 외에, 일종의 생명 본능의 흡인과 욕망 역시 담아냈다. 샤오바오쯔(小豹子)가 미친 듯이 춘니(存妮)를 향해 쓰러질 때, 그것은 하나의 새로운 음표가 연주된 것이었는데, 바로 성의 내구력은 망각될 수 없는 것이고, 육체는 정신과 마찬가지로—심지어 더욱 강렬하게—성적인 굶주림을 느끼며, 그것이 이따금은 자신의 만족을 구하기 위해 고삐 없는 야생마처럼 문명과 규범의 금지와 징벌에 개의치 않고 사방으로 내딛을 수 있다는 것이었다.

이 이후로, 성 심리와 행위가 인류 생활의 하나의 구성부분으로서 문학 작품 속에서 차츰 그 면모를 드러내기 시작하였다. 1985년 장셴량의 『남자의 절반은 여자』의 출현은 성애문학 창작을 절정기로 끌어올렸는데, 이는 신문화운동 이후로 없었던 문학 현상이었으며, 성애 생활을 소재로 하는 많은 작품들이 계속하여 세상에 나왔다. 이를테면 왕안이의 '연애' 시리즈는 "삶에 대해 인정하는 태도를 택하였다."[6] 그 냉정하고 침착한 창작 태도는 현실주의 서사 원칙에 보다 근접하도록 하였지만, 더 많은 작품들은 봉건 문화의 우매함이나 낙후한 면과 비인성적인 면에 대해서는 강렬하게 비판하였고, 감성, 개성, 열정에 대해 선명하게 예찬하였으며, 언어 표면에 넘치는 주체적 인지와 정감적 태도, 고도로 과장화한 허구적 서사가 모두 선명한 낭만주의적 경향을 표현하였다.

이 작품들의 일부는 성애의 억압이 가져온 인간의 거대한 심리와 생리적 고통을 과장하면서 이러한 억압을 개인과 가정의 비극의 근원

6) 왕안이, 「『소포장(小鮑莊)』, 문학허구, 도시풍격」, 《어문도보(語文導報)》, 1987년 제4기

으로 간주하였고, 이로부터 일종의 개방적이고 자연적인 성애 생활 방식에 대한 바람을 표현하였다. 이를테면 자핑아오의 『헤이씨(黑氏)』와 구화(古華)의 『정녀(貞女)』이다. 게다가 상당수의 작품들은 자연과 사회, 성애 본능과 문명 규범의 대비 속에서 문명, 도덕이 수반한 인간의 허위, 비열, 자기기만의 고통을 들추어내는 동시에, 또한 문명사회의 속박을 벗어난 뒤의 인성의 자연적 발전이 가져오는 인간의 환락과 행복을 미화하였다. 가장 전형적인 실례는 예난(葉楠)의 『기나긴 봄밤(漫長的春夜)』인데, 적나라한 동시에 솔직하고 직접적인 멧돼지의 성관계를 인위적인 동시에 허위적인 인간의 성관계와 대비시키면서, 나아가 인류가 이제껏 긍지로 여겨온 문화, 문명, 이성이 인간의 본성을 질식시키고 속박함을 조소하였다. 이러한 종류의 대비는 확실히 모든 사회 관계의 총화로서의 복잡한 인간의 본질을 완전히 홀시하였지만, 다른 한편으로는 자연으로 돌아가고자 하는 일종의 동경 역시 표현하였다.

자연과 사회를 대비하는 것은 종종 사실주의 문학의 성애 묘사의 조각들 속으로 표현되기도 하였으며, 마찬가지로 낭만적인 풍격을 나타내었다. 쿵제성(孔捷生)의 『대림숲(大林莽)』은 일상적 사회환경 속에서 갖가지 고려할 점으로 인해 서로 사랑하지만 결혼할 수는 없는 어느 지식청년 남녀를 묘사하였는데, 그들이 한 번은 인간 세계를 벗어나 대림숲에서 사회와 격리되었을 때, 마침내 생존적 이성의 구속을 벗어나면서 성애로 하여금 자유로운 표현을 얻어낼 수 있었다. 『밤과 낮』 속에서 리샹난과 가오샤오리의 애정 역시 갖가지 현실적이고 공리적인 관계의 구속으로 인해 상대방에게 고백을 할 수가 없던 것이었다. 단지 어느 날, 그들 두 사람이 작은 배를 타고 사회관계망이 그들에게 강제하였던 모든 것을 벗어나고 혹은 그것을 망각했다고 할 수 있을 때에야 그들은 비로소 진정으로 사랑의 행복을 체험할 수 있었으며, "비바람은 그들과 인류 사회를 격리시켰던 것이다. 물안개가 자욱한 대자연 속에서만 그들 두 사람이 있을 수 있었다. 하나는 남자이고 하나는 여자이었다."『오래된 우물(老井)』 속에서 역시 한 단락의 유사한 묘사가 있는데, 남녀 주인공이 우물에 빠져 세상과 격리된 상황 속에서 유일하게 완전한 성애의 자유를 얻어낼 수 있었던 것이다. 이러한 조각들은 모두 마찬가지로, 인류는 오직 사회환경을 벗어나야만, 혹은 사회환경이 실제적으로 구속력을 잃을 때라야 비로소 자신을 안배할 수 있고, 스스로 자신에게 통행증을 발급할 수 있으며, 비로소 성애를 위한 성애를 할 수 있고, 성애 활동으로 하여금 일종의 공리적인 관계를 초월해 인성의 자유롭고 자연스런 활동에 합치될 수 있다는 이러한 판단을 체현하였다. 이러한 판단은 현실에 대한 모순, 인류의 처지에 대한 일종의 현실주의의 비극적 지각을 표현하였을 뿐 아니라, 동시에 인성의 해방, 성애의 자유에 대한 낭만적인 바람 역시 표현하였다.

물론 이 같은 몇몇 작품뿐 아니라, 신시기 문학 속의 많은 양의 성애 주제의 작품들이 사회환경, 가정환경의 억압성에 대한 비판, 모종의 과분하게 도덕화하고 이성화한 변태적 인격에 대한 비판을 통해 인간의 감성적 생명, 감성적 본질을 제고하면서, 강렬한 개성 의식, 생명 의식, 자연 의식을 특징으로 하는 인도주의 사상을 표현하였다.

정신의 실질로 볼 때, 신시기 문학의 낭만주의적 사조는 또한 신문화운동 시기 낭만주의 문학의 부흥과 발전이기도 하였다. 이 책의 제2장 속에서 우리는 이미 낭만주의 문학과 프로이트주의의 관계를 논술하면서, 프로이트주의가 낭만주의 세대로 하여금 이를 빌려 인격 구조와 인격 발전에 있어서의 생물적이고 동물적인 생명 본능과 감성 욕구의 중요성을 발견하도록 함으로써, 인간이 우선은 일종의 피와 살을 지니고 칠정육욕을 지닌 감성적 생명 형태임을 확립하였으며, 나아가 정욕이 중국 문학 속에서 처음으로 악이 아니라 천부적인 인성으로서, 일종의 감성적 동력 요인으로서 심미적 관조와 심미적 가치를 얻어낼 수 있게 하였고, 이로써 신문학의 반봉건, 반전통적 문화정신이 청년들의 영혼에 청춘의 열정과 개혁의 동력을 부여하였던 것이라는 점을 지적한 바 있다. 마찬가지로, 프로이트주의는 새로운 역사적 조건하에서 역시 서로 다른 방식으로 신시기의 낭만주의 문학에 다방면의 심리학적이고 문화철학적인 영향을 가져다주었다.

지식과 정보가 조밀하게 유통되는 오늘날의 사회 속에서 문화인으로서의 작가는 대체로 프로이트 및 그의 사상에 대하여 전혀 알지 못하기는 힘들다. 또한 작가들이 인류의 성 생활, 성 심리와 성 활동에 대해 관심을 갖고 묘사하면서 이로써 모종의 문화관, 가치관을 표현하고자 시도할 때, 그는 이 방면에서 놀라운 발견과 설명을 하였던 프로이트주의 및 그 갖가지 변형체들과 연계가 발생하지 않기가 매우 어렵다. 그러나 신문화운동 시기와는 다른데, 프로이트주의가 그때는 주로 아무래도 일종의 최신 심리학 성과로서 중국에 소개되어 들어왔기 때문에, 작가에 대한 영향은 비교적 직접적이었고 또한 양자 사이의 공통점 혹은 유사점이 비교적 눈에 쉽게 띌 수 있었다고 할 수 있다. 그러나 신시기 이후는 한편으로 중국 작가들 자신이 그들의 선배들과는 달리 직접적으로 심리학 이론을 도용하거나 이식하기를 원치 않았는데, 왜냐하면 이렇게 하면 삶에 대해 어쩌면 이 작가들이 겪은 독특한 체험과 심미적 파악이 매몰되거나 왜곡될 수 있었기 때문이다. 다른 하나의 중요한 측면은 바로 프로이트주의 자체가 이미 일종의 문화관념으로서 광범한 인문과학 영역과 갖가지 정신활동 환경 속에 스며들었고, 사람들의 일상적 언어와 사상에 영향을 끼치고 있었기 때문에, 사람들은 이미 직접적으로 프로이트의 저작 속에서가 아니라 전체적인 문화적 분위기 속에서 프로이트주의의 영향을 흡수하였던 것이다. 바로 이러하였기 때문에 프로이트주의가 중국의 신시기 낭만주의 문학에 끼친 영향은 더욱 굴곡지고 간접적이지만, 그 영향의 범위와 정도는 도리어 전보다 더욱 컸다고 할 수 있다.

일부 작가는 정신분석학설을 운용하는 방면에서 상당히 자각적인 의식을 나타내기도 하였다. 이를테면 루디(陸棣)가 창작한 『정신병 환자 눈 속의 세계(一個精神病患者眼里的世界)』는 프로이트의 문화철학관과 변태심리학의 계시를 직접적으로 받은 것이다. 서사 방법에 있어서 이 소설은 루쉰의 작품 『광인일기(狂人日記)』와 유사하게, 정신병 환자를 주관적 서술자로 삼아 풍자적 방식을 통해 비정상적 인간의 정상성으로 정상적 인간의 비정상성을 조소하였다. 그러나 두 작품의 취지는 매우 차이가 나는데, 루쉰의 작품은 주로 중국 역사, 문화에 대한 일종의 거시적 반성인 것이지만, 루디의 소설은 인류의 생존, 생활 방식에 대한 낭만주의적 비판에 무게가 두어졌기 때문이다. 그것은 프로이트의 이론에 근거하여 정신병 환자의 심리와 행위 속의 아동적 특징을 강조하였고, 그들이 정상적인 인격 구조가 해체됨으로 인해 초자아와 자아의 구속 작용이 약해져 진실한 이드가 충분히 드러나게 되는 것을 묘사하였다. 그래서 그들의 "내면의 세계는 어린아이 같은 욕망으로 충만해 있었다. 그들은 다른 사람들과는 다른 진정한 인간들이었다." 그러나 일단 정신병 환자가 정상을 회복해 사회적 상식에 의해 승인되고 인가가 되면 초자아와 자아는 도덕원칙과 현실원칙을 가지고 인간의 진실한 본성을 억제할 수 있었지만, 진실한 자아는 어쩌면 도리어 소실되면서 타인과 중복되는 것이 하나의 녹음기를 방불케 하였으며, 갖가지 구속과 준칙에 매몰되는 것은 생명이 없는 목각인형을 방불케 하였고, 결국은 개성과 창조력을 잃은 기계 복제품인 것이었다. 정상인과 비정상인의 위치 교환으로 조성된 희극적 대비를 통해, 소설은 문화적 규범, 사회적 상식, 기호적 세계에 대한 일종의 반항과 질책을 명확히 표현해냈고, 일종의 과장된 방식으로 진실한 자연적 심리 상태와 생존 상태에 대한 갈망을 표현해 냈다. 물론, 작품 자체로 보면 그것은 경험 세계와 환상 세계, 예술 화면과 주체 사유를 완전히 유기적으로 결합하지는 못하였기 때문에, 정신분석이론을 차용하고 인용한 면에서 다소 부자연스러웠다.

보다 많은 성애 소재의 작품들로 볼 때, 프로이트주의가 제공한 것은 주로 일종의 인생관이었다. 이는 신문화운동 시기와 상통하며, 그것들은 모두 성애 욕구가 인간의 가장 기본적인 생리적 수요이고 심리적 동기이며, 그것의 만족은 인간에게 쾌락과 향락을 가져다주지만 좌절은 거대한 심리적 고통과 불균형을 일으킨다고 보았다. 따라서 이 작품들은 이성 사이의 감정적 연계를 긍정하였을 뿐 아니라, 그들 사이의 생명적이고 육체적인 연계 또한 긍정하였다. 사랑의 희열은 아직 육체적 성의 만족을 대신할 수 없었다. 둥리보(董立勃)의 『흑토홍토(黑土紅土)』 속에서 그 젊은 여성은 따라서 "나에게 아들을 낳게 해달라"며 생명을 큰 목소리로 호소하였고, 『기나긴 봄밤』 속에서 페이페이(佩佩)는 열정적으로 "남자가 한 명 필요해"라고 갈망하였으며, 보고(報告)문학 『성이 여자를 해방시키다(性"解放"女子)』 속의 류메이쉬안(劉美萱)은 "나는 남성을 떠날 수 없다……"고 선언하였다. 그것들은 서로 다른 측면에서 사람들의 타오르는 이드적 욕구를 펼쳐 보였고, 인성의 갈증과 고통을 전시하였으며, 성 활동의 감성적인 쾌락을 들춰내었고, 동시에 생명의 요구가 실현될 수 없음으로 인해 조성되는 심리적 불균형과 심리적 변태 역시 투시해냈다. 그것들은 프로이트가 지적하였던 것처럼 성적 요구가 인간 신체의 내부적 자극에서 기원하고, 그 발생이 인간의 의지, 의식에 의해 전이되지 않으며, 비록 사람들은 갖가지 굴절된 방식으로 이러한 내적 구동력을 상대할 수 있지만 그것이 결국은 우리들의 심리와 행위 속에 반영되고, 이따금은 제지할 수 없는 생명의 동력으로 축적되기도 하며, 만약 이러한 동력이 순조롭게 만족을 얻어내면 인간에게 상쾌함과 유쾌함을 가져다주지만, 그러지 못하면 갖가지 비극을 조성할 수 있다는 점을 표명하였다. 이 점에서 이 작품들은 확실히 과분한 문명적 금기와 문화적 억압에 반대하였고, 인성과 인격이 자연적이고 건강하게 발전하도록 하는 낭만적 경향을 중시하였으며, 현실적 처지와 생존 환경에 대해 일종의 비현실적인 상상적 초자아를 표현하였다. 이는 현실에 대해서는 일종의 유토피아식 비판이다.

물론, 현재의 성애문학 창작에 대한 프로이트주의의 가장 중요한 암시는 어쩌면 그가 심도 있게 들추어낸 성애와 문명 사이의 비극적 대립이다. 프로이트는 초기부터 말년에 이르기까지, 의식과 무의식, 오이디푸스 콤플렉스 및 인격 발전의 심리학, 이드와 자아와 초자아의 인격 구조, 현실원칙과 쾌락원칙 등에 관한 일련의 논술 속에서 모두 뒷날 그가 체계적으로 해석하였던 문명과 애욕의 충돌 사상을 관철하였다. 그가 보기에, "문화의 의의는 모두 바로 인류에게 금기와 제한을 부여하는 데 있다." 만약 문화가 대표하는 것이 극복, 안정, 협조라고 한다면, 애욕이 대표하는 것은 배설, 변동, 개별이며, 양자의 상호 연계, 교체, 대결이 억압과 배설, 파괴와 건설, 정체와 발전의 투쟁 속에서 지난하게 생성된 인류의 긴 역사를 구성하였다. 사회와 문명 질서의 붕괴는 모두 개체의 감성 본능의 해방을 의미하고, 질서의 확립은 모두 감성 본능에 대한 성공적인 억제를 의미한다. 따라서 애욕과 문명의 충돌은 인류에게 자고 이래로 비극의 원형이 되어왔는데, 그것은 개체와 공동체, 사회와 자연 간의 외재화한 충돌로 표현되었을 뿐 아니라, 인격의 자아, 이드, 초자아라는 심리 속에서 의식과 무의식의 충돌로 내화하기도 하였으며, 심지어는 이따금 이러한 내재적 충돌이 외재적 충돌보다 더욱 가슴을 진동시키는 것이었다. 그런 의미에서 성애의 비극은 어쩌면 일종의 사회적 비극일 수 있고, 또한 일종의 심리적 비극일 수 있다.

자핑아오의 『헤이씨』, 구화의 『정녀』, 모잉펑(莫應豐)의 『한 여자와 두 남자(一個女人和兩個男人)』, 류헝(劉恒)의 『복희복희(伏羲伏羲)』 등의 소설은 대부분 사람들, 특히 젊은 부녀자들의 생명적 감성 요구와 모종의 가족 관계, 혼인 제도 내지 도덕 습속 간의 충돌을 그려내거나, 인간의 정상적 욕구에 대한 후자의 박탈과 방해로 조성된 불행을 묘사하였으며, 전자가 문명과 사회적 습관이나 규범을 위배하여 야기된 징벌을 펼쳐 보이기도 하였다. 그 결과는 모두 비극적인데, 문화와 문명, 규범과 질서는 동요될 수 없는 예속력과 권위를 영유하고 있고, 그것은 조금의 용서도 없이 잔혹하게 개체의 모든 반역행위를 진압해 자신의 존재 및 존재 방식을 지켜낸다. 비록 이는 인류 사회에서 일종의 필연적이면서도 필요한 작동 규율이지만, 심미적 방식으로서의 문학은 필연성, 규율성에 대한 모종의 초월이기 때문에 이 작품들은 종종 개체에 대한 문명의 박탈의 합리성을 부정하였고, 이러한 종류의 박탈을 모종의 봉건주의 및 우매함과 상호 연계시켰으며, 인성의 발전에도 부합하지 않고 사회의 진보에도 부합하지 않는 낙후성을 폭로하였다. 이 점은 이 작품들로 하여금 일반적인 현실주의 예술과는 차별되도록 하였는데, 그것들은 성애 억압에 대한 문명의 현실적 필연성과 합리성을 인정하지 않았고, 그것을 일종의 비극적 숙명으로 수용하거나 승인한 것도 아니었으며, 오히려 일종의 선명한 주체적 선택으로 표현해낸 것이었다. 그들의 예술 사유 속에서는 개성, 감성을 본위로 하여 사회, 문명과 도덕을 평가하였던 것이고, 다시 말하면 미(美)와 자유를 가지고 진(眞)과 필연성을 평가하였던 것이다.

위에서 언급하였던 이러한 작품들은 주로 사회 비극의 방식으로 성애와 문명의 충돌을 표현하였으며, 다른 작품들은 이러한 충돌을 일종의 심리 비극으로 표현하였다. 비교적 이른 시기의 작품으로 『내 말을 들어, 도원은 없다(聽我說, 聽我說, 沒有桃源)』, 『도전(挑戰)』 등이 있는데, 그것들은 정욕 본능과 도덕심, 현실적 이해타산 사이의 심리 모순을 다루기 시작하였다. 뒤에 가서 예난의 『기나긴 봄밤』, 둥리보의 『흑토홍토』, 류헝의 『백와(白渦)』 등에서는 인격 내부의 자아, 이드와 초자아 사이의 분쟁을 보다 깊고 생동적으로 묘사하였다. 『백와』가 다뤘던 것은 어느 중의약연구소의 연구원 저오자오밍(周兆銘)이 한 유부녀 및 동료 화나이첸(華乃倩)과 겪는 불륜 이야기이다. 소설은 저우자오밍의 마음속 깊은 곳의 자아와 정의, 욕망 사이의 반복적인 대결 과정 및 그 동태성, 복잡성을 여러 층위와 방면에서 들추어냈다. 긴장되고 굴곡되는 심리의 변화 속에서 그는 처음부터 끝까지 스스로 내재적 모순의 비극적 틈바구니 속에 처하였다. 남성으로서 그에게는 생명의 열정이 있었기 때문에, 아름답고 열정적이며 활발하고 심지어 섹시한 화나이첸의 '유혹'을 마주할 때, 감정을 누르지 못하고 모든 것에 개의치 않으면서 생명의 환락에 취하곤 하였다. 일종의 사회적 동물로서 그는 또한 일정한 사회관계망 속에서 존재하였기 때문에, 사회와 타인의 반응이나 징벌에 신경쓰고 자신의 정치적 앞날과 사회적 명예를 고려할 때는 부득이 이러한 '유혹'을 억압할 수밖에 없었던 동시에, 그는 도덕적 품성을 갖춘 교육받은 지식인이어서 도덕적 이상의 감독 아래서는 자신과 유부녀의 사통으로 인한 윤리 관념의 질책을 받았고, 또한 자신을 희생하며 헌신하는 여인을 자신이 변함없이 사랑할 수 없다는 데 대해서는 인격의 질책을 받기도 하였다. 이는 도덕을 지켜낼 수 없지만, 또한 부도덕할 수도 없는 비극적 인물이다. 자아, 욕념, 도덕이라는 세 종류의 힘이 교차적으로 한데 엮이면서 그로 하여금 완전히 자아 조절과 자아 균형의 용기와 능력을 잃게 하였으며, 많은 고민과 주저함의 결과는 또한 어느 한쪽을 포기하는 것이기도 하였다. 작가는 한편으로 저우자오밍의 비극적 처지를 동정하였지만, 다른 한편으로는 저우자오밍의 나약함과 비겁함에 대한 비판을 명확히 표현하였으며, 그와는 반대로, 화나이첸의 솔직함과 진정성, 애정에 대한 충실함과 용기는 열정적으로 강조하였다. 이러한 종류의 대비는 일종의 선택을 암시하였는데, 바로 개체의 정당한 행복과 요구가 사회적 가치표준, 도덕적 규범과 충돌이 발생할 때, 인간은 반드시 자신의 길을 가고 자신의 행복을 찾아 나설 용기가 있어야 한다는 것이었다. 바로 이러한 관념이 이 사실주의 풍격의 소설로 하여금 강렬한 낭만주의적 문화정신을 지니도록 하였다. 함께 지적할 것은 많은 성애 작품 속에서는 남자와 여자의 대비가 모두 허위적이고 비겁한 것과 진실하고 용감한 것의 대비이고, 애정에 대한 서로 다른 태도가 두 종류의 서로 다른 인격 형태를 형성하곤 한다는 점이다. 기실, 중국의 신문학사에서 이는 또한 자주 보이는 인물 관계의 원형인데, 이를테면 차오위(曹禺)의 『뇌우(雷雨)』 속 판이(繁漪)와 저우핑(周萍)이다.

자연, 개성, 감성을 숭상하고 예교, 전제와 도덕 문명에 항의하며, 인성의 자유로운 발전과 성애의 충분한 독립을 갈구하고 "느낌을 따라가는(跟着感覺走)" 생활 방식을 제창하는 것은 신시기 적지 않은 성애 소재 작품들의 하나의 공동의 추세였다. 마침 한 편의 기실(記實) 소설 서문에서 어느 여성에 대해 평했던 바대로, "성적인 활동을 완전히 자신의 흥취의 일부로 삼으면서, 생계와 생육은 물론 처자로서의 의무 역시 다하지 않았다. 잘나가거나 일등품인 것만을 골라 사고…… 더욱 가련한 것은 가족 내지 남편에게 억울함을 당하면서까지 웃어른이나 자식의 집 장만을 위해 애쓰던 일과 같은 것들이 당대 중국 여성 속에서는 아주 희소하다는 점이다." 확실히 그것은 일종의 소망인데, 바로 성적인 활동이 사회가 그것에 부여하는 갖가지 부담과 제한을 완전히 벗어나 자유스럽고 자연스럽게 성애만을 위하는 것이며, 다른 어떠한 목적을 위해 성애를 하지 않는 것이다. 예술을 위해 예술을 하고, 학술을 위해 학술을 하며, 과학을 위해 과학을 하고, 아름답기 위해 아름다운 것, 이 모두 현실의 각박한 규정성 속에 처해 있는 인류에게 있어선 물론 하나의 꿈일 뿐이다. 인류의 실천 활동은 복잡한 정합체이고, 단순하고 고립된 행위와 목표는 존재하지 않으며, 모든 것이 상호 얽히며 짜여지는 것이므로, 자유가 있는 곳에는 바로 속박 또한 있다.

물론 예술은 일종의 심미적 실천으로서 현실을 초월하는 것이고, 인류의 희망을 상징하고 있으며, 세속에 의해 제한을 받는 영혼은 환상의 세계 속에서만 비로소 해방되고 용솟을 수가 있다. 따라서 신시기의 성애문학은 이러한 의미에서 바로 인류를 위한 미래를 호소하고 있다. 그러나 이러한 종류의 미래에 대한 호소는 현실의 불합리에 대한 비판이기도 하다. 이러한 작품들이 개성, 감성, 생명의 본질을 가지고 문화 전통과 문명 질서를 자각적으로 평가할 때 사회가 전하여 내려온 금욕주의 관념 자체는 일찌감치 그것 자신의 합리성을 상실하고, 인간 자유와 행복 권리에 대한 그 잔혹하면서도 야만적인 박탈이 반인성적이고 반인도주의적인 정신이었다는 점 역시 힘 있게 폭로된다. 따라서 이 작품들은 한편으로 중국의 오랜 봉건 전통, 종법 제도와 정신 우매를 부정하고, 다른 한편으로는 "그들이 불행한 데 슬퍼하고, 그들이 다투지 않는 데 분노하는" 태도로써 감성적 동력과 합리적 해방을 사람들에게 환기시켰다. 이 방면에서 이 문학들은 낭만주의와 계몽주의, 비판적 현실주의를 결합하였다.

이 작품들은 확실히 문화적 기질에 있어서 프로이트주의와 모종의 연관이 있다. 프로이트 본인은 결코 단순한 심리학자가 아니었고, 본질에 있어서 낭만적인 '시인'이기도 하였으며, 인간의 본능에 대한 일체의 과한 억압에 강렬하게 항의하면서 성욕의 정상적 발전이 인격의 건강, 문명의 진보에 거대한 역할을 한다고 지적하였을 뿐 아니라, 일체의 정신적 변태와 굶주림이 모두 성욕이 좌절된 것과 밀접하게 관련된다고 믿었다. 그래서 한편으로는 문명과 애욕의 대립을 또렷하게 인식하였고, 다른 한편으로는 문명이 무조건적으로 인간의 본성 위에 군림하는 것을 명확히 반대하였다. 이러한 기본적인 사상 및 본능, 인격심리학, 변태심리학 등 방면에 대한 논술이 모두 갖가지 융통성 있는 방식으로 신시기 성애문학의 창작 속에 스며들었다.

하지만 프로이트에게는 많은 사상가 내지 문학가와 마찬가지로 일종의 거대한 모순이 존재하는데, 감정적인 면에서 그는 낭만주의자였고, 자유, 해방과 생명의 쾌락을 갈구하였으나 이성적인 면에서는 현실주의자였고, 어쩔 수 없이 본능의 억압, 속박의 합리성을 인정해서 사회적 안정과 문명의 연속을 옹호하였다. 전자로서 그는 급진적이고 혁명적이며, 전통을 공격하고 현실을 비판하며 미래를 동경하였다. 후자로서는 보수적이고 온건적이었는데, 갖가지 사회 모순과 심리 모순을 조합하고 조절하고자 노력하였다. 그러나 이러한 양면성이 신시기의 성애문학 속에는 완전히 반영되지 않았다. 신·구가 교체되는 급격한 변혁의 전환기에 놓인 상태에서, 신시기의 많은 작가들은 프로이트주의의 급진적인 경향에 더 이끌렸다. 이는 또한 어떤 영향의 결과가 늘 영향을 주는 이 때문이 아니라, 영향을 받는 이의 기대, 준비, 수요와 조건과 한데 연계되는 것이라는 점을 말해주는 것이기도 하다.

신시기의 낭만주의 문학은 주관적이고 심지어 축소 혹은 과장된 허구의 원칙으로 생활을 다시 빚어냈기 때문에, 현실 관계와 사회

구조에 대한 심층적인 게시 및 역사 진행과정에 대한 이성적 사고에는 도달할 수 없었다. 비록 이따금은 예술적 묘사의 정도, 심미적 원칙과 도덕적 원칙의 관계를 처리하는 방면에서도 다소 균형적이지 못하였지만, 오늘날 우리들의 이러한 문화적 관념이 총체적으로 변혁되는 시대의 조류와 상호 일치하여, 일정 정도 사람들의 상상력과 격정을 해방시키고 사람들의 인성 의식, 개성 의식을 일깨우고 있으며, 낙후하고 보수적인 사회 구조와 문화 구조를 동요시키고 있다는 점을 확인할 수 있다. 따라서 프로이트주의의 영향에는 확실히 소극적이거나 편향적인 경향도 존재하지만, 일정하게 적극적인 미학적 의의 또한 발생시키고 있다. 물론, 여기서 우리가 평가한 작품들은 엽기만을 위하고 감각기관과 감각의 생리적 자극만을 다루는 몇몇 음란하고 저급한 작품을 포함하지는 않는다. 이러한 작품들은 본능적 욕망을 배설하는 아름답지 못한 일종의 수음으로서, 그것들은 영원히 미(美)의 범주에 속하지 않는다.

4. 가위 눌린 예술 세계

중국은 1980년대에 진정한 의의의 현대주의 문학이 출현하기 시작하였다. 그것은 문학의 형식, 수법, 기교 측면에 있어서 고전 전통에 대한 선봉적인 반항으로 표현되었을 뿐 아니라, 현실에 대한 일종의 현대주의적 심미 체험 및 이러한 종류의 전위적인 체험에 대한 새로운 의미 전달의 체계로도 표현되었다. 물론 신시기 중국 문학의 현대주의는 문화 정신과 심미 표현 방면에서 서방 현대주의 혹은 후기 현대주의 문학과는 갖가지 중요하거나 중요치 않은 구별이 존재하며, 전통적인 현대주의, 인본주의, 이상주의와는 달리 문학 속에서 비이성주의,

허무주의, 형식주의 및 풍자와 자조의 미학적 경향을 강화하였다. 이 점은 이미 찬쉐, 마위안, 훙펑, 모옌, 류쒀라, 짜시다와(扎西達娃), 천춘(陳村) 등 적지 않은 작가들의 심미 형상과 심미 풍격 속에 깊게 각인되었다.

외재한 사회 구조의 운동에 따라, 사람들의 심리 구조 역시 변화가 발생하였는데, 이것이 중국에 현대주의 문학이 생겨난 내재적 근거이다. 그러나 반드시 인정해야 할 것은 중국의 현대주의 문학이 줄곧 서방 문화와 문학의 충격, 계시와 촉진 속에서 생성되었다는 점이다. 서방 문화의 영향이 없이 중국의 선봉파 작가들이 이처럼 신속하게 자신의 문화 관념, 문학 관념을 바꾸거나 확립하고, 이처럼 숙련되게 새로운 예술 재능과 형식, 기교를 장악했다고는 상상하기 어렵다. 프로이트주의는 서방 현대문화의 하나의 중요한 구성부분으로서 중국의 현대주의 문학사조에도 복잡한 영향을 발생시켰다.

영향의 발생은 한편으로는 당연히 정신분석이론 저작과 사상의 관점이 갖가지 전파방식을 통해 이미 중국에 전해져 접촉의 조건이 조성되었기 때문이다. 다른 한편으로는 프로이트주의가 일찌감치 서방의 갖가지 현대주의 문학사조 속으로 스며들었기 때문인데, 이를테면 표현주의, 의식류, 블랙유머, 부조리파, 마술적 현실주의이며, 그것들은 모두 중국 문학에 서로 다른 정도에서 중요한 영향을 일으킨 바 있다. 따라서 몇몇 중국 작가들은 프로이트를 읽은 적이 없지만, 의도적이든 그렇지 않든 간에 광범한 서방 문화 속에서 여전히 직접적이거나 간접적인 암시와 영향을 받았다. 일부 작가들에게 있어서는 프로이트 본인보다는 카프카, 조이스, 포크너, 오닐, 마르쿠제가 그들에게 정신분석의 기본 관념을 부여했다고 말하는 것이 옳다.

중국의 당대 선봉파 작가들 중에는 훙펑(洪峰)이 어쩌면 비교적 자각적으로 정신분석의 관점을 택한 사람이다. 그는 일찍이 "문학의 주제는 삶과 상통하고, 생명과 서로 연계된 것인데, 그것은 바로 사랑이고, 바로 죽음이며, 바로 생명이다…… 물론 이렇게 직선적인 연계는 아니다"[7]라고 지적하였다. 생명에 대한 그의 이러한 이해는 프로이트의 죽음 본능과 삶의 본능, 사랑과 죽음에 관한 논술과 대단히 일치한다. 그래서 『분상(奔喪)』 속에서 홍평은 성의 심리를 가지고 갖가지 인간 관계와 가족 관계를 해석하였다. 『한해(瀚海)』 속에서는 정욕의 본능을 가지고 인간의 행동과 운명을 지배하는 내재적 동기를 해석하였다. 그는 인간을 생물로 되돌려놓고 사회를 본능화하였으며, 생리적 수요를 가지고 심리적 수요를 설명하려고 시도하였다. 그는 의식과 이성의 표층을 투과해 인성 속의 가장 원시적인 본질과 역량을 끄집어내고자 노력하였다. 바로 이러한 종류의 변형적이고 표현주의적인 면의 확대는 소설 속의 인물 및 인생으로 하여금 선명한 비이성주의 색채를 띠게 하였다.

더 많은 선봉파 작가들에게 있어서 프로이트주의의 영향은 그들의 창작방법 속에서 간접적으로 표현되곤 하였다. 정신분석의 저명한 자유 연상 이론은 일종의 독특한 심리적 인지 방식을 제기하였고, 그것은 인간의 정신이 일종의 최면 상태 속에 놓이게 해서 심리 활동이 완전히 무의식 속에서 임의적이고 개방적으로 흐르도록 하였으며, 최대한 이성, 의식, 논리의 간여, 질서의 정연화를 배척함으로써 그것으로 하여금 원시 발생적인 방식으로 표출되고 표현되어 나오도록 하였다. 이러한 종류의 작업 방법은 문학에 두 가지 중요한 영향을 일으켰는데, 하나는 전체적인 문학의 서사로 하여금 자유 연상과 유사하게 인과적 논리, 시공의 연계, 의미의 정합을 강조하지 않고 일종의 파편적 사색의 의식적 흐름을 채택하도록 한 점이다. 다른 하나는 문학 언어가 모종의 의식적 흐름의 자동적 기록이 되게 한

---

7) 홍평(洪峰), 「나의 말하는 방식(我的說話方式)」, 《문예쟁명(文藝爭鳴)》, 1987년 제2기

점인데, 명확, 완전, 투명함을 강구하지 않고 갖가지 과장, 공백, 틈, 모순을 그대로 두어 언어로 하여금 인간의 무의식적 영혼의 심연에 근접하도록 해서 독특한 인생 경험과 체험을 표현하는 것으로 인성의 본질을 들춰내려고 하였던 것이다.

이러한 점들은 중국의 현대주의 문학 창작 속에서도 체현되었다. 모옌(莫言)은 일찍이 창작은 반드시 무의식적 충동과 환상을 포함하여 작가의 독특한 상상을 표현하기 위해 노력해야 한다면서, "일단 이러한 상태에 진입하면 맥락이 분명한 이성은 갖가지 감성에 양보하지 않을 수 없게 되고, 갖가지 의식은 무의식의 역량 아래 눌리지 않을 수 없게 된다"[8]고 하였다. 따라서 그의 소설은 원시적이고 야성으로 충만한 색채, 화면과 이미지로 가득한데, 이 상징들 속에서 그러한 생명의 무의식이 펼쳐져 나오는 것이다. 찬쉐(殘雪)의 소설은 의식류와 표현주의의 결합으로서 이러한 점이 더욱 두드러진다. 그녀는 전통적 의의에 있어서의 소설적 주제, 서술방식 및 온전하고 진실된 인물의 형상에 연연하지 않았다. 그녀가 제공한 것은 하나하나의 심리적 파편이 끊기듯 이어지면서 조합되고 연결되는 것이었다. 언어의 운용 역시 임의적이고 격식에 구속되지 않았으며 그것으로 하여금 심리의 원시적 감각과 상상에 보다 근접하도록 하였다. 명확한 수식, 이차적 가공과 체계화가 나타나지 않았다. 『통로에 심어진 사과나무(種在走廊上的萍果樹)』 등 일련의 작품 속에서는 곳곳에서 이러한 묘사를 발견할 수 있는데, "안면에 긴 곰팡이가 피기 시작했고, 거울 속에서는 매번 몽롱하게 표백된 얼굴이 비추어졌다" "무겁게 코를 골는 소리는 잡다한 그릇들로 하여금 찬장 속에서 이리저리 춤을 추게 만들었다" "눈은 초록빛으로 변하였고, 사람의 머리가죽이 저리

8) 모옌, 「상상의 자유와 묘사의 절제(想像的自由與描寫的節制)」, 《문예보》, 1987년 5월 4일

는 것을 눈으로 확인할 수 있었다"…… 같은 것들인데, 이는 모두 진실이 아니라 감각이며, 그것은 일상적인 것과 다른 감각이다. 소설은 전체적으로 갖가지 상상과 감각들로 짜여졌으며, 마침 그러한 비정상적인 구석에서 은유, 암시, 상징이 부여되고 있기 때문에, 무의식적인 심리 동기와 심리 과정을 드러내고 있기도 하다.

꿈에 관한 프로이트의 이론은 현대주의 창작에 있어서 중요한 영향을 끼치고 있다. 프로이트는 꿈을 일종의 입체적인 구조로 삼았으며, 드러난 꿈과 감춰진 꿈은 기표와 기의와 같이 상징을 통해 각기 꿈의 드러난 의미와 감춰진 의미를 대표하고 있다. 따라서 꿈은 일상생활에서의 정경과는 달리 무의식적 소망이 꿈의 작업에 의해 응축되고 이식되며 윤색되고 상징화한 것이며, 늘 일종의 황당함과 비논리성을 드러낸다. 이러한 종류의 황당한 꿈자리는 현대주의 문학이 제공하는 예술적 화면이기도 하다. 이를테면 카프카의 『심판(*Der Prozess*)』과 『성루(*Das Schloss*)』이다. 모든 기호적 투명성은 단지 허구적 실재를 제공한 것이다.

이는 찬쉐의 묘사인데, "그 우물 아래에는 내가 떨어뜨린 가위 하나가 있었다. 나는 꿈속에서 남몰래 그것을 건져와야겠다고 결심했다. 그런데 깨어나서 보니, 그러한 생각이 잘못되었다는 점을 발견했는데, 원래 무슨 가위란 것을 내가 떨어뜨린 것이 아니라는 것이다. 당신의 어머니는 내가 잘못 생각하고 있다고 단언하였다. 하지만 난 생각을 버리지 않고 다시 떠올리곤 하였다. 누워 있다 보면, 나는 홀연 안타깝다는 생각이 들기 일쑤였는데, 가위가 우물 아래서 녹이 슬고 있는데 내가 가서 그것을 건져 올리지 않고 있기 때문이었다. 나는 이 일로 수십 년을 고민하였고, 얼굴 위에 칼자국 같은 주름도 생기게 되었다. 마침내 어느 날 나는 우물에 가서 나무통을 우물 밑으로 내려보았는데, 줄은 무겁고 미끄러웠으며 내가 줄을 놓쳐버리는 바람에 나무통은 소리를 내며 우물 밑으로 가라앉아버렸다. 재빨리 집으로 돌아가 거울을 봤더니 왼쪽 머리가 전부 하얗게 변해 있었다." 이는 『산위의 작은 집(山上的小屋)』 속의 한 단락이다. 그것은 하나의 완전히 혼란스런 꿈이고, 하나의 명확히 독해하기 어려운 꿈이다. 확실히 논리에 맞지 않는데, 나무통을 떨어뜨렸더니 머리가 전부 하얗게 변해 있었던 것이다. 또한 드러날 듯하다 감춰진 상징이기도 한데, 있는 듯 없는 듯한 가위, 수십 년의 시도, 믿음과 그렇지 못함에 관한 의혹이 무의식 아래층에 깊이 들어선 모종의 사건 혹은 동기를 암암리에 지시하고 있는 것이다. 이러한 종류의 변형적인 묘사는 이른바 심리분석 소설과는 다른데, 심리분석은 병적 사례에 대한 분석이지만, 이것은 자체가 병례이고 하나의 신경착란적 꿈이며, 그것은 해석이 없는 동시에 확정적 해석을 믿지 않고 추구하지도 않기 때문이다. 그것은 일종의 감각을 불러오고 있고, 의의는 그 속에 담겨 있다.

많은 작가들은 모두 일종의 몽환적 세계를 가지고 삶에 대한 이해를 나타내는 것을 좋아하였다. 마위안(馬原)은 일찍이 "삶은 논리적이지 않지만, 그 사이에는 몇몇 매우 논리적인 조각들이 있다. 존재는 논리적이지 않지만, 몇몇 부분에서는 논리학의 모종의 정의가 입증되는 것도 같다. 그래서 나는 논리를 좋아하지 않지만, 논리에 반대하는 것도 좋아하지 않으며, 따라서 나의 방법은 바로 간혹 부분적으로는 논리적이지만, 큰 추세는 비논리적인 것이다"[9]라고 말하였다. 이러한 종류의 원칙의 지배 아래서, 마위안의 소설 세계는 늘 진실한 듯하면서 그렇지 않고, 꿈 같으면서도 그렇지 않으며, 비논리적인 가운데 논리를 펼쳐 보이고, 논리적인 가운데 또한 비논리적이다. 물론, 찬쉐와 비교하면, 마위안의 소설은 결국 국부적으로 서사의

9) 마위안, 「방법(方法)」, 《중편소설선간》, 1987년 제1기

정합성이 존재한다.

이러한 분석으로 볼 때, 우리는 프로이트주의가 일정한 정도에서 중국 현대주의 문학의 비이성성, 심지어 반이성적 문학 경향을 확실히 강화하였고, 작가들로 하여금 비이성적 안목으로 인생과 세계를 관찰하고 해석하도록 이끌었으며, 갖가지 비이성적이고 심지어 무의식적인 감각과 표상을 펼쳐 보이게 했을 뿐 아니라, 일종의 비이성적 구조, 형식과 언어를 운용하는 데도 주목하게 하였다는 점을 확인할 수 있다. 따라서 이러한 작품들은 보편적으로 수용될 수 있는 기의적 내용이 부족하였고, 안정적이고 질서 있는 의미 구조를 제공하지 않았으며, 그 형식 혹은 내용은 모두 극도로 개인화, 감각화하였다. 이러한 종류의 독특한 심미적 체험과 전달은 전통적 관례에 대한 반항으로서 일종의 전위적인 예술적 탐색 이었을 뿐 아니라, 이러한 탐색에 고유하는 갖가지 편향성과 편파성 역시 나타내었다.

긍정할 수 있는 것은 프로이트주의가 중국의 신시기 문학에 일으킨 영향이 양적인 면에서든 질적인 면에서든 모두 그 전의 모든 시기를 넘어섰다는 점이다. 게다가 중국 작가들은 영향을 수용하는 과정 속에서 더욱 성숙하고 더욱 자신의 주체성을 지닌 독립성을 표현하기 시작하였으며, 교조적이고 기계적인 이식의 방법은 대부분 피하였다. 또한 간단하게 문학 창작으로 정신분석학의 원리와 구조를 도해하거나 설명한 사람 역시 매우 적은 편이다. 따라서 문학에 대한 프로이트주의의 영향은 더욱 함축적이고 불명확해졌으며, 작가의 체험, 관찰, 예술적 전달과 융화됨으로써 우리가 그것들 사이에서 직접적인 대응성과 공통성을 찾아내기는 어렵게 되었다. 프로이트주의는 이미 일종의 문화 관념, 지식 축적으로 전환되었고, '무의식'적으로 작가들의 창작 과정에 작용하였다.

문학예술의 발전은 인류의 심미 의식 발전과 한데 연계되는 것이다. 신시기의 중국 문학은 바로 이 방면에서 민족의 새로운 심미적 경험과 심미적 이상을 표현하였고, 즉 일종의 '현대 의식'을 표현하였으며, 이러한 현대 의식의 생성은 물론 프로이트주의를 포함한 갖가지 현대 문화 학설의 성과와 깊은 연관이 있다고 할 수 있다. 그래서 비록 프로이트주의는 중국 당대 문학에 퇴폐적이고 편면적인 영향도 가져왔지만, 일정 정도 중국 문학의 현대화를 촉진하고 있고, 세계로 나아가는 중국 문학의 과정 역시 가속시키고 있다.

제5장

프로이트주의와
20세기 중국 문예미학

정신분석학을 창건하는 과정 속에서 프로이트는 일찍이 문학예술 속에서도 다방면에서 계발을 얻은 바 있는 동시에 또한 그는 늘 농후한 흥취와 열정으로 정신분석학의 기본 원리에 근거하여 문예미학 문제를 토론하고 사고한 바 있다. 그는 서방의 20세기 문화이론사, 미학사에 있어서 독창적이고 전무후무한 정신분석 문예미학 사조를 창조하였다. 비록 프로이트의 문예미학 사상은 서방의 문학 전통과 배경에서 근원한 것이지만, 중국과 서방의 문화 교류, 대화와 충돌의 과정 속에서 1920년대 초기에서 1980년대에 이르기까지 극동(極東)의 중국에서 그것은 다방면의 영향을 일으켰고, 계속해서 중국 이론비평계가 갖가지 경로와 방식을 통해 의식적이고도 무의식적으로 정신분석학설의 영향을 흡수하기 시작하였다. 그들은 정확히 말하면, 심층심리학적 방법, 개념, 술어, 원리를 빌려 문예학의 기본 문제를 토론하고 문학, 미학에 대한 심리학적 설명을 구하였다. 비록 이 방면의 탐색은 갖가지 원인의 제약으로 아직 충분한 이론적 고도와 사유의 심도에 이르지 못하고, 충분한 상상력과 창조성 역시 부족할 수 있지만, 결국 그것은 20세기 중국 문예미학의 건설, 발전과 문예 미학과 심리학 사이의 횡적인 연계에 있어서 개척적이고 실험적인 공헌을 하였다고 할 수 있다. 문예미학의 발전이 날로 큰 폭으로 문예심리학의 발전에 의존하고 있는 오늘날 프로이트의 문예미학 사상이 중국 이론비평가들에게 일으킨 영향을 회고하고 검토하고 반성하는 것은 우리가 어떻게 정신분석학설의 관념과 방법을 비평하고 개조하고 융합할 것인가에 많은 진귀한 깨달음을 가져다줄 것임에 의심의 여지가 없다.

1. 정신분석 문예미학의 기반과 체계

프로이트는 결코 처음으로 무의식을 발견한 것은 아니지만, 무의식의 심리 구조 속의 중요성을 처음으로 체계적으로 논술하면서 그것을 고도로 중시하였다. 무의식 심리의 본질, 발생 과정, 작동 기제에 대한 그의 논술 및 인간의 심리 과정과 행위 과정 속의 무의식의 지배적 작용에 대한 그의 강조는 대체로 인간에 대한 전통심리학과 기타 인문과학의 기본적 개괄과 평가를 변화시켰다. 인간의 형상은 평면적 조합으로부터 심도를 구비한 입체적 조합으로 변화하였다. 프로이트주의의 또 하나의 중요한 특징은 성의 본능을 인간에 내재하는 기본적인 심리 동력으로 본 것이다. 그는 성욕의 발전과 변화가 인격의 성장, 심리의 건강, 행위의 선택에 직접적으로 영향을 끼치고 있으며, 인간의 정신 활동과 실천 활동이 모두 성적 동기에서 그 해석을 찾아낼 수 있는 것이라고 믿었다. 이 밖에, 꿈의 이론 역시 정신분석학설의 중요한 구성부분이다. 프로이트는 무의식 충동, 특히 성 충동이 꿈의 진정한 창조자이고, 그것이 꿈의 형성을 위한 심리적 동력과 에너지를 제공하며, 응축, 이식, 상징화, 이차적 가공 등 꿈의 '작업' 과정을 통해, 꿈이 드러난 꿈과 감춰진 꿈, 드러난 의미와 감춰진 의미의 입체적 구조를 이루고, 무의식적 욕망의 일종의 상징이라고 하였다. 프로이트는 또한 인류의 문화 창작 활동에 대해서 독특한 해석을 하기도 하였다. 그가 보기에 문화 창조는 사욕적이고 원시적인 본능 에너지의 전이와 승화이며, "문화가 부단히 창조되는 것은 대대로 사회 생활에 참여하는 각 개인이 계속해서 공공 이익을 위해 그 본능의 쾌락을 희생하기 때문이다. 게다가 이용되는 본능적 충동은 특히 성 본능이 가장 중요하다"[1]라고 하였다. 한편으로 본능은 직접적인 만족이 좌절이 되고, 한편으로는 본능 만족의 목표와 수단은 변이되고 빗어질 수 있는 특징이 있기 때문에, 이는 본능의 승화와 문화의 창조를 가능하게 한다. 결과적으로 본능 충동을 간접적으로 만족시키거나 완화시키고, 또한 사회적 가치를 창조하고 생성시킨다.

무의식, 성 본능, 꿈, 승화라는 이 몇 방면의 학설은 프로이트주의의 주춧돌이고 프로이트 문예미학 사상의 이론적 지지대이기도 하다. 프로이트는 결코 전문적인 문예 이론가 혹은 미학가가 아니었지만, 또한 한 명의 단순한 심리학자가 되는 데도 만족하지 않았다. 그의 야심만만과 박학다식은 그로 하여금 미학, 문학예술 영역을 포함한 당대 인문과학의 갖가지 영역을 광범위하게 섭렵하도록 만들었다. 『정신분석개론(*Introductory Lectures on Psycho-Analysis*)』, 『정신분석개론신편(*New Introduction to Psychoanalysis*)』, 『꿈의 해석』, 『토템과 금기(*Totem and Taboo*)』, 『문명과 그 불만(*Civilization and Its Discontents*)』, 『위트와 무의식의 관계(*Jokes and their Relation to the Unconscious*)』 등 저작 속에서, 「창작가와 백일몽(Creative Writers and Day-Dreaming)」 등 문장 및 일련의 문학 예술가, 예술품에 대한 구체적 평론 속에서, 그 정신분석학적 관념과 방법에 근거하여 프로이트는 많은 주요 문예미학 문제에 대해 독창적인 해석과 설명을 내놓았다.

(1) 예술동력론

인류는 왜 심미적 창조와 예술적 환상에 종사하려고 할까? 프로이트는 인간의 본능 욕망이 사회적 규범, 현실원칙과 충돌이 발생하면

---

1) 프로이트, 『정신분석개론』, 중국 상무인서관, 1984년판, 298면

종종 좌절되고 직접적인 실현 혹은 만족을 얻어낼 수 없다고 믿었다. 이는 에너지의 침적, 심리적 긴장과 정신적 고통을 조성하기 때문에, 그는 반드시 주관적 수요와 객관적 조건, 이드적 충동과 초자아적 이상이 동시에 허가하고 수용할 수 있는 그 밖의 '보상' 경로를 찾아서 본능적 욕망의 배설과 정화를 완성하여야 한다. 그리고 이것이 바로 예술가의 창작 동력이고, "그는 너무 강렬한 본능적 욕구에 의해 강박된다. 그는 영예, 권세, 재부, 명예와 부인의 사랑을 갈망한다. 그러나 그에겐 이러한 만족을 구할 수 있는 수단이 부족하다. 따라서 그는 욕망이 있지만 만족시킬 수 없는 모든 사람과 마찬가지로, 현실을 벗어나 그의 모든 흥취와 리비도를 전이시켜 환상적 생활 속의 욕망으로 구성시킨다."[2] 그리고 예술은 비로소 그로 하여금 환상을 예술품으로 전이시키도록 할 수 있다. 프로이트가 일컬은 "행복한 인간은 결코 꿈을 꿀 리 없고, 소망이 만족되지 못한 인간이 비로소 꿈을 꿀 수 있다"[3]는 말은 동서고금의 문인들이 제기하였던 "분노가 시인을 배출한다", "분노가 치밀어 책을 낸다", 문학은 "고민의 상징"이라는 바와 모두 서로 통하는 구석이 있지만, 프로이트의 심리 동력 속에서 강조된 것은 억압을 받은 생명 본능이고, 특히 성의 충동과 욕구이다.

(2) 예술본질론

프로이트는 문학과 외부적 세계의 관계로부터가 아니라, 문학과 내재적 심리의 관계의 차원에서 예술의 본질을 고찰하였다. 만약 무의식 본능의 욕망이 예술 창조의 동력이라면, 예술의 본질은 바로

---

2) 프로이트, 『정신분석개론』, 301면

3) 프로이트, 「창작가와 백일몽」, 『현대서방문화이론선집』, 중국 상하이역문출판사, 1983년판

무의식 본능 욕망의 대체적 만족이다. 문예는 예술적 형상, 예술적 형식을 빌려 작가의 내심 깊은 곳의 갖가지 욕망 동기를 전달하고 암시하며, 특히 그것은 성과 유관한 갖가지 무의식적 콤플렉스, 이를테면 오이디푸스 콤플렉스이다. "하나의 환상은 모두 한 차례의 욕망의 만족이고, 모두 한 차례의 만족될 수 없는 현실에 대한 교정이다." 예술 속에서는 현실의 속박을 벗어나기 때문에, 사람들이 심미적 상상 속에서 성욕과 야심을 충분히 펼칠 수 있고, "실제적으로는 일찌감치 박탈된, 외계의 속박을 받지 않을 그러한 자유를 계속해서 향유할 수 있"[4]으며, 환상적 관념 속에서 스스로를 오랫동안 경모해 온 영웅, 군왕, 창조자와 성공자가 되게 함으로써, 예술 세계 속에서 자신의 목적을 실현하고 그것에 도달할 수 있게 만든다.

(3) 예술본체론

문예는 무의식적 욕망의 만족이지만, 프로이트는 이러한 종류의 만족은 적나라하게 드러나는 것이 아니라는 점 역시 예리하게 지적하였다. 초자아의 도덕 이상, 자아의 현실원칙은 모두 이드적 욕망이 예술 활동 속에서 내키는 대로 표출되는 것을 허락하지 않는다. 그래서 그것은 일종의 조합적이고 절충적이며 굴절되어 남이 모르게 어떤 일을 진행하는 방식으로 무의식으로 하여금 갖가지 화장, 개조를 하도록 해서 '루산(廬山)의 진면목'이 감춰진 뒤 문학 작품 속에 출현하도록 한다. 따라서 문예의 본체는 일종의 입체적 조합 구조인 것이고, 꿈과 마찬가지로, 표면과 내면, 드러난 의미와 감춰진 의미가 있는데, 전자는 의식, 이성, 도덕원칙을 대표하고, 후자는 무의식, 비이성성, 이드의 욕구를 대표한다. 예술의 본체는 바로 무의식적 욕망의 상징이고, 하나의 객관화, 체계화, 형식화한 꿈이자, 심미적으

4) 프로이트, 「창작가와 백일몽」

로 개조된 사욕이라고 말할 수 있다.

(4) 예술창작론

프로이트는 예술적 구상, 예술적 전달의 심리 과정에 대해 결코 흥미를 갖지 않았으며, 그가 주목한 것은 창작 과정 속의 무의식적 심리 과정이었다. 비록 그는 이러한 활동의 작동 규율과 기제에 대해 설득력 있는 해석이 부족하였지만, 꿈에 대한 연구에 근거하여 문예 창작 속의 무의식 활동의 기본적 특징을 찾아내었다. 그가 보기에 예술 창조는 바로 이드적 욕망이 응축, 전치, 상징화, 이차적 가공 등 수단을 통해 개조되고 변모되는 과정이고, 이러한 과정은 마치 꿈의 작업과 마찬가지로 무의식을 담아내는 것이며, 그 창작의 목적은 "첫째, 작가가 자신의 사욕적인 백일몽을 변화시키고 화장하는 것을 통해 그것의 성질을 옮게 하는 것이고, 둘째, 그 환상을 표현할 때, 일종의 순수 형식적인, 즉 심미적인 쾌락을 제공함으로써 우리의 기쁨을 얻어내는 것이다."[5]

(5) 예술가치론

프로이트는 일관되게 심리적 수요의 만족으로부터 예술의 심미적 가치를 확정하였다. 그는 예술의 인식 기능, 교육 기능을 중시하지 않았다. 미학적 경험에 대한 분석을 통해 그는 예술이, 무의식 욕망이 예술 속에서 만족되는 것이고, 그 의의가 신체 내부로부터의 자극을 해소시키고, 억압의 고통을 경감시키며, 인격 내부의 분열 및 주체와 외재한 객체 사이의 대립, 충돌을 완화시키는 데 있다고 믿었다. 창조자는 심미 과정 속에서 울적해진 충동을 해방시키고, 감상자 역시 심미 과정 속에서 울적해진 충동을 정화시킨다. 그래서 예술의

---

5) 프로이트, 「창작가와 백일몽」

가치는 바로 “타인이 공동으로 무의식적 쾌락을 향유하도록 해서 이로부터 그들의 기쁨과 감탄을 얻어내는 데 있다. 그때 그는 바로 자신의 환상적 욕념을 통해 그가 예전에 환상적 욕념 속에서만 얻어내었던 것들을 얻어낼 수 있다. 바로 영예, 권세와 부인의 사랑과 같은 것이다.”[6]

요컨대 프로이트는 외재적 사회구조 방면에서가 아니라 내재적 심리구조 방면에서 예술을 해석하였고, 이성, 의식, 자각성 방면에서가 아니라 비이성성, 무의식, 비자각성 방면에서 예술을 설명하였으며, 예술을 사회 현실생활의 재현, 반영과 모방으로 간주한 것이 아니라, 심층적인 무의식 심리의 표현, 투사와 정화로 간주한 것이고, 예술을 현실을 파악하고 개조하는 실천 수단으로 간주한 것이 아니라, 현실을 모면하고 벗어나는 환상 세계로 간주한 것이다. 마침 이러한 기본적인 관념과 방법에 있어서 정신분석 문예미학은 예술의 본체를 숭배하는 형식주의파, 예술과 사회의 역사적 인과관계를 강조하는 사회역사학파 등과 선명히 구별된다.

정신분석 문예미학은 줄곧 부단한 변화와 발전 속에 놓여왔다. 비록 프로이트가 제기한 권위적 이론이 지금에 이르러서도 몇몇 기본적 방면에서 여전히 중요한 영향을 발생시키고 있지만, 프로이트의 제자나 여타 후계자들이 또한 많은 문제에 있어서 프로이트의 사상에 대해 질의, 수정, 보충과 개조를 진행해왔다. 이를테면 융(C. G. Jung)은 개인적 무의식 외에 집단적 무의식을 제기하였고, 홀랜드(H. H. Holland)는 정신분석의 원리를 문학의 반응 과정 속으로 확장하였으며, 라캉(J. Lacan)은 무의식 이론과 언어 연구를 상호 결합하였다. 이러한 탐색들은 모두 서로 다른 정도에 있어서 정신분석 문예미학을 보다 풍부하게 해주었다. 바로 그들의 공동의 노력을 거쳐 프로이트가

---

6) 프로이트, 『정신분석개론』, 302면

창립한 이 학설은 비로소 서방의 20세기 문예미학의 역사에 있어서 가장 중요한 사조의 하나가 되었다.

2. 성욕의 승화와 고민의 상징

1920년대 초반에 프로이트주의는 구미의 각 나라에서 막 광범한 영향을 끼치기 시작했으며, 그것은 그 사상적 독특성과 반역성으로 서방을 향해 진리를 구하는 계몽의 풍조로서 갖가지 형형색색의 사상, 학설들과 함께 중국에 들어왔다. 비록 이 시기에 사람들은 더욱 주되게는 프로이트의 심리학 이론에 주목하였지만, 그의 문예미학 사상에 대하여도 중시를 하기 시작하였다.

중국에서 가장 일찍 프로이트의 문예미학 사상을 언급한 문장은 주광첸(朱光潛)의 「프로이트의 무의식설과 심리분석(福魯德的隱意識說與心理分析)」,[7] 탕청보(湯澄波)의 「심리분석학의 대략을 논함(析心學論略)」[8]이다. 주광첸의 글에서는 예술에 관한 프로이트의 기본 관점이 무의식 방면에서 문예를 고찰한 것이고 "시와 소설은 늘 사유의 경지가 현묘한데 모두 무의식이 은연중에 드러난 것이다"라고 하였다. 그러나 창작 과정 속에서 작자의 무의식은 '승화작용(sublimation)'을 통해 이미 유해한 것으로부터 유익한 것으로 전환된 것이다. 탕의 글에서는 프로이트의 꿈, 정신병, 농담 등 방면에 관한 논술과 문예의 관계를 다루었고, 프로이트의 문예 사상의 핵심이 예술을 무의식적 욕망의 대체적 만족으로 본 것임을 지적한 동시에, 이러한 관점을 중국 고대의 '시언지(詩言志)' 및 고대 희랍 아리스토텔

7) 《동방잡지》 제18권 제14호(1921년)
8) 《동방잡지》 제20권 제6호(1923년)

레스의 '카타르시스(catharsis)'라는 몇 종류의 학설과 비교하면서, 그것들이 모두 예술 창작의 심리적 동력을 말해준 것이라고 하였다.

이러한 소개들은 단편적이고, 집중적이지는 못하였기 때문에 문예계에서 일으킨 반향이 아주 크지는 않았다. 중국에서 진정 처음으로 체계적이고 명확하게 정신분석 문예미학 사상을 설명한 문장은 셰류이(謝六逸)가 번역하여 소개한 일본의 문학박사 다케오 마쓰무라(松村武雄)의 긴 글 「정신분석학과 문예(精神分析學與文藝)」[9]라고 하여야 한다. 이 글은 주로 프로이트의 이론 및 초기의 저명한 정신분석 문예비평가 모델(Albert Mordell)의 『문학 속의 성애 동기』의 관점에 근거하여 오이디푸스 콤플렉스와 문예, 꿈의 연구와 문예의 관계 등을 상세히 논평하고 문예 속의 갖가지 성욕 상징을 분석하는 동시에, 프로이트 이래 정신분석 문예미학의 기본적인 발전 과정을 서술하였다. 이 글은 그 정보가 풍부하고 표현이 명료하며 관점이 신선하였기 때문에, 문학계에서 프로이트주의의 지명도를 확장시켰을 뿐 아니라 당시의 청년 이론비평가들에게도 모종의 실제적인 영향을 일으킨 바 있다.

1920년대의 중국 문예계는 일찍이 일본의 당대 미학가, 문예이론가인 구리야가와 하쿠손을 통해 프로이트의 문예미학 사상을 간접적으로 접하고 이해하였다. 구리야가와 하쿠손의 중요한 저작 『고민의 상징(苦悶的象徵)』,[10] 「병적 성욕과 문예(病的性欲與文藝)」,[11] 「문예와 성욕(文藝與性慾)」[12] 등이 모두 일찍이 자각적으로 정신분

9) 《문학순간》 제57-71기(1922-1923년). 뒷날 셰류이(謝六逸) 역, 『문예와 성애』, 중국 개명서점, 1927년판으로 출판

10) 이 책은 런바이타오(任白濤), 밍취안(明權), 중윈 등의 발췌 번역 및 루쉰과 펑쯔카이(豊子愷)의 완역 등 몇몇 중역본이 있다. 앞서 《개조(改造)》, 《학등(學燈)》, 《동방잡지》 등에 부분 연재가 되었다.

11) 중윈(仲雲) 역, 《소설월보》 제16권 제5기(1925년)

12) 중윈 역, 《소설월보》 제16권(1925년)

석학설을 빌려 문예 문제를 논술하였다. 비록 구리야가와 하쿠손은 프로이트에 대해 비판도 서슴지 않았지만, "생명력이 억압을 받아 생겨난 고민과 분노가 바로 문예의 기초이다"라는 그의 이론은 확연히 기본적인 표현과 관념에 있어서 모두 프로이트와 일치한다. 그들은 마찬가지로 예술 창조의 동력을 억압을 받아 실현할 수 없는 여러 내재적 심리 욕구로 귀결하였고, 마찬가지로 예술의 본질을 이러한 심리 욕구의 표현 혹은 상징으로 보았으며, 마찬가지로 문예와 꿈을 상호 연계하면서 예술을 현실적 속박을 벗어난 환상의 산물로 간주하였다. 물론, 비록 구리야가와 하쿠손이 프로이트의 '억압', '승화', '상징', '꿈' 등 중요한 개념을 그대로 사용하였고, 프로이트의 많은 표현 방식과 기본 원리를 차용하기는 하였지만, 그는 본질에 있어서 결코 정신분석 문예미학 유파에 속하였던 것은 아니다. 그의 이른바 생명력은 결코 프로이트의 본능 충동, 성욕 리비도가 아니라, 주요하게는 생물성, 개체성을 초월한 일종의 창조력, 표현력이고, 자유롭게 자신을 실현하는 역량이다. 또한 구리야가와 하쿠손이 일컬은 '상징' 역시 광의적인 것이며, 형상화에 더욱 근접한 듯하고, 프로이트가 일컬은 감춰진 의미와 드러난 의미의 이원적 조합의 관계는 아니며, 그는 상징 속에서 응축, 전치, 상징화와 이차적 가공이라는 요인 역시 배제하였다. 이 밖에, 구리야가와 하쿠손이 문예를 일종의 꿈으로 본 것은 예술이 현실의 제한을 벗어난 마음속 소망의 자유로운 표현이라는 점을 강조한 것에 다름 아니며, 그는 결코 이러한 종류의 소망을 무의식적 사욕, 충동인 것으로 간주하지 않았다. 역시 지적해야 할 것은 구리야가와 하쿠손은 현실의 충격에 대한 예술의 반항과 대립을 보다 강조하였지만, 프로이트가 주목한 것은 예술 세계와 현실 세계의 조합, 타협이었다는 점이다. 바로 이러한 근본적인 면에서 구리야가와 하쿠손은 정신분석의 궤도를 벗어나면서 프로이트학설 속의 이해하거나 수용하기 힘든 몇몇 가설과 판단을 유보하였고, 예술의 주관성, 표현성, 정감성과 반항성을 강화했기 때문에, 당시에 가득했던 중국 문단의 낭만적 정신, 낭만적 기질과 상호 투합하였던 것이며, 이것이 또한 신문화운동 시기 사람들이 문학을 "고민의 상징"이라고 보편적으로 인정하고 구리야가와 하쿠손에 대해 짙은 흥취를 표현한 중요한 원인인 것이다. 또한 바로 이러하였기 때문에, 당시의 사람들이 보다 많게는 프로이트 본인에게서가 아니라, 구리야가와 하쿠손에게서 정신분석 문예미학의 사상과 관념을 접촉하였다.

프로이트 문예미학 사상이 중국에 전파됨과 동시에 이미 일부 이론 비평가들은 정신분석 원리를 가지고 문예미학 문제를 해석하고 사고하기 시작하였다. 마침 당시에 누군가가 묘사했던 것처럼, "프로이트 심리학의 힘 혹은 영향은 일찌감치 전 세계에 파급되었는데, 바로 우리와 같이 이렇게 매사가 낙후된 학술 후진국에서도 늘 '무의식(無意識)', '잠의식(潛意識)' 등 갖가지 명사를 접하고, '억압된 욕망', '심리분석' 등 많은 새로운 단어를 마주하였다. 또한 종교, 철학, 윤리학, 특히 문학에서도 이른바 심리학을 가지고 해석을 가하기 시작하였다."[13] 하지만 당시 사람들이 프로이트주의 및 그 문예미학 사상에 대해 알고 있던 바는 많지 않았고, 충분한 연구와 사고를 진행할 시간과 공간적 여유 역시 많지 않았으며, 다만 그들은 모든 서방의 새로운 사상과 새로운 학설 속에서 문예의 근본 문제에 대한 새로운 견해를 찾아 나서면서, 그들의 마음속에 얽히어 있던 갖가지 복잡한 이론적 의문에 대해 해답을 모색하고자 하였다고 말할 수 있다. 프로이트 문예미학 사상이 또한 이렇게 중국의 이론비평가들의 사유 영역으로 들어선 것이었다.

---

13) 위원웨이(余文偉), 「프로이트학파 심리학 및 그 비평(弗洛特派心理學及其批評)」, 《민봉》 제6권 제4호(1925년)

우선 루쉰(魯迅)을 언급하여야 한다. 이 시기에 루쉰은 구리야가와 하쿠손의 저작 『고민의 상징』을 번역하였을 뿐 아니라, 몇몇 정신분석 논저를 직접 열독하며 접한 바가 있었다.[14] 확연하게도, 그는 프로이트의 문예미학 사상이 결코 낯설지가 않았다. 루쉰은 프로이트가 예술의 생명력을 성욕으로 과도하게 좁게 귀결하였다고 비평하였지만, 그는 도리어 구리야가와 하쿠손이 "프로이트의 일류의 과학" 속에서 문예미학의 해석을 찾아 나선 데는 "독특한 식견과 깊고 절실한 깨달음이 많이 들어 있다"[15]고 긍정하였다. 이곳저곳에 흩어져 있는 문예에 관한 루쉰의 많은 논술 속에서 루쉰은 비록 정신분석학의 원리 혹은 술어를 직접적으로 사용한 경우는 매우 드물었지만, 그가 문학이 "고민의 상징"이라는 점을 인정한 점, 구리야가와 하쿠손을 칭찬한 점, 늘 고통, 불행을 창작의 원동력으로 본 점은 모두 프로이트의 예술동력론과 내재적인 일치성을 지니고 있다. 사실상 루쉰은 『부주산』을 창작할 때 일찍이 프로이트학설을 차용해 성적 고민을 가지고 창작의 기원을 해석하고 싶었다고 명확히 표시하였다.[16] 물론, 루쉰이 문학을 고민의 상징으로 긍정한 것은 결코 프로이트 혹은 구리야가와 하쿠손의 영향을 받았기 때문만은 아니며, 그 자신의 진지한 창작 체험 외에도 기타 중국과 외국의 시인, 작가의 창작 경험의 계시를 받았기 때문이다. 그는 "분노가 치밀어 책을 낸다"는 중국 고대의 설을 퍽 음미하였을 뿐 아니라, "그를 가혹히 대해 이로 인해 그로 하여금 달콤하고 아름다운 노래를 늘 불러내도록 하자"[17]

---

14) 1928년 4월 25일 루쉰은 일본어판 『精神分析入門』을 구입하였고, 그 뒤 다시 기타 몇몇 관련 저작을 구입해 읽은 바 있다. 그러나 그가 프로이트학설을 안 것은 분명히 훨씬 이르다. 1922년 그는 『부주산(不周山)』을 창작할 때 일찍이 "프로이트학설을 가져다 창조—인간과 문학—의 기원을 해석하고 싶"었다.

15) 루쉰, 「이끄는 말(引言)」, 『고민의 상징』, 미명사, 1924년 초판

16) 『고사신편』의 「서문(序)」 참조

17) 루쉰, 「시가의 적(詩歌之敵)」, 《경보·문학주간(京報·文學週刊)》 제1기, 1925년

는 페퇴피(S. Petofi)의 시구를 여러 차례 인용한 바도 있다. 따라서 루쉰의 예술동력 사상이 프로이트의 영향을 받은 결과라고 하기보다는 루쉰 자신의 창작 경험에 대한 총결이 프로이트에 대한 그의 이해와 말 없는 가운데 서로 통한 결과라고 할 수 있다. 총체적으로 볼 때, 루쉰은 문학과 사회 현실, 사상 계몽과의 관계에 더욱 주목하였기 때문에, 주로 19세기 러시아의 혁명 민주주의 문예미학 사상의 영향을 더 많이 받았으며, 프로이트학설에 대하여는 매우 큰 흥미를 표현하지 않았다.

루쉰과 비교하면, 신문화운동 시기 프로이트 문예미학 사상은 저우쭤런(周作人)에 대한 영향이 더 선명하고 더 중요하다. 저우쭤런은 당시 심리학에 십분 주목하였고, 심지어는 중국의 "성연구자(sexologist, 性學家)"로 불리었다.[18] 그는 일찍이 서방의 갖가지 성 문제에 관한 심리학 저작을 상당수 섭렵한 바 있었기 때문에, 프로이트학설에 대하여도 비교적 깊이 이해하였다. 그는 프로이트의 관점에 동의하면서, "인간의 정신적 활동은 넓은 의미에서 성욕을 중심으로 하지 않는 것이 없다"[19]고 믿었다. 그래서 문예와 성욕의 관계를 고찰할 때, 그는 "이러한 본능들은 상응하는 발달과 만족을 얻어내면 정상적이고 행복한 성생활의 기초를 조성하고, 또한 승화로 인해 예술과 학문의 근본이 되지만, 만약 억압 때문에 응어리를 해소하지 못하면 병적 성욕으로 변할 수 있는데, 이른바 색정광이다. 이러한 색정이 예술로 표현되는 것 역시 본래 억압에서 비롯되는 것이며, 이러한 요구들은 현대 문명 아래서—그것이 좋든 나쁘든—늘 십분 만족될 기회를 얻기 어렵기 때문에, 비의식(非意識)으로 발분되어

---

18) 저우쭤런, 「북구연통신(北溝沿通信)」, 『지당문집(知堂文集)』, 중국 천마서점, 1933년판 참조

19) 저우쭤런, 「침륜」, 『자신의 정원(自己的園地)』, 중국 신보사, 1923년판

나오는 것이다"[20]라고 지적하였다. 확연히 저우쭤런은 억압된 성욕을 예술의 동력으로 보았을 뿐 아니라, 문예의 본질을 이러한 종류의 성욕적 무의식의 표현으로 보았으며, 이는 프로이트 문예미학 사상과 기본적으로 일치하는 것이다. 이러한 관점에 근거하여 저우쭤런은 갖가지 외설 가요의 기원과 성질을 언급하면서, 이는 사람들의 자유로운 애욕의 동기가 실현될 수 없을 때 택해지는 대체 만족의 길이었는데 "그들은 빈곤한 생활을 하면서 부귀를 바라지 않았고, 단정한 생활을 하면서 환락에 파묻힐 수 없었다. 그리하여 유일한 방법이 정신성욕(psychosexuality, 意淫)이었고, 그 가요들은 즉 그들의 꿈이었으며, 그들의 법열(ekstasia, 法悅)이었다"[21]라고 하였다. 이는 프로이트가 일컬은 '백일몽'이자 환상 속의 만족이기도 하다.

아마도 저우쭤런은 프로이트가 아니라 주로 엘리스(H. Ellis) 등의 심리학자로부터 정신분석학설을 접하면서 깊어진 것이었지만, 신문화운동 시기에 저우쭤런처럼 이렇게 자각적으로 프로이트주의를 운용하여 성욕과 예술의 기원, 예술의 본질과의 관계를 토론한 이론비평가는 실로 아주 적었다고 할 수 있다. 유감스러운 것은 예술과 성욕 사이에 어떠한 복잡한 연계가 존재하고, 연계의 방식과 매개와 규율은 무엇이며, 예술이 어떻게 성욕 본능에 근거하고, 성욕 동기가 또한 어떻게 예술 작품으로 승화하는가 하는 이러한 중요한 문제들에 대해 저우쭤런이 시종 진지한 사고와 체계적 논술을 진행할 기회는 얻지 못하였고, 이는 우리로 하여금 현재 그의 가설들의 이론적 가치를 명확하게 평가하기 어렵게 만든다는 점이다. 그러나 이러한 관점들이 당시 지녔던 혁명성은 반드시 긍정해야 한다. 왜냐하면 그것은 예술 창조와 개체의 생명 수요를 서로 연계한 것이었으며, 문이재도(文以

---

20) 저우쭤런, 「침륜」

21) 저우쭤런, 「외설적 가요(猥褻的歌謠)」, 『지당문집』

載道)의 전통 미학에 대한 반항이었고, 창작의 자유, 예술의 해방에 대한 고무와 지지이기도 하였기 때문이다. 이러한 의의는 저우쭤런이 각종 관습적 세력의 비판에 반박하고, 위다푸의 소설집 『침륜』을 변호하던 가운데 특히 선명하게 표현되었다.

신문화운동 시기에 궈모뤄(郭沫若)는 창조사의 중요한 이론적 대표자였는데, 그의 문예 사상의 배경과 연원은 상당히 복잡하다. 대체로 일본에서 의학을 배우던 기간에 그는 프로이트의 기본 관점을 어느 정도 이해하였고, 특히 프로이트의 꿈 이론에 관해 더 익숙하였다. 한 편의 논문 속에서 궈모뤄는 프로이트학설을 명확히 빌려 지적하기를, "문예 창작이란 꿈을 꾸는 것과 같"고, 꿈의 경지와 창작의 경지는 상통하는 것이며, 모두 육체와 물질계의 속박을 벗어난 "유심(唯心)"적 활동이고, 꿈과 마찬가지로, "진정한 문예는 극히 풍부한 생활적 경험이 순수한 정신 작용으로 인해 승화된 하나의 상징세계이다"[22]라고 하였다. 여기서 궈모뤄가 프로이트로부터 그의 낭만 미학에 대한 이론적 지지대를 찾아냈다는 점은 매우 선명하다. 또 한 편의 문장 속에서 궈모뤄는 작가의 성욕 생활의 결함과 그 창작을 서로 연계하는 것에 관한 정신분석학의 논술을 어느 정도 긍정하였고, 이러한 원리를 가지고 중국 고대 작가 및 그 창작을 고찰하였다.[23]

이 밖에, 1920년대 후반에 런추(壬秋)는 《신보부간(晨報副刊)》에서 일찍이 「문예의 꿈(文藝的夢)」이라는 장편의 글을 발표[24]한 바 있는데, 프로이트의 『꿈의 해석』, 구리야가와 하쿠손의 『고민의 상징』 속의 원리를 참조하여 "넓은 의미로 말해서, 모든 문예의 창작은 문학을 하는 이가 몽환 같은 경지 속에 있을 때 써낸 것"이고, "만족시

22) 궈모뤄, 「비평과 꿈」, 『문예논집』, 중국 상하이광화서국, 1925년판

23) 궈모뤄, 「『서상기』예술에 대한 비평과 그 작자의 성격(『西廂記』藝術上之批判與其作者之性格)」, 『문예논집』 참조

24) 《신보부간》 제2111-2116기(1927년)

킬 수 없는 무수한 기대, 고민이 이로써 그것을 만족시키는 일종의 공상적인 상상을 자연스럽게 발생시킨다"고 지적하였다. 이러한 관점에 근거하여 논자는 심리학의 관점에서 예술의 기원, 예술의 본질을 상세히 고찰하였고, "요컨대, 인류의 정신 내부에 쌓여 있는 계속적으로 끊이지 않는 생명의 흐름이 허구적 꿈자리를 빌려 현실에서 얻어낼 수 없는 자유 속에서 날개를 펼치며 비약한다. 문예가는 이렇게 비약하는 생명력을 빌려 환상적 노력으로 그것을 심화시키고 강화시키고 확대시키며, 그 결과 초월적이고 예술적인 수완을 통해서 초월적이고 위대한 창작을 이루어낸다"고 지적하였다. 이러한 표현은 비록 프로이트와 직접적인 연계가 있지만, 그 미학적 함의는 당연히 구리야가와 하쿠손의 낭만적 이론에 더 근접한데, 그것은 생명력으로 프로이트의 사욕적 리비도 역량을 대체하였고, 자유적 표현으로 프로이트의 무의식적 상징을 대체하였다고 할 수 있다. 그러나 한 가지는 공통적인데, 그것들이 모두 내재적 심리로부터, 주체 방면으로부터 예술 및 그 창작의 본질을 고찰하였다는 점이다.

이 밖에, 명나라 여성 풍소청에 대한 판광단(潘光旦)의 고찰 속에서,25) 변태 성욕과 중국 신문학 작가에 대한 자오징선(趙景深)의 고찰 속에서,26) 그리고 예술이 무의식적 욕망의 정화라는 것에 관한 왕징즈(汪靜之)의 논술 속에서27) 역시 모두 프로이트가 중국 이론비평가들에게 일으킨 직접적인 영향의 사례를 발견할 수 있다. 확실히 말할 수 있는 것은 비록 프로이트에 대한 사람들의 이해가 결코 깊지는 않았지만, 그 영향이 미치는 범위가 신문화운동 시기에도 상당히 광범위하였다는 점이다. 또한 이러한 영향은 특히 신문화운동 시기의

---

25) 판광단, 『소청의 분석(小青之分析)』, 신월서점, 1927년판 참조

26) 자오징선, 「중국 신문예와 변태성욕(中國新文藝與變態性慾)」, 《일반(一般)》 제1권 제4기 참조

27) 왕징즈, 『시가원리(詩歌原理)』, 중국 상무인서관, 1924년판 참조

낭만주의 문예미학 사상에 대한 방면에서 두드러지게 표현되었다. 예술의 주관성, 표현성, 정감성과 개체성에 대한 사람들의 강조 속에서, 또 예술을 고민의 상징과 고독의 승화로 보는 관점 속에서 모두 프로이트주의의 영향의 흔적이 투영되었다. 물론, 신문화운동 시기 낭만주의 미학 사상의 연원은 복잡한 것이었다. 전통과 현대, 동방과 서방, 갖가지 학설들이 한데 혼합된 것이었고, 정신분석이론은 단지 이러한 복잡한 색채 속의 하나의 요소이었으며, 게다가 낭만주의적 이론 구조 속에 끼워진 뒤에는 종종 어떠한 새로운 의미들이 생성되었다. 이를테면 궈모뤄인데, 비록 그는 프로이트가 예술을 꿈으로 본 것을 찬성하였지만, 동시에 꿈을 현실을 도피하거나 모순을 조화하거나 정신을 마취하는 방식으로 보는 데는 결코 찬성하지 않았고, 반대로 "문학은 반항정신의 상징이고, 생명이 절박할 때 불려 나오는 혁명이다"[28]라고 믿었다. 이는 확연히 프로이트의 사상에 대하여 낭만주의적 개조를 한 것이다. 그리하여 신문화운동 시기 낭만주의의 문예미학과 프로이트주의적 시야의 융합 속에서 프로이트의 영향은 어쩌면 더욱 주요하게는 그 결과가 아니라 사람들의 이론적 사유 과정에 표현되었고, 그들이 주체, 개체, 내심의 방면으로부터 예술의 문제를 사고하도록 계발하고 인도하여 낭만주의적 문예미학관을 형성하도록 한 것이었다.

프로이트주의가 신문화운동 시기에 중국 문예미학에 광범한 영향을 일으킬 수 있던 것은 그것 자체의 성질과 당시의 사회역사 조건으로 말미암아 결정되었다. 신문화운동은 중국과 서방 사이에 놓여 있던 철벽을 허물었고, 중국 지식계는 엄숙한 문화적 반성 속에서 동방이 서방에 배움을 구해야 한다는 긴박성과 중요성을 인식하였으며, 이 모든 것이 프로이트주의를 포함한 서방 문화가 중국에 진입하는 데

---

28) 궈모뤄, 「『서상기』예술에 대한 비평과 그 작자의 성격」, 앞의 책

필요한 조건을 준비해주었다. 서양을 숭상하고 새로움을 좇는 것으로 민족 문화를 재건하고자 한 것은 당시 중국 지식인들의 보편적인 심리 상태였고, 문화사상 영역으로 체현되었으며, 중국의 이론비평가들 역시 모든 서방의 사상적 영양소를 흡수하고자 하는 기아감으로 문학예술을 다시 이해하고 인식하여 현대적 문예학 이론 형태를 건립하고자 하였다. 바로 이러한 노력 속에서 그들은 정신분석학설을 발견하였다. 또한 이 학설 자체는 중국의 이론비평가들에게 있어서 특수한 매력을 지니는 것이기도 하였다. 이 매력은 우선 바로 그것이 새로운 것이었다는 점이었으며, 당시 정신분석학설은 탄생한 지 겨우 10여 년이 된 시기이었는데, 이는 진화론을 믿고 새로운 것이 낡은 것에 반드시 승리한다는 그러한 생각을 믿던 당대의 지식인들에게 당연히 중요한 것이었다. 그다음, 정신분석학설이 서방에서 일으킨 거대한 반향이 중국 이론비평가들에게 자극성이 풍부한 참조와 암시를 제공하였고, 그들이 이 방면에서 적극적 탐색을 하도록 격려하였다. 가장 중요한 한 가지는 프로이트학설의 어떠한 면이 신문화운동 시기 문학의 낭만주의 정신과 공감이 발생하였다는 데 있는데, 그것은 사람들이 예술미학 문제를 인식하고 해석하는 데 일종의 신선하고 독특하며 일정한 합리성을 지닌 시각을 제공하였을 뿐 아니라, 당시 사람들이 정치화하고 도덕화한 전통적 문예이론 체계를 비판하는 데도 도구를 제공하였다.

반드시 지적해야 할 것은 비록 프로이트 문예미학 사상이 1920년대 중국에 광범한 영향을 일으키기는 하였지만, 당시 정신분석 원리를 자신의 이론적 틀과 사상적 기초로 삼았던 중국의 이론비평가는 한 명도 없었다는 점인데, 즉 프로이트주의는 체계적이지 않고 산발적인 사상, 관점으로서 사람들에게 수용되었던 것이다. 중국에서는 결코 서방의 동시기와 같은 정신분석적 문예미학가를 탄생시키지 못하였다. 이를테면 궈모뤄인데, 비록 그는 프로이트의 영향을 받았지만 본질적으로 낭만주의자이었으며, 예술 창작의 동력을 일종의 무의식적 성욕으로 보지 않고, 예술의 가치를 심리적 고통에 대한 조절과 균형으로 보지도 않았으며, 그가 강조한 것은 공교롭게도 예술의 해방, 예술의 항쟁성과 초월성이었다. 저우쭤런은 정신분석학설과 보다 많은 유사성이 존재하였지만, 프로이트의 무의식 이론에 대해서는 중시하지 않았다. 그는 성욕과 문예의 관계를 고찰할 때, 또한 예술의 본질과 가치를 고찰할 때 무의식의 작용 기제를 완전히 홀시하였기 때문에, 성애를 내용으로 하는 몇몇 예술품과 성애 본능의 연계를 설명할 수 있었을 뿐 일종의 보편적인 예술 이론을 건립할 수는 없었다. 저우쭤런뿐 아니라 신문화운동 시기의 절대 다수의 이론비평가들은 예술이 작가 내심의 소망의 전달이라는 점에 관한 프로이트의 논술에만 관심을 가졌고, 무의식에 대해, 이러한 내심의 소망의 형성, 성질에 대해서는 모두 결코 깊은 이해를 하고 있지 못했으므로 사실상 프로이트에 대해 낭만주의적 해석을 내놓았던 것이다.

비록 신문화운동 시기에 프로이트주의의 영향은 낭만주의 문예미학의 생성과 발전에 아주 적극적인 작용을 일으켰지만, 한편으로 당시 중국 문예미학은 아직 독립적 발전의 환경과 조건을 쟁취하지 못하였기 때문에 전체적인 이론의 사유와 형태가 모두 수준이 매우 낮았고, 다른 한편으로는 프로이트 및 그 정신분석학설에 대한 중국 이론비평가들의 이해와 사고가 아직 상당히 표면적이었으므로, 프로이트 문예미학 사상의 영향이 당시에는 아직 보다 중요한 이론적 성과를 생성시킬 수 없었다. 정신분석학설에 대한 창조적 전환으로 이어지기까지 중국 문예미학의 발전은 아직 더 많은 시간과 공간을 필요로 하였다.

3. 문예심리학의 잠재적 흐름

현대 중국은 줄곧 비바람 속에서 여정을 이어갔다. 사상 계몽, 문화 건설 운동은 여전히 충분히 전개될 기회가 없었다. 신문화운동 이후 10년도 채 되지 않아 정치 혁명, 민족 해방 운동의 진행에 따라, 신문화운동 시기의 개방적이고 다원화하며 다층차적인 문화 환경은 이미 다시는 존재하지 않았고, 정치 문제가 불가피하게 모든 문제 위에 군림하면서 모든 것을 능가하였으며, 모든 학술 연구, 이론과 사변이 역시 정치적 지배와 영향을 받지 않기가 매우 어려웠다. 이러한 상황 아래서 낭만주의 시대는 이미 종결되었고, 주류 문예 이론비평가들은 정력을 집중하여 예술과 사회 혁명, 역사 발전, 정치 사상의 관계를 토론하고, 예술의 사회적 작용과 정치적 가치를 토론하면서 예술과 외부 사회역사의 밀접한 연계를 강조하였기 때문에, 개체로부터, 심리로부터, 주체적 경험으로부터 문학 문제를 탐구하는 프로이트의 그러한 이론 방식에 대해 사람들은 이미 그다지 관심을 갖지 않게 되었다.

홍색의 1930년대를 경과하면서는 자본주의와 사회주의 진영의 세계적인 대치, 중국 내 국민당과 공산당이라는 양대 정치 집단의 대치에 따라 문화에 있어서의 이데올로기 모순 역시 날로 첨예해져갔다. 따라서 소련의 영향을 받아 중국에서는 자본주의 국가 내에서 생겨난 갖가지 문화학설에 대한 배척과 비판이 시작되었다. 프로이트주의는 1930년대 중국의 좌익 문예계와 단절되고 대립하기 시작하였다.

1932년 저우양(周揚)은 소련의 유명한 마르크스주의 문예이론가 프리치의 긴 글「프로이트주의와 예술」을 번역해 발표[29]하였는데,

29)《문학월보》제1권 제1기(1932년)

그는 이것이 한 편의 "엄정한 마르크스주의적 방법으로 Pseudo-Scientific(즉 유사과학)적 프로이트학파의 예술에 관한 이론에 첨예한 해부를 한 아주 귀중한 문장이다"라고 믿었다. 이 번역문이 대표하는 것은 바로 프로이트주의에 대한 당시 좌익 문예계의 기본 태도라고 할 수 있다. 이 글은 정치 이데올로기 관점에서 출발해 프로이트주의가 자산계급 이데올로기 이론이고, 그것의 성애주의, 유미주의, 개인주의가 모두 자산계급 문화의 특징을 전형적으로 표현했다고 하였다. 문장은 문예와 성욕이 상호 연계된다는 프로이트의 이론을 엄숙하게 비판하였고, 그가 예술 문제를 고찰할 때 사회역사적 요인을 완전히 홀시하였다고 날카롭게 지적했기 때문에, 프로이트의 문예미학 사상은 "호사주의적(dilettantism)"이고 유심주의적 오류가 되었던 것이다. 이 문장은 프로이트주의에 대해 매우 많은 오해를 품고 있었지만, 당시에 그러한 비평은 오히려 효력이 있었다. 그러나 그것은 경직된 정치 이데올로기 입장을 견지하였기 때문에, 프로이트주의 및 그 문예미학 사상의 합리성, 심도성, 공헌과 성취를 완전히 부정한 것이었다. 정치적 편견은 결론의 편향성을 야기하였고, 이는 중국 좌익 문예계로 하여금 프로이트주의를 가볍게 문밖으로 배척하도록 만들었다. 가장 대표성을 지닌 이 논문 외에도 프로이트학설을 비평한 기타 몇몇 글들이 발표되었는데, 이를테면 치커친(契可親)의 「오이디푸스 콤플렉스와 문예(耶的卜司綜錯與文藝)」[30]이며, 그는 셰류이가 번역한 다케오 마쓰무라의 『문예와 성애(文藝與性愛)』를 평론하면서 지적하기를, 프로이트가 오이디푸스 콤플렉스를 가지고 문예를 해석한 것은 사이비(似而非)일 뿐 아니라 신비적인 것이기 때문에 사람들이 관심을 기울이며 연구할 가치가 없다고 하였다. 이러한 관념의 지배를 받아 신문화운

30) 《북신》 제2권 제14기(1928년)

동 시기 일찍이 한동안 많든 적든 프로이트학설을 접하였던 일부 이론비평가들은 차츰 자신의 이론적 관심을 옮겨갔는데, 일부는 더 이상 정신분석학설을 거론하지 않았고, 일부는 정신분석의 편향성과 국한성에 더 많이 주목하기 시작하였다. 궈모뤄는 전자에 속하고, 루쉰은 후자에 속한다. 루쉰은 뒷날 프로이트가 단지 성욕 본능, 성욕 억압만을 논하였지 식욕 본능에 관심을 갖지 않았고, 사회현실에도 관심을 갖지 않았다며 불만을 표시하였다.[31] 한동안 정신분석 문예학 성과에 상당히 주목하였던 자오징선이 이 시기에 펴낸 중요한 이론 저작에서 역시 어떠한 프로이트적 영향의 흔적을 찾아낼 수 없다.[32]

그러나, 비록 이러하였지만 중국 문예사상계는 아직 강제적으로 서방 문화와 학설을 배척하는 정도로까지 발전하진 않았고, 문예미학 이론의 발전 자체가 또한 아직 불완전하였으며, 아울러 이론비평가들에게는 서로 다른 정치적 태도와 치학(治學)의 방식이 있었기 때문에 중국 문예미학에 대한 프로이트의 영향은 결코 완전히 사라지지 않았다. 특히 학술화에 치중한 일부 이론 연구, 정치성 중심으로부터 상대적으로 소원하였던 일부 학자와 전문가들은 여전히 프로이트주의 사상의 성과에 관심을 갖고 있었고, 일련의 문예심리학 문제를 사고하고 해석하려는 시도를 하고 있었다.

1930~1940년대에 프로이트 문예미학 사상은 외국어 출판물을 제외하면 주로 세 종류의 경로를 통해 중국에 전파되었다. 첫째, 프로이트 원저의 중역본이다. 프로이트의 『정신분석개론』, 『정신분석개론신편』이라는 이 두 중요한 저작이 이미 가오줴푸(高覺敷)의 번역으로 중국에서 앞뒤로 출판되었다.[33] 둘째, 서방 혹은 일본 학자

---

31) 루쉰, 「꿈을 듣고 말하다」, 《남강북조집》 참조

32) 자오징선, 『문학개론(文學概論)』, 중국 세계서국, 1932년판 참조

들이 프로이트주의 및 그 문예미학 사상을 논평하며 소개한 저술이다. 차오바오화(曹葆華)가 리드(H. Read)의 「심리분석과 문학비평(心理分析與文學批評)」을 번역하였고,[34] 왕푸취안(汪馥泉)이 일본 나카무라 고쿄(中村古峽)의 「정신분석학과 현대문학(精神分析學與現代文學)」을 번역하였으며,[35] 중쯔옌(鍾子岩)이 모델의 『근대문학과 성애(近代文學與性愛)』를 번역하였는데,[36] 이 저작과 논문들은 프로이트 문예미학 사상의 기본 내용을 소개하고 토론하였으며, 그것이 서방에서 일으킨 영향을 분석하는 동시에 실제적 운용 속에서 정신분석학설의 강점과 약점을 지적하였다. 이 밖에 이 시기에는 서구 마르크스주의자가 프로이트주의 및 그것과 마르크스주의의 관계를 연구한 저작도 출판되었는데, 이를테면 루신위안(盧心遠)이 번역한 두 독일계 마르크스주의자의 『정신분석학비판(精神分析學批判)』[37]과 둥추스(董秋斯), 추즈(楚之)의 두 가지 번역서가 있는 영국 마르크스주의자 오즈본(R. Osborn)의 『정신분석학과 변증유물론(精神分析學與辨證唯物論)』[38]이다. 이러한 저작들이 또한 부분적으로 프로이트의 문예미학 사상을 다루었다. 셋째, 프로이트학설에 대한 중국학자의 저술이다. 주광첸의 『변태심리학파별(變態心理學派別)』, 『변태심리학(變態心理學)』 등 저작,[39] 가오줴푸의 「프로이트주의는 어떻게 문학에 운용되는가(弗洛伊德主義怎樣運用在文學上)」[40] 등 일련의 저술이 모두 정신분석의 문예미학 관점을 소개하고

---

33) 중국 상무인서관, 1930년, 1936년 출판
34) 《베이핑신보(北平晨報)》 1933년 8월 3일, 4일, 7일
35) 《문예월간(文藝月刊)》 제7권 제1기(1935년)
36) 중국 개명서점, 1931년 출판
37) 중국 상하이신간서국, 1936년 출판
38) 중국 독서출판사, 1940년 출판; 상하이세계서국, 1940년 출판
39) 중국 개명서점, 1930년 출판; 상무인서관, 1933년 출판
40) 푸둥화(傅東華) 편, 『문학 100가지 문제(文學百題)』, 중국 생활서점, 1935년판을

평론하였다. 여기서 특히 반드시 언급해야 할 것은 철학이론가 예칭(葉青)의 「프로이트 꿈 이론 비평(弗洛伊德夢論批判)」이라는 글이다.[41] 이 글은 비록 결코 문예 이론에 대한 연구가 아니었지만, 꿈 이론이 사실상 프로이트 문예미학 사상의 중요한 구성 부분이기 때문에, 꿈 이론에 대한 예칭의 토론은 일정 정도에서 문학예술에 대한 토론이기도 하였다. 마침 그 글에서 지적하였던 것처럼, 만약 "꿈이 잠들어 있는 중의 환상이고, 환상이 깨어 있는 중의 꿈"이라면, "소설은 바로 글로 이루어진 꿈과 환상이다." 이 글은 공시적이고 역시적인 비교 속에서 꿈에 관한 프로이트의 이론을 소개하였고, 그것이 내부적이고 육체적인 자극의 물질적 요인을 중시한 점을 긍정하였으며, 그것이 심리적 모순과 충돌의 변증적 요인을 강조한다는 점 역시 긍정하였고, 이 학설의 성취와 공헌을 높이 평가한 동시에, "방법으로부터 볼 때, 행위주의파는 프로이트에 훨씬 못 미친다"고 지적하였다. 하지만 다른 측면에서, 이 글은 또한 프로이트의 꿈 해석의 편향성 역시 날카롭게 지적하면서, "꿈이 소망으로 귀결되고, 소망이 또한 단지 성욕이며, 성욕이 또한 단지 오이디푸스 콤플렉스"인 것이라면, 이는 일종의 자연주의적 기계론 관점이라고 하였다. 예칭은 꿈의 동기가 비록 심리적인 것이지만, 내용은 도리어 사회적인 것이며, "꿈은 일종의 사회현상이 반영되는 방식이다"라고 하였다. 이 글은 프로이트의 꿈 이론의 심각성과 편향성에 대해 모두 비교적 진지한 사고를 하였고 수긍하거나 참조할 만한 비평을 내놓고 있으며, 물질론에 기초를 둔 사상의 시각에서 프로이트주의 및 문예 문제에 대한 논술을 하고 있는데, 이는 비교적 이르면서 깊이를 지녔던 한 차례의 시도였다고 할 수 있다.

보시오.

41) 《신중화(新中華)》 제2권 제8-9기(1934년)

1930~1940년대 중국의 문예미학에 대한 프로이트주의의 영향은 사람들의 번역, 소개와 평론 속에 표현되었을 뿐 아니라, 중국 이론비평가들의 이론적 사고와 이론의 정립 속으로 표현되기도 하였다. 그들은 모종의 정신분석적 관점, 방법과 범주, 술어를 자각적으로 운용하여 예술 문제를 고찰하고 해석하였다. 류쑤이위안(劉燧元)은 비록 작가이었지만, 문학에 대한 이해를 언급하면서, "문학—문학의 창작이든 감상이든—은 나와 같은 운명의 사람에게 있어서 어떤 면으로 볼 때, 꿈 혹은 술[酒]의 의미를 지닌다"고 명확히 말하였고, 문학의 의의는 바로 "추악한 진짜 나로 하여금 사회적 굴레, 예교, 법률, 도덕의 속박을 벗어나 의식의 검사를 피함으로써 해방을 얻도록 하는 데 있다"[42]고 하였다. 프로이트는 문예가 잠재한 욕망이 환상 속에서 만족되는 것이라고 하였고, 류쑤이위안의 관점은 확연히 이러한 이론의 영향을 직접적으로 받은 것이다. 쉬친원(許欽文)이 『문학개론(文學概論)』에서 역시 "정신분석학을 빌려" 모종의 문학 문제를 해석하였다.[43] 그는 인간의 갖가지 욕망 중에서 "성애의 힘이 가장 강대"하고, 그것을 만족시킬 수 없어 생겨나는 고민이 바로 문학의 동력이며, "고민을 배설하기 위해, 실은 배설하지 않으면 안 될 만큼 고민스럽기 때문에 바로 문학이 생겨난다"고 지적하였다. 게다가 이러한 종류의 배설은 반드시 "대뇌의 이성"의 감시를 벗어나 무의식적으로 자체가 굴곡지게 표현되어야 하므로, 예술은 종종 "표면적으로 인류 사회를 애호하는 정감을 표현하고 있지만, 사실상은 암암리에 실연의 고민을 배설하고 있고, 애모하는 사람에 대한 마음의 뜻을 토로해내고 있다. 어쩌면 표면적으로는 인류 사회의 공공의 적의 추태를 폭로하고 있지

42) 류쑤이위안, 「문학에 대한 나의 이해와 경험(我對文學的理解和經驗)」, 『나와 문학(我與文學)』, 중국 생활서점, 1934년판

43) 중국 상하이북신서국, 1936년 출판

만, 실제적으로는 암암리에 자신의 사랑의 적을 질책하고 있다.” 이러한 논술들은 그 관점이든 표현 방식이든 모두 프로이트로부터 직접적으로 비롯된 것이다. 사회역사학 연구 방식이 성행하던 당시의 상황 속에서 쉬친원은 심리학으로부터, 작가의 정감 세계와 요구의 관점으로부터 예술의 기원과 본질을 고찰하면서 자신의 시야를 개척한 것이었다고 말할 수 있다. 물론 한편으로 그것은 당시 주류적인 사조와는 불일치하였고, 다른 한편으로 그것 자체가 프로이트학설에 대해 독립적인 비평 의식과 창조적 개조의 과정은 결여하였기 때문에, 당시에 결코 이론계의 충분한 중시를 일으킬 수는 없었다.

프로이트 문예미학 사상은 일찍이 1940년대 중국의 저명한 비평가 리창즈(李長之)에게 모종의 영감을 가져온 바도 있다. 사마천(司馬遷)의 문예사상을 언급한 이 문장 속에서,[44] 리창즈는 사마천의 ‘발분저서(發憤著書)’설, 프로이트의 욕망승화설, 구리야가와 하쿠손의 고민상징설 사이의 일치성을 비교하면서, 그것들의 문학 창작 속의 공통된 심리적 규율을 깊이 들추어냈는데, 바로 고통과 기타 소극적 감정이 종종 예술 창작의 원동력이라는 점이라고 하였다. 그러나 동시에 리창즈는 또한 지적하기를, “프로이트가 인류의 억압된 욕망 속에서 ‘성적 요구’를 특히 강조한 것은 인류의 삶을 너무 좁게 본 것이고, 적어도 일반적인 위대한 문예 작품의 창작 동기를 너무 좁게 본 것이다”라고 하였다. 따라서 그는 또한 프로이트의 제자인 아들러의 ‘보상설’과 ‘자괴콤플렉스’를 가지고 프로이트의 ‘승화설’과 ‘오이디푸스 콤플렉스’를 수정하였으며, 창작의 목적은 성욕의 만족을 추구하는 것이라기보다는 정신적 우월, 능력의 보상과

44) 리창즈, 「문학비평에 있어서 사마천의 공헌(司馬遷在文學批評上的貢獻)」, 『고무집(苦霧集)』, 중국 상무인서관, 1943년판(뒷날 이 글은 『사마천의 인격 및 그 풍격(司馬遷的人格及其風格)』의 한 장이 되었고, 중국 개명서점으로 1944년 출판되었다)

심리적 균형을 추구하는 것이라고 말하는 게 옳다고 하였다. 이 글은 중국과 서방 문예이론 비교라는 새로운 과제를 개척하였을 뿐 아니라, 프로이트학설에 대해 적극적인 수정, 개조를 하기도 하였고, 따라서 그 의의는 충분히 긍정되어야 한다.

1940년대에 프로이트주의의 영향을 받고 성취가 상당히 두드러졌던 사람은 샹페이량이었다. 그는 작가였을 뿐 아니라, 중요한 이론비평가이기도 하였다. 1940년, 그는 수년의 정성을 기울인 역작 『예술통론(藝術通論)』을 출판하였다.[45] 이 책은 인류의 정신활동의 산물로서의 예술에 대해 일반적인 사회역사학적 해석을 하는 데 만족하지 않고 예술을 인류의 주체적 수요, 심리적 본질과 상호 연계하는 데 힘을 기울였다. 이러한 목적을 완성하기 위해 그는 정신분석학의 다방면의 이론 성과를 자각적으로 광범위하게 흡수하였고, 예술 창작의 동력, 예술의 본질과 의의에 대해 독특한 해석을 내놓았다.

샹페이량은 "예술의 뿌리를 심리 속의 삶으로 귀결시켰다는 점에서 프로이트와 구리야가와 하쿠손은 정확하였다. 고민에서 벗어나기 위해 예술을 추구한다는 데에 어느 정도 정확성이 담겨 있다는 점을 말하는 것이다"라고 충분히 긍정하였다. 그는 창작에 있어서 정서는 이성보다 더욱 중요하고, 정서의 주요 부분이 프로이트가 일컬은 '리비도(Libido)'라고 믿었다. 발산을 추구하고 만족을 추구하는 리비도는 현실원칙의 억압을 받는 것으로 인해 부득이 그 밖의 활로로 해탈을 구할 수밖에 없는데, 예술이 바로 이러한 해탈의 경로이고, 사람으로 하여금 "현실 세계 밖에서 가장 완전한 정경을 창조하는 것이다." 비록 샹페이량이 일컬은 억압된 리비도는 프로이트가 일컬은 성욕, 본능, 무의식 콤플렉스와 결코 같지는 않지만, 그가 억눌린 정감, 정서로부터 창작의 심리적 동력을 찾아 나섰다는 점은 프로이트

45) 중국 상무인서관, 1940년판

와 일맥상통하는 것이다.

바로 샹페이랑은 심리 정서로부터 예술의 근본을 찾아 나섰으므로, 그는 예술의 본질을 단지 현실 생활에 대한 반영으로 간주하는 데 찬성하지 않았다. "반사가 되었든, 반응이 되었든 모두 과거로부터 입장이 세워지는 것이다. 그러나 창작자는 바로 이러한 과거의 속박을 벗어나 미래로 돌진하고자 하기 때문에 그와 사회의 관계는 미래적 관계가 생겨나는 것이지 기존 현상의 반사 혹은 반응이 아니다." 여기서 샹페이랑은 예술의 심미적 본질을 심도 있게 파악하였는데, 예술 세계가 현실 세계의 모사가 아니라 이상 세계의 투영이고, 현실에 대한 재현이 아니라 현실에 대한 초월이며, 그것의 최고 경지는 진실이 아니라 자유이고, 현실로 하여금 인간화하고 합목적화하도록 하는 것이었다. 따라서 심미의 본질은 인식 기능의 만족일 뿐 아니라, 더욱 중요하게는 인간의 정감, 잠재력, 소망의 실현과 해방이다. 바로 이러한 의미에서, 예술은 "과거에 의지하고, 현재에 근거하며, 미래로 나아가는 것이다." 프로이트는 일찍이 지적하기를, "심리적 동력은 당시의 어떠한 인상, 당시에 심리 활동을 유발하였던 어떠한 장소와 관련이 있다. 이러한 종류의 장소는 어떠한 중대한 소망을 일으킬 수 있다. 심리 활동은 이로부터 이른 시절에 겪었던 기억(일반적으로 유년기의 경험)으로 거슬러 올라가고, 이 기억 속의 소망이 일찍이 한차례의 만족을 얻은 바 있다면, 이에 이르러 심리 활동은 다시 소망의 실현을 표상하는 미래와 관련된 상황을 창조해낸다…… 이렇게, 과거, 현재와 미래가 한데 엮이는데, 대략 소망이라는 것이 그것들 속에서 관통되고 있는 듯하다"[46]고 하였다. 매우 확연하게도, 예술의 본질에 대한 샹페이랑의 파악은 프로이트의 이러한 관점에서 계발을 얻었고, 이로부터 심미적 방면에서 예술 속의 과거, 현재와 미래의

46) 프로이트, 「창작가와 백일몽」

유기적 연계를 파악하였다.

프로이트의 승화 이론 역시 샹페이량으로 하여금 예술의 가치와 의의에 대하여 일종의 새로운 인식을 얻게 만들었다. 그는 지적하기를, "예술의 경지 속에서(또한 오로지 예술의 경지 속에서) 정신은 확대되고 차츰 이러한 (정신분석학적 명사인) 리비도로 하여금 그 원시적 대상을 벗어나 광활한 범위 내로 전이되어 그것으로 하여금 승화의 추세에 놓이게 한다. 이것이 바로 예술이 인생을 정화시킬 수 있는 원인이다"라고 하였다. 한편으로 샹페이량은 프로이트의 승화 이론을 차용하였지만, 다른 한편으로는 이러한 이론에 대해 적극적인 수정과 개조를 하였다. 프로이트에게서 승화 작용은 소극적인 것이고, 일종의 변모이자 화장일 뿐이며, 이를 빌려 개인의 사욕으로 하여금 문명 도덕의 외투를 걸쳐 그것이 작품 자체에 감춰지도록 하고, 실현할 수 없는 소망에 대해 스스로를 위안하는 작용이다. 그러나 샹페이량은 도리어 승화 작용이 적극적인 것이고, 화장이 아니라 순수 자아에 대한 초월이자 정화이고 개조라고 믿었다. 승화는 개인으로 하여금 '소아(小我)'를 벗어나게 하고, 사사로운 이익을 버리도록 하며, 인류 영혼과의 연계를 확대하게 하고, 자신의 정신적 경지를 끌어올리게 하며, "요컨대, 예술은 바로 인류가 실제 생활 속에서 충분히 발산할 수 없는 정서의 표현이다. 또한 오로지 정서의 정당한 발산이야말로 인생의 진보의 계기이므로, 예술은 점차 인류가 영원히 진보하는 실제적 절차가 되었다. 그러나 이러한 종류의 정서는 결코 이기적이고 개인주의적인 것일 수 없는데, 왜냐하면 무릇 이기적이고 개인주의적인 것들은 모두 실리의 만족에 도달할 경우 멈춰버리기 때문이다…… 예술과 개인주의는 극히 상반된다." 샹페이량이 예술의 승화 작용에 대해 강조한 것은 예술의 정치적 공리성을 과도하게 강조한 당시의 "주류" 문학 사상과 선명히 대비되었으며, 예술적 체험, 심미적 정감의 특수성에 보다 관심을 기울인 것이었다. 또한 프로이트주의에 대한 그의 개조는 한편으로 생물적이고 자연적인 편향을 극복한 것이었지만, 다른 한편으로 일종의 심층심리학적 인간의 심리적 동기, 심리적 수요에 대한 변증적 파악은 그로 인해 다소 감소가 되기도 하였다. 프로이트의 깊은 구석은 바로 그가 모든 정신적 산물, 문화적 창조가 전부 생물성과 사회성, 개체와 공동체 사이의 대립통일체이고, 일종의 입체적인 상징 구조라는 점을 발견하였다는 데 있다. 그러나 어떻게 말하든지 간에, 프로이트주의를 샹페이량이 대담히 가져다 비판적으로 개조하는 태도를 지켜간 것은 상당히 고귀한 것이었다고 할 수 있다.

아마도 중국 현대 문예사상사에 있어서 샹페이량처럼 이렇게 광범하게 프로이트학설을 수용하고 자신의 예술적 사고와 이론 체계 속에 녹여낸 사람은 없었을 것이다. 비록 샹페이량의 이론적 성과는 갖가지 원인으로 인해 응당 받아야 할 평가와 관심을 얻지 못하였지만, 예술의 본질, 심미적 경험, 창작의 동력과 예술의 가치 측면에 대한 그의 『예술통론』은 지금에 이르기까지 그 이론적 독창성과 깊이감을 잃지 않고 있다. 또한 이는 그가 프로이트주의와 연계된 것과 떼어내 생각할 수 없는 것이다. 물론, 근본적인 측면에서 샹페이량은 정신분석 문예미학가는 아니었다. 왜냐하면 그는 문학 활동 속에서의 무의식의 작용, 표현과 특징에 대해서는 연구가 결여하였고, 게다가 경제를 예술의 결정적 역량으로 보는 데 반대하였던 것처럼, 성욕의 결정적 역량을 강조한 프로이트에도 반대하였기 때문이다. 그는 "인류에게는 경제적 행위와 성적 행위 외에도, 예술적 행위가 있다. 예술적 행위는 경제적 행위, 성적 행위와 병렬되는 것이고, 마찬가지로 인류 행위의 기초이며, 결코 이 두 종류의 행위의 복잡한 결합이 아니다"[47]라고

---

47) 샹페이량, 「인류의 예술(人類底藝術)」, 『페이량논문집(培良論文集)』, 출판사 미상,

하였다. 그는 심미 활동은 일종의 독립적 심리 동기를 지니는데, 이는 즉 정감의 소통과 확대라고 믿었다. 그래서 우리는 샹페이량이 여전히 기본적인 측면에 있어서는 정신분석학의 궤도를 다소 벗어난 것이라고 여긴다.

총체적으로 볼 때, 1930~1940년대에 이르러, 중국 문예미학 사상에 대한 프로이트주의의 영향은 이미 확연히 감소하였으며, 영향의 규모와 폭에서도 신문화운동 시기와 같이 주목을 끈 것은 아니었다. 그러나 국부적으로 보면, 비교적 순수한 이론적 연구와 학술적 사고에 전심을 기울인 일부 중국 비평가들의 프로이트 문예미학 사상에 대한 이해나 인식은 도리어 더 전면적이고 심도 있게 변화하였다. 프로이트의 정신분석학에 관한 앞선 이론비평계 선배들로부터 지식을 축적하고 보완한 이 시기의 사람들은 일정한 비평의식과 안목을 보다 구비하여 모종의 이론적 틀을 가져다 프로이트주의의 시비와 공과에 대해 분석과 평가를 할 수 있게 되었다. 전 시기에 프로이트가 중국 문예사상에 끼친 영향은 분산적이었지만, 이 시기에는 보다 체계적이고 자각적이었으며 중국 이론평론가들에게 몇몇 개념과 술어를 제공하였을 뿐 아니라, 보다 중요하게는 그들의 사유 방식과 사상 관념을 변화시키고 있었다. 비록 정치 이데올로기 이론이 이 시기 문예 미학 사상의 주체를 지배하고 있었지만, 프로이트주의의 영향은 여전히 문예학과 심리학 사이의 연계와 융합을 모색하는 노력을 기울이도록 중국의 이론평론가들을 흡인하였다. 또한 이 방면의 탐색이 사실상 중국 문예 미학의 발전을 추동하였다.

1930년

4. 본능, 무의식과 예술

새로운 나라가 세워진 이후 중국은 장기적인 전란의 폐허 속에서 일종의 새로운 "평화적" 건설 시기로 들어섰지만, 정치 이데올로기의 대립과 투쟁이 결코 소멸되지 않았고 중국과 서방 문화 사이의 관계 단절이 날로 가속화되었기 때문에, 또한 소련의 문화 정책과 문예미학 이론 체계의 영향을 받았기 때문에, 프로이트주의와 기타 서방 문화학설은 여전히 문화 폐기물 속으로 지양되었다. 고도로 정치화한 문예미학 체계는 긴 시간 중국을 지배하였고, 프로이트주의의 영향은 대체로 그 가능성을 완전히 상실하였다.

그러나 1980년대 이후, 세계적인 자본주의와 사회주의라는 양대 진영의 이데올로기 대치 상태가 상대적으로 느슨해지고, 중국과 서방이 경제, 정치, 문화에 있어서 교류가 날로 빈번해지면서, 중국이 참혹한 대가를 치른 뒤 다시금 자신의 운명을 세계와 상호 연계시킴에 따라, 프로이트주의 역시 다시금 중국의 지식 문화계를 진동시키며 충격을 가하고 있다. 사람들이 이미 수십 년 동안 중국을 통치했던 편파적으로 정치화한 문예미학 체계의 극명한 한계를 인식한 뒤, 중국 이론비평가들은 서방의 갖가지 현대 문예미학 이론을 자각적으로 들여와 참조하기 시작하였고, 프로이트의 문예미학 사상 역시 따라서 주목을 받게 되었다.

1980년대 중국의 프로이트 열풍 속에서 프로이트는 대체로 모든 주요한 저작 및 『프로이트 미학 문선(弗洛伊德論美文選)』, 『프로이트가 창조력과 무의식을 논함(弗洛伊德論創造力與無意識)』 등 테마별 논문집까지도 차례차례 중국에서 출판되었고, 문예미학에 관한 기타 정신분석학가의 저작 혹은 관점, 이를테면 융의 『심리학과 문학』 및 라캉 등의 이론 역시 차츰 중국 문학계에 익숙해졌다. 이 시기에는 또한 정신분석 문예미학의 이론과 사상을 연구한 일부 서방의 저작, 문장이 출판되고 발표되기도 하였는데, 이를테면 소련 레프초크(Levchuk)의 『정신분석과 예술창작(精神分析與藝術創作)』, 미국 호프만의 『프로이트주의와 문학사상(弗洛伊德主義與文學思想)』, 트릴링의 『프로이트와 문학(弗洛伊德與文學)』, 아데어(L. Adair)의 『문학과 심리학』, 인도학자 잔지의 「정신분석학과 예술: 프로이트의 미학이론(精神分析學和藝術: 弗洛伊德的美學理論)」이다. 중국학자 역시 정신분석 문예미학을 소개하고 평론한 많은 문장을 저술하였는데, 이를테면 천서우주(陳瘦竹)의 「프로이트 심리분석학파 희극이론(漫談弗洛伊德心理分析學派喜劇理論)」, 「심리분석학파 비극이론(心理分析學派悲劇理論)」, 우리창(吳立昌)의 「정신분석과 문학을 논해보다(漫議精神分析與文學)」, 『정신분석과 중서문학(精神分析與中西文學)』, 왕닝(王寧)의 「프로이트의 문학 관점 및 그것의 서방 현대문학에 대한 영향을 논함(論弗洛伊德的文學觀點及其對西方現代文學的影響)」, 리쓰샤오(李思孝)의 「정신분석학과 문예학(精神分析學與文藝學)」, 천후이(陳慧)의 「프로이트와 문단(弗洛伊德與文壇)」 등이며, 갖가지 서방 현대 문예미학 이론에 관한 전문 저술 속에서도 정신분석학설을 퍽 많이 다루었다. 사람들이 어떠한 관점에서 프로이트 문예미학 사상을 이해하고 평가하였든지 간에 사실상 그것은 이 시기의 전파와 영향 속에서 이미 대대적으로 확장되었다.

프로이트주의에 대한 이론계의 태도는 결코 통일되지가 않는데, 맨 처음에 특히 그러하였다. 일부는 여전히 정치 이데올로기의 교조적인 태도를 견지하면서 독단적으로 프로이트주의를 자산계급의 부패한 사상으로 보았다. 일부는 철학적 표준을 기계적으로 사용하여 프로이트주의를 유심주의의 허튼소리로 단정하였다. 더 많은 사람들은 타협주의의 길로 나아갔는데, 프로이트주의의 강점과 약점을 이분화시켜 모종의 정합적 파악은 결여하였다. 그러나 날로 시간이 지나면서 사람들은 인류의 인식 발전의 역사에서 프로이트주의의 공헌, 우세, 한계와 편향성을 총결하고 평가하기를 더욱 소망하였다. 일부에서는 마르크스의 기본 원칙을 따르고 그 이론적 핵심을 따르는 기반 위에서라도 정신분석학설—그 문예미학 사상 속의 모든 가치 있는 것들을 포함—을 비판적으로 계승하여 당대 문예과학을 건립하고 발전시켜야 한다고 주장하였다.

하지만 개혁·개방 이래 프로이트주의 및 그 문예미학 사상을 소개하고 논평한 저작과 문장은 비록 매우 많다고 할 수 있으나, 그것이 중국 이론비평가들에게 끼친 실제적 영향은 상당히 제한적이다. 왜냐하면 중국의 문예심리학과 심미심리학의 발전 규모와 수준이 아직 미흡하기 때문이고, 다른 한편으로는 역사적 관성, 문화적 차이 등이 프로이트학설에 대한 의혹과 생소함을 수반하기 때문이다. 그러나 비교문화 연구에 종사하거나, 갖가지 현대 서방 문예학 성과에 주목하거나, 문예심리학에 관심을 갖고 있는 비평가들은 결국 정신분석의 관념과 방법을 운용하여 예술과 심미의 창조를 고찰하고 사색하는 일을 시도하고 있다.

첸중수(錢鍾書)는 비교적 일찍 프로이트학설과 중국 고대 문예론을 상호 비교하기 시작하였고, 문학 창작 활동 속의 일련의 공동의 심리규율을 들춰내고자 힘을 기울였다. 그의 『관추편(管錐篇)』, 『담예록(談藝錄)』 등 저작이 모두 일찍이 이 방면의 비교를 진행하였고, 뒷날 한 편의 문장 속에서 그는 프로이트의 욕망 동력론과 종영(鍾嶸)의 '시가이원(詩可以怨)'설을 상호 연계하면서 지적하기를, "인간은 자신의 뜻을 펼치지 못하면 전부 '시가이원'에 기대어 해소, 위안하거나 보상을 얻어낸다. 모두들 프로이트의 유명한 이론을 잘 알고 있는데, 실제 생활 속에서 소망의 만족을 얻어낼 수 없는 인간은 마음을 삭이고 한걸음 물러나 문예를 창조해서 대체적인 역할로 삼아 환상으로 만족을 도모한다. 가령 프로이트의 이 이론은 일찌감치 종영의 말 속에서 어느 정도 실마리가 드러났는데, 어쩌면 억지스러울지 몰라도 그들이 어느 정도 비슷하다는 점에 주의해주었으면 좋겠다"[48]라고 하였다. 한편으로 첸중수는 프로이트주의를 가지고 종영의 이른바 "시로는 벗을 사귈 수 있고, 아픔을 토로할 수 있으며, 고독감을 달래는 데에도 시만 한 것이 없다"[49]란 말의 의의를 새롭게 주석하였고, 다른 한편으로는 중국과 서방의 비교 속에서 하나의 문예심리학적 규율을 들추어냈는데, "고통이 쾌락보다 더 시를 생겨나게 하고, 좋은 시란 주로 고뇌 혹은 '성숙'의 표현이거나 불쾌감의 정화인 것이"었다.

이와 유사하게 웨다이윈(樂黛雲) 역시 일찍이 프로이트의 미학사상과 청나라 비평가 이어(李漁)의 관점을 비교하였다.[50] 이어는 말하기를, "곡을 지어다 가사를 붙이게 되면 울적함을 토로하고 원망하는 마음을 달랠 수 있을 뿐 아니라, 이 두 가지 사이에서 제일로 즐거운 사람이 될 수 있다…… 그러한 진짜의 정황이 아직 없기 때문에 환상의 정황을 이래저래 써낼 수가 있는 것이다. 내가 관리가 되고 싶으면 순식간에 영예와 부귀를 얻게 되고, 내가 재능 있는 문인이 되고 싶으면 두보(杜甫), 이백(李白)으로 변신하며, 내가 절세의 미인을 얻고 싶으면 왕소군(王昭君), 서시(西施)를 처자로 삼는 것이다"라고 하였다. 웨다이윈은 이것이 프로이트가 예술을 백일몽으로 보고, 억압된 욕망이 환상 속에서 만족되는 것으로 본 것과 일치하는 것이며, 그것들은 모두 예술이 인생에 대해 일종의 미화, 보상과 대체 기능을

48) 첸중수, 「시로 원망할 수 있다(詩可以怨)」, 《문학평론》, 1981년 제1기
49) 종영, 「시품서(詩品序)」
50) 웨다이윈, 「잠의식 및 그 승화(潛意識及其昇華)—정신분석학과 소설분석」, 『비교문학과 중국현대문학(比較文學與中國現代文學)』, 중국 베이징대학출판사, 1987년판

지니고, 심미적 방식을 통해 사람들의 모종의 공리적 심리 수요를 만족시킬 수 있다는 점을 일러주는 것이라고 믿었다.

물론 이러한 비교는 모두 일반적인 대비와 대조의 기초 위에서 진행된 것이고 충분히 이론적 발휘를 할 기회는 없었기 때문에, 따라서 더욱 많게는 프로이트학설과 중국 고대 문예론의 공통점을 찾아 나선 것이었고, 그것들 사이에 실제로 존재하는 중대한 차이에 대해서는 상세한 논술이 없었다. 프로이트 관련 논술 속에는 두 가지 중요한 사상이 있는데 첫째, 예술로 표현되는 것은 일반적 소망이 아니라 무의식이고, 즉 작가 본인 역시 의식할 수 없는 소망이며, 이러한 소망들이 종종 성욕 등 본능적 동기와 밀접하게 연계된다는 점이다. 둘째, 예술은 작가의 심리적 소망의 직접적인 표현이 아니라 일종의 상징이며, 드러난 뜻을 통해 굴곡지게 그 감춰진 뜻, 무의식적 동기를 암시해낸다는 점이다. 그런데 이러한 사상을 중국 고대 이론비평가가 이해하고 섭렵하고 있었다고는 볼 수 없다. 따라서 이러한 비교의 가장 중요한 의의는 그것들이 중국 고대 문예론에 대하여 프로이트식의 해독을 함으로써 그것의 심리학적 깊이를 부각시켰다는 데 있다.

개혁·개방 이후로 일부 이론비평가들은 프로이트학설을 받아들여 예술 활동과 인간의 생명 본능에는 내재적 연계가 있다고 믿었다. 리쩌허우(李澤厚)는 명확하게 이야기하기를, 예술의 영원한 주제는 바로 프로이트가 일컬은 삶의 본능, 죽음의 본능으로 대비되는 사랑과 죽음의 주제이며, “예술 작품은 본래가 공동체의 수요를 위해 창작되고 존재하는 것이지만, 그것은 개체의 정욕과 관련되는 면과 반드시 서로 엮이는 것을 통해 전개되어야 하는데, 왜냐하면 오직 그래야만 비로소 개체의 몸과 마음에 영향을 끼칠 수 있기 때문이다” 라고 하였다. 물론, 리쩌허우는 프로이트가 예술의 본질을 생물적 본능, 동물성의 욕구로 환원하는 것에 찬성하지 않았다. 리쩌허우는 인류 역사 생성의 실천과정을 대단히 중시하였기 때문에, 그가 가리킨 생명력은 사실상 이미 생물적 본능의 범위를 넘어섰고, 이러한 생명력은 "동물성 정욕, 충동, 비이성적 측면을 지니면서도, 또한 동물성과 같지가 않다. 사회성의 관념, 이상, 이성의 측면을 지니면서도 결코 이성과 동등하지도 않은데, 바로 그것들 양자가 상호 융화하고 삼투하여 희망, 기대, 요구, 동력과 생명을 나타내기 때문이다. 그것들은 차츰 정화 혹은 충돌 혹은 평화 혹은 긴급한 긴장의 형태로 예술의 환상 세계 속에 표현되어 사람들을 감동시키고, 사람들을 감염시키고 있으며, 사람들을 깨우치고 격려하며 도야시키고 있다."[51] 리쩌허우는 감성 속의 이성, 개체성 속의 군체성을 강조하면서, 창작 동기, 심미 경험을 생물화하는 프로이트의 그러한 극단성을 모면하였다. 하지만 이러한 서술 속에서 리쩌허우가 결코 주목하지 않은 것은 프로이트주의가 일종의 심층심리학이고, 중요한 것은 의식, 이성, 사회성과 무의식, 비이성, 본능을 발견하는 데 있는 것이 아니라, 그것들 사이의 관계, 연결, 전환의 방식과 경로를 찾아내는 데 있다는 점이다. 프로이트는 사실상 이러한 하나의 가설을 제기하였는데, 바로 의식이 작용을 일으키는 곳에는 모두 무의식이 존재하고 있고, 의식은 어떤 의미에서 종종 무의식에 대한 위장, 은폐와 도피라는 것이다. 그리고 이에 대해 중국의 이론비평가들은 누구도 깊이 있는 사고를 진행한 바가 없다.

만약 20세기 전반기에는 문예와 성욕의 관계에 관한 프로이트의 논술이 보다 사람들의 주목을 받았다면, 개혁·개방 이후는 문예와 무의식의 관계에 관한 그의 논술이 보다 사람들을 깨우쳤다. 많은

51) 리쩌허우, 「예술잡담(藝術雜談)」, 『나의 길을 간다(走我自己的路)』, 중국 삼련서점, 1986년판

학자들이 무의식의 서로 다른 종류, 성질, 작용 범위를 토론하면서 예술 창작 과정 속에서 무의식의 중요한 작용을 인식하였으며, 예술가의 정감, 지각, 상상, 이해 등 갖가지 심리활동에 대한 무의식 심리구조의 지배와 제약을 긍정하는 동시에 프로이트가 "무의식의 동태적 구조를 깊이 있게 묘사하면서, 전통적 관점으로 오랫동안 해결할 수 없었던 문제를 해결하였고, 무의식을 일종의 추동 역량으로 보았다"고 믿었는데, 이것이 바로 그가 당대 문예미학 건설에 대해 이룩한 독특한 공헌이다.[52]

하지만 개혁·개방 이후 이론비평가들은 또한 프로이트가 예술적 창조와 심미적 감상과정 속에서의 무의식의 의의를 과도하게 강조하고 과장했다며 불만을 표시하기도 하였다. 그들은 작가가 결코 신경병 환자가 아니고 문학 역시 꿈이 아니기 때문에, 예술은 일종의 의식적인 창조이고 무의식이 의식의 활동을 완전히 지배할 수는 없다고 믿었다. 무의식을 가지고 의식의 작용을 배척하거나 부정하는 것은 예술에 대한 왜곡과 오해이었다. 이러한 비평들은 확실히 프로이트 문예미학 사상의 한계를 예리하게 지적하였다. 하지만 프로이트가 보다 관심을 기울인 것은 의식과 무의식의 관계, 무의식이 어떻게 의식에 나타나는가, 의식이 어떻게 무의식에 감춰지는가이고, 바로 이러한 종류의 관계에 대한 고찰이지 그것들 각자의 작용에 대한 고찰이 프로이트학설로 하여금 심층심리학이 되게 한 것이 아닌데, 이 방면에 대하여 이론비평가들은 깊이 있는 연구를 진행하지 않았다.

무의식과 문학의 관계에 대한 연구는 개혁·개방 이후 적지 않게 눈에 띄지만, 사람들이 일컫는 무의식과 프로이트 및 정신분석학설의 무의식 개념에는 중대한 차이가 있다. 프로이트에게서 무의식의

52) 텅서우야오(騰守堯), 『심미심리 서술(審美心理描述)』, 중국사회과학출판사, 1985년판, 408면

주체는 사람들의 영혼 깊은 곳의 그 배척되고 억압되어 정상적인 교류 시스템, 언어 시스템에 진입할 수 없는 본능적 욕망을 가리키는 것이며, 이를테면 금지된 '오이디푸스 콤플렉스'이다. 그러나 개혁·개방 시기 중국 비평가들의 마음속에서는 무의식 개념이 더욱 광범하였는데, 그것은 선천적으로 유전된 많은 생각을 포괄할 뿐 아니라, 갖가지 후천적인 경험과 정감을 포괄하기도 하였으며, 이를테면 집단적 행위방식, 언어방식, 관념방식이 내재화한 것을 비롯해, 일부 숙달됐던 습관, 일부 사회적 감정과 도덕, 지식이 축적 뒤에 침전된 것이다.

이를테면 리쩌허우인데, 그가 제일 먼저 "침전(積澱)"의 기제를 들여와서 프로이트의 무의식 개념을 개조하였다. 그가 일컬은 무의식은 바로 의식의 밖으로 배척된 것일 뿐 아니라, 의식에 의해 망각된 것들 역시 가리키고, 의식에 진입할 수 없는 것일 뿐 아니라, 의식이 침전된 것이기도 하다. 따라서 무의식은 감성과 이성, 생물성과 사회성, 개체와 공동체가 융합된 뒤로 심리 속의 심층에 침전된 것인데, "바로 그것이 인간의 생명 역량이 되어 예술적 환상의 세계 속에 나타난다."[53] 이러한 사유의 계시를 받아서 류짜이푸(劉再復) 역시 중국 작가의 무의식을 이러한 방식으로 사고하면서, 이른바 "양지(良知)의 억압"을 문학의, "특히 중국 문학의 보편적인 동력의 내원"으로 삼았다.[54] 그들이 이해한 무의식은 프로이트의 본래의 의미로부터는 이미 상당히 멀다. 이러한 종류의 확장은 한편으로 중국 이론비평가가 결코 서방 이론을 간단히 이식하고 답습하는 데 만족하지 않았다는 점을 표명하며, 다른 한편으로는 그들이 문학 심리현상에 대한 자신의

---

53) 리쩌허우, 『미학논집(美學論集)』과 『리쩌허우철학미학논선(李澤厚哲學美學論選)』 속의 관련 논문 참조

54) 「문학과 예술의 정감과 사유(文學與藝術的情思)—리쩌허우와 류짜이푸의 문학 대화」, 《인민일보(人民日報)》, 1988년 4월 12일자 참조

연구 범위와 심도를 확충하였다는 점까지 표명한다.

또한 보다 많은 연구 속에서 무의식 개념은 그 성질에 있어서도 프로이트와 선명한 차이가 나타났는데, 그것은 일종의 동력성 개념으로부터 묘사성 개념으로 변화되었고, 주로 심리적 실체가 아니라 일종의 심리 상태, 심리 과정을 가리켰다. 프로이트는 무의식에 독특한 구조, 질소, 기능과 표현 수단이 있다고 하였는데, 중국 이론비평가들은 그것을 주체가 의식하지 못하는 비자각적이고 직각적인 심리 활동으로 간주하였다. 이는 프로이트의 연구 중심과 사고 방식으로부터 중대한 전이가 발생한 것이다.

이전의 어떠한 시기와 비교해도 1980년대는 확실히 중국 이론비평가들에게 상대적으로 관용적인 국내외 사회 환경, 상대적으로 여유 있는 사유와 이론 공간을 제공하였고, 그들로 하여금 충분히 프로이트의 문예 사상, 연구 방법, 이론 관념에 대해 비교적 깊고 냉정한 검토, 사고를 할 수 있도록 하였는데, 이는 그들이 프로이트 문예미학 사상을 이해하고 선택하며 개조하는 데 필요한 조건을 창조하였다. 게다가 서방의 갖가지 후기 프로이트주의 정신분석 이론 및 형식주의, 신화원형, 후기 구조주의 이론의 유입 역시 역시적이고 공시적인 두 방면에서 중국 이론비평가들에게 이론적 참조를 제공하였다. 이러한 모든 것이 중국에 대한 프로이트 문예미학 사상의 영향이 이미 새로운 단계에 접어들었음을 의미하고 있다. 물론, 이러한 단계는 막 시작되었고, 프로이트주의 자체에 대해 우리들은 이해와 인식이 아직 상당히 제한적일 뿐 아니라, 그가 제기한 많은 중대한 이론적 문제에 대하여 역시 깊은 사고와 창조적 돌파가 부족하다. 중국 이론비평가들에게 있어서, 이는 단지 막 개척되기 시작한 처녀지에 불과하다.

5. 당대 문예미학의 다원화

중국 문예미학 이론에 대한 프로이트주의의 영향은 20세기 20년대에 시작되었지만 서방과는 달리 지금에 이르기까지 중국 이론비평가들은 기본적 관념에 있어서 아직 완전히 프로이트주의에 동질화된 사람은 없고, 일관되게 정신분석학의 관점과 방법을 가지고 예술미학 문제를 고찰한 사람도 없다. 설령 프로이트주의와 가장 근접한 비평가라고 해도, 그들의 이른바 무의식, 이른바 성욕과 문예의 관계가 또한 프로이트주의 자체와는 선명한 거리가 존재하며, 보다 많은 개량적 변화를 가하였다. 그래서 중국에는 정신분석학적 이론비평가가 없고, 이러한 문예미학 유파가 아직 출현하지 않았다.

이러한 결과는 중국 이론비평가들이 프로이트주의의 편향성, 국한성을 상당히 민감하게 지각한 것과 어쩌면 별개로 생각할 수 없다. 프로이트는 문학 활동 속에서의 무의식과 성 본능의 지위, 작용을 과분하게 과장하였고, 역사적인 것들을 자연화, 심리적인 것들을 생리화, 사회적인 것들을 본능화하면서, 문학예술과 사회역사 발전, 인간의 이성, 의식과의 사이의 연계를 단절시켰는데, 이는 종종 중국 이론평론가들의 반감과 불만을 불러왔다. 이러한 반감과 불만은 특히 프로이트의 성욕과 문예 관계에 관한 비평 속에서 두드러지게 표현되었다. 이를테면 궈모뤄(郭沫若)인데, 그는 비록 작가의 성생활의 억압과 작가의 창작에는 인과관계가 존재한다는 점을 인정하였지만, 그는 도리어 프로이트가 "생활의 결함을 모든 문예의 기원으로 삼은 것은 어쩌면 과도한 구석이 있다"[55]고 믿었다. 가오줴푸(高覺敷) 역시 일찍이 지적하기를, "문학 작품을 비록 성의 승화의 결과로 해석할 수 있다고 해도, 성의 승화의 결과로 모두를 해석할 수 있는

55) 궈모뤄, 「『서상기』예술에 대한 비평과 그 작자의 성격」

것은 아니다…… 프로이트의 꿈 해석에서는 성적 동기인 것이 아닌 것이 없다. 그러나 우리는 이것이 그의 일종의 편견이기도 하다는 점을 알아야 한다"[56]고 하였다. 주광첸(朱光潛)이 심미의 경험을 토론할 때 역시 독자는 심미의 과정 속에서 비록 작품 속으로부터 모종의 성적 본능과 죽음 본능의 만족을 얻어낼 수 있지만 이러한 종류의 만족이 심미인 것은 아니며, 프로이트의 결점은 바로 생리적 욕망 만족의 쾌감과, 이해관계를 초월하는 심미를 혼동한 데 있다고 말하였다.[57] 개혁·개방 시기의 이론비평가들은 "프로이트가 '무의식'을 일종의 성 에너지로 귀결할 때, 그는 분명 일면적으로 착오를 범한 것이다. 성은 무의식 영역 속의 중요한 성분이지만 양자가 결코 같은 것은 아니며, 성의 요구와 만족은 인간 행위의 중요한 동기이자 원인이지만, 모든 것을 규정하고 지도하는 최종적 역량은 아니다"[58]라고 결연히 믿었다. 비록 이러한 비평들은 지금 보기에 전부가 옳고 정확하지는 않지만, 사실상 그것들은 프로이트주의에 대한 중국 문학 비평가들의 신임을 동요시켰고 그것에 대한 이해와 차분한 사고 역시 제한하였다.

기실 서방 이론비평가들이 프로이트주의의 편향성에 대해 결코 무지하였던 것은 아니지만, 이것이 결코 그것의 서방에서의 확산과 발전을 방해하지는 못하였다. 따라서 프로이트 문예미학 사상이 중국에서 제대로 활개를 펴지 못하는 것은 중국 문예심리학 자체가 선진적이지 못할 뿐 아니라, 중국 문예미학 이론정립 자체가 지체되어 있는 것과 유관하며, 더욱 중요한 것은 아마도 프로이트주의와 중국의 "주류"적 문예미학 관념이 상호 충돌하기 때문이다. 프로이트 문예미

56) 가오줘푸, 「프로이트주의는 어떻게 문학에 응용되는가」
57) 주광첸, 「희랍여신의 조각상과 흰 피부의 생그런 영국 아가씨(希臘女神的彫像和白色鮮麗的英國姑娘)」, 『아름다움을 말함(談美)』, 중국 개명서점, 1932년판
58) 텅서우야오, 『심미심리 서술』, 424면

학은 심리과학을 기초로 하고, 그것이 주목하는 것은 문학 자체의 구조, 창작의 과정, 예술의 본체이며, 예술에 일종의 해석 체계를 제공하여 과학적 인식에 도달하고자 하는 것이다. 그러나 중국 현대 문예미학의 주체가 더욱 관심을 가진 것은 도리어 문학의 역할, 기능, 의의이고, 그것의 이데올로기 성질과 경향에 주목하며 예술에 일종의 가치평가의 체계를 부여한다. 바로 이러한 기본 방향의 편차로 인해 프로이트주의는 중국 "주류" 문예이론 사조와 공명을 일으키기가 매우 어려웠다. 이 밖에, 프로이트주의와 중국의 20세기 문예미학 사상의 충돌은 전자의 이론체계가 개체, 감성을 본위로 하고, 후자는 공동체, 이성을 본위로 하는 것으로도 표현된다. 프로이트는 개체의 감성적 욕구, 심리적 동기로부터 예술의 원천, 본질, 구조, 의의를 탐색해서 예술의 창조와 예술의 수용을 해석하지만, 중국의 "주류"적 문예미학 사상은 사회, 계급, 집체의 방면으로부터 예술을 이해하고 평가하고 규정하며, 문예를 나라를 다스리는 수단, 무기로 보고, 심지어 계급의 미디어와 정치적 도구로 보아왔다. 이 점에서 또한 프로이트주의가 중국 이론비평가들에게 동일시되기가 어렵다. 그다음, 중국의 20세기 대다수 이론비평가들은 전통적 추리방법, 경험적 사유방법의 영향이 매우 또렷한데, 이는 프로이트의 분석적이고 사변적인 사유방법과 심각한 충돌이 존재한다. 충돌은 사람들로 하여금 근원을 찾아캐내는 프로이트주의적 연구 방법에 대해 생소함과 난해함을 느끼게 하였을 뿐 아니라, 또한 사람들로 하여금 늘 몇몇 경험적 상식을 가지고 프로이트의 갖가지 가설, 추론과 원리를 평가하고 비판하게 하였으며, 결과적으로 그것들에 대해 모종의 왜곡과 오해가 생겨날 수 있었고, 이로부터 그것과 중국 문예이론 비평가 사이의 거리가 벌어졌다.

20세기 전반기의 수십 년 속에서, 프로이트주의가 중국 문예미학 사상에 중요한 영향을 일으킬 수 없었던 것은 이 시기의 국제, 국내 정치 형세와도 밀접하게 관련된다. 국제 환경으로 보면, 두 차례 세계대전의 발발에 따라 세계적으로는 자본주의와 사회주의의 정치, 경제, 군사적 대립이 출현하였고, 자산계급과 무산계급의 문화, 이데올로기에 있어서의 대립 역시 출현하였다. 중국은 비록 1949년에 비로소 사회주의 정권이 수립되었지만, 1930년대부터 시작해 무산계급 문화가 사실상 "주류" 문화가 되었다. 따라서 소련과 마찬가지로, 더 정확히 말하면 소련의 영향을 받아, 중국의 "진보" 문화계와 문학계는 프로이트주의를 포함한 서방의 학설, 특히 현대 서방 학설에 대해 대부분 전면 부정을 하였고, 강렬한 이데올로기적 반감을 표현하였다. 이러한 태도가 지배적인 사회에서, 중국 "주류" 문예 이론계는 당연히 프로이트주의 및 그 문예미학 사상을 제대로 이해하거나 비교적 널리 받아들일 수 없었다. 국내 환경으로 보면, 20세기의 중국은 장기적인 사회적 혼란, 계급적 모순, 민족적 모순이 전에 없이 첨예하였고, 국가 독립, 민중 해방의 정치적 임무가 모든 것을 압도하였으며, 모든 과학, 문화 영역 내지 정신 창조 활동이 전부 그러한 정치에 복종되지 않을 수 없었다. 따라서 20세기 중국 문예미학의 주체는 단지 문예정치학, 문예사회학일 수밖에 없었고, 문예심리학일 수 없었으며, 프로이트주의 역시 더욱 광활한 천지(天地)를 영유하는 것이 불가능하였다.

확실히 프로이트주의는 20세기 중국 문예사상사에 있어서 그것의 생존, 발전을 충족시킬 충분한 시간과 공간을 얻어내지 못하였고, 그것의 우세와 그것의 한계 역시 모두 중국에 중요한 작용을 일으키지 못하였다고 할 수 있다. 그러나 과거의 수십 년에 이러한 제한적인 영향들이 있었다고 해도, 프로이트주의는 또한 그것의 독특한 의의를 나타내었고, 결국 문예의 정치사회학 연구 외에 문예심리학 연구에 맹아와 계발을 제공하였으며, 중국 이론비평가들로 하여금 사회역사 외에 작가의 심리, 개체의 인생경험, 생명체험 등 내재 요인과 문예 활동의 관계에 주목하게 하였을 뿐 아니라, 어떻게 프로이트 문예미학 사상을 이해하고 참조하며 개조하고 융합할 수 있는가에 대하여 경험과 교훈을 축적할 수 있도록 해주었다.

중국의 사회 구조, 문화 구조, 심리 구조에 발생한 극적인 변화에 따라, 프로이트주의는 오늘날 중국의 문예미학 사상에 어쩌면 보다 중요한 영향을 끼칠 것이다. 프로이트가 제기한 많은 주요한 문제들이 이미 당대 문예미학 발전을 위해선 회피할 수 없는 최전방의 문제라는 점을 사람들이 인식하기 시작하였다:

본능, 특히 성 본능은 심미 활동 속에서 대체 어떠한 작용을 하는가? 예술의 본질은 인간의 감성 생명 욕구와 어떠한 내재적 연계가 있는가? 심미적 경험의 실질은 무엇인가?

무의식은 무엇인가? 그것은 일종의 심리적 실체인가, 아니면 심리적 상태인가, 아니면 두 가지를 모두 겸하는 것인가? 그것의 생성, 구조, 작용 기제와 규율은 어떠한 것인가? 그것은 심미적 창조와 심미적 감상을 어떻게 지배하고 제약하는가? 그것은 어떠한 방식으로 텍스트에 진입하여 텍스트에 잠재적 의의를 부여하는가?

프로이트 이후로 서방의 많은 이론비평가들은 그가 정신분석학 계열에 속하든 그렇지 않든 간에 모두 위의 두 더미의 문제에 대한 탐색과 사고를 대단히 중시하였다. 어떤 의미에서는, 당대 문예미학에 다소의 돌파와 발전이 있으려면, 우선 반드시 문예심리학 방면에서 다소의 돌파와 발전이 있어야 한다. "일종의 상상적 활동으로서의 문학에 대한 고찰은 만약 심리적 요인을 다루지 않을 경우, 대체로 그 누구도 성취를 얻을 수 없다."[59] 문예미학 연구는 또한 거시역사학으로 미시심리학을 해석하는 것이 필요할 뿐 아니라, 미시심리학으로 거시역사학을 해석하는 것 역시 필요하다. 일찍이 마르크스는 지적하기를, "모든 신화란 상상을 가지고 혹은 상상을 빌려 자연력을 정복하고, 자연력을 지배한 것이며, 자연력을 형상화한 것이다"[60]라고 하였는데, 문학예술 역시 인류가 상상을 가지고 혹은 상상을 빌려 자연력을 개조한 결과이기 때문에, 문학을 이해하기 위해선 반드시 인간의 상상의 은밀하고 심층적인 본질과 동기를 들추어내야 한다. 이 방면에서 프로이트와 정신분석학설은 확실히 우리의 문예미학 연구에 하나의 항로를 열어주었다. 따라서 오늘날 프로이트주의를 단순히 거부하고 배척하고 부정하는 자세는 현명하지 못한 것이다.

물론, 프로이트주의 및 그 문예미학 사상은 현대 심리과학의 발전수준과 인류의 인식 능력의 제한, 사회역사적 조건과 이데올로기 환경의 제약으로 인해 확실히 엄중한 국한성을 나타내었다. 만약 정신분석학설의 가장 중요한 공헌이 성 본능과 무의식에 대한 발견이라고 한다면, 그것의 가장 중요한 과실은 이러한 발견의 의의와 가치를 과도하게 과장한 데 있고, 이러한 종류의 발견에 견실한 이론적 기초와 과학적 기초가 부족하다는 데 있다.

무의식은 프로이트학설 속에서 본체론적 의의를 지닌다. 따라서 "무의식 결정론"은 정신분석학설의 편향성이기도 하고, 그것의 문예미학 사상의 편향성이기도 하다. 무의식은 확실히 문학 활동 속에서 역할을 발휘하고, 이따금 극히 중요한 작용을 일으키지만, 문학이 결코 무의식적 상징과 동등하진 않고, 문학 활동 역시 결코 무의식적 활동과 동등하진 않다. 인간은 의식적인 존재이고, 문학 창작 역시

---

59) 다이체스(D. Dyches), 『문학비평의 방법』, 런던, 1981년판, 330면
60) 『마르크스엥겔스선집』 제2권, 113면

의식적인 창조이며, 의식은 결코 소극적으로 무의식을 감추는 기능만을 구비하는 것은 아니고, 그것에는 적극적으로 새로운 의의를 창조하는 보다 중요한 기능이 존재하기도 한다. 어느 인도 학자가 일찍이 정확하게 지적하기를, "하나의 예술 창조는 의식적인 창조이지만, 꿈은 도리어 그렇지 않다. 후자는 결코 의식적인 선택에 미치지 못하지만, 예술가에겐 늘 그의 창조 의도가 있다. 하나의 특정한 주제에 대한 그의 선택은 어쩌면 무의식적인 것이지만, 이러한 사상과 형상을 구체화하는 과정은 도리어 의식적인 것이며, 의식의 범위에는 화가가 지금 어떠한 색상을 배합할 것인가를 또렷이 알고 있는 것이 포함된다. 그는 어쩌면 자신의 창조 활동의 최종 생산품을 또렷하게 알 수는 없다. 그러나 자신의 힘이 다다를 수 있는 범위 내에서 특정한 수단을 선택적으로 사용하는 것으로 말하면, 일종의 의식적인 창조이다"[61] 라고 하였다. 의식적인 예술 창조는 확실히 무의식적 꿈의 작업과 혼동될 수 없다. 어떤 언어적 전달, 문학적 표현, 예술적 구상이라도 처음부터 끝까지 완전하게 의식의 제어를 벗어나 일종의 순수하게 황홀하고 비제어적이며 직각적인 무의식 상태 속에서 완성될 수는 없을 뿐 아니라, 의식 역시 결코 늘 무의식의 위장인 것은 아니고, 더 많은 상황 아래서 어쩌면 그것은 바로 무의식에 대한 지배, 제어와 초월일 수 있으며, 의식과 무의식의 관계는 일종의 인과 관계라고 하기보다는 일종의 장력 관계라고 하는 것이 옳다. 그것들은 상호 작용하며 상호 제약하기 때문에, 무의식을 가지고 의식적 문학 활동, 심미 활동 속에서의 의의를 대체하고 부정하는 것은 제한적 진리를 무한하게 과장하는 것이고, "창작 자체가 바로 외부 세계에 대한 일종의 작업방식이란 점을 인식하지 못하는 것이며, 백일몽을 꾸는

61) 레이카 잔지, 「정신분석학과 예술: 프로이트의 미학이론」, 『서방학자 눈 속의 서방 현대미학』, 중국 베이징대학출판사, 1987년판

것이 단지 몽상을 만족시키기 위한 것이란 점을 인식하지 못하는 것인데, 실제로 글을 짓는 인간은 객관적으로 사회를 조정하는 활동에 종사하는 것이다."[62]

프로이트 문예미학 사상의 또 하나의 커다란 한계는 그의 '범성론(pansexualism)'인데, 프로이트는 결코 일체의 본능을 모두 성 본능으로 귀결시키지 않았을 뿐 아니라 그가 일컬은 성욕 개념 역시 사람들이 통상적으로 이해하는 함의보다 더욱 풍부하지만, 그는 모든 본능 중에서 성 본능을 가장 두드러지게 강조하였을 뿐 아니라 모든 문학예술을 성 본능과 상호 연계하면서, 억압된 성 본능이 예술 창조의 원천과 동력이고, 예술은 본능적 욕망의 승화이며, 심지어 문학 세계는 넓은 의미의 성적 상징 세계라고 믿었는데, 바로 프로이트 스스로가 말했던 것처럼, "아름다움은 성감 영역의 파생물이었다."[63] 그러나 우리는 예술 활동이 솔직히 인간의 본능 요구와 복잡한 연계가 존재하고 있다는 점을 믿지만, 이러한 요구가 꼭 성 본능뿐만은 아닌데, 모든 흥분과 쾌감이 전부 성적 흥분과 성적 쾌감으로 이해될 수 없다고 할 때 바로 그러하다. 게다가 예술 역시 결코 인간의 생물적 본능과만 연계될 수는 없고, 이를테면 매슬로(A. H. Maslow)가 인류에게 지적하였던 귀속, 사랑, 존중, 자아실현 등 초생물적인 고급 요구, 아들러가 제기하였던 우월성의 추구 등과 연계되기도 한다. 비록 인간의 갖가지 사회적 요구, 고등한 요구는 어쩌면 오랜 인류의 실천과 생성의 과정 속에서 동물적 요구, 저등한 요구 속으로부터 발전된 것일 수 있고, 마침 인간이 동물로부터 진화한 것과 같을 수 있지만, 우리는 인간을 동물로 간단히 환원시킬 수는 없고, 그것들은 결국 더 이상 동일한

---

62) 웰렉(R. Wellek), 워렌(A. Warren), 『문학이론(Theory of literature)』, 중국 삼련서점, 1984년판, 77면

63) 프로이트, 『문명과 그 불만』, 중국 안후이문예출판사, 1987년판, 23면

수준의 층위에 놓이지 못한다. 따라서 정신분석학설에 대한 영국의 미학자 리스토웰(W. F. H. Listowel)의 비평은 수긍할 만한데, "성적 천성은 그것이 얼마나 크든지 간에, 얼마나 중요하든지 간에, 우리의 인격 전체에서 한 가지 면에 불과하다. 성적 천성을 조성하는 갖가지 많은 경향과 정서는 그것이 정상적인 것이든 아니면 변태적인 것이든 간에, 그러한 이상(理想)의 만족은 단지 예술적 동감이라는 보다 광활하고 보편적인 현상 가운데 하나에 지나지 않을 수밖에 없다"64) 고 하였다. 프로이트의 결점은 바로 그가 이러한 현상을 선험적으로 문학과 심미 활동의 모든 측면 속에 강요하였다는 데 있다.

게다가 정신분석 문예미학은 문학과 사회역사의 객관적 연계를 고찰하지 않았고, 문학의 내부 요인, 구조와 규율을 고찰하지 않았으며, 형식 자체에 관심을 갖지 않고, 심미적 가치 및 그 판단에도 관심을 갖지 않았다. 따라서 그 연구 시야와 범위가 상당히 협소하기도 하다. 그러나 비록 프로이트 문예미학 사상에는 갖가지 엄중한 편향성과 국한성이 존재하지만, 이것이 당대 문예심리학과 당대 문예미학 이론 전체의 발전에 대한 그 걸출한 공헌을 덮을 수는 없다. 그 공헌 가운데 가장 두드러지는 한 가지는 바로 그것이 문예미학 연구에 심미 경험의 분석과 묘사에 주의를 기울인 일종의 새로운 방법을 제공하였다는 점인데, 그 방법은 문예심리학적 방법이며, 더 정확하게 말하면 문예의 심층심리학적 방법이다. 전통적인 사회역사 비평과는 달리, 또한 현대적 형식주의 비평과도 달리, 그것은 예술을 일종의 새로운 심리학적 이론 시야와 이론 틀 속에 넣고, 심리구조, 미시심리학으로부터, 개체의 경험으로부터, 유년기의 기억으로부터, 생명 본능의 방면으로부터 문예를 해석할 뿐 아니라, 예술과 인간의 심리적

64) 리스토웰(W. F. H. Listowel), 『근대 미학사 비평(A Critical History of Modern Aesthetics)』, 중국 상하이역문출판사, 1980년판, 141면

동력의 관계를 고찰할 때, 이성적이고 의식적이며 자각적이고 공시적인 방면에 머무르지 않고, 비이성적이고 무의식적이며 비자각적이고 역시적인 층위로 깊이 들어가 심미 경험, 심미 체험의 본질을 찾아나서면서 예술 창조와 예술 수용의 심리 과정과 심리 규율을 들추어내어, 예술의 동력, 성질, 본체, 창작과 가치를 새롭게 규정하였다. 그래서 비록 정신분석학적 문예미학은 관념에 있어서 종종 극단으로 치우치고, 연구방법에 있어서 역시 극히 불완전하지만, 그것이 창조한 심층심리학 방법은 확실히 사람들이 인류의 복잡한 정신활동의 산물로서의 문학예술을 이해하는 데 보다 과학적이고 깊이 있는 연구방향과 시각을 제공하였고, 그것이 제기한 많은 이론적 가설과 결론은 앞으로 진일보한 실증과 확증 과정 속에서 문예미학 문제에 대한 사람들의 이론적 사고를 더욱 더 심화시킬 수 있다.

프로이트주의 및 그 문예미학 사상은 장점과 결점, 심각성과 편향성이 모두 대체로 사람들의 주목을 받는다고 할 수 있다. 일종의 새로운 방법론과 이론체계로서 그것은 아주 완벽하다고 할 수는 없지만, 우리는 결코 결점을 부정할 때 진리까지 문밖으로 배척해서는 안 되며, 이는 바로 아이를 씻긴 물을 내버릴 때 아이 역시 함께 밖으로 내보내서는 안 되는 것과 마찬가지이다. 만약 우리가 프로이트주의에는 일종의 심각한 면이 있지만 편향적인 면도 있고, 일종의 통찰이 있지만 한계 역시 있다고 믿는다면, 정확하게 그것의 존재를 다루어야 한다. 우리가 어떤 학설의 전면성 때문에 그 단편성을 긍정할 수는 없는 것과 마찬가지로, 정신분석학설의 편향성 때문에 그 심각성을 부정해서는 안 된다.

하지만 이는 결코 프로이트주의의 결점을 감추거나 변호하는 것을 의미하지는 않고, 우리가 프로이트의 꽁무니를 좇아 그를 뒤쫓아가야 한다는 것도 아니다. 오히려 문예미학이 발전하려면 심지어 정신분석 문예미학 자체가 발전하려면 프로이트주의를 끊임없이 비평하고 수정하여 개조하고 전환시켜야 하며, 새로운 도전에 응답하고, 수시로 새로운 사상, 관념과 방법을 흡수하면서 개방 속에서 전진하여야 한다. 사실상 프로이트 본인이 생전에 줄곧 이렇게 하였고, 30년이 넘게 그는 늘 자신의 관점과 결론을 바꾸면서 보다 완벽해지고자 힘썼다. 또한 그의 많은 후계자들이 존스, 융으로부터 라캉, 프롬에 이르기까지 역시 여전히 실천 속에서 고전적인 정신분석학설에 대해 끊임없이 의혹을 제기하고, 그 이론적 사각지대를 엄호하고 축소하는 것으로써 해석의 시야 및 공간을 확대하고 심화시켰다. 이는 바로 정신분석 문예미학 사상이 서방에서 오랜 기간 존재하고 계속적으로 발전할 수 있었던 원인이기도 하다. 모든 중단은 사망을 의미하지만, 모든 자아 비평, 자아 개선은 생존의 활력을 의미한다.

한편으로 우리는 반드시 갖가지 이론 체계, 연구 방법의 종합, 융합과 상호 보충을 제창해야 하고, 다른 한편으로 갖가지 이론 학파의 독립적 발전을 격려해야 하는데, 왜냐하면 이러한 독립적 발전만이 비로소 가장 견실한 기초 위에서의 종합을 있게 해주기 때문이다. 프로이트주의가 중국에 들어온 지 이미 수십 년이 되었지만, 중국에는 오늘날에도 여전히 정신분석 문예미학 이론가와 이론학파가 없다. 이는 바로 정치사회학 이외에는 기타 학파의 이론가가 생겨나지 못하는 것과 같다. 하나하나의 연구가 우리에게는 깊이 있게 들어서지 못하기 때문에, 높은 수준의 종합 역시 있을 수가 없다. 중국은 독립적 이론학파가 발전하는 전통이 부족하다. 이러한 상황의 원인은 물론 복잡하지만, 중용(中庸)을 즐기고 극단으로 나아가길 원치 않는 중국 지식인들의 마음자세와 분명 관계가 있다. 형형색색의 갖가지 문예 사상, 미학 사상이 모두 일찍이 중국에 등장하였지만, 전부 뿌리를 깊이 내리지 못하였고 한바탕 유행하다가 지나가면 그만이었다. 사람들은 모두 외부인의 신분으로 결점을 들추며 이것저것 지적하는 것을 좋아하였지만, 누구도 독창적인 정신을 가지고 지침 없이 밀고 나가는 것을 원하지 않았고, 늘 갖가지 이론의 십자로에 서서 그 장점은 취해지고 결점은 버려지는 과정 속에서 모든 것이 포괄되는 대일통(大一統)의 사상 체계가 건립되는가 관망하였으나, 결과적으로는 갖가지 이론학파의 특수성, 독립성이 손상되면서, 이론적으로 발전이 지체되고 진보가 늦춰지는 결과를 야기하곤 하였다. 사실상, 오늘날 문예미학의 발전은 이미 진리는 어떤 곳에도 다 들어맞는다는 과거의 헤겔(G. W. F. Hegel)식의 이론 체계에 기대어 완성되기 매우 어려우며, 갖가지 서로 다른 연구 중심, 대상, 목적, 방법을 지닌 많은 이론 체계의 상호 보완으로 완성되어야 한다. 그것들은 개별적인 것으로서는 어쩌면 편향적이지만, 그것들의 합력(合力)은 도리어 이러한 편향성을 초월해 일종의 새로운 정합과 통일에 다다르게 할 수 있다.

그래서 우리는 반드시 갖가지 이론의 연합을 강화해야 하지만, 중국에 있어서 더욱 중요한 것은 갖가지 이론학파가 각자의 영역에서 깊이 있게 발전할 수 있는 계기가 마련되는 것이다. 갖가지 이론학파의 분화, 경쟁, 대립이 없이는 문예미학 이론의 진정한 번영과 풍성한 수확이 있을 수 없다. 따라서 우리는 반드시 일종의 드넓은 가슴과 포부를 가지고 프로이트주의를 상대해야 하지만, 동시에 또한 반드시 일종의 비판적이고 창조적인 용기와 지혜를 가지고 정신분석학설을 개조하고 발전시켜야 한다.

제6장

중국에서
정신분석적 비평의 영향

웰렉(R. Wellek)은 일찍이 구미의 20세기를 문학 비평의 시대라고 하였다.[1] 이는 이 시기에 비평 의식이 보편적으로 각성되고 비평 관념이 부단히 갱신되었기 때문일 뿐 아니라, 갖가지 비평 모델과 비평 사조가 이곳저곳에서 흥기하였기 때문이기도 하다. 이들은 서로 경쟁적으로 자리를 대체하였다. 당대 서구마르크주의적 비평, 언어학과 양식적 비평, 형식주의적 비평, 신화원형적 비평과 문화철학적 비평과 마찬가지로, 프로이트로부터 개창된 정신분석적 비평(Psychoanalytic criticism) 역시 20세기에서 중요하고 가장 영향력 있는 비평 모델과 비평 사조의 하나였다. 그러나 이와 동시에 중국과 서방은 서로 다른 문화 전통, 역사 조건의 제약을 받았기 때문에 구미 비평계와는 다르게 20세기 중국의 주요한 시간 속에서는 고도로 정치화한 사회학적 비평이 천하에 군림하였고, 기타 갖가지 비평 모델의 발전은 모두 지체되어 독립적이고 영향력 있는 세력 혹은 유파를 형성하기 어려웠다. 비록 이러하였지만 20세기 중국은 객관적으로 이미 세계 문화, 세계 문학의 대조류 속으로 떠밀렸기 때문에, 또한 프로이트주의 자체가 지닌 강렬한 흡인력과 삼투력 때문에도 서방의 정신분석적 비평 모델은 여전히 중국 문학비평 실천에 모종의 제한적인 영향을 가져왔을 뿐 아니라, 기타 비평 모델의 영향과 서로 견주어 볼 때, 이러한 영향은 그 정도와 심도 면에서 모두 보다 많은 사람들의

1) R. 웰렉, 「20세기 문학비평 주류 사조」, 『비평의 개념(Concepts of Criticism)』, 미국 예일대학출판사, 1963년판 참조

주목을 받았다. 아울러 우리는 이러한 영향의 과정, 방식, 결과와 의의의 분석과 토론 속에서 앞으로 정신분석적 비평 모델을 재평가하고 정신분석적 비평 모델이 우리에게 제공한 비평의 시각, 관념, 방법, 원리와 술어, 내지 기술적 수단을 다시금 검토할 예정인데, 이는 20세기 중국의 문예비평사 속에서의 정신분석적 비평의 지위를 확립하는 데뿐 아니라, 우리가 다원적인 선택 속에서 독립적이고 자각적으로 문예비평의 발전을 도모하는 데도 홀시할 수 없는 의의를 지닌다.

1. 정신분석적 비평 모델

정신분석 심리학을 기초로 하여, 프로이트는 문학예술이 작가의 백일몽이고 무의식적 본능 욕망의 승화와 상징이라고 믿었다. 이러한 기본적 이해에 근거하여, 1900년 프로이트는 그 중요한 저작 『꿈의 해석』 속에서 처음으로 '오이디푸스 콤플렉스'의 개념을 가지고 고대 희랍의 비극 작가 소포클레스(Sophocles)의 『오이디푸스왕』과 셰익스피어의 『햄릿』을 분석하였다. 일반적으로 이것이 정신분석적 비평의 맹아로 여겨진다. 이 뒤로, 프로이트는 또한 앞뒤로 「옌센의 "그라디바" 속의 망상과 꿈(Delusions and Dreams in Jensen's "Gradiva")」, 「레오나르도 다 빈치와 유년의 기억(Leonardo da Vinci and a Memory of His Childhood)」, 「도스토옙스키와 부친살해자(Dostoevsky and Parricide)」, 「모세와 일신교(Moses and Monotheism)」, 「세 상자의 주제(The Theme of the Three Caskets)」, 「괴테의 "시와 진실"에서의 유아기 추억(A Childhood Recollection from "Dichtung und Wahrheit")」, 「무대 위의 정신병적 인물들(Psychopathic Characters on the Stage)」 등의 논문 혹은 저작의 구성물을 저술하였다.[2] 그는 정신분석학 사상, 방법과 개념을 운용하여 몇몇 예술가 및 그 예술품에 대해 정신분석학적 독해와 해석을 하였고, 이로부터 정신분석적 비평 모델의 기본적 특징을 수립하였으며, 서방에서 그 역사가 깊고 영향력이 끊이지 않는 하나의 비평 사조를 개통시킨 것이다.

정신분석적 비평 모델의 가장 중요한 특징은 그것이 문학 활동 속의 갖가지 무의식적 요인을 드러내는 것을 목적으로 삼는다는 점이다. 만약 정신분석학설이 정신 생활 속의 무의식을 폭로하는 것을 근본 임무로 삼기 때문에 "무의식에 관한 과학"[3]인 것이라면 정신분석적 비평은 바로 무의식에 관한 비평이고, 그것은 "예술품 속의 무의식의 의의를 고찰하고, 작가가 허구화한 인물의 무의식적 동기와 작가의 무의식적 경향을 연구하는 데 주의를 기울인다."[4] 정신분석적 비평은 작품에 대하여 그 형식 자체와 예술의 규범적 의의 및 드러난 주제에 관심을 갖는 것이 아니라, 그 비규범적인 의의와 감춰진 주제에 관심을 두면서 텍스트 속에서 잠재적 텍스트를 발견하고 구조 속에서 잠재적 구조를 찾아낸다. 작품 속의 허구적 형상에 대해 말하면, 그것은 그 행위 및 이러한 종류의 행위에 의해 내놓아진 작가의 명확한 해석에 관심을 갖는 것이 아니라 작가의 작품 자체가 결코 명확하게 제공하지 않은 이러한 인물들의 심층적인 심리 동기에 관심을 둔다. 작가에 대해 말하면, 그것은 그 자각적인 추구와 의도에 관심을 갖는 것이 아니라 심리적 침전과 유년기 경험 속으로부터 작가 자신이 결코 의식하지 못하였던 창작의 원천, 동력과 목적을 발굴한다. 근래

2) 『프로이트: 예술과 문학』, 영국 펭귄북스 펠리칸 총서, 1987년판; 『프로이트가 창조력과 무의식을 논함(On Creativity and the Unconscious)』, 뉴욕 하퍼, 1958년판; 『프로이트미학논문집』, 중국 지식출판사, 1987년판 등 참조

3) 『프로이트저작선집』, 중국 쓰촨인민출판사, 1986년판, 45면

4) R. 웰렉, 「20세기 문학비평 주류 사조」, 앞의 책

정신분석적 비평은 또한 독자의 수용 심리와 반응 동력 속으로 시선을 던졌는데, 그것은 독자의 자각적인 심리적 느낌과 심리적 상태에 관심을 갖는 것이 아니라 그 비자각적인 심리적 흥분과 심리적 만족에 관심을 둔다. 정신분석적 비평에서 보기에 의식의 층위로부터 문학을 고찰해 얻어내는 판단은 표층적이고 단편적이며 불완전하고 철저하지 못하며, 심지어는 진실하지 못하고, 실제적으로 사람들이 의식하지 못하였거나 명확히 이야기해내지 못한 것이 그가 의식하고 이야기해낸 것보다 훨씬 중요하고 의의를 지니는 것이라고 할 수 있다. 그래서 정신분석적 비평가들은 모두 의식층의 외피와 위장을 뚫고 작가, 작품, 독자 심리의 내층, 심층으로 들어가 그 무의식적인 스핑크스적 수수께끼를 들추어내고자 노력하였다.

정신분석적 비평의 두 번째 중요한 특징은 그것이 문학 활동 속의 성애 동기의 발굴에 주목한다는 점이다. 정신분석학은 리비도라고 불리는 성적 구동력이 인간의 심리와 행위, 작가 및 그 창작의 의의에 대해 끼치는 영향을 결정론적으로 강조하며, 무의식의 기본 핵심은 바로 이러한 억압된 비이성적 성애 욕구 및 그것으로 인해 구성된 '오이디푸스 콤플렉스'이다. 만약 문학 활동이 일종의 무의식 활동이라고 한다면, 그것은 또한 일종의 성욕 활동의 상징과 변형이라고 말할 수 있다. 따라서 문학 속의 무의식 요인에 대한 정신분석적 비평의 분석은 매우 큰 정도에서 바로 문학 속의 갖가지 성적 동기, 성적 특징, 성적 주제에 대한 분석이며, 갖가지 성애 욕구와 난륜 콤플렉스가 어떻게 암암리에 문학 활동을 지배하고 조종하는가 그 원인, 과정과 규율을 찾아내는 것이기도 하다. 이러한 목적에 도달하기 위해 비평가들은 작가의 생애에 관한 자료, 생활의 경력 속에서 유년기 생활이 그의 성적 심리에 남긴 낙인을 찾아내고, 작품의 인물 관계 속에서 오이디푸스 콤플렉스와 유사한 구조적 관계를 찾아내며,

예술적 화면과 예술적 묘사 속에서 갖가지 성과 유관한 비유, 은유, 기호와 세부를 찾아내고, 독자의 심미적 체험 속에서 성적 정감을 찾아내는 데 열중하곤 하였다. 정신분석은 무의식에 뿌리를 두며, 무의식은 또한 성적 본능과 욕구에 뿌리를 둔다.

정신분석적 비평의 세 번째 특징은 '징후(Symptom)' 분석이다. 정신분석적 방법의 길은 프로이트의 말을 빌리면, 바로 "징후로 인해 무의식이 야기되어 본능적 생활 및 성생활로 들어선다"[5]는 것이다. 그는 무의식은 이성의 억압과 감시를 받아 정상적인 기호 시스템과 교류 경로를 통해 자신을 드러내거나 전달할 수 없기 때문에, 부득이 갖가지 위장, 변형, 상징의 방식을 택해 표현되어 나오며, 이러한 방식들이 문학 속에서는 늘 일종의 징후로 표현되는데 바로 생략, 왜곡, 공백, 몽롱, 회피, 과장, 반박, 실수 등이라고 믿었다. 이러한 징후들은 실제적으로는 바로 무의식이 의식의 검사를 고의적으로 피하는 수단과 형식이다. 바로 이렇게 우연, 실수, 무의의한 것을 방불케 하는 구석들이 비로소 진정으로 무의식이 출몰하는 진실의 본질이다. 징후가 있는 곳에 바로 무의식이 있다. 그래서 정신분석적 비평 속에서는 "보기에 작품의 공백 같거나 모순되는 심리적 구석이 어쩌면 작품의 의의에 집중적인 암시를 제공한다."[6] 이러한 원칙 아래서 비평가들은 텍스트를 세심하게 읽음으로써 갖가지 상관 재료를 광범하게 섭렵하고 세심하게 고찰하며 심도 있게 분석해서 문학 활동 속의 갖가지 징후를 발견하는 것으로 무의식적 심층을 향해 파들어가는 돌파구를 찾아 나선다. 바로 이러하기 때문에, "사람들이 관심을 갖지 않거나 주의하지 못한 세부적인 부분, 혹은 이른바 잡다한

---

5) 프로이트, 『정신분석개론신편』, 중국 상무인서관, 1987년판, 44면
6) 이글턴(T. Eagleton), 『20세기 서방문학이론』, 중국 산시사범대학출판사, 1986년판, 223면

더미를 관찰하는 습관을 갖고, 이로부터 초경험적 비밀과 감춰진 것들을 탐색하"[7]는데, 이는 바로 정신분석적 비평의 기본 원칙이다.

정신분석적 비평의 네 번째 중요한 특징은 원인에 의해 결과를 거슬러 오르는 방법이다. 프로이트는 지붕 위에서 떨어지는 어떠한 참새도 하느님의 특수한 소망이 아닌 경우란 없고, "어떠한 심리적 표현도 무의미하고 임의적이며 규율이 없는 것이 아니"[8]라고 굳게 믿었다. 이러한 결정론 사상은 프로이트로 하여금 어떠한 순수한 우연적 현상의 존재도 부인하게 하였으며, 그것은 어떠한 객관적 결과라도 모두 주관적 원인이 있고, 어떠한 현재의 시태라도 모두 과거 시태의 필연적 연속인 것이었다. 그래서 정신분석적 비평은 늘 현상으로부터 본질로, 결과로부터 원인으로, 현재로부터 과거로, 결말로부터 과정으로 거슬러 오르는 방법을 통해 무의식의 원시적 동력과 동기를 찾아 나섰다. 비록 이러한 동력과 동기들은 일찌감치 당사자들에 의해 홀시되고 망각되었지만, 그것들은 분명히 존재할 뿐 아니라, 종종 사람들의 유년기 기억, 유년기 상처 및 경험과 인과적 연계를 지니고 있다. 시간이 지나가고 공간이 전환되었다고 해도 인간의 심리와 행위에 대해 개체의 이른 시기 경험과 군체의 원시적 경험이 끼치는 거대한 영향력과 지배력은 벗어날 수가 없다. 프로이트는 정신분석적 비평의 이러한 점에 대해 일찍이 충분한 평가를 내리면서, "우리는 마지막 단계로부터 사물의 발전 과정을 거슬러 오르기만 하면 갖가지 단계 사이의 연계가 지속성을 지닌 것이라는 점을 알 수 있는데, 이미 완전한 방법을 얻어냈다고 생각한다. 만약 우리가 단지 전제의 분석으로부터 출발해 마지막 발전 결과까지를 추적하려고 한다면, 우리는 더 이상

---

7) 프로이트, 「미켈란젤로의 '모세'(The Moses of Michelangelo)」, 『프로이트가 창조력과 무의식을 논함』, 중국전망출판사, 1986년판

8) 프로이트, 「정신분석의 기원과 발전」, 『프로이트저작선집』, 중국 쓰촨인민출판사, 1986년판

사물 발전의 필연성을 느낄 수 없다……"[9]고 하였다.

정신분석적 비평의 다섯 번째 중요한 특징은 그것의 상징해독법이다. 프로이트는 예술이 백일몽이라고 믿었고, 꿈에 관한 그의 이론에 근거하면 예술의 무의식적 의의와 예술의 표현 내용은 두 종류의 서로 다른 언어로 하나의 의미를 서로 다르게 묘사한 것이 되는데, 예술 내용은 실제적으로 예술의 의의를 그 밖에 한 종류의 더욱 난해한 표현 형식으로 변환한 것이고, 이러한 변환의 과정은 바로 창작의 과정이며, 응축, 전치, 상징화와 이차적 가공 등을 통해 무의식에 감춰진 뜻을 느껴 알 수 있는 드러난 뜻으로 바꾸는 과정이다. 따라서 예술은 바로 일종의 객관화, 체계화, 형식화한 꿈이고, 무의식적 욕망의 상징이다. 이러한 입체적 구조 속에서 표층과 내층, 기표와 기의, 의식과 무의식은 상징을 중개로 한데 조합된다. 문학 속의 무의식 동기를 탐측하기 위해서 문학 비평은 예술의 표층 구조를 깨뜨려서 그 창작의 과정으로 거슬러 올라가 그 상징의 의의를 해독하는 것이 필요하다. 종류의 해독이 순조롭게 진행되도록 하기 위해 다량의 관찰과 대담한 상상에 근거하여 프로이트는 일련의 해독된 비밀번호를 제기하였는데, 문학 속의 인물, 사건, 세부, 물체, 경관 속에서 그것과 서로 대응하는 무의식의 의의를 찾아낸 것이었으며, 이러한 의의들은 대부분 성의 상징과 유관하였다. 따라서 정신분석적 비평가들은 아버지와 아들의 충돌을 오이디푸스 콤플렉스의 상징으로, 갖가지 심리적 모순을 자아, 이드, 초자아의 분열의 상징으로 해석하곤 하였다. 길고 곧으며 자극성, 상해성을 지닌 모든 것들, 이를테면 지팡이, 죽간, 나뭇가지, 칼, 총, 창 등을 남성 생식기적 상징으로 해석하였고, 공간성과 수용성을 지닌 것들, 이를테면 도랑, 구멍,

---

9) 프로이트, 「여성 동성애자의 사례로 본 심리의 발생(The Psychogenesis of a Case of Homosexuality in a Woman)」, 『프로이트가 무의식과 창조력을 논함』

바가지, 물동이, 그릇, 상자 등을 여성 생식기적 상징으로 해석하였으며, 심지어 춤, 말 타기, 계단 오르기 등 리듬 있는 운동을 성교의 상징으로 해석하였다. 프로이트의 한 후계자는 일찍이 단언하기를, "대체로 모든 상징이 넓은 의미에서 볼 때 전부 성의 상징이다"10)라고 하였다. 상징에 대한 이러한 '범성론'적 표현은 정신분석적 비평에 해독 규칙과 기술을 제공하였고, 프로이트와 기타 동료들에게 장기적으로 채택되었다. 단지 방법에 있어서 일부 보다 용속화하기도 하였지만, 일부는 보다 창조성을 지니는 것이었다.

정신분석적 비평 모델의 이러한 중요한 특징들은 프로이트 자신으로 말미암아 정해진 것이며, 기타 많은 후계자들에 의해 계승, 개조, 변화, 개선되었다. 존스, 마리 보나파르트(Marie Bonaparte) 등 1세대의 권위적 정신분석적 비평가로부터 20세기 후반에 솟아오른 라캉 등 후기 프로이트주의 정신분석적 비평가까지, 비평 모델에는 이미 매우 큰 변화가 발생하였다. 마르크스, 언어학, 기호학, 구조주의, 수용미학 및 갖가지 후기 구조주의적 철학과 문학 이론의 성과가 나날이 광범하게 당대 정신분석적 비평의 실천 속에 흡수, 융합되면서, 이 비평 모델은 지금도 여전히 많은 비평가들의 탐색 속에서 풍부해지고 활성화되고 있다.11) 서방의 20세기 문학 비평의 역사에서 정신분석적 비평은 줄곧 하나의 혁혁한 위치를 차지하고 있다.

---

10) 보나파르트(M .Bonaparte), 『애드가 알란 포의 삶과 작품에 대한 정신분석적 해석(The Life and Works of Edgar Allan Poe:A Psycho-analytic Interpretation)』, 런던 이마고퍼블리싱콤퍼니, 1949년판, 294면 참조

11) 정신분석적 비평의 서방에서의 발전과정에 관해, 라이트(Elizabeth E. Wright), 『정신분석적 비평: 실천 속의 이론(Psychoanalytic Criticism: Theory in Practice)』, 런던, 뉴욕, 1984년판 등 참고

2. 중국에서 정신분석적 비평의 기원

신문화운동은 돌연 중국과 서방 세계의 거리를 축소시켰고, 갖가지 서방의 사조가—설령 프로이트주의와 같이 막 시작된 맹아적인 새로운 학설이라고 해도—모두 즉각 중국에 유입되었다. 그래서 일찌감치 20세기 초반에 프로이트의 이름 및 그의 정신분석학설은 중국 지식계에 있어서 생소한 것이 아니었다. 사람들은 프로이트주의와 문학 창작, 문예 미학 이론 사이의 연관성에 주목하는 동시에, 그것과 비평 실천의 연관성 역시 주목하기 시작하였다.

프로이트의 문예관과 비평관은 정신분석 심리학에 대한 주광첸(朱光潛) 등의 소개 속에서 일찌감치 다루어졌지만, 진정 체계적으로 정신분석적 비평의 원리, 개념과 방법을 처음 소개한 글은 셰류이(謝六逸)가 번역하여 소개한 일본의 문학박사 다케오 마쓰무라(松村武雄)의 긴 글 「정신분석학과 문예(精神分析學與文藝)」[12]이었다. 이 글은 초기 미국의 저명한 정신분석학적 비평가인 모델(A. Mordell)의 『문학 속의 성애 동기』(1919)라는 책을 참고한 것이었는데, 정신분석적 비평의 기본 관념과 방법을 상세하게 서술하였을 뿐 아니라, 셰익스피어 등 구미와 일본 작가들에 대한 구체적 분석을 통해 정신분석적 비평의 실례를 제공하였다. 마침 프로이트의 학설과 정신분석적 비평의 영향을 받아, 1920년대 몇몇 비평가들은 정신분석 원리, 방법과 술어를 운용하여 문학 작품과 문학가에 대한 분석, 해석을 시도하기 시작하였다.

궈모뤄(郭沫若)의 「『서상기』 예술에 대한 비평과 그 작자의 성격(『西廂記』藝術上之批判與其作者之性格)」[13]과 저우쭤런(周作人)

---

12) 《문학순간(時事新報·文學旬刊)》 제57-71기(1922-1923년). 뒤에 『문예와 성애(文藝與性愛)』, 중국 개명서점, 1927년판으로 출판.

이 위다푸(郁達夫)의 소설집『침륜』을 평론한 문장[14)]이 맨 먼저 중국에서 정신분석학설을 사용해 중국 전통문학과 중국 신문학을 비평하였다. 궈모뤄는 일본에서 의학을 배울 때 심리학을 섭렵한 바 있고 프로이트의 꿈의 이론, 변태심리학, 아동심리학에 대해 비교적 잘 이해하고 있었는데, 이는 그의 창작과 문예미학 사상에 영향을 끼쳤을 뿐 아니라 그의 문예비평에도 영향을 끼쳐, 그로 하여금『서상기(西廂記)』의 삼촌금련(三寸金蓮)에 대한 묘사 속에서 왕실보(王實甫)의 심리적 변태를 발견하도록 하였고, 굴원(屈原)이 독신이었다는 점으로부터『초사(楚辭)』속의 미인 방초(芳草)의 은유적 의의를 찾아내도록 하였다. 그리고 당시 일찍이 정신분석학의 영향을 받았던 심리학가 엘리스(H. H. Ellis)를 특별히 경배하였던 저우쭤런은 위다푸의 소설 속의 성적 묘사를 억압된 색정의 "비자각적 발분"으로 보면서,『침륜』은 바로 "승화된 색정"이라고 믿었다. 하지만 반드시 지적해야 할 것은 이러한 문장들의 기본적인 틀과 주체적 시각이 아직은 완전히 정신분석학에 속하지는 못하였다는 점이다. 그래서 중국에서 처음으로, 오늘날에 이르기까지 유일하게 자각적으로 정신분석적 모델을 운용하여 문학 현상을 고찰한 전문적인 비평 저작은 명나라 여성 시인 풍소청에 대한 판광단의 분석과 연구라고 할 수 있다.

1922년, 판광단(潘光旦)은 프로이트의『정신분석개론(*Introductory Lectures on Psycho Analysis*)』등의 저작을 학교 도서관에서 구해 열독할 기회를 얻었으며, 뒷날 패관야사(稗官野史) 속에서 또한 명나라 말엽의 여성 풍소청의 삶이 바로 프로이트가 일컬은 나르시시스 심리의 전형적인 예라는 점을 발견하였다. 그리하여 한차

---

13)『문예논집』, 중국 상하이광화서국, 1925년판

14) 저우쭤런,「침륜」,『자신의 정원』, 신보사, 1923년판

례 학술보고서를 작성하는 기회를 빌려 「풍소청고(馮小青考)」라는 글을 저술하였고, 1924년에 《부녀잡지(婦女雜誌)》에 발표하였다. 뒷날 그는 다시 이 글을 대폭 수정해서 전문저작 『소청의 분석(小青之分析)』으로 확충하였다. 2년 뒤 그는 또다시 서명을 『풍소청: 나르시시스에 관한 연구(馮小青: 一件影戀之研究)』로 바꾸고 내용을 보충해 다시 신월서점(新月書店)에서 출판하였다. 『소청의 분석(小青之分析)』의 「서문」 속에서 판광단은 쓰기를, "근래 오스트리아인 프로이트와 그의 학도들은 정신분석이론을 창도하였고 남녀 성욕의 운동, 구속, 전이, 변화를 그 근거로 삼으며 이로써 인간 삶의 활동을 해석하는데, 퍽 이치에 맞는 바가 있다"고 하였다. 특히 문예를 해석하면서, "성생활의 결함과 승화가 모든 문예의 기원이라는 말은 좀 극단적이긴 해도 이로부터 비평가들이 새로운 관점에서 비교적 깊은 관찰과 분석을 할 수 있게 되었다"[15]고 하였다. 마침 이와 같은 의식으로 인해 판광단은 풍소청의 삶과 창작 속에서 정신분석적 비평의 소망이 생겨났으며, 그로 하여금 정신분석학설을 열쇠로 삼아 "반드시 그 진상을 밝혀내고 그 시말을 추궁하지 않으면 후련하지 못하"도록 그를 재촉하였다.

풍소청은 명나라 만력(萬曆) 시대의 사람인데, 15세 때 풍씨 집안의 첩으로 시집가 풍씨 부인의 질투와 원한을 샀으며, 우울하고 고된 날이 많아 심신의 상처가 심하였고, 겨우 18세 때 불행히 요절하였다. 『사기(史記)』의 기재에 따르면, 풍소청은 첩으로 있던 몇 년 동안 늘 연못에 자신을 비추었고 그림자와 대화하는 것을 좋아하였으며 자주 거울을 보면서 눈물을 흘렸다. 죽기 전 그녀는 사람을 청해 자신의 모습을 그려달라고 하였는데, 여러 차례 마음에 들지 않아 다시 그리게 하였고 꼭 그 외모와 정신이 모두 제대로 담기길 바랐다.

15) 인용문의 출처는 모두 『소청의 분석』, 중국 상하이 신월서점, 1927년판

그녀의 시 속에는 늘 "새롭게 화장을 해서 그림과 견주어보는데, 소양(昭陽)에서 저는 과연 몇 등이나 될까요? 흐르는 눈물이 야윈 몸을 비추니 경(卿)은 저를 가엾게 여겨야 하고 저도 경을 가엾게 여겨요" "첩이 거울에 비치는 건 꽃이 물 위에 비치는 것과 같아요"와 같은 구절이 있었는데, 자신을 연민하거나 스스로 도취하는 정서와 정경을 표현하였고, 거울과 물은 그녀의 시 속에서 가장 자주 보이는 이미지였다. 이러한 자기애와 자문자답의 현상들을 판광단은 풍소청에게 일종의 프로이트가 일컫은 '나르시시즘(narcissism)'이 있음이 입증된 것이라고 믿었다. 이러한 심리는 바로 풍소청으로 하여금 "자신의 신체를 대하는 것이 성적 관계가 있는 대상의 신체를 대하는 것과 같게 하였고 자신의 신체를 주시하고 보듬고 희롱하는 것을 통해 일종의 성적 쾌락을 체험하게 하였으며 이는 완전한 만족에 이를 때까지 계속"[16]되었던 것이다. 풍소청은 자기애에 빠진 사람을 방불케 하였는데, 외재한 객체를 애욕의 대상으로 삼는 것이 아니라, 주체 자신을 애욕의 대상으로 삼아 객체에 대한 사랑을 주체 자신에 대한 사랑으로 되돌렸다.

프로이트는 자기애가 일종의 변태심리로서 그것의 생성은 두 종류의 원인에 기반한다고 믿었는데, 하나는 성욕 발전에 지체(inhitilion)가 나타난 것이고, 다른 하나는 성욕 발전에 퇴화(regression)가 출현한 것이다. 판광단은 풍소청의 변태심리 역시 이 두 종류의 원인에 기원한다고 지적하였다. 풍소청은 15세 때 시집을 갔고—성적 발육이 아직 완성되지 않았다—부분적으로 아동적 자기애 단계에 머물렀다. 시집간 뒤 환경의 압박을 받아 애욕을 정상적으로 외재한 객체에 투입하지 못하였고, 또한 자기애 단계로의 퇴화는 촉진되었다. 그래서 풍소청의 자기애 심리 형성은 사실상 봉건식 혼인 제도와 성적

16) 『프로이트저작선집』, 143면

불평등 관계 때문에 조성되었던 것이다. 이 점에서 판광단은 사회학적 비평을 심리학적 방법 속에 녹여낸 것이라고 할 수 있다.

판광단은 풍소청의 분석으로부터 중국 고대 여성 시인들에 대한 고찰로 시야를 확장하면서, 중국 여성 시인의 작품은 대부분 정신적인 울적함과 자아에 대한 애련감이 표현되는데, 이는 "부분적으로는 어쩌면 우리 종족의 체질이 그러하게 만든 것이"지만, 더욱 주요하게는 풍소청과 마찬가지로, "성적 발육과 생활의 탈궤(脫軌), 결함과 부당함"이 조성한 것이라고 믿었다. 시인뿐 아니라 중국 고대의 여성들은 대부분 일정한 심리적 변태를 표현하였는데, 이는 모두 여성에 대한 사회적 몰이해에서 비롯되었으며 여성들로 하여금 성생활과 성심리가 자연스럽고 자유롭게 발전하지 못하도록 한 데서 근원하였다. 그래서 판광단은 "성욕과 성발육에 관한 사회적 관념을 바꾸어보자"고 호소하였다. 문학 비평은 여기서 사회 비평으로 확장되었다. 이는 봉건식 속박에 반대하고 개성의 자유, 인성의 해방을 주장한 당시의 낭만주의적 요구와 일치하는 것이다.

비록 판광단은 인간의 심리와 행위에 대한 사회적 요인의 영향에 더욱 주목하였지만, 작가의 성적 생활과 그 작품의 관계를 찾아 나섰다는 면에서 판광단의 풍소청 분석은 프로이트의 다 빈치 분석과 분명히 유사한 면이 있다. 그들은 모두 예술가가 억압을 받아 내심의 욕구가 정상적으로 발산될 수 없을 때, 심리, 특히 성 심리에 변태성이 발생하기 쉽고, 무의식 속에서 자신의 심미적 경험과 예술적 상상을 토로해낸다고 믿었다. 그래서 프로이트에게 모나리자의 미소와 다 빈치의 오이디푸스 콤플렉스는 상호 관련되고, 판광단에게 풍소청의 시 속에 표현되는 자신의 모습에 대한 애련감은 또한 그녀의 자기애와 인과적 연계가 있다. 반드시 말해야 할 것은 바로 정신분석적 비평 방법이 판광단으로 하여금 한편으로 삶의 경험과 창작을 통해 풍소청의 성격과 심리의 심층적 구조를 해석하도록 하였고, 다른 한편으로는 이러한 심층적 구조를 통해 그녀의 경험과 창작을 해석하도록 하였다는 점이다. 결과로 원인을 들춰내고, 원인으로 다시 결과를 해석하는 이러한 "비평적 순환"은 풍소청이라는 인간과 그 시에 대한 이해를 심화시켰을 뿐 아니라, 그녀의 자기애적 행위에 대해서도 심리학적 설명을 제공하였다.

물론 다 빈치에 대한 프로이트의 비평과 서로 비교하면, 풍소청에 대한 판광단의 분석은 입체감이 아주 두드러지지 않고 방법의 투시력과 이론의 광범위한 장악력이 아직 부족하다. 이른 시절 시작된 다 빈치의 감정 생활에 대한 프로이트의 은밀한 해석, 그의 예술적 충동과 과학적 충동에 대한 서술, 그의 성 심리 역사에 대한 심도 있는 분석, 창조적 예술가로서의 그의 심리의 본질과 심리 활동에 대한 토론, 그의 전체적인 정신적 생활, 창조적 개성과 예술적 풍격에 대한 개괄은 모두 판광단의 분석이 비교적 초보적이고 표층적인 것으로 보이게 하는데, 판광단은 풍소청의 심리적 본질에 대해, 그녀의 예술적 환상의 특징과 과정에 대해 보다 깊이 있는 설명을 할 수는 없었으며, 그는 '자기애' 현상을 발견해냈지만 도리어 이러한 자기애 심리가 어떠한 기제로서 풍소청의 창작 과정에서 작용하였는가를 들추어낼 수는 없었다. 따라서 판광단의 두드러진 공헌은 바로 그가 작가 작품을 분석하는 데 일종의 새로운 해석의 방법을 제공하였다는 데 있는 것이며, 이러한 시각을 가지고 작가와 그의 창작 속에서 가장 은밀한 징후, 응어리와 수수께끼를 어떻게 더 유용하게 파헤칠 것인가는 그가 아직 완전히 장악하지 못했다고 할 수 있다.

판광단이 정신분석의 방법을 사용하여 중국 고대 작가 및 그 창작을 고찰할 때, 자오징선(趙景深)은 자각적으로 그것을 가지고 중국 신문학 작가의 작품을 고찰하였다. 1920년대 중반은 프로이트학설이 중국에서 이미 한때를 떠들썩하게 하였던 때이고, 다케오 마쓰무라의 「정신분석학과 문예」와 판광단의 『소청의 분석』의 발표와 출판이 또한 중국 "문예의 정신분석적 연구에 서광을 비추고 있었다." 바로 이러한 분위기의 자극 아래서, 자오징선은 앞뒤로 「루쉰의 『제형』(「魯迅的『弟兄』」)」, 「중국의 신문예와 변태 성욕」[17]이라는 두 편의 논문을 집필하였다. 그것들은 당시 정신분석적 비평의 모델을 가지고 중국 신문학을 평론한 가장 중요한 성과였다.

루쉰의 『제형』 속의 형상은 줄곧 평론자로 하여금 많은 의견을 낳게 하였는데, 자오징선은 장페이쥔(張沛君)의 무의식 심리에 대한 폭로를 통해 이러한 복잡한 형상을 새롭게 평가하고자 시도하였다. 이를테면 햄릿에 대한 프로이트의 분석과 마찬가지로, 그 역시 작품 속의 허구적 인물에게 깊이 매장된 무의식 동기의 발굴에 주의를 기울였고, 암시와 상징이라는 무의식 동기의 갖가지 '징후'를 찾아내려고 하였다. 프로이트는 햄릿이 복수를 할 때 주저하는 모습을 징후로 삼았고, 자오징선의 비평은 주로 장페이쥔의 꿈을 징후로 삼았다. 정신분석학설은 꿈을 무의식적 욕망의 상징으로 보며, 그것은 일종의 난해하고 변형적인 방식으로 인간의 사욕적이고 은밀한 동기를 폭로해낸다. 그래서 자오징선은 이미 죽은 동생이 남겨놓은 아이를 질책하며, 친아들과 친딸만을 학교에 보내기로 하는 장페이쥔의 일련의 꿈자리로부터 장페이쥔의 이기성과 허위성의 본질을 들추어낸다.

자오징선의 분석은 인성과 인생의 복잡성과 입체성 및 어떠한 깨끗한 우정, 고상한 품격 뒤편에는 종종 비열하고 이기적인 무의식적 꿍꿍이가 감추어져 있다는 점을 사람들이 의식하도록 하였다. 자오징선은 정신분석을 빌려 루쉰 소설 속의 이러한 인물의 영혼 세계를

17) 모두 자오징선, 『문학강화(文學講話)』, 상하이아세아서국, 1928년판에 수록되었다. 수록 전에 일찍이 《일반》 등 간행물에 발표되었다.

충분히 설명하였다. 물론, 정신분석에서 보기에, 모든 인간의 무의식적 동기, 모든 인간의 본능적 욕구는 사적인 것이며, 이는 결코 인간의 시비와 선악을 판단하는 표준으로 구성되기에는 부족하다. 자오징선은 이 점에서 대체로 그가 전통 가치관과 인성론의 영향을 받았다는 점을 표현해내었다.

「루쉰의 『제형』」 뒤 얼마 후, 자오징선은 다시 「중국의 신문예와 변태 성욕(中國新文藝與變態性慾)」을 집필하면서, 정신분석적 비평 공간을 확장하였다. 그는 명확하게 프로이트의 비평 모델, 범주, 개념을 빌려 신문학 초기의 많은 작가들의 작품에 대해 정신분석학적 의의를 해석하였다. 정신분석적 비평은 늘 외재적으로 드러난 작품의 구조 속에서 내재적으로 감춰진 작품의 구조를 발견하고자 하고, 이러한 구조의 핵심은 바로 무의식적 성애 동기이다. 이러한 관념에 근거하여, 자오징선은 일곱 가지 유형의 서로 다른 동기를 표현해낸 신문학 작품을 열거하였다. 1. 어머니와 아들의 사랑이다(계모와 친모 아들의 사랑을 포함한다). 이를테면 루인(盧隱)의 『아버지(父親)』, 위다푸의 『가을 강(秋河)』이다. 2. 오빠와 여동생의 사랑이며, 이를테면 리진밍(黎錦明)의 『어둠 속(晦里)』이다. 3. 자기애이며, 이를테면 판한녠(潘漢年)의 『미즈번 사부로의 일기(水番三朗日記)』이다. 4. 동성애이며, 이를테면 루인의 『리스의 일기(麗石的日記)』, 예사오쥔(葉紹鈞)의 『피망각(被忘却)』, 장이핑(章衣萍)의 『연애편지 한 통(情書一束)』, 장쯔핑(張資平)의 『버들강아지(飛絮)』, 예딩뤄(葉鼎洛)의 『남자친구(男友)』, 황선즈(黃愼之)의 『그(他)』 등이다. 5. 성욕적 상징이며, 이를테면 빙신(冰心)의 작품 속의 넓은 바다, 어린아이, 아버지이다. 6. 가학증과 피학증이며, 이를테면 톈한(田漢)의 『호숫가 봄꿈(湖邊春夢)』, 위다푸(郁達夫)의 『과거(過去)』, 장쯔핑의 『타이리(苔莉)』이다. 7. 욕망적 꿈이며, 이를테면 톈한의

『호숫가 봄꿈』, 궈모뤄(郭沫若)의 『잔춘(殘春)』이다.

자오징선의 이 문장이 다룬 신문학 작가의 작품 범위는 매우 넓고, 수량 역시 비교적 많으며, 그중 일부분은 일찍이 프로이트주의의 영향을 받았지만, 대다수 작품은 결코 이러한 성애 동기들을 명확히 표현한 것이 아니라, 자오징선이 정신분석적 비평 방법을 빌려 독해해 낸 것이었다. 그러나 이러한 비평 개념들의 사용은 매우 규범적이지 못하고, 갖가지 서로 다른 비평적 층위와 내용 역시 논리적 질서가 부족하다. 그러나 그것의 정신분석적 비평의 특징은 도리어 대단히 선명한데, 목표에 있어서 그 취지는 예술 텍스트의 무의식적 동기를 발굴하는 것이었기 때문에(이따금 작가의 심리와 허구적 인물 심리의 무의식적 동기를 발굴하는 것이기도 하였다), 텍스트의 표층적 의미, 드러난 내용에는 흥취를 갖지 않았다. 이 밖에, 그것은 정신분석학의 개념, 술어와 원리를 명확히 사용하였다.

하지만 이때 자오징선의 정신분석적 비평 모델은 아주 믿을 만했다기보다 호기심을 갖게 하였다고 해야 옳으며, 그는 프로이트주의에 대해 진정한 철학이나 방법론적 사고와 파악이 아직 부족하였기 때문에, 이 문장은 단지 일부 개념을 가지고 비평 대상을 연역하고 귀납하며 규범화하였지만 결코 충분한 증거와 근거를 제공할 수는 없었다. 결과적으로, 비평과 해석이었다기보다는 "급하게 하나의 장을 열었다"고 말하는 편이 낫다. 그는 성애 동기의 발생 원인을 설명하지 않았고, 작품 속의 표현형식, 심미적 경험 속의 의의는 물론 텍스트와 잠재 텍스트 사이의 복잡한 조합 관계는 더욱 설명할 수 없었다. 사실상, 정신분석적 비평은 반드시 연역과 분석, 묘사와 설명, 귀납과 사고를 서로 결합시켜 표층으로부터 내층으로 근원을 캐어 들어가야만 비로소 설득력 있게 문학적 의의에 대해 새로운 해석을 할 수 있다. 또한 이러한 것들이 마침 자오징선 문장에서 부족한 점들이다.

그럼에도 불구하고, 결국은 자오징선이 비교적 이르게 정신분석학설을 운용하여 신문학을 평론하는 방면에서 가장 노력을 기울인 실천적 시도를 하였다. 이러한 종류의 탐색, 창도적 열정은 긍정할 만한 것일 뿐 아니라, 그가 제기한 모종의 관점들 역시 확실히 새로운 방법의 깊이감을 드러내었다. 이를테면 빙신과 루인의 비교 속에서, 빙신이 루인처럼 남녀의 연정을 묘사하는 데 열중하지 않은 것은 그녀가 사랑을 보다 많게는 대자연, 특히 넓은 바다로 전이시켰기 때문이고, 그녀의 펜 속에서 용감한 아버지와 천진난만한 어린아이의 형상으로 전이시켰기 때문이라고 믿었다. 이러한 계시성을 갖는 해석은 바로 비평자가 프로이트의 '리비도' 이론의 암시를 받은 결과이다. 아직은 미성숙한 자오징선의 이 논문은 문학 작품이, 사람들이 미처 잘 알지 못했던 정신분석적 방법으로 독특한 의의로서 독해될 수 있다는 점, 이로부터 작품의 무의식 구조, 심층적 의미에 대해, 작가 심리와 창작 과정 및 전체적인 심미적 활동, 심미적 경험에 대해 새로운 심리학적 설명이 내려질 수 있다는 점을 사람들에게 확실히 일러주었다. 그래서 자오징선의 시도는 판광단의 연구와 함께 중국의 정신분석적 비평에 '서막'을 열어주었다.

이러한 중요한 예들 외에, 1920년대에는 정신분석학설의 영향을 받아 '무의식', '잠의식', '억압된 욕망', '심리분석' 등의 술어, 명사 및 관련 원리가 기타 비평 문장 속에 대량으로 출현하기도 하였다. 이를테면 런추(壬秋)는 「문예와 꿈(文藝與夢)」이라는 긴 글 속에서 프로이트의 『꿈의 해석』 속의 이론과 구리야가와 하쿠손의 『고민의 상징』 속의 논술을 빌려 중국 고대 시와 사(詞)와 희곡 속의 갖가지 꿈—이별 꿈, 슬픈 꿈, 몽유, 악몽—에 대해 정신분석식의 설명을 하면서, 그것들이 "물질적 이해관계를 떠나 있고, 인간의 모든 선악적 지배를 초탈해 있으며, 인류를 속박 상태로부터 자유 상태로 격상시키면서, 생활의 원천을 개방하고 있고, 생기 가득하게 생명을 분출시키고 있다"[18]고 하였다. 류다제(劉大傑)의 「『홍루몽』 속 성욕의 묘사(『紅樓夢』里性欲的描寫)」 역시 프로이트학설에서 계시를 받아 『홍루몽』의 몇몇 세부에 대한 정신분석식 독해를 통해 봉(鳳) 누나와 평아(平兒), 가련(賈鏈)과 보옥(寶玉), 대옥(黛玉)과 대인(袋人)이라는 이 두 유형의 인물 각자의 은밀한 무의식 심리를 들추어내고자 힘썼다. 이 모든 것은 프로이트주의와 정신분석적 비평에 대한 1920년대 중국 비평계의 인식과 이해가 비록 결코 깊지는 않았지만, 받은 영향은 도리어 상당한 광범성을 지니고 있었다는 점을 표명한다. 사실상, 이 시기에 서방의 각 나라 역시 정신분석적 비평이 대부분 아직은 프로이트학설을 그대로 가져다 이식해서 문학적 문제를 토론하였고, 모델, 마리 보나파르트 등의 성취 역시 결코 두드러지지 않을 때이었다. 그래서 중국 비평가들의 정신분석적 비평 모델에 대한 장악, 심화와 개조가 보다 높은 수준에서 문학 비평과 심리학 성과를 융합하는 데 도달하기까지는 아직 더 충분한 시간과 더 고되고 자각적인 노력이 필요하였던 것이다. 이는 결국 하나의 시작에 불과하였다.

3. 성애 동기의 분석

1930년대는 중국 문학의 발전이 장대한 시기였다. 그러나 국내외 정치와 경제 형세의 변화에 따라, 서방 문화에 대한 중국의 문화와 문학의 태도 변화에 따라, 이데올로기 영역 내의 정치적 투쟁이 날로 첨예해짐에 따라, 중국 문학에 대한 프로이트의 영향은 신문화운동

18) 《신보부간》 제2111-2115기(1927년)

때와 비교해서 그 규모와 범위가 모두 선명히 감소하였다. 막 서막을 연 정신분석적 비평은 더욱이 기술을 선보일 기회를 잃게 되었다.

물론 이는 결코 정신분석적 비평 모델의 영향이 중국에서 이미 종적을 감추었다고 말하는 것과는 같지 않다. 1930년대 초, 일찌감치 중국에서 유명하였던 모델의 원저 『문학 속의 성애 동기(*The Erotic Motive in Literature*)』가 중쯔옌(鍾子岩)의 중국어 번역으로 출판되었다.[19] 초기의 정신분석적 비평가로서 모델은 성애와 인생, 꿈과 문학, 문학 속의 성적 상징, 작가의 자아방어기제, 투사작용과 문학 속의 악역, 천재와 승화, 오이디푸스 콤플렉스, 문학 속의 정신병, 유년기 경험과 성적 변태 등에 대해 프로이트식의 해석을 하였고, 서방의 낭만주의 문학 및 에드거 앨런 포, 고즈미 야쿠모(小泉八雲) 등의 작가 및 그 창작에 대해 구체적인 분석적 연구를 하였다. 이 밖에, 차오바오화(曹葆華)가 리드(R. Read)의 「심리분석과 문학비평(心理分析與文學批評)」을 번역[20]하였고, 왕푸취안(汪馥泉)이 일본 나카무라 고쿄(中村古峽)의 「정신분석학과 현대문학(精神分析學與現代文學)」을 번역[21]하였다. 전자는 "(1) 심리분석은 문학에 어떠한 보편적인 기능을 부여하는가? (2) 심리분석은 시의 창조의 진행과정 혹은 시의 영감의 진행과정을 어떻게 해석하는가? (3) 심리분석은 우리로 하여금 비평의 기능을 확대하도록 할 수 있는가?"를 검토하였고, 후자는 현대 서방문학에 대한 프로이트주의의 영향을 광범하게 평론하면서, 정신분석적 문예 연구와 문예 비평의 특징, 발전 과정과 실천 성과를 종합하였다. 이러한 논저들 및 프로이트 원저의 번역 출판, 정신분석 심리학에 대한 중국학자의 소개, 서방에서 프로이트

19) 중역본의 제목은 『근대문학과 성애(近代文學與性愛)』이고, 개명서점에서 1931년 출판되었다.

20) 《베이핑신보》, 1933년 8월 3일

21) 《문예월간》 제7권 제1기(1935년)

를 연구한 몇몇 저작의 유입이 모두 정신분석적 비평이 1930~1940년대에 계속해서 그 영향을 발휘할 수 있도록 조건을 구비해주었다. 그럼에도 불구하고 문화에 있어서 프로이트 열풍의 감퇴에 따라, 프로이트주의에 대한 좌익 문예계의 비판에 따라, 고도로 정치화한 사회비평 세력의 부단한 확장에 따라 중국의 정신분석적 비평은 막 시작할 때부터 이미 궁지에 빠져들게 되었다. 일찌감치 프로이트학설에 대해 흥미가 남달랐던 판광단은 더 걸출한 비평 성과를 내지 못했고, 궈모뤄, 자오징선 등은 차츰 사회역사적 비평의 길로 접어들었다.

따라서 훙쑤예(洪素野)의 「문학에 있어서 가학증과 피학증(文學上之淫虐狂與受虐狂)」[22]이 바로 이 시기에 프로이트주의의 영향을 받은 가장 중요한 비평적 성과였다. 이 글은 프로이트의 이론과 모델의 『문학 속의 성애 동기』 속의 이론을 기본적인 틀로 삼아 학대와 피학대라는 두 종류의 변태심리와 문학의 관계를 고찰하였고, 이러한 변태심리가 어떻게 창작 속에 영향을 미치고 표현되는가를 고찰하였는데, 한편으로는 작가의 창작 심리, 창작 개성에 대한 그것의 영향을 분석하였고, 다른 한편으로는 그것이 문학적 묘사, 예술적 형상 속에서 어떻게 표현되었는가를 분석하면서 변태심리와 작가의 관계를 토론하였을 뿐 아니라, 변태심리와 작품 자체의 관계까지 토론하였다. 이러한 종류의 경로를 통해 훙쑤예의 문장은 동서고금의 많은 작가의 작품에 대해 정신분석학적인 새로운 해석을 내놓았다.

문장은 정신분석학 원리에 근거하여 만약 작가에게 피학증 심리가 있다면 그는 왕왕 "쉽게 순교자 및 자신이 연민하는 작가의 묘사를 좋아하게 되고", "마치 자신의 비극 속에 탐닉하기만 하면 쾌감을 얻어내는 듯하며, 스스로로 하여금 고통을 받아 그 고통을 작품에 표현하게 하는 일을 막대한 희열로 삼는다"고 하였다. 단테(A.

22) 《문예월간》 제7권 제1기(1935년)

Dante)가 『신곡』을 창작하고, 루소(J. J. Rousseau)가 『참회록』을 창작한 것 및 샤토브리앙(Chateaubriand), 뮈세(Alfred de Musset), 비그니(Alfred de Vigny) 등 낭만주의 작가와 에드가 앨런 포(Edgar Allan Poe) 등에게서 모두 바로 피학증 심리가 표현된 것이다. 마찬가지로, 독자에게 있어서, "무릇 신기한 탐정 이야기에 대해 광적인 흥미가 있어 손을 떼지 못하는 것은 바로 인성 속의 피학증 본능의 현시"인데, 왜냐하면 그는 공포, 긴장을 심미적으로 유쾌한 것으로 보기 때문이다.

또한 만약 작가가 가학증 심리를 지녔다면 홍쑤예는 지적하기를, 그가 "기필코 인생의 잔혹한 현상 및 부도덕한 행위를 묘사하는 것을 좋아한다"고 하였다. 앨런 포, 키플링(R. Kipling), 잭 런던(Jack London) 등 공포적 이야기를 즐겼던 작가가 모두 이러한 종류의 가학증 심리가 드러난 것이다. 또한 일부 작가들은 부정적인 형상을 작품 속에 배치하여 그로 하여금 책난, 수모과 징벌을 당하게 하는데, 실제적으로는 작가의 유년기적 학대 본능의 표현이기도 하다. 단테의 『신곡』 속의 「지옥편」에서는 갖가지 악인이 받는 잔혹한 징벌을 묘사하는데, 바로 작가 자신의 학대 심리의 만족이다. 존슨(S. Johnson), 바이런(G. G. Byron), 도스토예프스키(F. M. Dostoevskii), 발자크(H. Balzac) 등의 창작이 모두 마찬가지의 변태심리를 표현한 바 있다. 또한 작가로서 무릇 "작품 속의 사형 집행 혹은 전쟁 및 기타 육체적 고통에 관한 묘사를 좋아하는 데다, 그에 막대한 쾌감을 느끼는 것, 혹은 영화 속에서 구타를 당하고 상해를 입는 정경에 대해 희열을 느끼는 것"이 공히 가학증 심리의 표현이다.

홍쑤예의 문장은 갖가지 문학 작품 속에 묘사된 변태적 심리를 상세히 분석하기도 하였다. 일본의 작가 다니자키 준이치로(谷崎潤一朗)의 『후미코의 발(富美子之脚)』은 어느 60세 노인이 젊은 여인에게서 받는 학대를 기쁨으로 삼는 것을 묘사하였고, 위다푸의 『과거』 속의 젊은 남성이 가장 좋아하는 여인은 그를 가장 우롱하고 조소하며 비난하는 아가씨이다. 이러한 것들은 모두 피학적 행위의 묘사이다. 또한 플로베르(G. Flaubert) 소설 속에서 야만인에 대한 살랑보의 괴롭힘, 와일드(O. Wilde)의 『살로메』 속에서 살로메가 존의 머리를 벤 뒤 입을 맞추는 것이 바로 가학증 심리의 표현이다. 중국 문학 작품 속에서는 고전소설 『금병매(金瓶梅)』, 왕징즈(汪靜之)의 『북로아(北老兒)』 등이 역시 모두 가학증 심리의 묘사이다. 문학사의 발전과 결합하여, 훙쑤예는 아울러 여기길, 문학 속의 변태적 심리와 행위에 대한 묘사는 19세기 이후에야 범람하기 시작하였는데, 그것은 세기말 사조의 영향을 직접적으로 받았고, 물질적인 고도 발전, 생존 경쟁의 가속화, 예악의 붕괴, 의심주의, 쾌락주의적 풍조 등이 모두 변태심리의 출현과 변태적 행위에 대한 문학의 관심을 촉진하였다고 하였다.

훙쑤예의 이 문장은 자오징선의 「중국 신문예와 변태 성욕」과 유사한 구석이 많다. 그것들은 모두 자각적으로 프로이트학설을 이론적 참조로 삼았고, 모두 문학과 성 심리, 특히 변태적 성 심리의 관계를 고찰하는 데 힘썼으며, 모두 연역과 귀납의 방법을 채택하였고, 모두 상당한 수의 작가 작품과 문학 현상을 다루었다. 물론, 자오징선과 비교하면, 이 문장은 더욱 이론의 개괄성을 강조하였고, 문학 현상에 대한 사고와 파악 역시 보다 확실하고 설득력을 지닐 뿐 아니라, 몇몇 문학적 일반 규율에 대해서도 깊이 있게 탐구하였다. 따라서 그것은 작가의 변태적 심리와 그의 창작 과정의 관계, 독자의 변태적 심리와 그의 수용 과정의 관계, 변태심리와 문학 내용의 관계에 관해 모종의 새로운 해석들을 제기하였고, 중요한 규율을 많이 발견하였으며, 문학 활동과 사람들의 무의식적 성 심리 사이의 인과적 관계를 들추어냈다.

물론 이 문장은 여러 가지 면에서 만족스럽지만은 않은데, 자오징선의 문장과 마찬가지로 작가와 작품에 대한 분석이 여전히 깊이감이 부족하고, 변태 성욕과 문학 창작 사이의 복잡한 관계 및 복잡한 연계 방식을 제대로 설명하지는 못하였으며, 이따금은 프로이트학설의 주석, 병적 사례, 임상적 진단인 듯한 것을 방불케 하고, 작가와 작품의 창작 동기, 과정과 의의에 대해, 텍스트의 형식 구성과 기호 시스템에 대해 창조적인 발견과 해석을 하지 못했기 때문이다. 여러 가지 측면에서 그것은 여전히 정신분석의 방식을 그대로 따른 한 차례의 시도에 불과하였다. 그러나 사실상, 정신분석학설이 문학 비평에 제공한 것은 미리 정해진 결론이라고 하기보다 일종의 분석 방법이고, 그것은 비평자를 인도하여 문학 속의 갖가지 징후, 상징을 포착하고 무의식이라는 이 '보이지 않는 손'을 찾아 나서도록 한 것이며, 갖가지 심리적 동기와 심리적 구조가 어떻게 잠재적으로 작가의 상상적 활동과 창작적 활동을 지배하는가를 들추어내도록 한 것이다. 또한 갖가지 변태심리의 발생 과정 및 그것과 유년기 기억, 인생의 초기 경험과의 관계를 투시하고, 문학 활동 속에서 그것들의 표현 형식 및 규율이 무엇인가를 펼쳐 보임으로써, 예술가 및 그 예술 창작, 예술 작품과 예술 형상에 대해 심층심리학적 분석과 해석을 가하는 것이다.

하지만 당시의 중국은 정신분석적 비평이 계속적으로 발전할 수 있는 성숙한 토양이 구비되어 있지 못하였다. 훙쑤예와 같은 정신분석적 비평의 시도는 1930년대에는 아주 드물고 드물었다. 양적 축적이 없으면 질적 돌파가 매우 어렵다. 1940년대 이후, 중국 문학 비평에 대한 프로이트주의의 영향은 더욱 약화하였다. 단지 루쉰의 소설 『내일(明天)』에 대한 스저춘의 평론만이 정신분석학설을 운용하는 방면에서 일찍이 평론계의 주목을 받은 바 있다.[23] 이 문장은『내일』을 분석하면서 넷째 형수의 생활력이 모성애와 성애라는 두 종류의 감정 위에서 유지된다는 점을 지적하였다. 스저춘은 또한 한걸음 더 나아가 넷째 형수와 다섯째 동생, 아들 사이의 관계에 대해 정신분석 심리학적 독해를 하였고, 작품 속의 갖가지 무의식 정보를 고찰하면서 "모성애는 넷째 형수의 의식 위에 있으므로, 작자가 분명하게 묘사하였고, 성애는 넷째 형수의 의식 아래 묻혀 있으므로 작자가 불분명하게 묘사하였다"고 하였다. 비록 넷째 형수에 대한 심리 상태, 심리 동기에 대해 이 글이 파악한 것은 일정한 심도를 갖추었지만, 그것이 발표된 뒤는 "부정적인" 사회 반응을 가져왔는데, 적지 않은 비평가들이 글을 써 스저춘이 루쉰 소설의 풍부한 사회적 의미를 홀시 혹은 말살하였다고 질책하였다.[24] 또한 스저춘의 자아 변호는 도리어 많은 이들의 공명을 일으키지 못하였다.[25] 이는 원래는 결코 세력이 분리되지 않는 사회학 비평과 심리학 비평이 당시 중국의 특정한 역사환경 속에서 충돌한 것이었고, "주류" 비평계 세력이 무조건적으로 사회학적 비평을 지지하고 있었다는 점을 표명한다.

그래서 정신분석적 비평의 시도가 중국에서 막 맹아를 싹 틔울 때 요절한 점에는 이상할 것이 없다. 1930년대부터 1970년대에 이르기까지 30년이 넘는 시간 속에서는 중국의 고도로 정치화한 사회학 비평 사조가 모든 기타 비평 모델의 생존과 호흡의 공간을 가로막았고, 중국의 문학 비평에는 날로 강렬해지는 정치 이데올로기적 경향이 출현하였으며, 그것은 종종 정치적 표준을 가지고 예술적 표준을 지배하고 심지어는 대체하였을 뿐 아니라, 문예 비평을 완전히 정치적

23) 스저춘, 「루쉰의『내일』」, 《국문월간(國文月刊)》 창간호(1940년)

24) 천시잉(陳西瀅), 「『내일』 해설에 대한 의견(『明天』解說之商榷)」, 《국문월간》 제1권 제5기(1940년) 참조

25) 스저춘, 「『내일』에 관해(關於『明天』)」, 《국문월간》 제1권 제11기(1941년) 참조

목적을 위해서 복무하는 이데올로기 도구로 변화시켰다. 비평 방법과 비평 의의 자체의 독립성은 인정받는 것이 불가능하였고, 비평 모델과 비평 사조의 다원성은 더욱 실현이 불가능하였다. 이러한 정황 아래서 중국 문학 비평에 대한 프로이트주의의 영향은 차츰 감소하면서 완전히 소실되기에 이르렀고, 수십 년에 이르는 공백이 출현하게 되었다. 그러나 바로 이 시기에 서방 각 나라에서는 정신분석적 비평 운동이 공전의 발전을 이룩하였다.

4. 무의식 경향의 고찰

1970년대 말기에는 중국의 사상해방 운동이 다시금 문화 개방의 대문을 열어젖히며 자유롭고 활발하며 다채로운 사회문화 국면의 출현을 열렬하게 외치고 있었다. 그리고 신문화운동 이후 또 한차례의 획기적인 문화운동 속에서 프로이트주의는 그 인류 생활과 정신에 대한 독보적 발견과 현대 서방 문화 발전 속에서 지니는 중요한 지위로서 다시금 중국 지식계가 주목하는 핫이슈가 되었다. 또한 이와 동시에 중국의 비평가들은 시선을 서방, 세계로 던질 기회를 얻었으며, 그리하여 그들은 우리들과 프로이트주의가 철저히 단절된 수십 년 동안 정신분석적 비평이 구미의 각 나라에서는 줄곧 왕성하게 발전하였고, 이미 당대에 가장 중요한 비평 사조이자 비평 모델의 하나가 되었다는 놀라운 사실을 발견하였다. 그리하여 중국 문학 비평이 부활하고 번영하기를 희망할 때, 일종의 다원적이고 개방적인 비평 공간의 건립을 시도할 때, 사람들은 테느(H. A. Taine), 생트뵈브(Sainte-Beuve), 루카치(G. Lukács), 제임슨(F. Jameson), 이글턴(T. Eagleton)에게서, 리차즈(I. A. Richards), 엠프슨(W. Empson)에게서, 크로체(B.

Croce), 엘리엇(T. S. Eliot)에게서, 바르트(R. Barthes), 데리다(J. Derrida)에게서뿐 아니라, 프로이트, 융, 라캉에게서 역시 갖가지 새로운 비평 관념, 비평 방법, 비평 시각 내지 개념, 술어의 영감과 지지를 찾아 나섰던 것이다. 프로이트주의와 정신분석적 비평 모델에 대한 소개, 연구는 새로운 단계로 접어들었다.

더욱 중요한 것은 바로 프로이트의 저작, 그의 문예 비평을 포함한 저작이 다량으로 번역되고, 구미, 일본 등지의 정신분석적 문예 비평에 관한 논저가 계속적으로 발표되었을 뿐 아니라, 중국 비평가들이 더 이상 엽기적이거나 맹목적인 것이 아니라 "20세기 서방 문학 평론에는 어쩌면 정신분석만 한 것이 없는데, 확연한 하나의 이론적 시야를 개척하였을 뿐 아니라, 사람들이 나서서 탐색해야 할 하나의 미완성적이고, 기나긴 여정을 남겨놓았"다는 점을 깨닫기 시작했다는 점이다. 많은 이론, 예를 들어 러시아의 형식주의, 신비평주의, 구조주의, 후기 구조주의 등은 물결처럼 저 멀리 흘러가 버렸거나 현재 흘러가고 있다. 오직 정신분석만은 생명력으로 넘쳐흐르는데, 마치 문학 창작과 그것은 공동으로 존재해 나가야 하는 듯하다."[26] 이러한 종류의 개괄이 정확하든 그렇지 않든, 그것은 정신분석적 비평 모델에 대한 중국 비평가들의 열정적 긍정과 드높은 관심을 표명한 것이다.

이 시기에 중국에는 정신분석적 비평의 관념, 방법과 성취를 토론하는 많은 양의 글이 출현하였고, 일반적인 소개와 평론에 그치지 않고 점점 더 많은 사람들이 정신분석적 비평의 가치와 의의를 진지하게 사고하기 시작하였다. 류짜이푸(劉再復)는 한 편의 글 속에서 정신분석적 비평 모델은 세 방면의 중요한 의의를 담고 있는데, "우선, 그것은 작자의 작품 속에 함축된 심미적 경험을 발굴하는 데 비중을 두었고,

---

26) 허싱안(賀興安), 「프로이트와 문학평론(弗洛伊德與文學評論)」, 《문예쟁명》, 1988년 제3기

독자들이 문학 작품을 읽은 뒤 나타내는 감정적 반응에 주의를 기울였다. 그다음, 이 사조는 작자의 일생과 내력이 작품 속에 흔적을 남긴다는 점을 중시하였는데, 만약 이러한 점을 신비성의 극단이나 기계성의 극단으로 가져가지만 않는다면, 문학을 평론하는 데 일정한 의의를 지니는 것이다. 마지막으로 이러한 분석은 또한 문학 작품 속의 허구적인 인물을 분석하는 데도 도움을 줄 수 있으므로, 작자가 인물 형상을 빚어내는 의도를 짚어보는 일종의 경로로 손색이 없다"[27]고 명확하게 제기하였다. 류짜이푸는 정신분석적 비평이 지니는, 다른 종류의 비평 모델은 대체할 수 없는 독특한 해석적 시각을 또렷하게 발견하였고, 이러한 방법의 합리적 기반을 찾아내었던 것이다. 그는 심지어 주체성 이론으로부터 출발하여 비평 모델을 가지고 작품을 해석하는 비평가의 독립성과 자유성을 고도로 긍정하면서, "작품의 잠재한 의미에 대한 발견은 그 깊이가 깊고 그 넓이가 넓을수록 좋은데, 만약 작자 자신이 놀랄 정도로 발견해낸다면, 바로 가장 좋은 비평이다"[28]라고 하였다. 웨다이윈(樂黛雲)도 정신분석적 비평과 소설 연구의 관계를 토론할 때 지적하기를, "프로이트학설은 실제적인 참조의의를 지니고 있고, 이러한 의의는 두 층위로 표현되는데, 하나는 작품으로 창조된 소설 세계에 대한 분석이고, 다른 하나는 이 소설 세계에 함축된 작가의 무의식에 대한 분석이다"[29]라고 하였다. 비록 이러한 연구와 평가들은 아직 철학적 방법론의 층차로는 깊이 들어서지 못했고 기본적인 미학 원칙과 예술적 관념과도 매우 연계되는

---

27) 류짜이푸, 「문학연구 사유공간의 확장(文學研究思惟空間的擴展)」, 『문학의 반성(文學的反思)』, 중국 인민문학출판사, 1986년판

28) 류짜이푸, 「문학의 주체성을 논함(論文學的主體性―)속편」, 《문학평론》, 1986년 제1기

29) 웨다이윈, 「잠의식 및 그 승화—정신분석학과 소설분석」, 『비교문학과 중국현대문학』, 중국 베이징대학출판사, 1987년판

바가 적어 프로이트주의 및 그 미학 사상과 비평 관념에 대해 정합적이고 심도 있으며 창조적인 비평과 이해가 부족하였지만, 그것들은 도리어 정신분석적 비평 모델을 파악하고 운용하여 문학 현상을 분석하고 연구하고자 하는 중국 비평가의 소망과 열정을 표명하고 있다.

반드시 말해야 할 것은 프로이트가 일컫은 '무의식', '본능', '억압', '배설', '승화' 등의 개념이 개혁·개방 이후의 비평 문장 속에서 아주 많이 눈에 띄고 정신분석적 비평이 일으킨 토론 역시 매우 뜨겁게 진행되었지만, 이와는 비대칭적이게도 진정으로 정신분석적 비평 모델을 신봉하고 실천하며 그것의 기본 원리와 방법을 운용해서 문학 예술을 평론한 비평가나 비평글은 도리어 자주 볼 수 없다는 점이다. 문전성시의 떠들썩함의 배후는 사실 집안 내부의 깊은 냉대이다. 외면적으로만 떠들썩한 현상은 개념, 사유의 심층에 있어서 중국 비평가들이 정신분석적 비평에 대하여 여전히 신임과 믿음이 부족하고, 내재한 영혼의 금기가 외재한 강제적 구속보다 더욱 유력하게 사람들의 시야와 시계를 제약하고 있다는 점을 표명한다.

그러나 이러한 종류의 상태는 해금이 되었다. 비록 개혁·개방 최초의 10년 속에서 사회역사적 비평은 그것의 거시성과 정합성의 우세로 인해, 그것이 지니는 정보가 더욱 선명한 현실성과 광범한 사회적 공리성을 지님으로 인해, 그것이 일찌감치 비평자와 비평 수용자에게 습관을 양성하였고 환영을 받았음으로 인해 여전히 중국 문학 비평의 주체였지만, 구조주의, 형식주의, 신화원형, 여성주의 등 비평 모델과 함께, 정신분석적 비평이 역시 이미 추종자와 참여자를 쟁취해나가고 있다. 자각적으로 정신분석 방법을 운용하여 문학을 비평하고 연구한 몇몇 글들이 계속해서 출현하기 시작하였다.

이러한 시도들은 우선 당대 문학의 평론 속에서 나타난 것이다. 적지 않은 사람들이 일찍이 이 방면으로부터 장셴량(張賢亮)의 『남자의 절반은 여자(男人的一半是女人)』, 왕안이(王安憶)의 『황산지련(荒山之戀)』, 『소성지련(小城之戀)』 등의 작품을 분석한 바 있다. 커원루의 『밤과 낮(夜與晝)』에 관한 한 편의 비평 글 역시 선명한 정신분석적 비평의 경향을 나타냈다.[30] 이 글 속에서 작자는 장편소설 『밤과 낮』의 많은 세부 구절, 구체적인 묘사, 서사 구조, 서사 방식 등을 분석한 뒤, 소설에 일종의 잠재 텍스트가 존재한다고 지적하면서, 그것은 "남성과 여성을 한 세계의 두 극단으로 펼쳐 보인 것이다. 두 종류의 서로 다른 성 의식이 여기에서 동시에 드러났고, 대립 속에서 서로 비교되고 서로 비추며 서로 통일되었다. 그것은 소설의 출발점이었고, 최종적 지향점이기도 하였다"고 했다. 이러한 하나의 텍스트는 소설 전체 속에서 반복해서 출현하는 갖가지 성적 특징, 성적 의식, 성적 은유와 상징을 폭로하였고, 이러한 잠재 텍스트가 소설의 심층적 구조를 설명하였는데, "이곳저곳의 인간으로 가득한 수도 베이징에서 생활하는 보통 사람들, 그들의 모든 행동의 기본적 동기는 인간의 성욕이다. 바로 이 깊게 감춰진 기본 구조의 영향이 작가로 하여금 양극으로 대립하는 그러한 표면적 구상을 하도록 만들었다." 이 문장은 텍스트에 대한 세부적 독해와 프로이트학설의 영감을 빌려 일반적인 사건 분석, 주제 파악에서 만족하지 않고 텍스트의 심층적 구조, 심층적으로 감춰진 의미로 나아갔으며, 텍스트에 감춰진 잠재 텍스트에 대한 독해를 모색하였다. 비록 평론자는 텍스트의 표층 구조와 심층 구조의 관계에 대하여, 텍스트의 무의식 구조와 작가 심리의 무의식 구조의 관계에 대하여 모두 설득력이 있는 설명이 부족하지만, 그것이 『밤과 낮』에 내놓은 정신분석적 해석은 독특한 것이었을 뿐 아니라, 심각한 것이기도 하였다. 이러한 해석은 작품

30) 쉬원위(許文郁), 「잠의식의 투영(潛意識的投影)—『밤과 낮』 속의 성 의식을 말함」, 《비평가(批評家)》, 1987년 제1기

및 작가의 감춰진 사상을 이해하고, 비평의 의의 공간을 풍부히 하는 데 모두 또렷한 의의를 지닌다.

하지만 정신분석적 비평의 가장 중요한 성과는 대체로 중국 현대문학의 연구 영역 내로 표현되었다. 가장 이르게 이 방면에서 가장 효과적인 노력을 기울였던 이는 쑹융이(宋永毅)이었다. 그는 일찍이 심리학 방면으로부터 문학 창작을 평론한 일련의 글을 집필한 바 있고, 일부는 문학작품 속으로부터 심리학적 내용을 탐구한 것뿐이었지만, 라오서(老舍)에 대한 그의 연구는 바로 자각적으로 정신분석학설을 운용하여 작가의 일생과 창작에 대한 새로운 설명과 독해를 시도한 것이었다.[31] 그의 기본적인 방법은 라오서의 일생과 전기를 통해 작가의 무의식 심리의 형성과 함의를 고찰한 뒤 다시 이러한 무의식을 가지고 라오서의 창작을 해석하는 것이었다. 그는 "심리분석의 관점으로부터 보면, 작가는 일평생 완전히 그의 자서전과 그 자신의 정신의 자서전을 쓰고 있다고 말할 수 있는데, 왜냐하면 작품은 작가의 인격 전체를 대표하기 때문이다. 작가의 현재와 과거, 쾌락과 고통이 모두 창작 과정에 들어서 있고, 이 과정은 또한 상징, 은유, 상징화 등 예술적 변형의 방식으로 작가의 은밀한 갈망과 가장 사적인 감정을 기록하고 있다"고 믿었다. 따라서 쑹융이는 일종의 회고적 방식을 택하여 작품으로부터 창작 과정으로, 결과로부터 발생으로, 현재로부터 과거로 거슬러 오르면서, 유년기 생활의 경력과 경험 속으로부터 작가의 창작에 대해 심리학적 설명을 하는 데 힘을 기울였다. 그는 프로이트의 이론을 믿으면서, "인간의 기억은 생명이 막 시작하던 때에 가장 또렷하고, 심리분석학에서 일찍이 단언했듯이, 한 생명의 과거 전체는 그가 출생하던 첫날부터 시작하여 계속 그를

31) 쑹융이, 『라오서와 중국문화 관념(老舍與中國文化觀念)』, 중국 학림출판사, 1988년판 참조

따라가며, 겉보기에 이미 기억의 범위 밖으로 내보내진 듯한 지난 일은 무의식의 일부분이 된 것이고, 늘 작품 속에서 형태를 달리하여 부활한다"고 하였다. 그래서 쑹융이는 라오서의 소설이 짝사랑적이고 비극적이며 이별을 결말로 삼는 특징의 사랑 모델인 것은 그가 소년기에 이웃집 귀족 류산런(劉善人)의 딸을 짝사랑하였던 경험과 상호 연계되는 것이라고 믿었다. 또한 라오서 소설 속에서 자주 등장하는 사나운 여성은 라오서의 고모와 성격이 비슷하였다. 『낙타상자(駱駝祥子)』 속의 '백면구대(白面口袋)'에게는 라오서가 어릴 적의 관(關)씨 아주머니의 그림자가 드리워져 있었다. 이러한 연구들은 우리가 라오서, 특히 라오서의 창작 과정을 이해하는 데 많은 새로운 자료를 제공하였고, 텍스트의 분석으로 하여금도 작가적 경험에 관한 모종의 심도를 높여주었다. 하지만 선명한 한계 역시 드러냈는데, 한계는 유년기의 경험과 문학 창작의 연계 속에서 필요한 중개적 기제를 찾아내지 못했다는 데 있을 뿐 아니라 그것들이 라오서의 창작의 의의에 대해 결코 새로운 해석을 제공하지는 못했고, 무의식의 기제로 일어난 작용을 충분히 인식하고 분석하지 못했던 데도 있었으므로, 많은 방면에서 전통적 전기식 비평과 유사하게 예술 형상과 생활 원형에 관한 대응 관계를 표출시켰을 뿐이었다. 기실 정신분석적 비평의 깊은 구석은 공교롭게도 그것이 이러한 대응 관계의 존재를 부정하였다는 데 있는데, 무의식 기제의 도입은 텍스트와 작가의 심리 구조, 생활 경험과의 관계를 복잡성으로 가득하게 하였고, 그것들은 대응이 아닌, 상징, 은유이며, 이 모든 것은 심지어 작가 자신조차도 의식할 수 없는 것이다.

아마도 정신분석적 비평 모델을 참조해 중국 현대문학을 연구하는 데 가장 노력을 기울인 사람은 란디즈(藍棣之)라고 말해야 한다. 근년에 들어 그는 앞뒤로 「현대 작가 창작의 무의식 경향 고찰(現代作

家創作無意識傾向考察)」, 「루쉰 소설 창작의 무의식 경향(論魯迅小說創作的無意識傾向)」, 「『낙타상자』 창작의 수수께끼의 시험적 해석(試解『駱駝祥子』創作之謎)」 등의 글[32]을 집필하였고, 프로이트학설이 제공한 열쇠를 빌려 "그것을 가지고 예술 창작의 과정과 예술가가 깨닫지 못한 의도 및 허구적 인물의 동기를 들추어내는 것"을 시도하였다. 그는 비평이 문학의 표층적 동기, 기호, 의미 구조에 대한 해석에 정체해서는 안 되고 반드시 "더욱 깊숙이 들어가 명확하지 않지만 또한 확실히 그의 창작을 좌우한 심리 과정들을 고찰해야 하고, 허구적 인물의 잠재적 동기 및 작품 속 인물 행위의 무의식 동기를 탐색해야 한다. 요컨대, 작품 속에 들어 있는 무의식 경향을 고찰해서 작가가 명확히 깨닫지 못한 것들을 해석해내야 한다"고 했으며, 이로부터 표층, 외층의 공간을 넘어 작가의 심리, 텍스트의 구조라는 심층 공간으로 들어가 작품 속의 모종의 징후적 표현들의 의혹과 작품의 의의를 재해석하였다.

정신분석적 심리학 비평의 시각을 빌려 란디즈는 바진의 『집(家)』 속에서 줴후이(覺慧), 친(琴), 줴민(覺民)으로 구성된 삼각 연애의 무의식 구조를 발견하였는데, 바로 친에 대한 줴후이의 무의식적 사랑이 밍펑(鳴鳳)의 비극이 발생하기 전 그를 연약하고 주저하며 냉담하게 만들었던 것이고, 역시 그로 하여금 줴민과 친의 사랑이 승리한 뒤 의연히 이들을 떠나도록 하였던 것이며, 이러한 종류의 무의식적 감정은 바진의 청춘기에 몽롱했던 애정 체험과 연계를 지닌 것이었다. 란디즈는 바진의 『게원(憩園)』 속에서는 양멍츠(陽夢痴)에 대한 리(黎) 선생과 양한(楊寒)의 서로 다른 태도로부터 소설의 심층 구조를 발견하였는데, 양멍츠에 대한 리 선생의 질책과 비평이

32) 《중국현대문학연구총간》, 1986년 제1기; 《루쉰연구동태》, 1987년 제8기; 《학술의 소리(베이징사범대학학보증간)》, 1988년 제1기 참조

성년기 바진의 이성 의식을 대표하였다면, 양한의 부친에 대한 동정, 애련은 유년기의 다섯째 삼촌에 대한 바진의 감성적 무의식을 대표하고 있었다.

이념화 정도가 강해질수록 창작 속의 무의식적 억압은 많아진다. 그래서 란디즈는 고도로 이념화한 창작을 하였던 마오둔을 그의 비평 시야 속으로 예민하게 집어넣었다. 그는 여기길, 예술의 풍격에 있어서 마오둔은 비록 의식적으로 "인생을 위한 문학"이란 것을 제창하였고 예술의 사회적 공리성을 강조하였지만, 무의식 층위에서는 도리어 20세기 초 상하이 원앙호접파(鴛鴦胡蝶派)의 낭만성과 오락성을 좋아하였기 때문에, 이러한 무의식이 성애에 대한 묘사—언정(言情)적 언어—를 통해 드러나곤 한다고 하였다. 예술적 개성에 있어서 마오둔은 비록 의식적으로 현실주의를 제창하였지만 무의식 깊은 곳에서는 도리어 낭만주의를 간절히 그리워했으므로 그는 스콧(W. Scott), 뒤마(A. Dumas)를 좋아하였고, 그의 몇몇 작품, 특히 그의 펜 아래의 신여성 형상이 대부분 짙은 낭만적 격조를 지니고 있다는 것이다. 마오둔의 작품 속 "아내" 형상은 단정하고 정숙한 어머니 같은데, 이는 대체로 마오둔 자신의 결혼 경험과 결혼의 가치표준에 대한 무의식적 소망이 표출된 것이라고 하였다.

란디즈는 라오서의 『낙타상자』에 대해서도 사회역사적 비평과는 완전히 다른 일종의 새로운 심리학적 해석을 제기하였다. 텍스트에 대한 상세한 독해와 다량의 증거적 재료의 고찰을 통해 란디즈는 상자(祥子)의 오뚝이 같은 이야기 속에서 하나의 '무의식'적 이야기를 찾아내었고, 텍스트 속에서 하나의 잠재 텍스트를 찾아내었다. 이러한 잠재 텍스트의 내용은 상자가 후(虎) 아가씨의 유혹에 빠져 결혼을 강행하게 된 뒤 궤멸과 타락 속으로 들어서는 것이었다. 따라서 소설의 의의에는 두 가지 층위가 있는데, 텍스트가 서술한 이야기는 노동민중의 생존의 권리에 대한 사유제도, 자산계급, 군벌정치의 박탈을 표현한 것이었지만 잠재 텍스트로 서술된 이야기는 강요되고 공포스러운 성적 방해, 성적 관계가 가져온 고통, 타락과 절망을 표현한 것이었다. 텍스트가 현실 사회관계에 대한 비판이었다고 한다면 잠재 텍스트는 바로 현대적 혼인 계시록이었다.

우수한 작가는 모두 자신의 문학적 언어로 하여금 일종의 개방적 구조를 유지해 자유롭게 독해될 수 있는 많은 의미의 "공백"을 남겨두도록 하는데, 바로 이러한 의미에서 란디즈는 루쉰의 창작을 "의식과 무의식 구조의 전범"이라고 불렀다. 이러한 시각에 입각하여 그는 지적하기를, 루쉰의 창작 『외침(吶喊)』은 한편으로는 의식적으로 "작용(用)"을 위해 지은 것이고, "사령관"의 명령을 듣고 "선구자"의 적막을 위안하려고 한 것이지만, 다른 한편으로 무의식 속에서는 그가 청년 시기에 꾸었던 그러한 꿈들을 추억하고 있는 것이라고 하였다. 또한 이 소설 속에서는 한편으로 그가 문학이 반드시 "또렷한 색깔"을 체현해야 한다는 점을 의식하였지만, 다른 한편으로는 무의식적으로 자신의 영혼의 고독과 비애를 전달하고 있다고 하였다. 루쉰의 창작 『방황(彷徨)』에서는 그가 한편으로는 의식적으로 웨이롄수(魏連殳), 뤼웨이푸(呂緯甫)를 비판하고 해부하였지만, 다른 한편으로 무의식 속에서는 자신과 이러한 형상들을 서로 동일시하였다고 하였다. 특히 독창적이라고 할 수 있는 것은 루쉰의 『이혼(離婚)』에 대한 비평인데, 그는 이 소설이 표층적 의미에 있어서는 향신(鄕紳) 치(七) 어른에 대한 조소, 풍자이지만, 심층적 의미에 있어서는 아이구(愛姑)의 저속, 방종, 강자에게 약하고 약자에게 강한 근성 및 갖가지 봉건 의식에 대한 증오와 불만이었다고 하였다.

만약 이러한 연구들이 모두 텍스트 속에 감춰진 작가 자신의 무의식에 대한 발굴에 집중되었다면, 러우스(柔石)의 소설 『이월(二月)』에 대한 란디즈의 분석은 완전히 작가와 텍스트의 관계를 단절시키고 직접적으로 텍스트에 대해 정신분석적 해석을 한 것이었다. 많은 양의 세부 구절과 언어의 분석을 통해 란디즈는 소설 속의 샤오룬추(肖潤秋)와 타오란(陶嵐), 원(文) 형수의 삼각관계에 감춰진 것은 그 밖의 무의식적 구조인데, 샤오룬추는 애당초 원 형수를 사랑했던 바가 없고, 그가 사랑한 것은 일곱 살 된 아이 차이롄(采蓮)뿐이었으며, 차이롄 때문에 원 형수의 집에 가서 원 형수를 동정하고 도운 것이었고, 그가 동네를 떠난 뒤에도 가장 걱정했던 이는 여전히 차이롄이었다고 하였다. 차이롄의 천진함, 순결함과 명랑함이 그에게 영혼의 정화와 위안을 가져다주었고, 역시 그로 하여금 무의식 속에서 타오란의 성숙함과 결단성에 대한 배척을 낳게 하였다는 것이다. 비평 관점의 전이는 우리가 『이월』의 인물 관계, 서사 구조를 이해하는 데 중요한 변화를 가져왔다.

란디즈의 연구는 정신분석적 비평의 특징을 또렷하게 체현하였다. 목적에 있어서, 그는 작가 심리 속의 무의식적 창작 동기, 텍스트 속의 잠재적 구조와 무의식적 의의, 허구적 형상의 은밀한 심리, 작품을 겉도는 표층적 동기, 의의, 구조를 들추어내 새로운 인식과 이해에 도달하고자 힘썼다. 방법에 있어서, 그것들에는 '징후' 분석 방법이 채택되었으며, 늘 작품의 갖가지 변태적이고 의문스런 현상을 돌파구로 삼아 원인을 추궁하는 과정 속에서 이러한 현상들의 의의를 찾아 나섰다. 란디즈는 가설과 확증, 분석과 추론, 묘사와 해석을 상호 결합하는 데 주의를 기울였으므로, 과거의 몇몇 선입견에 대해 의문을 제기하였을 뿐 아니라 많은 주요한 연구 논제에 독창적으로 대답하였으며 장기적으로 풀리지 않던 몇몇 난점을 해결하였거나 해결을 위한 실마리를 제공하였다고 할 수 있다. 그러한 문장의 의의는 물론 연구 결론에만 있는 것이 아니고, 더 중요한 것은 방법론에 있어서의 시사점인데, 작가는 복합적인 심리 개체이고 창작은 복합적인 심리 과정이며 작품은 복합적인 심리 산물이기 때문에, 문학 활동에 있어서 사회 구조로부터뿐 아니라 심리 구조로부터도, 의식 층위로부터뿐 아니라 무의식 층위로부터도, 표층적 체계로부터뿐 아니라 심층적 체계로부터도 설명과 해석을 해야 한다는 것이었다. 이러한 설명과 해석을 떠나면 문학에 대한 이해는 일종의 착오는 아니더라도 불완전한 것이며, 어쩌면 깊이가 없는 것이라고 할 수 있다. 당대 비평에서 문학 속의 무의식적 요인을 고려하지 않는 것은 확실히 일종의 결점이다.

물론, 우리가 란디즈 내지 쑹융이 등의 비평 관점을 프로이트의 비평 관점과 동등하게 보는 것은 분명 과도한 간단화이며, 어떤 의미에서 그들은 가장 많아야 단지 정신분석적 비평에 근접하였다고 밖에는 할 수 없다. 우선 무의식의 이해에 있어서, 앞서 언급한 류짜이푸 등을 비롯한 그들은 프로이트와 중요한 차이가 있다. 프로이트는 무의식의 본능성, 억압성을 강조하였고, 그것은 억압을 받아 의식으로 코드 해독이 되지 않는 생물적 본능 충동일 뿐 아니라, 왕왕 성적 구동력과 긴밀한 관계를 지니는 것이다. 그러나 중국의 신시기 비평가들은 무의식의 침적성, 망각성에 보다 주의를 기울였고, 그것은 잠시 의식역을 벗어난 일련의 경험과 체험의 침적이기 때문에, 보다 많게는 그것이 후천성에 대한 것이다. 심지어 류짜이푸는 무의식이 "인간의 사회실천 속에서의 정신적 반영이다"33)라는 주장을 계속 견지하였다.

무의식에 대해 반영론과 흡사한 정의를 내렸기 때문에, 프로이트가 일컬은 유년기적 상처, 오이디푸스 콤플렉스 등이 중국 비평가들의 무의식 관념 속에서는 아주 적은 부분을 차지한다. 만약 프로이트에게 무의식이 주로 일종의 심리적 실체를 가리키고, 자신의 에너지, 표현

33) 류짜이푸, 「문학의 주체성을 논함-속편」, 《문학평론》, 1986년 제1기

방식 및 그것이 유지하는 정신적 기제를 갖고 있다고 한다면, 중국의 비평가들에게 무의식은 주로 일종의 심리적 상태이고, 감각, 지각, 상상, 사유와 전달 속의 비자각적 심리 활동이다. 이 점에서 양자는 현저하게 구별되는데, 이러한 구별은 한편으로 중국의 비평계로 하여금 문학 속의 무의식 경향을 고찰할 때 생물화, 성욕화한 경향을 모면하도록 하였을 뿐 아니라, 다른 한편으로는 그들이 또한 무의식 개념으로 하여금 그것의 혁명성을 감소시켜 단지 망각과 침적에만 사용되고 억압과 배척은 무의식의 생성과 본질을 진정으로 설명할 수 없는 것으로 방기되게 만들기도 하였다. 무의식의 근원을 문명의 금기, 비이성적 본능 욕망과 상호 연계한 데는 프로이트의 깊은 의도가 있기 때문에, 이러한 연계를 끊게 되면 치우침은 감소하지만 동시에 깊이감이 줄어들 수 있다.

그다음, 예술 작품의 본체에 대한 이해에 있어서도 이 중국 비평가들은 프로이트와 같지 않다. 프로이트는 예술을 일종의 이원 대립적인 입체 구조이자 무의식 욕망의 상징으로 보았다. 이는 기표와 기의가 결코 전부 투명한 것이 아니고, 상징을 중개로 굴곡지게 암시된다는 점을 말한다. 표층의 드러난 구조, 드러난 의미로부터 텍스트는 심층에 감춰진 구조, 감춰진 의미, 잠재 텍스트를 암시한다. 그러나 중국 비평가들은 대부분 예술을 의식과 무의식, 드러난 의미와 감춰진 의미의 평면적 조합으로 보면서 작품 속의 어떤 내용은 의식화한 것이고 어떤 내용은 무의식화한 것이라고 보았기 때문에, 일반적으로 전체적인 시각에서 문학 작품의 심층적 구조와 심층적 동기를 고찰한 이가 매우 적었고, 문학 속의 의식과 무의식의 관계를 진지하게 고찰한 이 역시 매우 적었으며, 이 두 부분은 단지 텍스트 속에서 평화롭게 공존하고 상호 보충하는 것이었고, 두 방면에 그 인과적인 연계가 없었다. 그러나 프로이트가 보기에 무의식의 심층적 동기는 바로 의식의 표층적 동기를 결정하고 있고, 후자는 전자의 화장, 변형과 난해한 드러냄과 다름없다. 프로이트는 어쩌면 문학 활동 속 의식의 의의와 작용을 과분하게 폄하하였지만, 중국의 비평가들의 이해는 창작 과정과 창작 결과 속의 의식과 무의식, 표층과 심층 사이에 실제 존재하는 첨예한 대립과 충돌을 대체로 홀시하였다. 모종의 정도에 있어서 문학예술은 인간의 생명적 본능과 사회적 수요, 무의식적 욕망과 의식적 제어가 환상 속에서 조합되고 타협되는 것이다. 따라서 만약 그것들의 관계를 하나의 입체적 구조로 이해한다면, 그것들은 상호 제약하고 의존하고 전환되는 것이지, 결코 각기 따로 작동하고 서로 간섭하지 않는 것이 아니다.

중국 비평가들의 정신분석적 비평 모델에 대한 변형은 한편으로는 전통의 관성, 압력과 영향으로 인한 것이고, 또 한편으로는 프로이트주의 및 그 정신분석학설에 대한 의혹, 분리막, 몰이해로 인한 것이다. 변형의 결과는 그들의 비평으로 하여금 전통과의 사이에서 모종의 방법과 관념에 있어서의 장력을 지켜가게 하였고, 보다 쉽게 독자들과 사회에 이해되고 수용되게 하였지만, 그것은 또한 이러한 비평 모델의 몇몇 독특성과 창조성을 손상시키고 훼손하였다. 비록 이러하였으나, 신시기의 중국 비평가들은 정신분석적 비평 모델을 운용하는 방면에서 아무래도 1920~1930년대의 선배들에 비해서는 보다 익숙하고 성숙하였고, 몇몇 개념, 술어 혹은 결론을 빌려다 쓰는 데서 그치지 않고 일종의 방법을 파악하거나 깨달았다. 비록 그들의 일부 분석은 근거가 부족하고 아직 무의식의 생성 원인과 과정을 잘 해석할 수 없었으며, 개념과 방법의 사용에 있어서도 이론 자체의 논리성이 부족하거나 대부분 모종의 무의식 현상에 대한 묘사에 정체된 비평을 하면서 그 본질과 의의에 대해 보다 설득력 있는 해석을 내놓지 못하였지만, 그들이 시도한 새로운 비평 관념, 방법 내지 술어, 그들이 중국 현대문학에 내놓은 무척 효과적이었던 평론, 그들의 창신, 탐색의 용기는 모두 중시하고 승인할 만한 것이었다.

5. 정신분석적 비평에 대한 비평

20세기의 중국 문화 영역 내에서 프로이트주의는 아직 어쩌면 영령이 되지 못하고 마치 유령처럼 배회하였으므로, 중국에서 정신분석적 비평의 발전이 서방 세계와 마찬가지로 깊고 충분할 수가 없었다는 점은 조금도 이상한 일이 아니다. 비록 수십 년의 과정 속에서 20세기 중국의 문학 비평 역사 위에는 프로이트주의의 영향의 흔적이 남겨져 있지만 중국에는 진정한 정신분석 비평가가 출현하지 않았고, 정치사회학 비평과 반열을 함께할 수 있는 정신분석적 비평 사조는 더욱이 출현하지 않았다. 설령 그렇게 제한적이고 우연한 실천과 시도들이 있었다고 해도, 그 대부분은 어쩌면 단순한 호기심 만족을 위한 것이었거나 단지 몇몇 프로이트의 술어, 개념과 결론을 도용하고 이식해서 문학 현상을 귀납하고 묘사한 것이었으며, 심지어는 진정한 의의의 심리학적 해석이라고 할 수조차 없는 것이었다. 오늘날에 이르기까지도 철학과 미학의 시점으로부터 정신분석학의 관념과 방법 내지 응용 기술을 비평하고 토론할 수 있는 중국의 비평가는 매우 적고, 프로이트 이후 다른 정신분석 비평가의 사상과 실천에 대해서는 더욱 이해와 사고가 부족하다. 물론 정신분석적 비평 모델을 구조주의, 후기 구조주의, 서구마르크스주의, 현상학, 해석학, 언어학 등 당대 기타 비평모델과 기타 인문과학과의 비교와 종합 속에 가져다 놓고 그것을 수정하고 개량하며 우량화하는 시도는 더욱 언급할 수조차 없다. 1920년대부터 현대에 이르기까지, 프로이트주의와 정신분석적 비평 모델에 대한 중국 비평가들의 이해와 운용은 비록 다소 심화하기는 하였지만, 총체적으로 말해서 여전히 상당히 층위가 얕은 단계에 놓여 있다. 그리고 이러한 얕은 층위의 지표는 바로 방법의 철저성이 부족하고, 방법에 있어서의 창조성 역시 부족하다는 점이다.

중국 신문학 발전의 진행과정 속의 굴곡성과 불안정성의 영향, 20세기 중국 문화와 정치 환경 및 수십 년의 전통에 의해 형성된 외재적 사회역사 조건과 내재적 문화심리 구조의 제약을 받아, 프로이트주의와 정신분석적 비평 모델을 수용하고 이해하며 신임하는 데 있어서 중국 비평가들의 어려움은 예정되었고, 정치사회학 비평의 독단적인 지위는 객관적으로 사람들이 정신분석적 비평 모델에 대해 보다 냉정하고 차분하게 분석하고 판단할 수 있는 기회를 박탈하였다. 더 나아가 중국의 20세기는 그 시대 자체가 하나의 자각적인 문학 비평의 시대가 아니었고, 이른바 많은 문학 비평은 사회적 비평, 정치적 비평과 도덕적 비평일 뿐이었으며, 그것들이 관심을 가진 것은 결코 문학이 아니라 문학 속의 이데올로기 경향이었다. 따라서 정신분석적 비평뿐 아니라 형식주의적 비평, 기호학적 비평, 심지어 사회역사적 비평이 기실 모두 진정으로 독립적인 발전을 얻어낼 수 없었다.

정신분석적 비평은 이러한 상황 아래서 여전히 많든 적든 중국 문학 비평에 갖가지 영향을 일으켰다. 이러한 영향들은 과도하게 단일한 정치사회학적 비평 모델 이외에 새로운 비평 시각, 방법 내지 개념을 제공하였고 문학 비평에 다양한 가능성이 존재한다는 점을 표명하였을 뿐 아니라, 정신분석적 비평 모델의 독특한 관념, 원리를 실천하고 전파해왔으며, 이러한 길을 따라가면 신선하고 좋은 작품을 많이 얻어낼 수 있고 문학 속의 무의식 요소와 성애 동기에 대한 발굴 속에서 문학 작품의 공간 역시 확장될 수 있다는 점을 암시하였다. 심지어는 그것들의 비성숙함 역시 정신분석적 비평이 중국에서 앞으로 발전하는 하나의 새로운 출발점이 되어 사람들로 하여금 보다 자신 있게 더욱 높은 목표로 매진하게 만든다. 반드시 긍정해야 할 것은 프로이트주의의 영향을 받아 중국 비평가들이 중국 전통문학과 신문학에 대해 내놓은 많은 평론 역시 독창적이고 계시점으로 가득하며, 심지어 그 일부는 중국 문학의 인식수준에 대한 발전을 추동하였다는 점이다. 이러한 측면으로 볼 때, 정신분석적 비평의 실천은 20세기 중국의 문학비평사에 있어서 반드시 하나의 위치를 점유하여야 한다.

1980년대 이전은 국제적이고 국내적인 정치, 경제와 문화 환경의 제약을 받아 중국 비평계가 아직 프로이트주의와 평등하고 우호적인 대화와 교류를 할 수 없었다고 한다면, 현재는 중국과 서방의 문화적 대립이 날로 완화하고, 각 민족의 또렷한 반성 정신과 광활한 비교 의식이 날로 강화하며, 세계적인 문화 교류와 문학 교류가 날로 빈번해지고, 문화 공간, 심리 공간과 문학 비평 공간 역시 날로 너그럽게 확장하고 있을 뿐 아니라, 비평의 개성화와 비평자의 주체성 또한 날로 자각되고 있다. 이는 우리가 프로이트주의의 영향을 이해하고 융합하고 전환하는 것뿐 아니라 정신분석적 비평 모델을 비평하고 개량하고 발전시키는 데도 양호한 조건을 창조해주고 있다고 할 수 있다.

물론, 이는 우리가 정신분석적 비평 모델에 대해 내놓는 새로운 인식과 평가에 의해 결정되어야 한다. 과거의 상당히 긴 시간 속에서 중국의 정통적 비평가들은 프로이트주의와 정신분석학설에 대해 모두 모종의 이데올로기적 편견을 가졌고, 많은 사람들은 그것에 대해 아는 바가 별로 없었다. 그런데도 도리어 그것이 황당한 상상이자 터무니없는 이론이라고 선험적으로 판결을 내렸다. 그러나 정신분석학설과 정신분석적 비평 모델이 많은 나라와 긴 시간 및 이렇게 광범한 정도에서 영향을 일으키고 있는 점은 그 자체가 바로 정신분석학과 정신분석적 비평에 일정한 합리성이 담겼다는 점을 입증하기에 충분하다.

문학 비평으로 말하면, 심리학과 문학의 결합은 당대의 중요한 발전 추세이다. "문학과 정신분석은 모두 인류에 대한 연구인데, 그것들은 인간의 성격의 심층, 인간 관계의 복잡성을 탐색하고 표현한다. 두 학문은 목표가 일치하기 때문에 모두 인류 행위의 가장 심층적인 본질과 의의를 들춰내고자 노력한다."[34] 이것이 바로 문학 비평과 정신분석학설이 결합하는 기초이다. 기왕 문학이 인류 정신 활동의 산물이고, 인간의 본능, 비이성적 동기, 무의식적 구조와 내재적 연계를 지니고 있는 바에야, 문학의 의의를 통찰하고 심미적 경험과 텍스트 구조를 분석하려면 응당 정신분석이 제공하는 관념, 방법과 수단을 빌려 문학 속의 이성과 의식의 표층을 투과함으로써 드러낼 수 없어 매장되어 있는 갖가지 무의식 동기들을 의식에 의해 파악될 수 있는 것들로 변환하고, 그것들의 내원, 그것들과 생명 본능, 유년기 경험, 성생활 내지 인류 역사의 생성과 기타 사회 구조의 관계를 찾아 나서야 하는 것이다. 즉 그것과 인간의 개체적 경험 및 공동체 전체의 사유 방식, 생존 방식, 행위 방식, 언어 체계와의 관계를 찾아나서 이러한 동기들이 귀신의 지배라도 받는 듯 어떻게 사람들의 심미적 체험과 예술적 환상에 간여하고 그것을 조종하는가, 그것들이 또한 어떠한 상징의 중개로 문학 작품 속에 깃들어 있는가를 설명해야 하는 것이다. 이는 작가 심리, 창작 과정, 텍스트 의의와 수용 과정, 수용 심리에 대한 우리들의 이해를 심화시킬 수 있을 뿐 아니라, 미학, 문학 내지 인류의 정신 세계와 정신 창조 활동에 대한 이해를 심화시킬 수 있고, 나아가 문학의 미학적 본질과 인류학적 의의를 파악할 수 있게 만들

34) 몰링거(Robert N. Mollinger), 「서문」, 『정신분석학과 문학(Psychoanalysis and Literature)』, 시카고 넬슨홀, 1981년판

수 있다. 정신분석적 비평은 이러한 하나의 연계를 다시 수립하고자 한다. 이성의 맹목적 숭배는 이미 문학 속의 비이성적이고 비자각적인 요소의 작용을 홀시하고 있고, 정신분석적 비평은 이러한 작용을 부각하고자 한다. 이러한 측면에서, 정신분석은 우리에게 하나의 열쇠를 제공해주고 있다고 할 수 있다.

물론, 정신분석적 비평은 그것들이 문학과 사회역사의 광활한 연계를 단절시켰고, 형식 자체의 능동적 작용을 홀시하였으며, 또한 의식, 이성이 인류의 실천 활동 속에서 갖는 자각적이고 지배적인 역량을 부인하였기 때문에, 무의식과 생명 본능이 문학 활동 속에서 갖는 중요성을 과장하면서 심지어는 "무의식 유일론"적 범성론으로 나아갔으며, 문학과 꿈을 하나로 합쳐 작가와 신경증 환자를 동등시하였고 문학을 성적 상징 세계로 억지 비교하였으며, 실제적인 임상적 증명과 엄격한 논리적 추론이 부족하여, 문학 비평 속에 단순화, 용속화를 야기해 몇몇 평론가로 하여금 기계적으로 문학 속에서 갖가지 성적 기호와 은유를 찾아 나서게 하였을 뿐 아니라 많은 선험적 가설 혹은 억측을 야기해 몇몇 사이비적 판단을 내리게 하기도 하였다. 바로 프로이트주의와 마찬가지로 정신분석적 비평 모델의 심각성과 국한성이 모두 세인의 주목을 끌어, 한편으로는 깊이 있는 인식을 조성할 수 있었지만, 다른 한편으로는 천일야화 역시 빚어내게 만들었다.

그러나 사실상 모든 모델은 일종의 단편적인 추상이고, 주관적인 프레임이며, 완벽하게 모든 것에 다 들어맞을 수는 없고, 정신분석적 비평이 존재할 수 있는 심리학적 기초 자체 역시 아직은 완벽하지 못한 과학적 탐색의 단계에 놓여 있었기 때문에, 몇몇 한계성은 과거 인류의 인식 능력과 과학 수준의 조건 아래에서 대체로 피할 수 없던 것이었다. 따라서 우리는 그것의 결점을 지적할 뿐 아니라, 적극적이고도 건설적이며 참여적인 태도로 그것을 개량하고 개선하며, 이러한 비평 모델의 시야와 사유의 사각지대를 최대한 축소해서 그것의 방법론적 우세와 관념적 우세를 최대한 발휘시켜야 한다. 융(C. G. Jung)은 일찍이 정확하게 지적하기를, "심리학은 심리 과정을 연구하는 하나의 학문으로서, 매우 선명하게도, 문학 연구에 사용될 수 있는데, 왜냐하면 인류의 심리가 모든 과학과 예술을 잉태하는 모태이기 때문이다. 한편으로는 심리학 연구로 모든 예술 작품의 형성을 해석하는 것을 기대할 수 있고, 다른 한편으로는 심리학 연구가 사람들로 하여금 예술 창작을 진행하도록 재촉하는 갖가지 요인을 들춰내도록 요구할 수도 있다"[35]고 하였다.

중국 당대 비평의 다원화가 이미 대세를 이루는 오늘날, 정신분석을 포함한 갖가지 비평 모델의 합리성과 독립성이 날로 많은 사람들에게 승인되고 있는 이 무렵에 중국 비평가들은 정신분석적 비평 자체에 대해 또렷한 인식이 생겨나야 할 뿐 아니라, 반드시 구체적인 비평 실천 속에서 정신분석적 비평 모델을 검사하고 고찰하며 개량해야 한다고 말할 수 있다. 그는 프로이트 등의 고전적인 정신분석적 비평 관념에 깊은 이해가 있어야 할 뿐 아니라, 더 나아가서는 당대 정신분석적 비평의 최신 발전에 대해, 당대 인문과학과 문학 비평의 갖가지 최신 성과에 대해 광범한 지식이 있어야 한다. 그러했을 때 창조성 가득한 비평가가 될 수 있고 비로소 자신의 이론적 신념을 지켜갈 수 있다. 또한 낡은 것에 매달리지 않고 낡은 방법을 답습하지 않아야만, 그는 비로소 세계 문학 비평과 보조를 같이하며 대화할 수 있는 기회를 얻어낼 수 있다. 그래야만 중국도 비로소 다원화하고 번영하는 문학 비평의 시대를 맞이할 수 있다.

우리가 여전히 지적해야 할 것은 모든 비평 모델과 마찬가지로 정신분석적 비평 역시 자신에 속하는 적용 범위와 한계가 있고 문학과

---

35) 융, 『심리학과 문학』, 중국 삼련서점, 124면

사회역사 발전 사이의 복잡한 연계를 설명할 수 없으며 형식 자체의 기능과 구조에 관심을 갖지 않을 뿐 아니라, 마침 랑거(S. Langer) 등 적지 않은 서방 학자가 지적했던 것처럼 심지어 가장 기본적인 문학적 표준과 예술적 표준마저도 제공할 수 없다는 점이다. 따라서 정신분석적 비평은 결코 모든 방면에 전부 적용될 수 있는 것은 아니다. 그것의 시야와 작용은 제한적이다. 물론 이는 정신분석적 비평을 그것이 미칠 수 없는 위치에 가져다 놓고 시비와 우열을 평가해서는 안 된다는 점 역시 우리에게 암시한다. 그것은 대립되면서도 서로 보완되는 여러 종류 비평 모델의 하나이다. 그것은 다른 것들을 임의로 대체할 수 있는 유일한 모델이 아니지만, 임의적으로 다른 것에 의해 대체될 수 있는 모델 역시 아니다. 일종의 심층심리학적 문학 비평으로서 그것은 사회역사적 비평, 구조주의적 비평, 형식주의적 비평, 문화철학적 비평 등과 마찬가지로 모두 각자 맡은 임무가 있지만, 각자 맡은 임무가 있다는 것이 결코 각자로의 분열을 의미하는 것은 아니다. 그것들이 구성하는 것은 문학의 일종의 반성적 합력(合力)이라고 할 수 있고, 바로 어느 미국의 평론가가 지적했던 것처럼, "어느 비평가가 오이디푸스적 요소에 대해 진행한 깊이 있는 분석은 우리로 하여금 한 방면으로부터 작품을 이해하도록 만든다. 그러나 이는 결코 그것과 기타 요소의 분열을 의미하지는 않는다. 앞으로 다른 비평가가 그것들 사이의 연계를 고찰할 수 있는데, 바로 어느 비평가가 한 편의 시의 음운 형식에 대해 세심히 분석한 것이 뒷날 다른 비평가로 하여금 그것의 은유적 내용과 상호 연계시킬 수 있게 하는 것과 마찬가지이다."[36] 기실, 프로이트 본인 역시 일찍이 정신분석이 결코 문학예술에 대한 유일한 해석이 아니라는 점을 밝힌 바 있는데, 그는 일찍이 말하기를, "모든 신경병 증상(같은 이치로, 모든 꿈)에는 여러 종류의

36) 몰링거, 『정신분석학과 문학』 제1장 참조

해석이 있을 수 있고, 또한 확실히 여러 종류의 해석이 있어야 하는 것과 마찬가지로, 모든 창조적 작품 역시 마찬가지로 시인의 대뇌 속의 단일한 동기와 단일한 충동의 산물이 아닐 뿐 아니라, 이러한 작품들이 또한 마찬가지로 여러 종류의 해석과 마주하고 있다. 내가 쓴 글 속에서 나는 단지 창조적 작가의 심리 충동의 가장 심층적인 부분을 설명하고자 하였다"[37]고 말하였다. 프로이트는 여기서 정신분석적 비평의 작용의 제한성을 상당히 지혜롭게 설명하였다.

편향성과 심각성, 제한과 통찰의 관계를 진정으로 이해하는 것은 결코 쉬운 일이 아니다. 현재에 이르기까지 비록 갖가지 사조, 주의가 계속해서 유입되었지만, 중국에는 여전히 비평사조의 다원화가 출현하지 않았다. 그러나 문학이라는 빌딩으로 말하면, 일종의 비평 모델은 바로 하나의 창문이고 어쩌면 이 하나의 창문으로부터의 시야는 시각적 오차가 발생하는 것이 불가피하지만, 많은 창문으로부터의 시야는 도리어 진정으로 전체적이고 종합적인 인식을 가능하게 한다. 일면과 일면의 결합은 어쩌면 전면적인 것이 되지만, 전면과 전면의 결합은 공교롭게도 최대의 편면이 될 수 있다.

물론, 이는 우리가 정신분석적 비평 모델의 국한성과 편향성을 보고도 안 본 척하려는 것과 결코 같지 않다. 바로 상반되게도, 우리는 모든 비평 모델은 만약 자신의 결점을 직시하지 않고, 자신의 시야의 사각지대를 극복하지 않을 경우 생명력을 지켜갈 수 없다고 믿는다. 따라서 현재 아직은 서방에 속하는 정신분석적 비평 모델을 우리는 수용하고 참조하며 융화해야 하고, 전환시키고 개량하며 발전시켜야 한다. 또한 후자는 시간에 있어서는 이차적이지만, 논리에 있어서는 더욱 중요하다. 이는 중국의 당대 비평의 발전에 대해, 중국 문학 비평이 세계로 나아가는 데 있어서, 모두 중요한 의의를 지닌다.

---

37) 프로이트, 『꿈의 해석』 제5장 참조

제7장

마치는 말: 중국 문학 속에서 프로이트주의의 운명

1. 배회하는 유령

중국과 서방 문화 사이의 충격, 융합은 20세기 중국에서 중요한 역사적 특징이었다. 중화민족은 오랜 기간 나랏문을 걸어 잠근 채 자기 능력을 과신하였고, 충분한 사상과 물질적 준비가 없는 상황 아래서 세계 문화의 소용돌이 속에 말려들었으며, 서방이 중국을 침략하는 엄혹한 현실을 갑작스레 마주하고는 이에 대처하고 응답하는 갖가지 방법을 급히 찾아 나섰다. 그리하여 한편으로 중국 지식인들은 서방의 침략을 방어하고 동방과 서방의 평등한 대화를 위해서는 반드시 수천 년의 중국 문화전통을 개조하고, 서방을 향해 진리를 구하며, 당대 세계와 같은 걸음으로 발전을 모색해야 한다고 인식하였다. 그러나 다른 한편으로는 지금까지 이어져온 문화전통을 한칼에 두 동강 내는 것은 불가능할 뿐 아니라, 해서도 안 될 일이며, 문화전통에는 민족의 감정, 나라의 이익이 응집되어 있고, 그것은 민족의 존엄과 개성을 상징하고 있다는 점 역시 통렬하게 느꼈다. 이러한 진퇴양난 속에서 민족의 위기감과 자괴감이 강해질 때, 중국 문화는 일종의 서방 숭배 경향을 더 많이 나타냈는데, 이를테면 신문화운동 시기의 진화론 열풍, 신낭만주의 열풍, 개혁·개방 이후 앨빈 토플러(Alvin Toffler)의 '제3의 물결' 열풍, 현대주의 열풍 및 이 두 시기의 '서방화' 열풍이 모두 이러한 심리상태의 필연적 결과이었다. 그러나 민족의 영예심, 자존심이 보다 강해질 때 중국 문화는 또한 외래

사상을 거절하고 본토의 전통을 부흥하는 모종의 추세를 표현하였다. 중일전쟁 전후와 1980년대에 이러한 심리상태가 중국인의 문화적 선택과 문화적 심리상태를 지배하였다. 특정한 문화적 배경과 역사적 시야로 조성된 지식인의 바로 이러한 심리적 모순의 제약 아래 20세기 중국의 문학과 서방 문화의 관계는 시종 끊기다 이어지고, 가까웠다가 멀어졌기 때문에, 프로이트주의가 일으킨 문학적 영향 역시 등락이 거듭되었다. 가끔은 총애를 받았지만 대부분은 도리어 냉대를 받았고, 심지어 적대시되었다. 서방과는 달리 프로이트주의는 중국 문화와 문학 속에서 보편적으로 수용되고 공개적으로 승인되기가 오랫동안 매우 어려웠다. 그래서, 그것은 단지 유령과도 같이 20세기 중국문학의 무대 위에서 배회하였다.

앞에서도 표명하였듯이, 일종의 현대 서방 문화사상으로서의 프로이트주의가 중국 문학의 몇몇 방면에 영향을 끼쳤음은 확실하다. 이는 한편으로 중국 문학가가 자신의 선천적 부족, 영양의 부족을 인식해서 이로부터 자각적으로 세계 문화와 상호 연계를 찾아나섰기 때문이고, 다른 한편으로는 인류의 영혼, 운명에 대한 프로이트주의의 특수한 관념, 이론에 있어서의 독창성과 상상력, 그것이 상징하는 인류의 자아 인식에 대한 이정표적 의의, 다방면에서 계시성 가득한 그 관념, 방법 및 문화와 문학에 대한 거대한 영향력, 삼투력으로 프로이트주의가 중국 문학가의 주의력을 흡인하였기 때문이다. 모든 현대 서방 문화학설 중에서—중국에서 일찍이 한때를 풍미했던 갖가지 학설을 포함해서—프로이트주의가 20세기 중국의 문학에 일으킨 영향이 가장 사람들의 주목을 끌었다고 할 수 있다.

이러한 영향은 시간적 간격으로 볼 때, 1970년대 말부터 시작해 현재까지 끊기다 계속된 근 20년의 역사가 있다. 영향의 범위로 볼 때 그것은 루쉰, 저우쭤런, 주광첸, 샹페이량, 리쩌허우 등의 문예미학

이론, 궈모뤄, 판광단, 자오징선 및 개혁·개방 이후 많은 비평가의 문예비평 실천에 영향을 끼친 동시에 신문화운동 시기의 낭만주의파, 1930년대의 실험소설, 개혁·개방기의 심리적 사실주의 문학, 선봉파와 성애문학 창작 및 기타 몇몇 작가들의 창작 활동에도 영향을 미쳤다. 영향의 규모로 볼 때, 신문화운동 시기 대부분의 주요한 이론가와 작가가 모두 서로 다른 정도에서 프로이트주의를 접한 바 있고, 개혁·개방기 문학 속에서 정신분석학설의 관념은 더 확산되었다. 그 영향의 성질로 볼 때 프로이트주의는 당대 중국의 전위예술뿐 아니라, 당대 중국 문학 속의 현실주의, 낭만주의와도 연계가 나타나고 있다.

그럼에도 불구하고 같은 시기의 서방과 비교하면 프로이트주의가 중국 문학에 가져온 영향은 그리 오래 지속되지 못하였고 중요하거나 시대적 획을 긋는 의의를 지니지도 못하였다. 제1차 세계대전 이후 프로이트주의는 구미 각 나라 문단에서 성행하기 시작하였다. 그것은 상호 연계되고 또한 상호 대립하기도 하는 많은 정신분석적 문예미학 유파를 잉태하였고, 오늘에 이르러서도 여전히 그칠 줄 모르는 정신분석적 문예비평 운동을 일으켰을 뿐 아니라, 거의 모든 현대주의, 후기 현대주의 문학 유파의 생성과 발전을 직접적으로 추동하고 촉진하였다. 어떤 걸출한 서방 작가든지 프로이트주의와 조금도 무관하다고 말하기는 매우 어렵다. 프로이트주의는 이미 20세기 서방 문학의 전형적인 특징이다.

그러나 중국에서 프로이트주의는 대부분의 기간 동안 중국의 "주류" 문학 사조에 의해 수용되거나 승인받지 못하였다. 오히려 그 반대로, 1930년대부터 1980년대 초까지의 기나긴 40~50년 동안 각 방면으로부터 끊임없이 비판과 질책을 받았고, 그 결과 중국에는 오늘에 이르기까지 정신분석적 이론가 혹은 비평가가 출현하지 못하였다. 그리고 정신분석적 미학 유파 혹은 비평 유파는 더욱 말할 것도 없고, 프로이트주의 사조가 중국 작가들의 창작에 끼친 영향 역시 상당히 제한적이었다. 현대 문학사에 절대 다수의 권위 있는 작품 속에서 프로이트주의가 영향을 미친 흔적을 찾아내기는 매우 어려울 뿐 아니라, 정신분석 관념을 꾸준히 지켜가며 인성과 인생을 이해하고 해석한 중국 작가 역시 매우 적다. 이론과 창작에 있어서 중국 문학은 모두 권위 있는 정신분석 텍스트를 만들어내지 못했고, 스저춘 외에는 심리분석 작가라고 부를 수 있는 이가 없다. 중국 문학에 대한 프로이트주의의 영향은 분산적이고 단편적이며, 프로이트주의는 일종의 문화철학 관념으로서 중국 이론비평가나 작가들에게 이해되고 수용되지 못했다고 할 수 있다. 매우 많은 경우 사람들은 심지어 단지 엽기를 위해 정신분석학설의 보석상자 속에서 몇몇 개념, 술어, 방법 혹은 사상을 집어 갔다. 이러한 맥락에서 프로이트주의는 그 창조성, 혁명성뿐 아니라, 그 편향성, 국한성 역시 중국 문학 속에서는 충분히 발휘되거나 전개될 수 없었다.

과거 수십 년 동안 중국 "주류" 문학이 프로이트주의를 수용하기 어려웠거나 혹은 원치 않았던 원인은 복잡하다. 민족 심리로 말하면, 자신의 균형감을 지키기 위해서 중국 문화는 외래 문화에 대해, 일단 동화시켜 개조할 수 없을 경우 늘 일종의 거대한 배척력을 발생시켰으며, 이러한 배척력은 또한 민족의 일종의 허황된 자대(自大) 콤플렉스와 이따금 하나가 되어, 중국과 세계 기타 민족으로 하여금 문화 대립이 생겨나도록 하였고, 이러한 상황 아래서 당연히 중국 문학의 많은 방면에서 모두 중국 문화전통과 일치되지 못하는 프로이트주의 혹은 기타 서방의 학설에 대해 적대시가 발생하기 쉬웠다.

사회 특징으로 보면, 20세기 중국의 계급 모순, 민족 모순은 매우 첨예하였고, 정치, 경제 형세가 전에 없이 험준하였으므로, 갖가지 국가 경제와 민생에 관계되는 사회정치 문제가 시종 중국 문화의 중심 주제이었고, 이는 물론 문학의 중심 주제이기도 하였다. 비록 신문학운동 시기의 신문학은 일종의 문화 운동의 구성부분으로서 시대의 변화에 따라 생겨난 것이었지만, 그 뒤로의 세월 속에서 그것은 도리어 전체적인 "신민주주의 정치혁명" 운동의 구성부분이 되었고, 강렬한 정치성과 사회성을 지닌 것이었다. 따라서 프로이트주의의 내재적 영혼에 대한 탐험, 인성 구조에 대한 해부, 심리 과정과 심리 동기에 대한 묘사는 사실상 중국 "주류" 문학적 사안과 홍취와는 결합되고 교차되기 매우 어려웠다.

정치 형세로 보면, 국제적으로 자본주의 진영과 사회주의 진영 사이의 대립과 중국 국민당과 공산당 사이의 대립이 날로 가속화함에 따라 중국과 서방의 정치적 충돌이 또한 일종의 이데올로기적 충돌로 전환되고, 게다가 소련의 정치 이데올로기 영향을 받았으므로 중국 문화계는 현대 서방 학설을 모두 자산계급, 유심주의의 착오적 학설로 지목하면서, 정치와 철학에 있어서 그것에 사형을 선고하곤 하였다. 프로이트주의는 자연히 이데올로기적 장막에 의해 중국의 문학 밖으로 배척되었고, 상당기간 정치적 심판대 위에 구금되기에 이르렀다.

문학적 영향의 수용 역시 문화 전통의 제한을 받았다. 중국과 서방 문화의 차이는 중국 문학이 프로이트주의를 이해하고 접촉하는 것을 방해하였다. 이러한 차이는 주로 두 방면으로 표현되었는데, 첫째, 사유 방식의 차이이다. 중국의 전통 사유 방식은 경험, 종합, 직관에 치우쳐 중용을 좋아하고 상식으로 시비를 검증하길 좋아하는 것이지만, 프로이트학설은 도리어 서방인의 분석, 추리, 논리화한 사유 운용 전통을 계승하여 늘 궁리하고 추궁하며, 대담한 가설로 뿌리를 탐색하고 온 정신을 기울여 추론하였을 뿐 아니라 극단으로 나아가기 쉬웠다. 따라서 이러한 사유 방식의 차이로 인해 중국 지식인들은 프로이트학설이 갖는 심각성과 예견성을 충분히 평가하는 것이 아니라, 그것의 황당성, 편향성에 쉽게 주목하여 반감을 가졌다. 둘째는 가치 관념의 차이이다. 중국 문화 전통은 성선론을 숭상하고, 도덕, 사회, 질서를 본위로 영혼과 육체의 조화, 자아의 완벽을 강조한다. 그러나 프로이트주의는 일종의 성악론이고, 인성을 본능화, 생물화하여 개체와 사욕 곳곳에서 인생, 역사를 관찰하고 사고하며, 인격의 분열, 자아의 비극적 운명을 들추어낸다. 이러한 가치 관념의 차이가 조성한 오해는 중국 지식인들로 하여금 프로이트주의를 성의 해방, 성의 범람의 이론 혹은 사조로 보게 만들었다. 반이성주의, 개인주의, 쾌락주의적 죄명이 프로이트주의로 하여금 하나의 문화적 금지구역이 되게 하였다.

그래서 중국 문학이 전통 문화에 대해 또렷한 반성과 비판의 태도를 지켜갈 때마다, 작가들의 문학 자체에 대한 탐색과 인간의 영혼에 대한 탐색이 보다 자각적일 때마다, 다시 말하면 중국 문학이 세계 문학 발전과 같은 걸음에 이르고자 서방 문화와의 교류에 보다 노력할 때마다, 중국 문학에 대한 프로이트주의의 영향은 보다 증가하였다. 신문학운동 시기의 낭만주의 문학, 1930년대의 실험소설과 개혁·개방 이후 문학 사조가 프로이트주의와 밀접한 연계를 맺은 것이 모두 이 점을 입증한다. 그러나 보다 많은 상황, 즉 거대한 문화/심리 구조, 강력한 역사/현실 조건의 제약을 받아 중국 "주류" 문학이 의식적으로 자신과 서방 문화와 문학과의 거리를 벌리고, 심지어 이러한 거리를 첨예한 대립으로 전환시킬 때, 그것이 고의적으로 문학의 심미 형식과 예술 탐색에 대한 흥취를 약화시킬 때는 프로이트주의가 일으킬 수 있는 영향을 거절하고 배척하였다. 확실히 서방 문학과는 달리 중국의 20세기 문학은 극히 특수한 문화 전통과 현실 수요를 지니고 있었고, 프로이트주의는 많은 측면에서 이러한 전통과 결합될 수 없었을 뿐 아니라 이러한 수요를 만족시킬 수도 없었다. 이러한 점에서 그것은 중국 문학 발전 속에서 보다 좋은 운명일 수가 없었다.

2. 철학방법론 비평

그렇다면 프로이트주의 및 문학에 대한 그것의 영향을 어떻게 보아야 할까? 프로이트주의는 결국 허위적 과학인 것일까, 아니면 인류 인식 발전사에 있어서의 한차례 혁명인 것일까? 그것은 문학 혹은 중국 문학의 발전에 대해 어떠한 작용과 의의가 있을 수 있을까?

나는 이데올로기적 시각으로 프로이트주의에 정치적 성격 규정을 하는 것을 원치 않는다. 솔직히 프로이트주의는 자본주의 역사조건 아래의 문화적 산물이고 이데올로기적 성질을 지니지 않기란 불가능하지만, 그것의 이론적 구조는 결국 심리의 분석과 탐색을 기초로 하는 것이기 때문에 결국 모종의 이데올로기 체계에 그치는 것이 아니다. 나는 유물론 혹은 유심론의 관점으로 프로이트주의에 대해 흑백 논리의 철학적 판단을 내리길 원하지 않는데, 한편으로 인류의 인식 수준이 날로 복잡해져 이러한 판단이 이미 불가능하기 때문이고, 다른 한편으로는 이러한 판단이 프로이트주의에 존재하는 장점과 결점을 결코 적절하게 지적해낼 수 없기 때문이다. 그래서 나는 프로이트주의를 인류의 인식 발전사 위에 놓고 실제에 맞게 그것의 공헌과 한계, 의의와 가치를 판단하고자 한다.

프로이트주의에는 확실히 선명한, 심지어는 많은 이들이 주지하는 편향성이 존재한다. 우선 인간의 심리 구조 속에서 무의식의 작용을 과하게 강조하였고, 인간의 심리 동력 속에서 또한 성 본능의 의의를 과하게 강조하면서 "무의식 유일론"적 "범성론"의 경향을 표현하였는데, 이러한 종류의 간단한 생물 환원론은 기나긴 진화의 역사 속에서 지난하게 생성된 인류의 의식, 이성의 중대한 의의를 말살하였으며, 이러한 종류의 생물 숙명론은 만약 마르크스적 역사관에서 본다면 필연 왕국으로부터 자연 왕국으로 들어서는 인류의 실천의 과정을 부인하는 것이었다. 그다음, 심리 활동과 심리 과정을 고찰할 때 프로이트주의는 주로 인간의 내부 경험을 기초로 하여 인간의 행위를 해석하고, 개체, 유전, 본능 측면에서 그 본질과 규율을 들추어냈다. 그러나 마르크스가 말하였던 것처럼, "인간의 본질은 결코 홀로인 개인에게 고유한 추상물이 아니고, 그 실현성에 있어서 그것은 모든 사회관계의 총화이다." 이러한 한계에 대해 프로이트 이후의 정신분석학가들은 명확히 인식하면서 그것을 수정하고 개량하였다. 이를테면 융은 개체 무의식 외에 집단 무의식을 제기하였다. 프롬은 지적하기를, "프로이트주의자들은 개체적 무의식만을 보았고, 사회적 무의식에 대해서는 제대로 인식하지 못하였다"1)고 하였다. 셋째, 프로이트는 심리 속의 무의식, 성욕 활동을 연구 대상으로 삼았지만 이러한 연구를 과학화, 신뢰화하는 방법과 기술적 수단이 부족하였으므로, 그의 많은 논거는 모두 일종의 부정확한 임상적 관찰, 심지어 추측과 가설을 기초로 할 수밖에 없었고, 종종 입증과 확인이 될 수 없어 이론적 설득력이 부족하였다. 마지막으로 아울러 지적해야 할 것은 프로이트가 일종의 새로운 학설의 창시자로서 이론적 믿음을 견지하고 영향을 확대하기 위해 의식적이든 무의식적이든—유한한 진리를 무한하게 과장하고, 유한한 결론으로 무한하게 추론하는—일종의 편향적 경향을 표현하곤 하였다는 점이다. 어느 서방의 프로이트 전문가는 이 점을 인식하고 일찍이 우리에게 충고하기를, "프로이트의 문자에 있어서의 극단적 해석을 모두 믿어선 안 되고, 그것들을 단지 주의력을 끌기 위한 일종의 방법으로 보는 것 역시 필요하다. 그가 '이제껏', '영원히', '의심의 여지없이' 등의 말을 할 때 반드시 그것을 일종의 제한적인 서술로 보며 읽어야 한다"2)고 하였다.

1) 프롬, 『프로이트의 사명』, 중국 삼련서점, 1986년판, 129면

2) 로버트 홀트, 「프로이트의 기계론과 인본주의적 인간 형상」, 『정신분석학과 현대 과학』,

확실히 프로이트주의는 엄중하고 심지어 선명한 제한성과 편향성이 존재하지만, 다른 한편으로 여전히 몇몇 방면에서 인류의 인식 능력과 인식 수준의 발전을 추동하였는데, 이는 그것이 인류 심리와 행위에 대해 계시성으로 가득한 해석을 내놓으며 심리학 및 인류 인식의 새로운 영역을 개척한 데로 표현되었을 뿐 아니라, 보다 중요하게는 그것이 일종의 새로운 방법론, 즉 심층심리학적 방법론을 제공해서, 인간을 이해하려면 반드시 인간의 비이성적 정신 영역에 주목해야 하고, 인간의 심리를 들춰내려면 반드시 인간의 무의식 층위로 깊이 들어가야 하며, 인간의 창조력을 해석하려면 반드시 인간의 생명 본능을 중시해야 한다는 점을 사람들에게 암시하였다는 데 그 의의가 있다. 이는 전통 이론의 허구성을 입증한 것이었을 뿐 아니라, 사람들로 하여금 심리학으로부터 문제를 사고하고 인간의 행위와 인간의 심리 기제를 상호 연계시키도록 하였으며, 외부의 물리적 공간으로부터 내부의 심리적 공간으로 들어서고, 의식의 표층 구조로부터 심층 구조로, 심리의 공간적 경험으로부터 시간적 경험으로 들어서게 해서, 이로부터 인간의 복잡성에 대해 입체적이고 동태적인 파악과 체험적 인식에 도달하게 해주었다. 이러한 의미에서, 프로이트학설은 구체적 결론, 해석의 방식과 기술적 수단 등 여러 방면에 어느 정도 결점이 존재하지만, 그것이 지니는 철학방법론적 의의는 여전히 계시성으로 가득하다고 할 수 있다. 이 역시 바로 프로이트의 이름이 서방에서 코페르니쿠스, 다윈, 마르크스, 아인슈타인과 같은 사상가들과 어깨를 나란히 할 수 있는 원인이고, 프로이트주의가 세계적으로 수십 년을 풍미하고 오늘에 이르기까지 장성불쇠(長盛不衰)하는 이유이기도 하다.

과거에 중국은 늘 프로이트주의를 일종의 반이성주의 학설로 간주

뉴욕 맥밀란콤퍼니, 1972년판

하였고 프로이트를 성 해방을 고취하는 사탄으로 보았는데, 사실상 우리가 이미 여러 차례 설명하였던 것처럼 프로이트는 비록 인간의 심리 활동 속에서 드러나는 비이성 요인의 중요성을 무정하게 들춰냈지만, "결코 성적 방종의 대변인이 아니"[3]었고, "그가 탐구한 것은 보다 합리적으로 성 문제를 처리하기 위함이었지, 인간으로 하여금 방종하라고 한 것이 아니었다."[4] 프로이트는 평생 이성에 대한 믿음을 버린 적이 없다고 할 수 있고, 심지어 이성만이 인류를 전쟁, 타락, 분쟁 속에서 구원해낼 수 있다고 믿었다. 우리가 프로이트주의를 비교적 전면적으로 이해할 조건에 있을 때, 과거 이 방면에 생겨났던 갖가지 오해는 쉽게 제거될 수 있다고 본다.

중국에서 어쩌면 사람들은 프로이트의 소극적인 면이 마르크스와 대립되는 데 있다는 점을 더욱 강조한다. 그러나 사실상 나는 비록 프로이트와 마르크스가 방법, 관념에 있어서 확실히 많은 불일치, 심지어 모순되는 구석이 존재하지만, 이는 철학에 있어서의 대립이라기보다는 서로 다른 연구 방향과 대상에서 비롯된 것이라고 믿는다. 프로이트는 일찍이 이렇게 말하였는데, "마르크스의 역량은…… 그것이 학술, 윤리 및 예술적 반응에 대한 인류의 경제 상황의 영향을 깊이 이해했다는 데 있다. 따라서 그것은 바로 예전에는 사람들에게 완전히 홀시되었던 전체적인 하나의 인과관계를 발견한 것이다. 그러나 우리는 경제적 동력이 사회 속 인간의 행위를 결정하는 유일한 동기라고 가정할 수 없다. 서로 다른 개인, 종족 및 나라는 같은 경제 상황에서도 다른 행위를 보인다는 점에서 경제적 요인이 유일하게 결정적인 것이 아니라는 점을 충분히 알 수 있다. 이러한 요인은

3) 프롬, 『프로이트의 사명』, 131면 참조
4) 빈클리(L. J. Binkley), 『이상의 충돌(Conflict of Ideals)』, 중국 상무인서관, 1984년판, 133면 참조

경제 기초와 유관할 뿐 아니라, 설령 인간은 이러한 조건들의 제어를 받을 때라고 해도, 단지 그 원시적 본능 충동—이를테면 자기 보존의 본능, 공격 본능, 사랑의 요구, 쾌락을 좇고 고통을 피하려는 충동—을 동원할 수밖에는 없다"[5]고 하였다. 이 말은 프로이트가 마르크스의 적이라기보다는, 모종의 보충과 수정으로서 출현한 것일 수 있다는 점을 표명할 뿐 아니라, 그것들이 각기 다르게 이론적 중점을 두고 있다는 점 역시 표명한다. 프로이트는 미시심리학에 열중하였지만, 마르크스는 거시역사학에 이론적 관심을 쏟았다. "만약 마르크스가 그것과 유관한 사회 관계, 사회 계급과 정치 형식의 관점에서 출발해 우리들의 노동의 수요에 대한 그것의 영향을 고찰하려고 했다면, 프로이트가 관찰한 것은 즉 심리 생활에 있어서의 그것의 의의이었다."[6] 물론, 프로이트는 마르크스에 대해 몇 가지 다른 견해를 표명하였을 뿐 아니라, 그의 학설은 물질론으로서의 기초가 부족하며 몇 가지 측면에서 확실히 비마르크스적이지만, 적어도 당시 많은 마르크스주의자들이 상대적으로 홀시하였던 방면에 대한 인식을 심화시켰다고 할 수 있다. 기실, 마르크스와 프로이트는 몇몇 공통점이 존재한다. 엥겔스(F. Engels)는 일찍이 지적하기를, "바로 인간의 악랄한 정욕—탐욕과 권세욕—이 역사 발전의 지렛대가 되었다"[7]고 말하였다. 이는 그가 프로이트와는 다르지만, 그 역시 개인의 모종의 심리적 욕망이 바로 그가 말한 인류 활동의 원시적 동력이라고 믿었다는 점을 표명한다. 이 밖에 엥겔스는 또한 이야기하기를, "이데올로기는 이른바 사상가가 의식적으로 완성한 것이지만, 이 의식은 허위적인 것이다. 그를 추동한 진정한 동력은 시종 그가 알지 못하는……"[8]이

5) 프로이트, 『정신분석개론신편』, 중국 상무인서관, 1983년판, 144면
6) 이글턴, 『20세기 서방 문학이론』, 중국 산시사범대학출판사, 1986년판, 190면
7) 『마르크스엥겔스선집』 제4권, 218면
8) 『마르크스엥겔스선집』 제4권, 370면

라고 하였다. 또한 역사적 사태는 "하나의 덩어리로서 비자각적으로 작용을 일으킨 모종의 역량의 산물로 간주될 수 있다"[9]고 하였다. 여기서, 엥겔스 역시 일종의 무의식적 심리 동기가 존재한다는 점을 암시하며 말했음은 확실하다. 물론, 이러한 동력이 마르크스주의자들에게는 특정한 사회경제 조건과 상호 연계되고, 그것이 프로이트가 일컬은 억압 받은 본능과 갖가지 성적 콤플렉스는 아닌 것으로 여겨진다. 그러나 어떠하든지 간에, 결국 프로이트와 마르크스에게 몇몇 일치성은 존재한다. 이는 적지 않은 서구마르크스주의자들의 공통적인 견해이다. 설령 누군가 그들이 프로이트로 마르크스를 수정하는데 찬성하지 않는다고 해도, 최소한 그것은 마르크스로 프로이트가 수정될 가능성 역시 존재한다는 점을 표명한다.

3. 심층심리학과 당대 중국 문학의 발전

위에서 서술하였던 것처럼 프로이트주의에 비록 갖가지 결점과 한계가 존재한다고 해도 그것은 20세기 인류의 문화적 성과의 하나이며, 따라서 서방 문학에 대하여뿐 아니라 중국 문학에 대하여도 다방면의 영향을 일으켰다는 점을 반드시 인정해야 한다. 어느 프랑스의 작가가 일찍이 지적했듯이, "만약 오늘날의 장편 소설가가 그의 상상적 창조물을 진실에 최대한 근접하게 쓰고자 할 경우, 그는 인간을 무한히 복잡한 덩어리로서의 개체 심리적 개념으로 보지 않을 수 없는데…… 왜냐하면 그가 현대심리학의 발견에 대해 고의로 모른 척할 수는 없기 때문이다."[10] 확실히, 20세기 문학예술이 프로이트주

9) 『마르크스엥겔스선집』 제4권, 483면
10) 폴 가스카, 「장편소설을 논함」, 『프랑스작가가 문학을 논하다』, 중국 삼련서점, 1984년

의의 이론적 성취를 완전히 무시한다면, 이는 유감스런 일이다. 반대로, 만약 그것을 합리적으로 운용한다면 문학 이론 비평과 창작의 발전을 추동할 수 있다. 프로이트의 심리 구조, 심리 동력에 관한 논술은 인간의 영혼 세계에 대한 문학예술의 탐색을 풍부하게 심화시킬 수 있고, 작가가 주체적 심리 층위와 심리 요구 속에서 인생과 사회를 이해하고 표현하도록 계발하고 도울 수 있으며, 프로이트의 변태심리학, 일상생활의 심리학, 꿈의 심리학, 아동심리학 등의 방면에 관한 논술은 새로운 심미적 영역을 개척해서 예술가에게 인간의 무의식의 심연에 접근하고 그것을 탐색하는 경로를 제공할 수 있다. 프로이트주의는 문학 언어, 서사 모델 및 예술 형식의 변혁과 창신에 대해서도 새로운 심리학적 지지대가 되어줄 수 있다. 이 밖에 문화창조, 문학예술에 대한 프로이트의 미학적 논술과 비평 역시 문예 미학과 심리학의 융합을 촉진하고, 심리학, 특히 심층심리학을 가지고 문학예술의 기본 문제와 일반 원칙을 설명하고 사고할 수 있게 하며, 이로부터 예술 작품의 풍부한 의의와 내재적 가치를 해석하게 할 수 있다. 프로이트주의의 영향은 이미 세계적인 문학 현상이고 20세기 문학의 전형적인 특징 중 하나이므로, 그것과 중국 문학의 연계는 중국 문학이 세계로 나아가 민족 문학으로 하여금 세계 문학과 상호 융화하는 기회를 제공할 수 있다.

바로 이러한 의의에 있어서 우리는 프로이트주의가 과거 70년 동안 중국 문학에 일으킨 영향을 완전히 부정하지 않았다. 비록 그 영향은 대단히 제한적이었을 뿐 아니라 여전히 초기 단계에 놓여 있었고, 프로이트주의에 대한 중국 문학계의 이해 수준과 수용 수준 역시 그다지 높지 않았던 데다 이 방면의 탐색의 성과가 아직은 만족스럽지 않지만, 그 영향은 확실히 20세기 중국의 문예 미학 이론, 비평

판

실천과 예술 창작에 몇몇 새로운 관념, 새로운 의식, 새로운 개념, 새로운 술어 내지 새로운 서사 수단과 서사 방법을 제공하였고 의의로 가득한 문학 영역을 개척하였으며, 현대화로 나아가고 세계로 나아가 당대 인류 문화 발전과 보조를 같이하고자 하는 중국 문학의 절실한 바람과 노력을 표현하였다.

물론, 중국 문학에 대한 프로이트주의의 영향이 소극적인 면 역시 불러왔다는 점을 알 수 있다. 이를테면 이 책 속에서 우리가 이미 분석하였던 것처럼, 프로이트주의는 신문화운동 시기 신문학의 퇴폐적 경향을 강화하였다. 1930년대의 실험소설의 시야가 상대적으로 협소하고, 보다 거시적인 사회적 의의를 결여하도록 하였고 개혁·개방 이후 신시기 문학 속의 반이성주의 사조 범람을 조장하였다. 이론비평 영역에서 그것은 몇몇 사람들로 하여금 문학의 사회성과 역사성에 대한 인식과 판단을 홀시하게 만들기도 하였다. 특히 지적해야 할 것은 신문화운동 이래의 신문학 속에서 일종의 부작용으로서 흥미가 저급한 몇몇 창작이 출현하였고, 그것들이 프로이트주의와 완전히 관계가 없다고는 할 수 없다는 점이다. 프로이트주의가 20세기 중국 문학에 끼친 영향을 어떻게 합리적으로 평가하고 인식하느냐는 사람들이 한층 더 깊이 들어가 사고해볼 가치가 있는 문제이다. 물론, 같은 시대와 공간 속에서 서로 다른 수준의 작품은 늘 나오는 법이지만 말이다.

20세기의 마지막 10년 속에서 프로이트주의의 영향에는 어쩌면 몇몇 새로운 변화가 발생할 수 있다. 왜냐하면 우선 각 민족이 상호 존중에 주목하고 기타 민족을 참조로 본토 문화를 반성하는 데 보다 주의를 기울일 것이므로, 민족의 심리적 모순이 상대적으로 완화되고 문화 교류가 상대적으로 평등해질 수 있기 때문이다. 이러한 문화 환경은 중국 지식인들로 하여금 비교적 양호하게 민족 자존심과 지괴감의 균형에 이르게 할 수 있고, 더욱 관용적이고 안정된 심리 상태로 프로이트주의를 마주함으로써 대화 속에서 시야의 융합을 모색하도록 할 수 있다. 그다음, 중국은 이미 전면적인 현대화 건설 시기에 들어섰고, 정치, 경제, 문화 발전 사이의 불균형과 문예 발전의 독립성이 현재 강화되고 있기 때문에, 중국 문학가는 비교적 여유 있는 시간과 공간적 환경에서 문학과 정신분석학설 사이의 연계를 사고하고 모색할 수 있기 때문이다. 이 밖에, 세계 각 나라가 정치에 있어서 날로 실리를 추구하고, 문화에 있어서 날로 개방적이며, 자본주의와 사회주의 나라 사이의 정치 이데올로기 대립 역시 상대적으로 완화되고, 세계 각 나라 문화 교류 사이의 장애가 돌파되면서 각 민족의 문화가 하나의 세계 공동체 속으로 들어설 수 있게 되었는데, 이는 우리가 프로이트주의와 그 사상을 이해하는 데 양호한 국제적 배경과 정치적 조건을 제공하고 있다. 마지막으로, 아울러 언급해야 할 것은 중국 사회, 경제 상황의 변화에 따라, 중국의 대외 개방, 교류에 있어서의 폭과 깊이가 부단히 증가함에 따라 중국 문화 전통 속의 일부 편향성과 국한성이 마침 현대화 관념으로부터 충격을 받고 있고, 사람들의 가치 관념, 사유 방식 등등에 모두 심각한 변혁이 발생하고 있으며 중국과 서방 사이의 문화적 격차가 축소되기 시작했고 문화적 모순 역시 더욱 완화되고 있는데, 이것이 중국 문화와 서방 문화의 접촉과 융합을 방해하는 모종의 문화적 거리를 제거하거나 약화시킬 수 있다는 점이다.

역사적 고찰은 우리에게 하나의 중요한 시사점을 전해주기도 하는데, 외래한 영향의 수용 과정 속에서 문학가는 결코 하나의 피동적인 수용자에서 그칠 수 없다는 점이다. 이는 프로이트주의 자체에 선명한 편향성, 국한성 심지어 오류가 존재하기 때문이 아니고, 심리학 이론으로 발전되어온 일종의 문화철학으로서 그것의 적용 범위와 유효성이 제한적이기 때문도 아니며, 바로 중국 문학에는 자신의 발전 수요, 문화 전통과 현실 조건이 있을 뿐 아니라, 보다 중요한 것으로 중국 문학가에게는 인간, 인생과 사회역사에 대한 자신의 독립적 관찰, 체험, 사고와 판단이 있을 수 있기 때문이다. 프로이트주의는 중국 문학가에게 틀에 박힌 공식이나 손오공 머리에 씌워진 금고아와 같은 것이 되어선 안 된다. 인류의 자아 반성, 자아 인식은 결코 쉼이 없는 과정이다. 인류의 인식은 부단히 발전하기 때문에, 인간에 대한 중국 문학의 심미적 파악과 예술적 발견 역시 부단히 새롭게 창조되어야 한다. 중국 문학은 프로이트주의의 뒤편에서 꽁무니만을 쫓는 부속물이 되어선 안 된다. 어떠한 문학의 영향 과정 속에서도 영향의 수용자는 모두 하나의 창조적인 주체로서, 외래한 영향에 대해 창조적인 개조, 취사와 융합을 하여야 한다. 프로이트의 일반 이론이든, 문학예술에 관한 전문적 논술이든 모두 우리가 문학 문제를 고찰하고 예술적 상상과 창작에 종사하는 데 있어서 일종의 참조일 뿐이다. 사실이 입증하는 것은 설사 서방에서 프로이트주의의 영향을 받은 걸출한 이론 비평가와 작가라고 해도 완전히 프로이트의 완벽한 추종자는 없다는 점이다. 바로 토마스 만이 말했던 것처럼, 그들은 모두 단지 "나의 방식으로 이러한 학설에 '속한다'."11)

아울러 꼭 인식해야 할 것은, 프로이트주의는 결국 일종의 이론 형태의 문화학설이고, 많은 양의 감성적 재료, 생동적이고 우연적인 현상을 생략한 뒤의 추상적 결과물이기 때문에, 문학 창작에 대해 말하면, 그것이 현실에 대한 예술적 영혼의 절실한 느낌, 체험과 자아에 대한 깊은 관심과 반성을 대체할 수는 없다는 점이다. 어떠한 때도 문학 작품 전부가 정신분석학설의 설명서, 주석과 전달물일 수는 없다. 어느 서방의 작가가 일찍이 지적했듯이, "누구도 작가인

---

11) 토마스 만, 「프로이트의 중요한 의미」, 『국외문학신관념』, 중국, 1982년판

적이 없었다면 영혼 생활의 내부 구조와 심장 박동을 느껴낼 수 없고, 단지 정신분석만으로는 그로 하여금 영혼의 해석자가 되게 할 수 없다. 그는 일종의 새로운 절차를 사용해서 사람을 한때 깜짝 놀라게 만들 수는 있지만, 결코 근본적으로 스스로의 능력을 제고할 수는 없다. 문학의 관점으로부터 영혼의 과정을 이해하는 것은 여전히 일종의 직각적인 일이고, 심리분석 천재의 일이 아니다."[12] 이는 프로이트학설과 문학 창작 사이의 관계를 대단히 정확하게 지적한 것이다. 문학을 일종의 심리학으로 전환시켜선 안 되고, 단지 심리학을 문학으로 전환시킬 수 있을 뿐이며, 결코 심리학 이론으로 심미적 체험을 규정해서는 안 되고, 단지 심미적 체험으로 심리학 이론을 융합할 수 있을 뿐이다. 기본을 파악하지 못하면, 문학에 대한 프로이트주의의 영향이 예술 자체의 정합성, 풍부성과 미학성을 해칠 수도 있다.

프로이트주의는 20세기 중국의 문학사에서 유령과 같이 배회하고 있다. 분쟁과 훼손의 역사는 그것이 중국이라는 문화 환경 속에서 보다 좋은 운명을 지니기가 쉽지 않다는 점을 나타내준다. 그러나 이 점은 결코 프로이트주의에 대한 우리의 인식과 비평이 모두 상당히 깊은 정도에 다다랐다는 점을 의미하지는 않는다. 마침 상반되게도, 어떻게 진정으로 시대 발전의 최전방에 서서 미시심리학과 거시역사학을 통일시켜 프로이트주의 및 그 정신분석학을 분석할 것인가는 의심의 여지없이 장차 하나의 중요한 이론적 난제가 될 것이다.

12) 헤르만 헤세, 「예술가와 정신분석」, 『프로이트심리학과 서방문학』, 중국 후난문예출판사, 1986년판

| 부록 |

셰진의 영화 〈부용진〉 다시 읽기—일종의 실험적 비평 시도

인훙(尹鴻)

정신분석학의 가치는 절대적으로
우리가 그것을 어떻게 사용하는가를 봐야 한다
—니콜스(Nichols)

들어가는 말

중국에서 이단적이고 유해한 학설로 치부되던 정신분석학이 일찌감치 당대의 유망한 학문이 되었다. 정신분석학은 사회과학, 인문과학, 자연과학의 각 영역 및 갖가지 문화적 창조 활동에 모두 깊은 영향을 일으키고 있다. 영화 비평에 있어서도 정신분석학은 비록 이론의 변방에서 장시간 배회하였지만, 1990년대에 들어선 이후 일군의 프랑스 비평가들의 노력을 거쳐, 특히 라캉의 개조를 거친 구조주의 정신분석학에 이르러는 비평의 중심 위치로 들어섰고, '제2의 기호학'이라 불리며 영화 이론과 비평의 새로운 단계를 명시하고 있다. 이와 동시에 정신분석학은 영화 기호학, 구조주의와 후기 구조주의, 여성주의, 이데올로기 비평 등과 갈수록 넓어지는 접점을 찾아내가고, 전통적 프로이트학설 속의 편향성과 선험성이 또한 부분적으로 차츰 보완됨으로써, 정신분석의 사용이 합리화로 나아가고 있다.

당대 영화 비평 속의 정신분석 모델은 동력 요인으로서의 주체 및 소망을 영화에 대한 분석에 끌어들여 두 가지 방면으로 그것을 전개하는데, 하나는 영화 텍스트, 즉 영화 속의 인물 관계 및 플롯 모델을 분석하는 것이고, 텍스트를 기표로 삼아 그 기의를 토론하는 것이다. 다른 하나는 영화 텍스트의 작동 방식, 즉 영화가 수용자에게 어떻게 작용하고 영향을 끼치는가를 분석하는 것이고, 텍스트를 기의로 삼아 그 기표를 토론하는 것이다. 그것들은 모두 심리 에너지와 동력으로부터 더욱 심층적으로 영화 텍스트의 의미와 구조를 이해하고, 영화 텍스트와 수용자의 복잡한 관계를 깊이 있게 토론하는 작업을 시도한다.

정신분석 및 그 사용의 이점과 한계는 중국 영화 비평 속에서 시종 엄숙한 실천과 검증을 거치지 않아왔다. 일종의 방법에 대한 인식은 선험적 판단에만 의지할 수 없고, 그 작동 속의 비판적 반성으로부터 비롯될 수밖에 없다. 따라서 본 글은 셰진(謝晉)이 감독한 명작영화 〈부용진(芙蓉鎮)〉(1986)에 대한 분석을 통해, 중국 영화 비평이 어떻게 정신분석 이론과 방법을 참조하고 운용할 수 있는가에 대해 하나의 실험적 비평을 진행한다.

성(性) 권력의 경쟁

우리가 비평 대상을 하나의 '텍스트'로 부를 때는 이미 텍스트의 고정적이고 궁극적인 의미의 해체를 뜻하고, 해석 활동의 개방성을 의미한다. 롤랑 바르트(Roland Barthes)가 말했던 것처럼, 텍스트는 본질에 있어서 분명히 일종의 복수 명사이다. 비록 대다수의 텍스트 작자로 말하면, 그들은 모두 감상자에게 형상적 기표에서 개념적 기의로 통행하는 하나의 교량을 축조함으로써 그들로 하여금 상대적으로 안정되고 통일적인 효과와 의미를 얻어내게 하지만, 우리가 일단 관찰의 시각을 바꿔 작자가 우리에게 '규정'하고 '강제'한 관찰의 시각을 명확하게 전복시킬 경우, 텍스트 내에서는 새로운 구조가 자연스레 드러나고 감춰진 이데올로기 효과 역시 확연하게 드러난다.

그리하여 비평은 텍스트에 '잠재 텍스트'를 구축한다.

주체의 연구에 기반하여, 정신분석학은 비평을 위한 텍스트의 잠재 구조, 동력과 의미를 발견하는 데 방법을 제공한다. 정신분석가에게 있어서 인류의 정치, 경제 구조 속에는 전부 주체의 기표 구조가 감추어져 있으므로, 따라서 모든 문학예술의 텍스트가 또한 기표를 제어하는 권력의 각축을 감추어두고 있다. 이러한 기표의 구동력과 충돌은 왕왕 무의식적으로 작품 속의 인물 관계와 플롯 모델을 지배하고 조종하며, 심지어는 모든 텍스트 속으로부터 주체와 의미작용이 상호 연계되는 잠재 텍스트를 끄집어낼 수 있다고 할 수 있다.

이러한 정신분석적 시각에서 영화 〈부용진〉으로 들어설 경우, 우리에게 나타나는 것은 단지 작은 어느 마을에서 발생한 극좌노선의 평민백성에 대한 정치경제적 압제와 박해의 이야기일 뿐 아니라, 두 여인 간의 성 문제에 있어서의 첨예한 대결이기도 한데, 즉 영화 속의 두 여주인공 후위인(胡玉音)과 리궈샹(李國香)은 모두 노력을 통해 남성 세계의 중심 위치로 진입하거나 그것을 지켜내고 싶어한다. 물론, 남성을 쟁탈하는 이러한 대결 속에서 리궈샹은 주동자이자 공격자, 또한 최종적 실패자이고, 후위인은 바로 피동자이고 피해자이지만, 도리어 최종적 승리자이다. 영화 속의 다른 몇몇 주요한 인물, 이를테면 친수톈(秦書田), 리만겅(黎滿庚), 왕추서(王秋赦), 구옌산(谷燕山)은 바로 이러한 대결의 보조자 혹은 반역자이고, 그들은 일종의 배경으로 구성된다.

〈부용진〉이라는 이 이름은 자체가 바로 하나의 은유인데, '부용'은 여성을 중심으로 하는 영상 세계를 암시하고 있다. 그리고 마침 후위인과 리궈샹은 성적 충돌을 이용하여 이야기의 서사 진행과정을 밀고 나가고 있다. 영화의 첫 번째 서사 단락은 후위인이 남편 아구이(阿桂)와 함께 일하는 가정의 정경을 펼쳐주고 이어서 쌀두부탕 가게를 통해 후위인의 사회적 위치를 전시한다. 이러한 장면과 정경 속에서 후위인은 하나의 중심적 위치로 안배되는데, 그녀는 남편을 차지하고 있을 뿐 아니라 또한 마을의 다른 남성을 점유하고 있고, 이에는 리만경, 구옌산과 같은 마을 유력인물이 포함될 뿐 아니라 친수톈, 왕추서와 같은 궤도이탈자 역시 포함된다. 이는 후위인을 중심으로 하는 조화롭고 자족적인 균형 상태이다. 이와는 대조적으로, 영화는 그밖에 리궈샹을 중심으로 하는 결여되고 불균형적인 하나의 정경을 전시하고 있다. 한 여성으로서 리궈샹은 남편을 차지하고 있지 못할 뿐 아니라 구옌산에 대한 접근의 기도 역시 거절되고, 영화 속에서 단지 몇몇 식당복무원의 대열에 함께 놓일 뿐이다. 후위인과 비교해 리궈샹의 성적 권력은 모멸을 당하고 성적인 배역 역시 박탈이 되는데, 마침 이러한 종류의 결여가 리궈샹의 행위 발전에 심리적 동력을 제공한다. 그녀는 자신과 후위인의 위치를 바꿀 것을 기도하고 우선은 그녀의 위치를 박탈하며 그다음은 후위인이 영유하는 모든 것을 점유하려 한다. 그녀가 후위인 주변의 "추악한 파리들"을 조소할 때, 그녀는 이미 부용진의 원래 균형을 파괴하기 시작하도록 예정된다.

리궈샹은 한 국영상점 사장의 신분으로 후위인과 첫 번째 대결을 전개하는데 현저한 역량차이와 후위인 주변의 리만경, 구옌산의 방해로 인해 실패하고 만다. 리궈샹은 그녀가 후위인의 매력을 결여하고 있다고 의식하고 정치적 세력에 의탁하는 것으로 전향하며, 모종의 친척 관계를 통해 얻어낸 정치적 권력에 기대어 그녀의 음모를 완성해 간다. 모든 정치 투쟁과 마찬가지로, 부용진의 정치 투쟁은 사실상 시작부터가 사욕의 대결을 함유하고 있다. 그리하여 두 여성의 역량과 위치에는 모두 변화가 발생하기 시작한다. 영화는 일련의 장면을 이용하여 이러한 종류의 전환점을 암시한다. 새로운 집이 지어진 뒤 후위인은 마침 거울 속으로부터 자신의 젊고 행복했던 모습(거울

단계에 관한 라캉의 저명한 비유를 아주 쉽게 연상케 한다)을 되돌아 보는데, 리궈샹의 형상이 갑자기 거울 속으로 뛰어들고, 그리하여 하나의 조화롭고 원만한 환영(幻影)은 소실되어 버리며 리궈샹은 곧 후위인을 그녀가 원래 차지했던 남성 속의 중심 위치로부터 끌어내리기 시작한다. 얼마 후 리만경은 정치적 앞날이 위협을 받을 때 굴복에 의한 변절이 강박되고, 구엔산은 정치 역량의 강제로 감금이 되며, 부용진의 다른 남성 역시 후위인을 가까이하지 못하게 된다. 심지어 선량하고 유약하지만 고집이 있던 남편 아구이 역시 죽음의 길로 내몰린다. 리궈샹은 확실히 성공적으로 후위인 주변의 모든 남성을 박탈함으로써 승리를 얻어간다.

그러나 이러한 종류의 승리는 아직 상당히 제한적이다. 후위인의 상실은 결코 리궈샹의 획득을 의미하지는 않으며, 그녀는 여전히 한 여성으로서의 승인을 충분히 얻어낼 수 없다. 그녀가 향유하는 정치 권력과 그녀가 바라는 성 권력은 여전히 불균형적이다. 마침 이러한 종류의 성별에 있어서의 결핍과 고민은 그녀로 하여금 일종의 평상적이지 않은 관용으로 왕추서의 배반을 용서케 하기도 하며, 어쩌면 그가 비로소 품에 안길 수 있는 대상이었는지 모른다. 마침 그녀 자신이 결코 진정한 남성의 긍정을 얻어내지 못하기 때문에, 그녀는 후위인과 친수톈의 결합을 알게 될 때 크게 화를 내며 국가장치를 동원해 친수톈을 감옥으로 집어넣는다. 후위인이 또다시 친수톈과 같은 남성을 영유하는 것을 그녀는 용인할 수 없다.

마지막으로, 정치 형세의 변화로 인해 리궈샹의 권력은 제한을 받게 되지만 그녀는 결코 정치적으로 완전히 실패하지는 않는다. 이러한 점은 그녀가 과거에 군용차를 탔다가 뒷날 고급 자가용으로 바꿔 타는 변화 속에서 이미 암시되어 나온다. 그러나 그녀는 막 감옥에서 석방된 친수톈과 부두 옆의 좁은 길에서 마주치면서, 친수톈이 그다지 개의치 않는 듯 하면서도 조소하듯 "당신, 아직 혼자죠?"라고 물을 때, 사실상은 이러한 성 권력의 각축 속에서는 도리어 실패하였음이 선고되고 진정한 승리자는 후위인이 되는데, 그녀는 남성이 돌아왔을 뿐 아니라 다시금 쌀두부탕 장사를 시작하고, 쫓겨났던 남성들 역시 그녀의 주변으로 돌아오며, 영화가 처음 시작할 때의 균형이 다시 회복됐던 것이다. 비록 왕추서는 그의 찢어지는 목소리로 "운동을 해야 한다!"고 높이 외치지만, 사실상 이미 이러한 새로운 균형을 파괴할 역량은 없게 되었다.

분석을 통하면, 〈부용진〉이 우리에게 두 여성의 성 권력 대결의 잠재 텍스트를 제공하고 있다는 점을 부인할 수 없다. 그것을 잠재 텍스트라고 부르는 것은 영화 속의 인물이 자신의 행위 동기에 대해 자각이 부족할 뿐 아니라, 또한 영화 창작자가 영화 인물의 심리적 소망에 대해 명확한 의식적 표현이 부족하기 때문이므로 어떤 면에서 그 표현은 결코 충분하지가 못한데, 이를테면 영화의 끝맺음에서 리궈샹의 사생활 실패가 가져온 정신적 타격과 후위인이 다시 남성을 획득한 정신적 진작의 전시가 모두 기대한 강도에는 도달하지 않았던 것이다. 그러나 비록 이러하지만, 이러한 잠재 텍스트는 여전히 영화에 독특한 이데올로기 효과를 부여하고 동시에 또한 작자의 이데올로기 경향을 폭로하고 있다.

〈부용진〉으로 허구된 영상 세계는 우리에게 일종의 상상된 현실을 제공하는데, 이러한 종류의 현실은 동정심 가득하고, 근면하며, 정직하고, 선량한 여성은 얼마만큼 고난을 겪든지 간에 최종적으로는 남성에게 받아들여지고 사랑받을 수 있다는 점을 표명한다. 반대로, 질투심으로 가득하고, 이기적이며, 냉혹한 여성은 그녀가 어떻게 남의 권세로 위세를 부리더라도 최종적으로는 실패하거나 근본적으로 남성의 승인과 긍정을 얻어낼 수 없다는 점을 표명한다. 영화는 성별에 관한 장려와 징벌을 통해 일종의 도덕 이데올로기를 전달하고 있는데 그것은 동일시(Identification) 기제를 통해 수용자를 영화의 예정된 가치 체계 속으로 들여놓고, 사람들이 영화 속의 리궈샹, 후위인 및 기타 보조적 인물에 대해 평가를 내리도록 하는 동시에 자신의 도덕관과 인생관을 선택하도록 하고 있다. 리궈샹이 받은 징벌과 후위인이 얻은 승인은 수용자에게 특별한 영향을 생성시킨다. 정치 판단과 윤리 판단은 여기서 상호 중첩이 되는데, 극좌노선은 냉혹하고 비인성적이며 성적 권리가 최후에 박탈이 되는 징벌과 상호 연계되고, 안정을 누리며 즐겁게 일하는 것은 사랑과 인성과 성적 권리가 존중되고 장려되는 것과 상호 연계된다. 마침 영화가 제공하는 성에 있어서의 대결 결과는 수용자가 후위인의 편에 서는 것을 '강박'한다. 물론, 이 모든 이데올로기 효과는 전부 현실에 대한 일종의 상상적 서술을 기초로 한다. 후위인의 승리와 리궈샹의 실패는 결코 현실 생활의 필연적 논리는 아니고, 모든 남성이 결코 전부 영화 속의 친수톈과 같거나, 심지어 리만겅과 같은 그러한 선택을 하는 것 역시 아니다. 정치 권력이 동시에 여성의 성 권력을 강화하고 있지만, 셰진은 이데올로기적 상상으로 냉혹한 현실을 대체하게끔 만든다. 그의 많은 영화는 모두 사람들에게 정직하고 충성스러운 것을 허락하고, 비록 어쩌면 사람으로 하여금 정치적 권리를 잃도록도 하지만, 그는 도리어 사랑을 획득하는 것으로써 보상을 얻어낼 수 있다. 이것이 마침 셰진 영화가 우리에게 허구해주는 하나의 유토피아이다.

반드시 설명해야 할 것은 우리가 여기서 〈부용진〉에 대한 정신분석적 이해로 그것에 대한 정치 사회학적 비평을 완전히 대체하거나 배제한 것은 아니라는 점이다. 우리는 단지 그 밖의 종류의 텍스트의 의미에 대해서도 토론하고 있을 뿐이다. 물론, 이러한 종류의 정신분석의 의의는 그것의 정치 사회학적 의의와 상호 결합될 수 있고, 우리로 하여금 영화 속 인물의 정치적 태도, 영화의 혁명적 주제에 대해서도 보다 심층적 이해를 할 수 있도록 도울 수 있다. 이 방면의 탐색은 광활한 앞날을 지니고 있다. 사실상, 우리의 위에서의 〈부용진〉에 대한 분석은 여성주의 비평, 이데올로기 비평, 해체주의 비평에도 계시와 도움을 제공한다. 성의 이야기는 왕왕 더욱 복잡한 문화 텍스트와도 한데 관련된다.

수용자의 소망의 동일시

정신분석학의 영화비평 속의 운용은 그것이 영화 텍스트 속에서 소망과 밀접하게 상관되는 잠재 텍스트를 들추어낼 뿐 아니라, 또한 그것이 심리동력적 방면으로부터 다시금 영화 텍스트와 수용자의 관계를 이해하고, 영화 텍스트가 어떻게 수용자의 관람 행위를 인도하고 어떻게 수용자의 심리 기대를 만족시키는가를 이해할 수 있도록 돕는다. 정신분석학으로부터 볼 때, 수용자가 좋아하는 모든 영화는 수용자의 소망을 일종의 굴곡진 방식으로 활성화시킨 뒤 상징적으로 그것을 만족시키는데 뛰어나다.

수용자와 영화의 관계를 토론할 때 정신분석학은 두 가지 중요한 비유를 제공하는데, 은막/거울, 영화/꿈이다. 거울에의 비유는 영화의 미학적 이해를 바꿔놓으며, 전통적인 '창문', '액자'적 비유로 배척되는 수용자를 자기 자신에 대한 사고의 공간으로 들여놓는다. 은막이 거울과 유사한 것은 수용자의 피동적 상태 및 은막의 외형이 영아와 거울의 관계와 대단히 유사하다는 점을 뜻할 뿐 아니라, 사람들이 은막 위로부터 얻어내는 영상이 영아가 거울 속으로부터 얻어내는 거울에 비친 자신의 모습과 서로 극히 같다는 점 역시 의미한다. 그것들은 모두 일종의 거울 이미지의 체험이고, 하나의 객체 속으로부터 하나의 정합적이고 통일적인 주체가 반사되는 것일 뿐 아니라, 이러한 가공의 거울 이미지는 왕왕 사람으로 하여금 그것의 비실재성을 잊게 만들므로, 진실한 자아의 상황으로 '오인'된다. 라캉으로부터 나온 이러한 비유는 이미 기본적인 영화 기제, 영화 기제의 이데올로기 효과 및 영화 수용의 일반 과정에 대한 연구에 늘 운용되므로, 따라서 미학 이론에 있어서 중요한 가치를 지닌다.

그 밖에 하나의 중요한 비유는 주로 프로이트에게서 온 것인데, 그것은 영화와 꿈의 유사성을 표명한다. 그것들은 모두 어떠한 존재의 허구이고, 이론가의 말로 하면 일종의 '결석된 출석(Absent presence)'이자, '상상의 기표(Imaginary signifier)'이며, 그것들은 모두 감추어졌거나 은폐된 서술자의 하나의 환각적 시공간에 의해 창조된 것이다. 그 밖에 하나의 공통된 특점은 꿈은 비록 '나'가 꾸지만, 꿈의 작동 과정은 결코 꿈꾸는 자의 조종을 받지 않는다는 점인데, 이는 '나'에 속하지만 또한 '나'로 통제되지 않는 하나의 타율적 세계이다. 그리고 이러한 종류의 타율성은 또한 영화 속에서도 체현되는데, 비록 '나'가 영화를 보고, 영화는 '나'를 위해 연출된 것을 방불케 하지만, '나'는 도리어 영화의 서사 과정을 장악하고 안배할 수 없다. 따라서, 영화가 꿈과 같다는 점은 수용자가 영화를 보는 과정이 꿈을 꾸는 과정과 서로 비슷할 뿐 아니라, 이러한 종류의 유사함이 수용의 환경—수용자의 상대적으로 정지된 신체 상황—으로도 표현되며, 또한 어두운 극장 및 화면의 번뜩이는 최면 효과가 역시 꿈을 꾸는 것과 서로 유사하고, 더욱 중요한 것은 그것들이 모두 공통적인 동력 원칙의 지배를 받는다는 데 그 의의가 있다. 영화에서 역시 꿈과 마찬가지로, 수용자의 무의식 소망은 어떤 종류의 상징과 변형을 통해 유도적인 만족이 달성된다.

마침 이러한 비유의 계시를 빌려 우리는 여기서 〈부용진〉이 수용자에게 어떠한 하나의 꿈을 제공하고, 이러한 꿈이 또한 어떠한 방식으로 수용자의 소망과 기대를 만족시키는가를 분석해본다. 바꿔 말하면, 바로 〈부용진〉이 왜 관객의 호감을 불러오는가에 대한 일종의 심층심리학적 근거를 찾아내는 일이다. 만약 수용자가 소망의 주체라면, 영화는 바로 소망의 객체이고, 〈부용진〉은 양자를 성공적으로 연계시킴으로써 광범한 수용의 반응효과를 얻어낸 것이다.

어느 짙은 어둠 속, 활활 타오르는 장작들이 배우 류샤오칭(劉曉慶)이 분한 후위인의 매력적인 얼굴을 환히 비춘다. 그리하여 꿈이 이로부터 시작된다. 기본적인 영화 기제의 기능은 상영 기계의 작동이 시작되는 관계 속에 수용자를 묶어두고, 수용자는 점차 눈앞에서 펼쳐지는 것이 영화라는 점을 잊는데, 마치 꿈을 꾸는 사람이 자신이 꿈을 꾸고 있다는 점을 제대로 알지 못하는 것과 같다. 그리하여, 후위인은 하나의 영화 속 인물로부터 '나'와 관련이 되는 하나의 관람 대상으로 변화한다. 영화 속에서 후위인은 근면하고 열정적이며 아름답고 동정심 가득한데(사람들로부터 멸시를 받는 왕추서가 그녀 가게에서 쌀두부탕 한 그릇을 얻어먹기도 한다), 그녀는 리궈샹과 대조적으로 주위 남성들의 총애를 받으며, 이 모두는 그녀로 하여금 수용자의 심리 속의 대상화한 객체가 되게 하고, 그리하여 수용자는 영화 기제의 안배 아래, 소망을 일종의 의미 실천(Signifying practice) 작용으로 전환시킨다. 수용자는 상상 속에서 '상상의 기표'에 접근하거나 넓은 의미에서 그것을 점유하는 방식과 위치를 찾아 나서고 있다.

그러나 영화와 꿈은 결국 완전히 같지는 않다. 꿈속에서 '나'는 꿈의 외재적 관찰자가 아니라 내재적 행동자이고, 꿈속의 모든 것은 '나'와 직접적으로 관계가 발생한다. 하지만 영화 속에서 수용자인 '나'는 영상 세계 밖으로 배제되고, 그는 관람할 수는 있지만 도리어 영화의 서사에 직접적으로 참여할 수가 없다. 다시 말해서, 꿈속의

'나'는 출석하여 있지만 영화 속의 '나'는 도리어 결석하여 있다. 따라서 수용자는 반드시 영화 속으로부터 하나의 대체적 자신을 찾아내어, 그가 자신의 소망을 짊어지는 것을 통해 이러한 종류의 소망이 실현되거나 만족되도록 하여야 한다. 〈부용진〉의 상반부 속에서는 수용자로 하여금 완전히 그에 동일시할 수 있는 하나의 고정적 인물이 아직 나타나지 않으며, 사람들로 하여금 영화 속의 몇몇 인물의 교체 혹은 선택적 동일시를 통해 자신의 소망을 짊어지도록 한다. 누군가는 그와 후위인의 관계 속으로부터 일종의 가정의 화목을 체험하고, 누군가는 자신의 여주인공에 대한 감정으로 하여금 육욕의 얽매임에서 벗어나게 하며, 누군가는 그가 후위인과 청춘 시절 연애하고, 성숙해졌을 때 헤어진 과정이 극히 쉽게 모종의 심리적 공감을 일으킬 수 있기 때문이다. 물론 수용자의 소망의 기대는 결코 이러한 종류의 동일시 속에서 만족을 얻어내지는 못하는데, 아구이의 과도한 우직함, 구옌산의 성적 기능의 상실, 리만경의 격노한 퇴직이 모두 수용자로 하여금 그들에 동일시할 때 방해를 받도록 하고, 관객은 자신이 단지 그들 속의 한 사람이기를 희망하지는 않기 때문이다. 그들은 그 밖의 한 인물의 출현을 기다리고 있는데, 그는 수용자의 도덕 이상에 부합할 뿐 아니라, 또한 수용자 마음속의 욕망 대상 후위인에게 다가가 그녀를 사랑하고 보살필 충분한 능력과 까닭이 있다.

마침 이러한 까닭으로, 아구이의 죽음은 리궈샹의 소망일 뿐 아니라 수용자의 소망이기도 한데, 그것은 무의식 속에서 그 밖의 한 인물의 출현이 되고, 또한 수용자의 욕념에 말끔히 장애를 씻어주어 후위인에 대한 사랑이 합법화를 얻어낼 수 있도록 하는 것이다. 그리하여 전반부 속에서 줄곧 방관자와 외부인으로서 서사의 변방 상태에 놓였던 친수톈이 화면의 중앙으로 들어선다. 영화 속의 다른 남성과 비교해, 장원(姜文)이 분한 친수톈은 외재한 체격과 기질, 혹은 내재한 삶의 지혜 및 그의 문화지식 정도가 모두 확연히 우세할 뿐 아니라, 이와 동시에 영화는 갖가지 방식(이를테면 자신과 아구이의 행복을 '파괴'한다고 후위인이 친수텐을 여러 차례 나무란 것, 또 후위인과 아구이가 결혼할 때 친수텐이 이 신혼부부와 동시에 하나의 화면 속에 출현한 것이며, 친수텐의 왕성한 생기는 아구이의 침묵과 얌전과는 상반된다)을 통해 친수텐과 후위인의 관계에 특수한 정감의 발전이 존재할 가능성을 암시한다. 그리하여 수용자는 차츰 친수텐에 동일시하고, 친수텐은 수용자 욕념의 대표자가 되며 영화에 결석된 '나'의 영화 속의 대체 신분이고, 친수텐과 후위인의 사랑의 결말에 대한 그들의 기대는 사실상 자아의 무의식 소망이 실현의 기대를 얻어내는 것이기도 하다. 그리고 셰진은 관객의 기대가 무너지지 않도록 하는데, 수용자는 이로 인해 친수텐과 후위인의 결합을 통하여 상징적으로 그의 소망을 만족시키게 된다.

따라서, 많은 경전 영화와 마찬가지로 〈부용진〉은 영화 기제가 수용자를 대동하여 쌍방의 동일시를 진행하도록 하고, 그를 대신하여 하나의 몽환적 시공간을 축조해주는 것이다. 수용자는 우선 촬영기의 시야에 동일시해서, 관람 행위를 통해 영화가 제공하는 후위인이라는 이러한 이미 기의화한 하나의 기표 기호를 받아들이고, 그다음은 수용자가 다시 영화 속의 인물, 특히 친수텐에게 동일시함으로써 무의식 속의 개인적 욕망을 상상적으로 만족시킨다. 관객은 영화가 제조한 이러한 합목적의 허구 속에서 흥분과 희열을 느껴내고, 이는 그로 하여금 자기도 모르게 〈부용진〉의 이야기를 받아들이게 하는데, 이에는 그것에 표현되는 이데올로기 역시 포함된다. 셰진은 대중영화의 이러한 보편적인 규율에 깊은 조예가 있는데, 바로 영화가 창조하는 상상적 현실을 통해 수용자에게 소망을 가져다주고, 그 뒤 다시 그로 하여금 영화 속의 인물에 동일시하도록 함으로써 이러한 소망이 실현되게 하는 것이다. 따라서 〈부용진〉은 하나의 역사 이야기이자, 현실에 대한 한 단락의 허구적 재현일 뿐 아니라, 하나의 몽환이기도 하고, 한차례의 소망의 만족이어서, 그는 수용자로 하여금 현실의 갖가지 각박한 규정을 잊고 "실제적으로는 일찌감치 박탈된, 외계의 속박을 받지 않을 그러한 자유를 계속해서 향유할 수 있"[13]게 해준다.

이차적 가공

만약 정신분석학이 영화를 단지 일종의 욕망 발산의 도구로 본다고 여긴다면, 이는 의심할 여지없이 일종의 오해이다. 정신분석학은 설령 수면 속에서라고 해도 자아가 경각을 지켜간다고 믿으므로, 따라서 꿈은 무의식 욕망의 간단한 복제일 수는 없고, 꿈의 작업은 응축, 이식, 상징화, 이차적 가공 등의 수단을 통해 사욕이 일종의 은유, 암유, 상징의 방법으로 표현되어 나오게 하며, 그리하여 초자아의 징벌과 자아의 감독을 모면하도록 한다. 사람들은 그의 꿈을 이야기할 때 이차적 가공(secondary elaboration)을 하고, 꿈자리에 대해 재구성과 질서화, 체계화한 정리를 하는데, 한편으로 꿈의 혼란한 성분으로 하여금 상대적으로 연관지어 이해할 수 있도록 함으로써 체계를 지니게 하고, 다른 한편으로는 꿈의 사사로운 성분 역시 윤색하고 수정하여, 타인과 일반 사회의 도덕관념에 허락되게 하는 것이다. 꿈의 이차적 가공에 관한 정신분석학의 개념은 영화 비평 속에서 중시된다. 영화는 꿈일 뿐 아니라, 꿈의 해석이자 서술이기도 하다. 만약 영화의 이야기가 무의식 욕망에 대한 첫 번째 교정이라고 한다면, 영화는 이야기의 서술에 대해 이차적 가공이다. 그것의 작용은 이야기를 이성화하고 논리화하는 데 있을 뿐 아니라, 소망의 성질을 담화시키고 약화시키기

13) 프로이트, 「창작가와 백일몽」, 『현대서방문화이론선집』, 중국 상하이역문출판사, 1983년판

도 하며, 심지어 소망을 승화와 정화로 인도하기도 한다.

이차적 가공의 작용으로 인해, 〈부용진〉 속의 후위인은 결코 적나라하게 대상화하지 않는다. 다른 몇몇 감독과는 달리 셰진은 보다 정통적이고 유가적이며, 장면의 처리와 화면의 조형, 음향과 조명의 설계 방면에 있어서 왕왕 의도적으로 영화의 불결한 요인을 담화시킨다. 따라서, 후위인은 일종의 근면하고 선량하며 인애로운 윤리 형상으로 은막 위에 출현하고, 그녀에 대한 수용자의 사랑, 관심과 동정은 일종의 윤리 감정으로 전환되며, 따라서 그것에는 그 속의 사사로운 성분이 감추어진다. 비록 셰진이 이에 대해 결코 자각적으로 인식하지 않았다고 해도, 그는 확실히 수용자로 하여금 후위인에 대한 대상화한 사랑을 일종의 도덕 인격에 대한 사랑으로 화장시켜 놓는다. 윤리감은 이기성을 억눌러 그것이 무의식 내로 들어서도록 한다. 이러한 종류의 교묘한 응축은 비록 영화 자체의 서술이지만, 수용자의 체험으로 하여금 문화 규범 속에 유입되도록 하고, 그로 하여금 하나의 객체적 대상을 지니도록 하는 동시에, 그 역시 반드시 일종의 도덕 품격을 지니도록 만든다. 마침 이러하기 때문에, 〈부용진〉 및 셰진의 기타 영화 작품은 한편으로 상당히 대중적이고 오락적이지만, 다른 한편으로는 또한 상당히 윤리적이고 이성적이다. 한 명의 통속영화의 대가로서 셰진은 수용자의 욕념을 만족시키는 동시에, 많은 사람들로 하여금 그가 회피할 수 없는 도덕적 질책을 회피하게 만들기도 한다.

〈부용진〉의 이차적 가공으로 이 밖에 하나의 중요한 특징이 있는데 그것은 성적 기호, 성적 자극을 직접적으로 관객에 드러내지 않는다는 점이며, 즉 그것이 수용자로 하여금 관람을 통해 감각기관의 희롱과 유혹을 얻어내게 하지 않는다는 점이다. 영화 속에서 감독은 후위인의 여인으로서의 요인을 강조하거나 부각시키는 바가 매우 적고, 직접적으로 성애 장면을 표현하는 경우도 매우 적으며, 수용자가 친수톈에 결연히 동일시하도록 유도하여 후위인에 대한 객체화를 실현한다. 마침 이러한 종류의 동일시는 수용자로 하여금 후위인에 대한 감정을 이성화하고 윤리화하도록 한다. 친수톈은 하나의 미혼 남성으로서 이미 과부인 후위인에 대한 사랑은 혼인 법칙에 부합하는 것이고, 친수톈과 후위인이 고난 속에서 차츰 감정을 쌓아가는 것 역시 사랑의 절차에 부합하는 것이다. 따라서 수용자가 자신을 친수톈으로 여겨 후위인을 획득할 때 이러한 종류의 감정은 난륜적이거나 사욕적인 성질을 벗어나고, 사리와 법률에도 모두 부합하는 것으로 보인다. 그것은 초자아적 양심과 감독을 지탱할 수 있을 뿐 아니라, 자아의 이성에 의해 받아들여질 수 있다. 이드의 욕망은 일종의 양동작전의 방식을 택해 그것이 다른 인격에는 일러줄 수 없는 목적에 도달하게 한다. 그리고 이 모든 실현은 영화가 일종의 서사적 허구를 통해 진실한 생활 속에서는 늘 상호 분열되는 소망 주체와 사회 도덕, 권리와 의무, 이드와 초자아의 모순을 통합시킬 수 있기 때문이다. 이러한 종류의 균형은 예술적으로 이뤄지는 이차적 가공 속에서 비로소 실현될 수 있다.

물론, 정신분석학은 이차적 가공으로서의 예술의 생산은 그것이 소망에 대한 수식과 화장일 뿐 아니라 승화이자 정화이며, 수용자가 희열적인 동시에 모종의 문명적 교육 역시 받아들인다고 믿는다. 우리는 늘 영화가 우교어락(寓教於樂)의 기능을 지닌다고 말하는데, 그것이 우리로 하여금 만족과 희열을 느끼게 하는 동시에 교육과 규범을 받아들이도록 한다는 말이다. 이 모든 것이 또한 동일시의 기제에 의탁해 완성된다. 수용자가 친수톈에 동일시할 때 그는 불가피하게 친수톈의 정치 태도, 인생 태도, 윤리 품격에 동일시하려고 하는데, 왜냐하면 단지 이러한 동일시가 완성되어야 비로소 후위인의 사랑을 얻어낼 조건과 가능성이 있기 때문이며, 이는 후위인이 수용자와 친수텐이라는 이러한 이상화한 인물 간의 동일시를 인도하는 것이라고도 말할 수 있다. 영화 속에서 행복과 승낙을 얻어낸 친수텐은 모방의 대상이 되고, 그는 관객에게 일종의 '배양(Cultivation, 潛移默化)'의 이데올로기 영향을 부여한다. 영화가 제공하는 허구적 질서가 심리 모순으로 하여금 사회 모순과 마찬가지로 가공의 해결에 도달하도록 하기 때문에, 이드가 만족을 얻어내는 동시에 초자아 역시 강화가 되고, 무의식이 해방을 얻어내는 동시에 인격 역시 승화가 되며, 수용자가 배역을 객체화하는 동시에 그는 또한 영화 장치에 의해 객체화한다. 마침 이러한 의미로 말해서, 영화는 한편으로 우리가 상상하는 것보다 훨씬 부도덕하며, 다른 한편으로는 우리가 상상하는 것보다 훨씬 도덕적이다. 물론, 어떠한 도덕적이거나 부도덕한 목적도 모두 반드시 영화의 내재적 서사 과정 속으로 감추어져야 하는데, 일단 영화가 작자가 강화하는 이데올로기 경향을 폭로하거나 또는 그것이 의도적으로 낮은 단계의 욕망 만족을 통해 수용자에게 영합하려고 하면, 수용자는 모두 어쩌면 영화에 대한 은막적 체험 속에서 깨어날 수 있기 때문이다. 이 점에서 〈부용진〉은 숙련된 서사적 재능을 보여주었고, 그것은 상당히 전통적인 가치관과 이데올로기 사상을 수용자의 욕념 작동 활동 속에 녹여냈다.

서사 책략

영화의 서사는 한차례의 소망의 만족이라고 할 수 있다. 그러나 이 만족은 하나의 과정이 필요하고, 일정한 시간적 길이 역시 있어야 한다. 따라서 이러한 흥분이 점차 강화되는 제한적인 시간적 길이 내에서 만족의 고조는 앞당겨질 수 없는 동시에 축적의 과정 역시 중단될 수가 없다. 마치 만족이 가져오는 극도의 희열과 절망으로 조성되는 심각한 공포가 모두 사람을 꿈속에서 깨어나게 하듯이,

이러한 종류의 정경은 수용자로 하여금 영화 속에서 사전에 자신을 돌아보게 하고, 영화의 서사는 이로 인해 계속하여 전개될 수가 없다. 따라서 영화는 욕념 운동의 진행을 보증하기 위해, 수용자로 하여금 시종일관 영화가 제공하는 영상에 미혹되도록 하기 위해 반드시 일종의 적당한 서사 책략을 택해야 하는데, 그 관건은 바로 지연(Delay)이며, 필요한 긴장성을 유지하게 하는 전제 아래서 지연은 출발부터 종결까지, 동감으로부터 고조의 과정에 이르기까지 수용자에게 있어서 바로 그의 기대를 지연시키고, 만족의 시간을 지연시키는 것이다. 갖가지 지연을 통해, 한편으로는 소망의 기대의 강도가 부단히 증가하고, 다른 한편으로는 욕망의 만족 강도 역시 증가한다. 수용자는 시종일관 쾌감 전단계의 흥분 속에 놓이면서 영화 서사의 진행과정을 따라 고조에 들어선다.

물론 모든 영화감독이 전부 이러한 서사 책략을 명확하게 장악할 수 있는 것은 아니다. 중국의 상당수 영화는 어쩌면 너무 일찍 고조에 들어서 결말이 싱겁게 여겨지고, 혹은 서사과정 속에서 기대의 욕망 축적과 연속이 결여해 평담하고 지루하게 느껴질 수 있다. 그러나 〈부용진〉은 도리어 셰진의 특수한 서사 재능을 드러내고 있다. 그는 상당히 경제적인 화면과 정제된 선택을 거친 장면을 가지고 여주인공 후위인으로 하여금 관객의 관심, 보살핌과 열애를 일으키도록 한다. 이어서 대립각의 리궈샹의 출현은 수용자로 하여금 즉각 극히 큰 흥취를 가지고 후위인의 운명을 주목하도록 만든다. 후위인의 불행은 수용자의 동정을 얻어내는 동시에 일종의 기대 또한 생성시키고, 후위인이 다시금 남성을 얻어내고 그녀가 과거에 잃어버린 모든 것보다 더욱 가치 있는 장려를 얻어내기를 희망하게 만든다. 바로 이러한 종류의 기대 속에서 영화는 먼저 구옌산, 리만경이 후위인에게 행복을 가져다줄 그러한 남성이 될 가능성을 배제하고, 계속해서 다시 한동안 모두에게 홀시되던 친수텐을 관객들에게 내놓는다. 기대가 명확해지지만 도리어 방해력은 첩첩으로 이어진다. 우선은 친수텐에 대한 후위인의 원망과 고민인데, 영화는 길을 함께 청소하는 기회를 통해 그들로 하여금 서로가 서로를 이해할 수 있도록 만든다. 그 뒤로는 정치 세력이 이 "반동적 부부"의 결합을 방해하는 것이고, 그들은 마침내는 지혜와 응변으로 혼인의 권리를 쟁취해낸다. 그러나 리궈샹의 치명적인 일격으로 인해 어렵게 이루어낸 이 사랑의 맺음은 타격을 받고, 고조는 다시금 지연된다. 그러다가 관객의 기대 속에서, 친수텐은 마침내 출소가 되고, 정치적 발산은 욕망의 발산과 은유적으로 한데 응축된다. 마지막으로, 수용자의 소망이 역시 기대의 실현 속에서 만족을 얻어낸다.

이것이 〈부용진〉의 서사 책략에 있어서의 성공인데, 그것은 수용자로 하여금 기대를 생겨나게 한 뒤 다시 이 기대를 점차 강화하도록 하며, 외재한 이야기에 있어서는 온갖 고난이 중첩되지만 내재한 논리에 있어서는 도리어 고난 속에 전환적 희망을 담아가게 한다. 매 전환점에 있어서 위기는 평안으로 전환되고, 매 흥분점에 있어서는 모두 고조의 도래를 지연시킨다. 물론 이러한 시각에서 보면 우리는 〈부용진〉이 마지막에 친수텐의 출소와 그가 후위인과 다시 상봉하는 것으로 너무 쉽고 평담하게 그것을 표현했다고 생각할 수도 있다. 수용자의 심리적 준비와 영화가 제공하는 영상 세계가 대칭되지 않으면, 축적된 기대와 소망은 최대한의 발산의 기회를 얻어낼 수 없다. 경전 영화의 서사로 볼 때 이는 물론 복선인 것이지만, 그것은 또한 바로 셰진의 그러한 온정적 맥락의 이데올로기 관념의 결과이기도 하고, 그가 배역들을 통해 조종한 그러한 종류의 기표적 역량은 배역 자신과 수용자의 기의의 자유적 발산을 절제하고 있다.

마치는 말

확실히, 우리의 〈부용진〉에 대한 해석은 제한적 범위 내에서 셰진이 창작한 영화 전체에 대해 진행한 정신분석적 비평임과 동시에 일반적인 영화 이론에 대한 우리의 심리학적 사고 역시 그에 녹여낸 것이다. 그러나 일종의 실험적 비평의 시도로서 이 모든 것은 결코 어쩌면 중요한 것이 아니고, 중요한 것은 그것이 일종의 보다 큰 전망을 표명하고 있다는 점인데, 바로 합리적으로 운용할 경우 정신분석학이 확실히 우리의 영화 기호, 영화 텍스트, 영화 서사와 영화 수용에 대한 분석에 비평의 도구를 제공해 줄 수 있다는 점이다. 물론, 정신분석은 기타 비평 모델과 마찬가지로 그것 자체의 방법적 한계와 해석의 사각지대를 갖고 있지만, 그것은 무의식을, 욕념을 영화 비평 속에 끌어 들여 텍스트의 다의성, 작동 규율, 심리반응 효과 및 그것과 수용자의 복잡한 연계를 들추어낸다는 점에서 아주 두터운 우위를 갖고있다.

짧고 짧은 10년 속에서, 당대 영화 이론과 비평에 대한 정신분석학의 삼투는 전방위적이지만, 어떻게 합리적으로 정신분석을 운용하느냐는 여전히 비평가들이 직면한 하나의 난제이다. 정신분석의 기계적 비유 혹은 간단한 이식의 용속한 경향을 어떻게 벗어나고, 정신분석과 기타 비평 모델의 접합점을 어떻게 찾아가며, 현대 언어학, 인류학, 기호학, 구조주의와 후기 구조주의의 이론성과를 이용해 정신분석학을 어떻게 창조적으로 개조할 것인가의 이 모든 것이 이론의 문제인 동시에 실천의 문제이기도 하다. 이러한 문제들에 대한 보다 깊이 있는 사고는 물론 본 글이 능히 제공 할 수 있는 것이 아니다.

출처: 《당대영화(當代電影)》, 1990년 제2기

| 저자 후기 |

이 책의 초고는 1989년 그 정치적 풍파의 전야에 빌린 어느 작은 누추한 방 안에 칩거하여 완성한 박사학위 논문이다. 그 뒤 다시 논문 심사에 참여했던 여러 선생들의 의견을 받아들여 몇 군데 수정과 가감을 하였고, 현재의 모습을 띠게 되었다. 윈난(雲南)인민출판사의 지지와 장웨이(張維) 여사의 세심한 편집에 힘입어 이 책은 중국에서 퉁칭빙(童慶炳) 선생이 주간한 '문예의 새로운 시각(文藝新視角)' 총서로 비로소 독자들과 만나게 되었다. 하나의 바람이 이뤄진 것이자, 현대문학 연구와의 나의 잠시적 고별이기도 하다.

나는 프로이트가 중국 신문학에 끼친 영향에 관한 천항(陳航) 여사의 논문의 영향 아래서 이 제목을 확정하였다. 나의 지도교수 리허린(李何林) 선생에게 보고를 드리기도 전에 그분은 지병으로 세상을 떠났지만, 우리 세 명의 '마지막' 제자들에게 추호의 나태함도 있어선 안 된다는 임종의 분부를 내리셨다. 나의 또 한 분의 지도교수는 현대문학계에서 이름이 높은 양잔성(楊占昇) 선생이고, 그가 보여준 관심과 가르침과 도움을 나는 평생 잊지 못할 것이다. 왕푸런(王富仁) 선생은 나의 교사이자 선배이고 친구였으며, 그에게서 나는 열거하기 어려운 매우 많은 가르침을 받았다. 리허린 선생 뒤로 우리를 지도한 왕스징(王士菁) 선생, 나의 논문 심사위원회 위원장 옌자옌(嚴家炎) 선생, 나의 석사 지도교수 화천즈(華忱之) 선생과 심사에 참가한 톈번샹(田本相), 왕더허우(王德候), 황후이린(黃會林), 첸리췬(錢理群), 류나(劉納), 줘루(卓如), 위안량쥔(袁良駿), 왕진허우(王錦

厚) 등의 선생에도 특별히 감사해야 하며, 그들의 지도, 긍정과 비판은 모두 나에게 다방면에서 도움이 되었다.

심사 이후, 논문의 대부분은 주청자(朱成甲), 우푸후이(吳福輝) 등의 선생이 관심을 보여 일찍이 《중국사회과학(中國社會科學)》, 《중국현대문학연구총간(中國現代文學硏究叢刊)》, 《베이징사범대학학보(北京師範大學學報)》 등 10여 종의 간행물에 계속해서 발표되었고, 여러 차례 인용과 전재가 되면서 몇 차례 호평을 받았다. 이는 나로 하여금 이 책의 학술적 가치에 대해 어느 정도 자신감을 갖게 만들었다.

이 작품을 완성한 이후, 나는 일찍이 나 자신이 프로이트주의와 정신분석학설에 퍽 이해가 있다고 여겨 야심만만하게 정신분석적 문예비평의 전문가가 되고 싶어 하였다. 뜻밖에도 시사(時事)가 변천하고 나의 연구 중점이 영화와 TV 영역으로 전이됐기 때문에 이 바람의 실현은 끝내 무기한으로, 어쩌면 영원히 미뤄지게 되었지만, 오늘에 이르기까지 프로이트와 정신분석학설에 대해 사람들이 내놓는 선의나 악의적인 곡해를 마주할 때면, 여전히 그것을 다시 해석해주고픈 일종의 충동이 생겨나고는 한다.

이 책의 주된 부분은 수년 전에 완성된 것이기 때문에, 그중 일부의 관점과 표현은 오늘날 보기에 만족스럽지 못하다. 그러나 '완벽'이라는 것이 단지 인간을 분주하게 하는 일종의 경지인 바에야, 나 역시 이러한 유감들을 남기게 되면, 어쩌면 자신에게 있어서, 도리어 역사적 가치는 더욱 많아지게 되는 것이다.

마지막으로, 이 책의 내용과 관계가 없는 말을 몇 마디 남기고 싶다. 나는 16세 때 고향을 떠났지만, 부모님의 사랑은 줄곧 나를 뒤따랐다. 궁핍하기 때문에 부모님은 오늘에 이르기까지 고단하게 고향에서 생활할 수밖에 없지만, 정신과 생활에 있어서 내가 청빈하고 고생스런 교육과 학술의 길을 선택한 것을 아무런 원망도 없이 지지하셨다. 이 후기를 빌려 나는 수십 년 동안 부모님이 나에게 주신 사랑에 대해 '감사'의 말씀을 드리고 싶다. 설사 부모님의 노고와 사랑에 보답하기에 이 두 글자가 매우 부족한 것이라고 해도 말이다.

어쩌면 영원히 청빈할 서생이라는 자는 온 힘을 다해 생활하고 글쓰는 것으로 일찍이 성심과 관심과 믿음을 부여한 가족, 스승과 친구들에게 감사를 표할 수밖에 없다.

1994년 1월 22일
베이징사범대학에서

이 책은 우리가 프로이트주의적 관점에서 중국의 문학예술을 이해하고 분석하며 비평하는 데 참조가 되어줄 수 있는 좋은 지침서이다. 책 서두부터 저자의 안내를 받아 한 페이지 한 페이지 넘겨가다 보면 프로이트주의에 대한 인식이 또렷해지는 한편, 중국 문학예술에 대한 프로이트적 접근에 큰 관심이 생겨날 수 있다. 우리는 이 책에서 계시를 받아 중국 근대와 현대의 문학 속으로 탐구의 시야를 가져가볼 수 있고, 중국 고대 문학 속으로도 시야를 넓혀가 그 기표와 기의 관계의 신비를 들추어볼 수가 있다. 프로이트주의는 중국에서 개혁·개방 이후에야 다시 주목을 받았기 때문에 이는 현재 우리에게 또 하나의 중요한 시사점을 제공하는데, 두 민족의 사이가 소원하였던 것이 중국에서 펼쳐진 프로이트주의 운명과도 시기를 같이하는 것이므로 프로이트주의는 두 민족의 우호 관계를 도모하기 위한 좋은 문화적 재료가 되어줄 수 있다. 역자는 인간과 사회와 언어의 관계를 다루는 학문이 전공인데, 이 분야에 대한 프로이트주의의 기여 역시 적지 않다고 생각한다. 이는 프로이트주의가 중국에 큰 영향을 끼친 근대 이후 혹은 당대 서방 이론의 사유 체계들을 파악하는 데 도움을 줄 수 있을 뿐 아니라 중국의 현실 세계에 가져온 영향을 탐구하는 데도 넓은 시각을 부여해줄 수 있기 때문이다. 다윈(Darwin)에게는 진화 이론이 있는데, 생물적 진화 혹은 사회적 진화에 관해 프로이트주의는 심리적 진화로 그것을 말해주고 있으며, 그것은 바로 인격의 단계가 '이드'로부터 '자아'와 '검사'를 거쳐 '초자아'로까지 발전해가는 과정을 다룬 "아래로부터 비롯되는……도덕관"[1]이다. 따라서, 이러한 인격의 네 구성요소와 그 발전의 과정은 인간에게 공통적인 것이므로, 변혁이나 혁명은 이 구성요소 내로 역량이 삼투되는 것이고 정(正)에 대한 반(反)의 역량이 들어서는 것이며 이러한 운동이 순환 왕복하며 전개된 역사를 탐구하는 데 있어서 프로이트주의가 심리학적 분석의 틀을 제공해줄 수 있는 것이다. 헤겔(Hegel)에게는 변증법의 이론이 있는데 그 정반합은 인간 심리의 관계로부터 비롯되는 것이 아닐 수 없으므로, 그것을 의식과 무의식의 관계로 보든, 초자아와 이드의 '부정의 부정(negation of negation)'으로 보든 우리는 상징계에 이를 적용시켜 그 변화의 과정을 탐구해볼 수 있다. 플레하노프(Plekhanov)에게는 사회심리의 이론이 있는데, 그는 사회관계와 상부구조의 매개로서 사회심리를 언급한 바 있으며 '혁명'의 절차로서의 심리적 변이성을 말한 것이었고 이는 그 의도를 생략한 채 중성적으로 보면 '사회적 무의식(social unconscious)'을 가리킨 것으로 보인다. 보통 사회적 억압은 국가(부친) 혹은 민족(모친)에 대한 동일시(identification)의 소망이 방해를 받고 좌절을 겪는 데서 비롯되므로 오이디푸스 콤플렉스적 심리가 쉽게 발생하는데, 흔히 모친을 위해 부친을 모함하는 것이 이러하며, 군중 운동과 정치적 혁명에서 쉽게 나타난다. 이때 군중 운동을 하는 이에게 다른 부친이 있다면, 공재의식(co-conscious)—공재의식은 협력 관계가 비자각 영역에서 맺어진 것이다. 과거에 소련의 국제 공산주의 운동 역시 이로 인하였으며, 반대로 의식이 제약되었던 것은 과거 일제의 강압 같은 것이다—에 의한 것이라고 하고, 그 변혁이 성공되면 의식

1) 탕웨(唐鉞),「홀트(E. B. Holt)의 『소망과 도덕(願望與道德/*The Freudian Wish and its Place in Ethics*)』 역자 서문」, 『탕웨문집(唐鉞文集)』, 베이징대학출판사, 2001년, 147면

(conscious)으로 행해질 수 있으며, 그 이전의 의식은 무의식으로 들어선다. 무의식(unconscious)은 의식화할 수 없어 억눌리는 것이므로 의식과 충돌을 빚고 잠재의식(subconscious)은 의식 영역에 있지 않고 의식의 지배도 받지 않지만 잠재된 심리적 경향을 따른다는 의미를 전반적으로 가리킨다.[2] 파블로프(Pavlov)에게는 조건 형성의 이론이 있는데 본능 투입으로 우리의 반응적 행위가 특정한 방향으로 제약되는 것을 말하며 긍정적 전이(positive transfe- rence) 혹은 부정적 전이(negative transference)가 역시 그 자극의 결과가 될 수 있다. 이러한 제약된 반응(conditioned response) 혹은 작용의 교대(alternation of role)는 의식에 의한 것일 수 있지만 무의식에 의한 것일 수도 있으며, 잠재의식에 의한 것일 수도 있다. 소쉬르(Saussure)에 이르러, 소쉬르는 기호를 기표(significant)와 기의(signifié)로 나누었는데 프로이트에게 있어서는 각기 드러난 내용(manifest content)과 감춰진 내용(latent content)으로 연구—특히 꿈의 연구—가 진행되었다는 점이 특히 중요하다. '막대기'로 양분되는 구속과 반구속의 역량이 우리의 의식이 조성되는 원리를 설명해 준 것이었기 때문에 '꿈의 이론'의 이론적 가치는 더욱 높았으며, 의식 혹은 드러난 내용이 또한 무의식에 대한 합리화(rationalization)의 성격을 갖기도 한다고 이해된다. 나라마다 혹은 시대마다 구성원의 의식(혹은 이데올로기)에 갖가지 같거나 다름이 있는 것은 그 무의식에 갖가지 같거나 다름이 있기 때문이라는 점을 알 수 있다.

---

2) 드리슈(H. A. E. Driesch), 「근대심리학에서 무의식과 잠재의식 문제(近代心理學中之非自覺及下自覺問題)」, 《동방잡지(東方雜誌)》, 1923년 제20권 제8기에서 설명이 가장 분명한데, 이는 역자가 다른 책에서 소개할 계획이다. 무의식은 프로이트, 잠재의식은 프린스(M. Prince)가 20세기의 보급자 중 중요한 사람인데, 무의식은 '내재'적 우주론에, 잠재의식은 '외재'적 우주론에 기반하여 기존 현실에서 의식화하지 않던 본능과 관념에 주의를 기울인 것이며, 의식과 대비되는 개념이다.

라캉(Lacan)은 프로이트의 계승자인데 그의 중요한 상상계(imaginary), 상징계(symbolic), 실재계(real) 이론은 프로이트의 이드, 초자아, 자아의 인격구조론이 무의식의 언어학으로 변형된 것이므로 프로이트적 구조주의의 개조물이며, 우리의 심리가 언어계 속에서도 쾌락원칙(pleasure principle)과 현실원칙(reality principle) 사이에서 층위가 완전히 합치되지 않는 것을 말한다. 라캉은 이를 욕망(desire), 수요(need), 요구(demand)의 원리로 변화시키기도 했으며, 현실원칙 혹은 실재계란 사회화하고 합법화한 갖가지 기표적 활동과 다름없으므로, 안정뿐 아니라 변혁이 또한 이로써 이행된다. 라캉에게는 야콥슨(Jacobson)으로부터 개조한 은유(metaphor)와 환유(metonymy)의 동력학이 있는데, 환유는 정서적 운동이 진행될 때 역시적 연계를 가능하게 해주는 무의식 취합 작용이고, 은유는 공시적 연계를 가능하게 해주는 무의식 결합 작용이다. 예컨대, 중화라는 기호가 중국에서 그러한데, 전자로 볼 때 우리는 중화가 계속 취합되어 이어진다는 점을 알 수 있고, 후자로 볼 때 결합이 도모된다는 점을 알 수 있다. 중국에 대한 프로이트주의의 영향력에는 중국 자체의 전통적 사상과의 유사성이 한몫을 하기 때문이라는 점도 알아야 한다. 유가는 사회에 중점을 두고 도가는 자연에 중점을 둔다. 자연 혹은 우주가 없으면 사회 혹은 문화는 근본적으로 가꾸어질 기반이 없고 모멘텀을 얻어낼 수도 없다. 반대로 문명과 문화가 우주와 자연에 대한 도전과 인식에서 비롯되지 않았다고 할 수 없으므로, 문명 계승과 문화 창조의 중요성이 홀시될 수 없다. 인간은 사회적 자아(social-ego)와 자연적 이드(natural-id)의 양면을 모두 갖고 있고, 혹은 그 사이—의식과 무의식의 관계에 있는 것이라면 수양(修養)[3]에 비유된다고 해도 틀린 것은 아니다—에

3) 장둥쑨(張東蓀), 『중국철학자의 정신분석학ABC』, 인터북스, 2011년, 51면

놓일 수도 있으며 "더욱이 우주에 공헌"[4]하는 천지(天地) 경지에 다다를 수도 있다고 말한다. 우주란 바로 Universe이고 우리 의식화를 기다리는 전체인 것이며 우리가 의식할 수 없는 자연 원리가 포함되지만, ①자연 경지(이드)—②공리 경지(자아)—③도덕 경지(수양)—④천지 경지(초자아/상징화한 우주)의 자기 수련(Self-Discipline)의 과정으로 볼 때, 결국 가장 중요하고 근원적인 영역으로 그것이 되돌려지기도 한다. 중국에서는 유가적 관점과 도가적 관점이라는 두 세계관이 각기 승화에 대한 관심과 자연 결정론에 대한 관심으로 근대에서 프로이트적 인식을 굴곡되게 나타내기도 하였다. "유가는 인(仁)을 천(天)의 덕(德)으로 삼아 인간을 승화시키고, 도가는 자연(自然)을 천(天)으로 삼으므로 천에 맡겨 다스리고자 한다(儒家以仁爲天之德,用以化人,道家以自然爲天,故任天爲治)."[5] 하지만 "그것이 천(天)에서 법칙을 취한다는 점은 마찬가지이다(其取法於天則是一樣的)."[6] 유가에서는 천(天)이 god이고 도가에서는 천(天)이 nature라고 해도, 공히 천부(天賦)적인 관계 속에서 '나'가 있다는 것이고, 전자는 '사회적 자아'에 가까워지고 후자는 '자연적 이드'에 가까워진다. 물론, 프로이트주의에서 우리가 통찰해야 할 것은 가장 "중요한 것이 의식, 이성, 사회성과 무의식, 비이성, 본능을 발견한 데 있는 것이 아니라, 그것들 사이의 관계, 연결, 전환의 방식과 경로를 찾아"내는 데 있다.[7] 바로 역사로 볼 때, 천동설(天動說)과 지동설(地動說)의 연계로 세계 뿐 아니라, 중국 역시 탐구해볼 수가 있으며, 우리나라 역시 탐구해볼 수 있는 것이다.[8]

---

4) 펑유란(馮友蘭),「인생의 의의 및 인생 속의 경지(人生的意義及人生中的境界)」,《독서통신(讀書通信)》제42기(1942년 5월)

5) 장둥쑨, 『지식과 문화(知識與文化)』, 중국 상무인서관, 1946년 12월 재판, 104면

6) 장둥쑨, 앞의 책, 104면

7) 인훙(尹鴻), 『배회하는 유령(徘徊的幽靈)』, 중국 윈난인민출판사, 1994년판, 177면

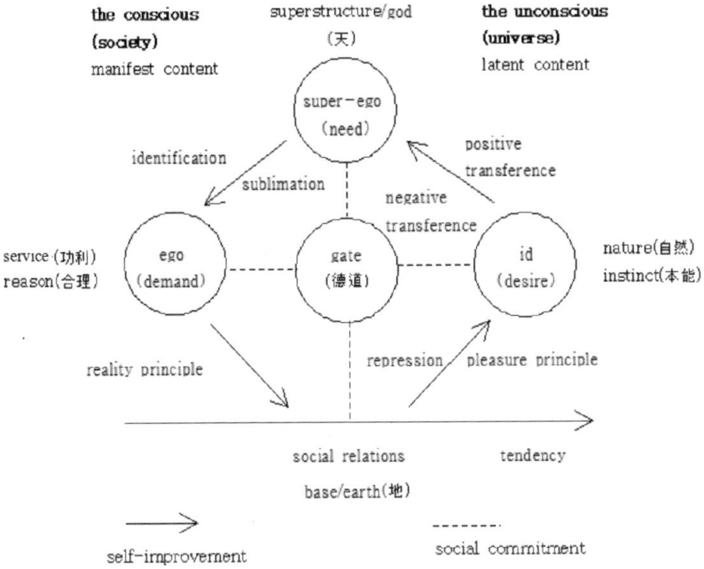

장둥쑨은 근대 사상 분야의 중요한 인물로 중국에서 정신분석학의 첫 소개자[9]일 뿐 아니라, 철학자로서 "정신분석학에 관한 중국 민국

8) 우리는 여기서 태극기(太極旗)를 상상하는데, 천(天)과 지(地)의 관계, 의식(有)과 무의식(無)의 관계를 다루는 것이 원만치 못하여 분단이 된 것이라는 점을 알 수 있다. 개혁·개방 이후 중국은 세계와 관계하면서 에너지 보존과 전환의 법칙에 기반하여 점진적으로 문제의 개선을 해온 것으로 보이며, 그림을 보면 쉽게 상호 인과관계로만 봐도 그것은 동적인 것일 뿐 아니라, 특히 영향이 큰 무의식으로 가리켜진 영역에 대한 가감을 거쳐 의식이 조성된다는 점을 유추할 수 있고, 의식과 무의식 사이에 조정과 관리의 기능이 있다는 점을 추측할 수 있다. 아래는 공시(空時)이고 위는 지식과 가치 등으로 빚어지는 영역이다. 경향은 과거, 현재, 미래에 관한 목적이자 원인이고, 결과이며 동력이다. 부정적 전이(negative transference)는 중국 역사에서 보면 과거에 공자나 예교, 정부에 대한 오이디푸스 콤플렉스를 빗댄 것이며, 그것은 천(天)과 지(地)로 인한 것이었는데, 개방적인 정부에 어려움을 가중시키고 결과가 외국에도 꼭 좋은 것은 아닌 경우도 많았다. 동일시(identification)에는 두 흐름이 있다고 할 수 있는데, 하나는 안정이고, 하나는 변화이며, 복수의 상징계에 의해 그것이 지시되는 것임을 알 수 있다.

9) 장둥쑨, 「정신분석을 논함」, 앞의 책, 인터북스, 2011년, 151-158면 참조

시기의 첫 저작"[10]을 발표하였는데, 그는 5·4 신문화운동 이래 유가에 비판적이었던 문예의 범람에는 찬성하지 않은 경력이 있어, 저자 인홍(尹鴻)이 근대 중국의 낭만주의 문예의 의의에 주안점을 둔 이 저작에서는 피하여 언급하지 않았다. 또한 장둥쑨이 정치적으로 민감하기 때문에도, 당시에 제대로 거론이 될 수 없었다. 이 밖에, 역자는 칸트(I. Kant)와 크로체(B. Croce) 외에, 유가와 도가 모두의 문예사상의 정수를 잘 녹여낸 주광첸의 『문예심리학(文藝心理學)』의 번역을 완성하였는데 이에 역시 프로이트주의의 계발과 그에 대한 비평이 잘 담겨 있으며,『배회하는 유령—프로이트주의와 20세기 중국 문학』이 문예심리학에 있어서 개혁·개방 이후로 중국의 학자가 남겨준 중요한 작품이라고 한다면 『문예심리학(文藝心理學)』은 중국의 학자가 민국 시기에 남겨준 중요한 작품이라고 할 수 있다. 전자가 인문학과 사회과학을 적절히 조화한 정합적 시야가 돋보인다면, 후자는 인문학적 감상과 서정의 기운을 보다 짙게 드리운다. 문학예술 외에도, 프로이트주의의 중화민국 대륙 시기에서의 전개 과정을 더욱 깊고 넓게 이해하기 위해서는 철학, 정치학, 심리학, 사회학, 인류학, 교육학 등 분야의 비평가들이 남긴 문장들도 널리 참고해야 하는데, 당시의 시대적 갈등과 흐름의 전체를 들여다볼 수 있기 때문이고, 시야가 더욱 풍성해지고 풍만해질 수 있기 때문이다. 따라서 역자는 오랜 시간을 들여 한국에 발표되지 않은 많은 중국 지식인의 글들을 모아 엮는 노력을 기울였으며, 여기에는 앞서 언급한 장둥쑨 외에도, 첸즈슈(錢智修), 왕징시(汪敬熙), 장선푸(張申府), 위톈슈(余天休), 룽자오쭈(容肇祖), 가오줴푸(高覺敷), 주광첸(朱光潛), 셰쉰추(謝循初), 궈런위안(郭任遠), 우쑹가오(吳頌皋), 판광단(潘光旦), 장스자오(章士釗), 예칭(葉青), 리안자이(李安宅), 린퉁지(林同濟), 페

10) 최진석,「한국어판 서문」, 앞의 책, 인터북스, 2011년, 6면

이샤오퉁(費孝通), 펑유란(馮友蘭), 황자인(黃嘉音), 푸쓰녠(傅斯年), 탕웨(唐鉞) 등 많은 학자들의 주목할 만한 문장이 담겼고, 『중국과 프로이트—의식과 무의식 그리고 꿈』으로 출판을 준비하고 있다. 행위주의(Behaiviorism) 및 기타 여러 사상으로부터의 강한 비판이 담긴 문장들도 수록되어 있으며 그 반대인 것도 있는데, 모두 과거를 들여다보며 시대적 통찰과 각성을 얻게 해 줄 뿐 아니라, 의식과 무의식이 대체 어떤 관계에 놓였던 것인가에 대한 우리의 인식과 이해 역시 심화시켜줄 수 있는 좋은 문장들에 속한다. 회프딩(Høffding)과 드리슈(Driesch), 스톨리아로프(Stoliarov) 등 당시 중국에 영향을 끼쳤던 서방 저자의 무의식 비평 문장도 빠뜨리지 않고 넣을 만큼 편자가 최대한의 전면성을 기하였다. 아울러, 장둥쑨의 무의식에 대한 연구는 그것이 인식론과 지식사회학으로 심화하였기 때문에, 역자가 장둥쑨의 대표 저서가 되는 세 권의 책을 곧 소개해 드리며, 바로 『가치철학과 인식론』과 『지식과 문화』, 『사상과 사회』이다. 마지막으로, 역자는 우선 역자의 부모님께, 그리고 도움을 주시는 많은 분들께 이 지면을 빌려 깊은 감사의 말씀을 올리고, 석사 지도교수이신 최진석(崔珍晳) 교수님께, 역자를 지도해주시는 저자 인훙(尹鴻) 교수님께도 깊은 감사의 말씀을 올린다. 이 책의 출판을 흔쾌히 허락해주신 산지니출판사의 강수걸 사장님, 편집을 맡아주신 산지니 편집부의 선생님들께도 깊이 감사하는 마음을 갖는다.

이용욱

『프로이트가 창조력과 무의식을 논함(弗洛伊德論創造力與無意識)』, 중국전망출판사, 1986년
『프로이트미학논문집(弗洛伊德美學論文集)』, 지식출판사, 1987년
『프로이트저작선집(弗洛伊德著作選集)』, 쓰촨인민출판사, 1986년
『프로이트후기저작선집(弗洛伊德後期著作選集)』,상하이역문출판사, 1986년
프로이트, 『꿈의 해석(夢的解析)』, 중국민간문예출판사, 1986년
프로이트, 『문명과 그 불만(文明及其缺憾)』, 안후이문예출판사, 1987년
프로이트, 『애정심리학(愛情心理學)』, 작가출판사, 1986년
프로이트, 『일상생활의 정신병리학(日常生活的心理分析)』, 상하이문학잡지사, 1986년
프로이트, 『정신분석개론(精神分析引論)』, 상무인서관, 1984년
프로이트, 『정신분석개론신편(精神分析引論新編)』, 상무인서관, 1987년
프로이트, 『토템과 금기(圖騰與禁忌)』, 중국민간문예출판사, 1987년
C. G. 융, 『심리학과 문학(心理學與文學)』, 삼련서점, 1987년
C. 머피, 『근대심리학의 역사(近代心理學歷史導引)』, 상무인서관, 1982년
D. 슐츠, 『현대심리학의 역사(現代心理學史)』, 인민교육출판사, 1981년

E. G. 보링,『실험심리학의 역사(實驗心理學史)』, 상무인서관, 1981년
E. 프롬,『선종과 정신분석(禪與精神分析)』, 중국민간문예출판사, 1986년
E. 프롬,『프로이트의 사명(弗洛伊德的使命)』, 삼련서점, 1986년
E. 프롬,『환상의 사슬을 넘어(在幻想鎖鏈的彼岸)』, 후난인민출판사, 1986년
F. J. 호프만,『프로이트주의와 문학사상(弗洛伊德與文學思想)』, 삼련서점, 1987년
H. 마르쿠제,『애욕과 문명(愛欲與文明)』, 상하이역문출판사, 1987년
M. 바흐친,『프로이트주의 평술(弗洛伊德主義評述)』, 랴오닝인민출판사, 1987년
R. 파인,『정신분석학의 과거와 현재(精神分析學的過去和現在)』, 학림출판사, 1988년
T. 이글턴,『20세기 문학이론(二十世紀文學理論)』, 산시사범대학출판사, 1986년
Л. Т. 레프초크,『정신분석학설과 예술창작(精神分析學說與藝術創作)』, 베이징사범대학출판사, 1986년
『비교문학역문선(比較文學譯文選)』, 후난인민출판사, 1980년
『비교문학역문집(比較文學譯文集)』, 베이징대학출판사, 1984년
『서방학자 눈 속의 서방현대미학(西方學者眼里的西方現代美學)』, 베이징대학출판사, 1987년
『심리분석과 중국현대소설(心理分析與中國現代小說)』, 중국사회과학출판사, 1987년
『프로이트심리학과 서방문학(弗洛伊德心理學與西方文學)』, 후난문예출판사, 1986년

『현대서방문학이론선집(現代西方文學理論選集)』, 상하이역문출판사, 1984년

루캉화(盧康華) 외, 『비교문학도론(比較文學導論)』, 헤이룽장인민출판사, 1984년

양칭(楊淸), 『현대서방심리학주요파별(現代西方心理學主要派別)』, 랴오닝인민출판사, 1980년

우리창(吳立昌), 『정신분석과 중서문학(精神分析與中西文學)』, 학림출판사, 1987년

웨다이윈(樂黛雲), 『중서비교문학교정(中西比較文學教程)』, 고등교육출판사, 1988년

Encyclopedia of world literature in the 20th century, New York, 1977, 1981

Freud and the 20th century, London, 1958

Psychoanalysis and Contemporary Science, New York, 1972

The pelican Freud library, penguin books, London, 1987

Albert Mordell, *Erotic motive in Literature*, New York, 1919

Daniel E. Schneider, *The Psychoanalysis and the Artist*, new American library, 1950

Elizabeth E. Wright, *Psychoanalytic criticism*: Theory in Practice, London, 1984

Leo Bersani, *The Freudian body: Psychoanalysis and Art*, New York, 1986

Marie Bonaparte, *Psychoanalytic Interpretation of stories of Edgar Allan Poe*, London, 1933

Robert N. Mollinger, *Psychoanalysis and Literature*: An introduction, Chicago, 1981

ㄱ

ㄴ

ㄷ

ㅂ

ㅅ

ㅇ

ㅈ

ㅊ

ㅋ

배회하는 유령

초판 1쇄 발행 2015년 4월 30일

지은이 인훙
옮긴이 이용욱
펴낸이 강수걸
편집장 권경옥
편집 손수경 양아름 문호영
디자인 권문경 박지민
펴낸곳 산지니
등록 2005년 2월 7일 제14-49호
주소 부산광역시 연제구 법원남로 15번길 26 위너스빌딩 203호
전화 051-504-7070 | **팩스** 051-507-7543
홈페이지 www.sanzinibook.com
전자우편 sanzini@sanzinibook.com
블로그 http://sanzinibook.tistory.com

ISBN 978-89-6545-289-8 94820
ISBN 978-89-6545-194-5 (세트)

*책값은 뒤표지에 있습니다.
*이 도서의 국립중앙도서관 출판시도서목록(CIP)은 서지정보유통지원시스템 홈페이지(http://seoji.nl.go.kr)와 국가자료공동목록시스템(http://www.nl.go.kr/kolisnet)에서 이용하실 수 있습니다.(CIP제어번호: 2015009385)